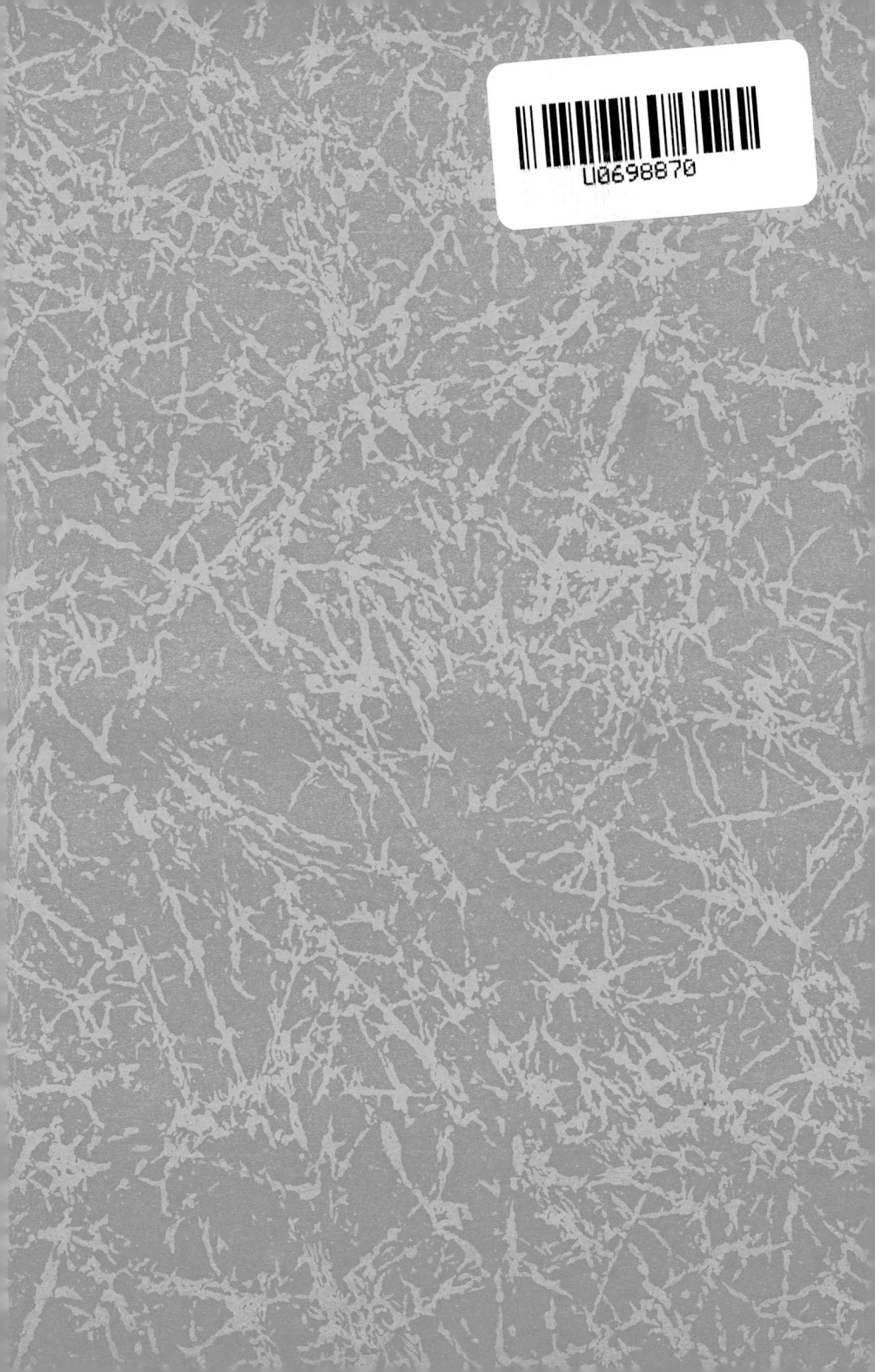

马舒 编写

西昔故事新编

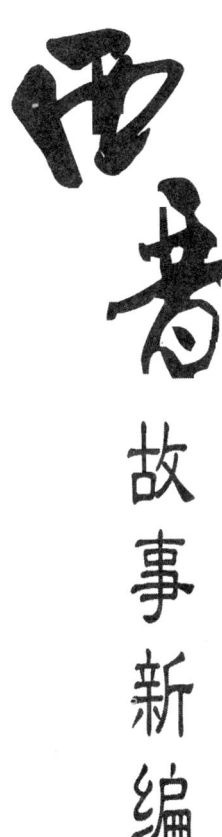

华夏出版社
HUAXIA PUBLISHING HOUSE

图书在版编目（CIP）数据

西晋故事新编/马舒著．—北京：华夏出版社，2013．1

ISBN 978-7-5080-7312-5

Ⅰ．①西… Ⅱ．①马… Ⅲ．①历史故事－中国－当代 Ⅳ．I247.8

中国版本图书馆 CIP 数据核字（2012）第 266178 号

西晋故事新编

作　　者	马　舒
责任编辑	查　纯
出版发行	华夏出版社
经　　销	新华书店
印　　刷	北京建筑工业印刷厂南厂
装　　订	三河万龙印装有限公司
版　　次	2013 年 1 月北京第 1 版 2013 年 1 月北京第 1 次印刷
开　　本	880×1230　1/32 开
印　　张	11
字　　数	247 千字
定　　价	28.00 元

华夏出版社　地址：北京市东直门外香河园北里 4 号　邮编：100028
网址：www.hxph.com.cn　　电话：（010）64663331（转）
若发现本版图书有印装质量问题，请与我社营销中心联系调换。

序

马献礼

我尊敬的、景仰的父亲马舒先生是典型的浙江才子，他前半生颠沛流离，后半生则郁不得志，尝感叹此生徒有大志，却始终碌碌无为，直到离休后才做成一件有意义的大事，即写成并出版了三部历史故事书。

记得首部《西晋故事新编》写成时，出版界风气尚可，第一版（1984年）就印刷了64000册，这个数目在现在可算得是畅销书了。父亲为此振奋莫名，写作情绪更为高涨。但数年后中华书局第二次印刷（1990年），只有可怜的4000册——那时的出版市场已经被港台书籍淹没了。对于后两部书的清冷遭遇，父亲不免叹息"现在人们只爱看那些无中生有的野史和戏说，看正史的没多少了……"尤其是"西晋"出版后，父亲发现其中尚有几处错误，遂亲自勘校，希望有一天重新排版时能予弥补纠正，可惜再无机会，终抱憾而去。

随着出版界逐渐回归理性，华夏出版社慧眼识珠，决定重新组织出版"两晋"、"南北朝"、"隋"三部书，这不啻是史书出版市场"由乱而治"的信号和福音。责任编辑查纯女士与我联系时，我代表马舒先生版权继承人明确表示并不担心书籍的装帧质量，只要求杜绝运用现代电脑技术排版时常犯的只求速度、不重审校的毛病。这不但是父亲生前的愿望，也应当是大众的需求。

父亲写作有两大特点，一是考证极严，二是成文奇快。凡是

经不起推敲、不能作为依据的绝不入文,因此不虞书中会有捕风捉影、穿凿附会的内容,可信度极高,用当代流行语言形容即"相当靠谱"。此书既可作为百姓大众阅读的通俗历史读物,亦可当作专业人员研究参考的历史工具书。是一连串不失真的历史故事。

尤记得父亲曾到我服役的闽东沿海小城霞浦县游玩,当地的新华书店是为最爱,经与书店领导通融,直奔库房,越是不起眼的角落越是翻得起劲,只要是史书,管他是官方版还是民间版,一概收罗殆尽,如获至宝,满载而归,并言称是此行最大收获。当时我脑筋转不过来,还挺感委屈,难道我那生猛海鲜每日伺候、联系乘坐登陆艇出海上岛游览,全是白费功夫?竟抵不上那些卖不出去的旧书耶!

马舒先生于2007年5月4日去世,享年83岁。遗体遵嘱捐献,只在南京功德园"志友纪念林"勒石留名。老人家选择"五四青年节"这一天安然辞世,是否在向后人昭示他永远葆有一颗年轻真诚的心?

感谢华夏出版社实现了父亲的遗愿!

最后,以在父亲遗体告别仪式上手拟的两幅挽联告慰他老人家在天之灵,也为本序作结:"投身革命走马华东大好河山,涉足翰林轻舒浙西锦绣文章";"一介书生不堪国辱投笔从戎,满腹经纶有志成才著书立说"。

——2012年8月1日写于南京中保村

目 录

1 高平陵之变 …………… 1
2 司马昭之心 …………… 7
3 绝交书 ………………… 11
4 劝进书 ………………… 17
5 桃符座 ………………… 22
6 "不食武昌鱼" ………… 25
7 羊祜坐镇襄阳 ………… 29
8 树机能反晋 …………… 33
9 下定伐吴决心 ………… 38
10 "一片降幡出石头" …… 43
11 二将争功 ……………… 53
12 洛阳纸贵 ……………… 57
13 裴秀与皇甫谧 ………… 62
14 两万亩田 ……………… 66
15 "可比桓、灵" ………… 70
16 斗富 …………………… 74
17 白痴太子 ……………… 80
18 杀杨骏 ………………… 87

19 楚王的下场 …………… 92
20 张华执政 ……………… 97
21 周处除三害 …………… 101
22 暗害太子 ……………… 107
23 一举两得 ……………… 112
24 白虎幡 ………………… 117
25 绿珠坠楼 ……………… 122
26 狗尾续貂 ……………… 125
27 三王起兵 ……………… 129
28 齐王擅权 ……………… 134
29 长沙王杀齐王 ………… 139
30 流民大营 ……………… 143
31 李特逞雄 ……………… 149
32 张昌闹五州 …………… 153
33 李雄称王称帝 ………… 157
34 书生带兵 ……………… 163
35 "华亭鹤唳岂可复闻" … 167
36 活烤长沙王 …………… 171

37	"鹤立鸡群"	176
38	易水惨案	181
39	西迁长安	185
40	刘渊称汉	189
41	石勒十八骑	195
42	东海王主盟攻长安	199
43	陈敏据江东	202
44	杀张方	207
45	牛车东归	210
46	猪兰桥	214
47	兄弟末路	217
48	汲冢竹书	220
49	朱雀航	224
50	成都王的灵牌	229
51	"乞活"军	233
52	死守宁州	236
53	"飞豹"	240
54	东海王杀异己	245
55	王尼不拜宰相	248
56	黄河血泪	251
57	汉军两攻洛阳	253
58	单于台	257
59	晋阳秋	260
60	南阳流民军	266
61	秀才造反	271
62	吊杆打兵船	275
63	无法收拾的残局	280
64	永嘉之乱	287
65	行台纷立	293
66	立足襄国	297
67	突门巧战	301
68	分陕而治	306
69	"前锋大督护"	312
70	结拜兄弟	317
71	重会恩人	320
72	智取王浚	324
73	陈元达锁树	330
74	避难的乐土	334
75	西晋覆灭	340
后记		346

1 高平陵之变

晋朝的天下是司马炎（236－290）不用一兵一卒，从曹魏手里以禅让的名义拿过来的。怎么会那样容易得来一个皇朝呢？那是因为有他祖父司马懿（179－251）、伯父司马师（208－255）、父亲司马昭（211－265）处心积虑地经营几十年打下的基础。

东汉末年群雄并起，曹操（155－220）逐步统一了中国北方。司马懿是河内郡温县（今河南温县西）人，祖上许多人做过两汉的大官，是有名的望族。公元201年（东汉建安六年），司空曹操邀请司马懿出来做官，但他还想观望一下，又不敢公开拒绝，假说患了半身不遂的风痹病，托病不去做官。曹操估计司马懿不一定是真病，秘密地派人在夜间去探察虚实。司马懿事先得到消息，整日整夜都躺在床上。那人偷偷地溜到司马懿卧室外面，从门缝里望去，只见侍者都忙个不停，独有司马懿坚卧不动，看样子确实是瘫痪了。此人向曹操回报后，要司马懿做官的事，才暂且搁在一边。

有一天，司马懿发现家中藏书发霉，叫人把它们摊在庭院里吹吹风。不料突然乌云密布，一阵暴雨倾泻而下。司马懿忘了自己还在装病，一骨碌从床上蹦起来，去抢收书籍，不巧被家中一个婢女看到了。司马懿的夫人张春华怕这件事泄漏出去，会招来

大祸，心一横，亲手把那个婢女杀了。

世间没有不透风的墙，曹操当丞相后，多少听到一些司马懿装病的风声，就派人去面见司马懿。曹操对使者说，如果司马懿再不肯出来当官，就把他抓起来。这样，司马懿只得乖乖地离家，担任文学掾〔yuàn〕的官职。司马懿亲眼看到曹操确有非凡的军事、政治才能，并且已经有了异常雄厚的实力，他也就施展自己的才智，努力做好职责所关之事，深得曹操的赏识，后来当上了总管相府一切事务的主簿。

曹操晋封为魏王后，在220年（东汉建安25年）正月二十三①病死。他的长子曹丕（187－226）继为魏王。十月，汉献帝刘协（181－234）被迫禅让帝位，曹丕做了皇帝，即魏文帝，建立了魏国。

魏、吴、蜀三国鼎足而立，曹丕免不了经常东征西战，他任命司马懿为抚军大将军、录尚书事，坐镇许昌。录尚书事是总管朝政的大臣，权位极重，司马懿竭力推辞。曹丕恳切地说："这不是给你的荣誉，而是要你和我共同为国家分忧。"226年（魏黄初七年），曹丕死了，按照他的遗诏，由大将军曹真（曹操的同族）和司马懿辅助魏明帝曹睿〔ruì〕（205－239）管理朝政。231年曹真死后，司马懿总管军事，统率魏军，同东吴、蜀汉对峙。蜀汉的诸葛亮（181－234）智谋惊人，遇到司马懿可是棋逢敌手。东吴的孙权（182－252）对他顾忌更大，曾对人说："司马懿善用兵，可谓变化若神，所向无敌。"

237年（魏景初元年）七月，割据辽东（今辽宁西部大北凌

---

① 月日为旧历，以下同。

河中游地区）的公孙渊叛魏，自立为燕王。第二年，司马懿奉命带了号称四十万的大军远征，历尽艰险，平定了辽东。239年正月，他胜利回师，一路上缓缓而行，想不到在河内（今河南沁阳）碰上了皇帝特派的驿骑，要他火速赶回京师。司马懿快马加鞭驰至洛阳，直奔内宫。原来魏明帝自上月病重以来，现已在垂危之际，见了司马懿就拉着他的手说："我还能见到你，没有什么不放心的了。我病得很厉害，把后事托付给你，望你和曹爽（曹真的儿子）一起辅佐幼主。"魏明帝当天就咽了气，继位的是八岁的娃娃皇帝曹芳（232－274），由曹爽和司马懿共同辅政。

司马懿和曹爽共同执掌朝廷大权，官位同样是侍中，都督中外诸军事，录尚书事，每人各领兵三千，轮流护卫皇宫。

何晏、邓飏〔yáng〕、丁谧〔mì〕、毕轨等都是一批有声望的名士，魏明帝生前没有重用他们。魏明帝一死，曹爽重用何晏等人作为心腹，何晏等人则三番五次劝曹爽独揽朝廷大权。他们经过一番策划，不久诏书下达，拜司马懿为太傅，名位虽然崇高，实权却被曹爽拿去了。同时，以何晏、邓飏和丁谧为处理朝廷政务的尚书，毕轨为管理京师及周围地区的司隶校尉。曹爽的几个弟弟或是统率禁军，抓住兵权，或是以列侯侍从皇帝。这样一来，曹爽几乎独掌了军政大权。

曹爽对司马懿，起初是以父辈相尊，大大小小事儿经常请教。自从邓飏、丁谧等弄权以后，面子上还客客气气，处理政务却不再找司马懿商量，他俩间的鸿沟便日渐加深了。曹芳即位后的第八年（247年）五月，司马懿忍无可忍，声称自己年老多病不能起床，表面上就此撒手不问政事，暗地里却在等待时机，伺隙而动。

曹爽听到司马懿突然病重，觉得有点蹊跷，派了新任荆州刺史李胜以辞行为名，去察看实情。司马懿有气无力地倚坐在床上接见李胜，满屋子都是熬药的怪味。李胜是荆州人，说自己要到本州去上任，司马懿装聋作哑地把"本州"听成"并州"，说了几句瞎打岔的话。婢女把外衣递到他手中，他抖抖索索地抓不住，衣服也掉在地上；婢女喂他喝粥，只见他难以下咽，粥汤流到胸上。最后，司马懿推心置腹地拜托李胜，请李胜今后好好照顾他的儿子司马师和司马昭。司马懿的这场假戏，演得真是出色，李胜信以为真，认为他是只差一口气了。何晏、丁谧等一伙喜出望外，他们肆无忌惮地专断朝政，曹爽更是踌躇满志。

司马懿暗下准备来一个翻江倒海，把大权夺过来。他的行动非常机密，只和他的长子司马师商讨筹划。发动事变的前一个晚上，他才告诉次子司马昭。当夜，司马懿对身边随从说："这兄弟俩身体不好，你去看看他们睡得怎么样？"那随从看后回报说："大公子睡得又香又甜，二公子不知有什么事牵肠挂肚，翻来覆去睡不好！"

第二天，即249年（魏嘉平元年）正月初六的拂晓，曹爽按着早已安排好的日程，陪伴魏帝曹芳，到洛阳城南九十里的高平陵（魏明帝陵墓）去祭祀。司马懿利用这一时机，假借皇太后的命令，精神抖擞地在城内指挥政变。司马师早已蓄养的三千名敢死之士，好像从地下冒出来似地集结起来。他们关上洛阳的所有城门，占据了储存武器装备和作战物资的武库，接管了城内原由曹爽及其兄弟们管辖的军营和禁军。司马懿的主力出了洛阳南城的宣阳门，来到洛水浮桥边上，杀气腾腾地威胁着曹爽。

曹爽听到这个晴天霹雳，有如一个筋斗跌入冰窟窿里。不久，司马懿派人送给曹芳一本奏疏，把曹爽大骂一通，要求曹芳罢免他的兵权。曹爽先看了奏疏，不敢送给十六岁的魏帝曹芳，惶惶然不知怎么办才好。他手下的人征发了附近屯田的几千士兵，砍伐树木做防御工事。司马懿接连派人劝说曹爽投降，还指着洛水起誓，保证曹爽罢官以后一切如常。

大司农桓范是曹爽的同乡，他和曹爽的几个僚属先后逃出城门，到了曹爽身边。桓范是一个有名的智囊，司马懿听说他跑了，不免有点担忧，对太尉蒋济说："这智囊投到那边去了，怎么办？"蒋济笑着说："就像蹩脚的马儿留恋马槽里的饲料一样，曹爽留恋的只是自己的家业。桓范若有什么好主意，要他断然行动，谅他顾虑重重，必不会采纳。"

蒋济的预料果然应验。桓范见了曹爽垂头丧气的模样，拼命给他打气，希望他振作精神，同司马懿一决雌雄，并要求曹爽紧紧抓住魏帝曹芳，一块儿到许昌去调兵遣将。桓范还说他身边带着大司农的官印，可以飞快调集大批军粮。桓范从入夜劝到五更天，说得口干舌燥，可是吓瘫了的曹爽，始终鼓不起劲来。当远方传来雄鸡报晓声时，曹爽把佩刀往地下一扔，说道："司马懿无非想夺我的兵权罢了，我交出兵权，以侯爵身份卸职还家，依旧不失为一个富家翁，司马懿还能把我怎么样？"桓范放声大哭道："子丹（曹真字）这样一个出色的人才，怎么生下你这么一个儿子，蠢如猪狗，我们都要被你牵累而灭族了！"

曹爽交出兵权回家后，就被软禁起来。司马懿起初还派人送去大米一百斛①，外加干肉、大豆等。曹爽饿不着，又痴想吉星

---

① 斛：音 hú，旧容器，容量本为十斗，后改为五斗。

高照的日子总会来到。不多天后,过去同曹爽来往密切的宫内黄门官张当被捕。在严刑拷问下,张当供称曹爽等人密谋在三月造反。于是立即来了一个大逮捕,曹爽和他的几个兄弟,以及何晏、邓飏、丁谧、毕轨、桓范和早先刺探司马懿病情的荆州刺史李胜等,都被抓了起来,连着张当一起被杀并夷三族,甚至已出嫁的女眷都被株连处斩。从此,曹魏王朝的军政大权,都转移到司马懿手中,魏帝曹芳只能唯命是从。

两年后,太尉王凌和他的外甥兖州刺史令狐愚,在淮南商议着要另立楚王曹彪为魏帝。此事被人告发后,司马懿却下了赦免令。王凌自以为可以高枕无忧了,不料司马懿亲自带着大军杀来,王凌只好束手就擒。六百名步兵、骑兵押送着王凌去洛阳。王凌在临行前为了试探一下自己的命运,让别人向司马懿要几个棺材钉。棺材钉一拿到王凌跟前,他知道司马懿不会饶他一命,就在半路上服毒自杀。凡和这个案件有牵累的人也都被杀和灭了三族。已经病死的令狐愚,还从坟墓里被挖出来暴尸三天,楚王曹彪也被逼令自杀。

251年(魏嘉平三年)八月,七十三岁高龄的司马懿得病死了,他的长子司马师任抚军大将军、录尚书事,继续辅政。

司马懿死后葬在首阳山(今洛阳故城东十里)的山麓,以后司马炎建立晋朝后,尊称陵墓所在地为高原陵。曹魏初年曾规定子孙不准谒陵扫墓,司马懿乘曹爽陪曹芳违例祭祀高平陵之机,夺得大权,他也怕日后自己的子孙谒陵时,会发生类似的意外事故,因而临死前严申不准谒陵之令,并规定陵墓不起坟,不植树,以后去世的眷属也不准合葬。司马懿的子孙严格地执行了这条祖训,因而晋代皇帝的陵墓一直未被发现,以致成为后世考古之谜。

司马懿死前,曹魏的宗室都被迫迁居于洛阳城内,不准相互往来,不准自由进出。要在这些皇族中出现第二个曹彪是很困难的了,但第二、第三个王凌却不断地跳了出来。

2 司马昭之心

司马师辅政时,魏帝曹芳已经成年。原先在四朝重臣司马懿当政时,曹芳也还年幼。可是司马师一手抓住大权,已成年的皇帝仍被当木头人摆弄,曹芳怎么受得了?

曹芳二十三岁那年(255年)的正月里,他和中书令李丰、张皇后的父亲光禄大夫张缉等大臣,几次密谋,想以太常夏侯玄代替司马师执政。夏侯玄不仅是当代名士,而且他父亲夏侯尚是魏初功臣,母亲是曹爽的姑妈,曹魏皇族之女。但由于行动不慎,走漏风声,李丰、张缉、夏侯玄以及同谋者都被司马师所杀并灭了三族。曹芳也遭废黜,另立年仅十四的曹髦(241-260)为帝。

次年,镇东将军毌丘俭①和扬州刺史文钦在寿春(今安徽寿阳)联合起来,带了六万兵马渡过淮水,声讨司马师擅权乱政。司马师率十多万步骑兵迎战。两军在乐嘉(今河南项城西北)相遇。文钦的儿子文鸯年方十八,勇冠三军,领兵猛冲过来。司马师眼上长了一个瘤,出师前正好开过刀。他这时给文鸯一冲,大

---

① 毌:音 guàn。毌丘,复姓。

惊失色,以致眼珠竟从眼眶里突了出来。司马师剧痛难忍,又怕影响军心,不敢叫喊,只得用被窝蒙住了头。为了忍痛,那被窝都被他咬得破破烂烂了。但由于双方兵力悬殊,更由于当时人心思安,毌丘俭和文钦起兵无人响应,结果,毌丘俭兵败被杀并灭三族,文钦父子逃奔东吴。司马师虽然凯旋回师,但眼病却急剧恶化,中途在许昌去世,死时四十八岁。

司马师死后,他的弟弟司马昭被拜为大将军,录尚书事。朝廷里的事都要司马昭点头才能办。征东大将军诸葛诞,过去和夏侯玄、邓飏很要好,他眼看曹魏王室势力被消灭殆尽,知道司马昭迟早要向他开刀。257年(魏甘露二年)的五月,诸葛诞征发了淮南淮北屯田的官兵十多万人,联络东吴,造起反来。司马昭带兵二十六万出征,第二年正月,诸葛诞兵败被杀并灭三族。在淮南地方,王凌、毌丘俭、诸葛诞先后发动反司马氏的斗争,这就是旧史所说的"淮南三叛"。

魏帝曹髦一年一年长大,看到司马昭的权势薰天,忠心曹家的人愈来愈少,魏朝天下岌岌可危,心里非常愤慨。他常常在凌云台周围独自徘徊,长吁短叹。

凌云台是魏文帝曹丕时所建,作为皇帝的避暑胜地。魏明帝曹睿增修了很多宫殿和楼阁,又在台上盖了一座高入云霄的小楼,这楼极其精巧而且会随风轻轻晃动。魏明帝登楼观赏洛阳全景时,小楼摇摇晃晃的,他感到太危险,赶紧叫人用巨木把它撑住。哪知这楼是精心设计的,结构合理,重心稳当,看起来禁不住风吹草动,但实际上并不会倒塌。这刻儿被巨木一撑,却使重心不稳,狂风来时被吹得散了架。魏明帝并不在意,又命人再盖了一座更高的凌霄观,登楼远眺,稳隐约约地可以望到洛阳东北约五十里以外的孟津渡。可是在施工中，把还没有写上观名的匾额钉了上去，怎么办呢？侍中韦诞精通书法，尤善于题署大字，魏宫观殿的匾额大多是他题的字。魏明帝叫人把他装在篓子里，用绳子吊上去写匾。据说匾离地有二十五丈高，韦诞在半空里提心吊胆，当他把"凌霄观"三个大字写好下地时，冷汗湿透了衣服，两颊瘦削，连头发胡须都变白了。从此韦诞不准他的子孙再写大字楷书，怕他们再遭这个罪。

曹髦心事重重，想到自己的命运真如过去风雨飘荡中的凌云高楼，不知哪天会倒塌？他多么希望自己有能力防止皇室的崩溃。可是即使如韦诞那样能被逼着卖命的人，似乎也杳无踪影。曹髦转眼二十岁了，他估计司马昭一定很快要篡夺他的帝位，把他一脚踢开，于是决定孤注一掷地同司马昭拼个你死我活。260年（魏甘露五年）五月初七夜里，他命令宫中的宿卫士兵，把睡梦中的宦官和侍从都喊起来，只要能走路的都让穿上盔甲，发给武器，在凌云台边集合。大伙儿低声叽叽喳喳，议论着一定要爆发一场非常事件。有的人呆呆地望着凌云台高大的暗影，似乎担心它会和曹魏皇朝一块儿倒塌。

曹髦连夜派人把侍中王沈、散骑常侍王业、尚书王经等召入宫中，对他们说："司马昭之心，路人皆知！我不能坐等他来把我废掉，我今日就同你们一起，亲自出宫去讨伐他。"这三位老臣吓得跪在地上苦苦哀求劝阻。他们心里明白，这个年轻的孤家寡人，带着少数侍从去同司马昭拼命，无异是以卵击石，自取灭亡。曹髦从怀中拿出声讨司马昭的诏书丢在地上，宣称他已下定决心，等待天色微明，立刻攻打相府。这时天公也不作美，淅淅沥沥地下起雨来。有人劝曹髦改日再兴师动众，他愤愤地拒绝道："是可忍，孰不可忍！今日就决定行动！"

转眼间王沈和王业没了影儿，有人见到他俩偷偷跑出宫去。曹髦料知他们是去告密，更是怒不可遏，立即抽出宝剑，带领众人冲出宫殿，直向相府杀去。

半路上迎面赶来一队士兵，带头的是司马昭的心腹贾充（217-282）和成济。曹髦一见他们，高举宝剑，大声吆喝道："丞相大逆不道，你们要是跟他造反，都灭三族！"士兵们看到皇上亲自到来，吓得都放下了武器，这时形势可紧张极了，如果大伙儿都随着曹髦走，司马昭就得垮台。成济急得问贾充："这可怎么办？这可怎么办？"只见贾充双眼一瞪，大声怒吼道："养兵千日，用兵一时。司马相爷对你们恩重如山，就是为了今天的事，何必再问！"成济又傻乎乎地问："是杀？还是抓？"贾充斩钉截铁地喊叫："杀！"

成济是司马昭的一个得力爪牙，又是一条楞汉子，一听这话就拿起长矛，直向曹髦刺去，那曹髦还没想到怎么躲避，已被刺透胸膛，鲜血直冒，当场送了命。

贾充的一道命令扭转了局面，消息传到司马昭跟前，他从心底里把贾充的大功深深记下。司马昭一不做二不休，趁此机会还把曹髦大骂一番。他逼迫皇太后出来说话，皇太后无可奈何，只得下诏说："曹髦性情太暴躁，我多次谴责他，他不仅不听，还要诽谤我。我多次告诉大将军司马昭，不能叫曹髦当皇帝了，可是大将军总是说他年轻不懂事，长大能悔改的。哪知曹髦越大越不像话，竟用箭射向宫中要杀我，有的箭还掉在我脚跟边呢！他还狠心要用毒药害我。这样的人应废为平民，死了活该！"

司马昭虽然强迫皇太后下诏，把曹髦说成是一个失德之君，但弑君究竟是大逆不道的,因此,百官们议论要把贾充作为罪魁祸首处治。司马昭深知贾充在这场生死搏斗中的作用,不能过河拆桥,但人言可畏,只得拿下手行凶的成济开刀,还灭了成家的三族。

曹髦的尸体用普通的车子装载着,运到洛阳西北三十里的瀍〔chán〕涧边上,草草地埋葬了。不少百姓看到当今天子如此下场,不禁感叹伤心。司马昭的叔叔太傅司马孚听说这情景,要求太后用王礼改葬曹髦,这样才稍稍平服了人心。司马昭接着把十五岁的常道乡公曹奂(246-302)立为魏帝,一场风波就这么了结。

这样司马昭的权力更大了,实际上已经掌握了皇权,他坐上皇位的日子似乎不远了。但社会上却还有一批名士,对这种局势很不满意,对司马昭冷冰冰的,采取不支持的态度。

3 绝交书

曹魏的皇帝连续被废被杀,即将改朝换代的气氛一年比一年浓厚,不少名士对这种局势感到愤慨,但又怕因此招来杀身之祸。他们无处泄愤,只好与知己朋友在一起,借酒浇愁。

名士阮籍(210-263)有个怪脾气:他鄙视虚伪庸俗而标榜礼教的人,一遇到这种人,就把眼珠一翻,用白眼表示厌恶;但要是遇到他所器重的清高率真的人,就两眼正视,一对乌亮的眼

珠闪烁于眼眶之中（所谓青眼）。人们从他的"青白眼"中，可以看出他对来客的好恶。早在254年，阮籍死了母亲，许多人去吊唁。有一个名叫嵇喜的，去向阮籍问好，阮籍早知他官迷心窍，马上报以白眼。嵇喜讨了个没趣，气冲冲地回家，告诉了他的弟弟嵇康（223－262）。嵇康一听，知道阮籍的脾气和自己正合得上，高兴得抱了琴带了酒，跑到阮籍家中去。阮籍见了嵇康，喜从心起，青眼相迎，从此两人结交成为密友。

在这以前，嵇康和山涛（204－283）很要好，阮籍和王戎（234－305）很要好，这么着四个人经常碰在一起。以后向秀、刘伶以及阮籍的侄子阮咸也参加进来。从255年开始，这七位名士经常在竹林里携手共游，开怀畅饮，高谈阔论，人们称之为"竹林七贤"。

七人中最博学多才的要算嵇康，他是沛国铚〔zhì〕（今安徽宿县西）人，以后移居山阳（今河南焦作市东南）东北二十多里的一个山谷里。嵇康自幼才华横溢，十五岁就写出了《游山九吟》的诗。当时还在世的魏明帝看到诗后，称赞嵇康文词精粹，下诏要这个不平常的少年去当浔阳（今江西九江一带）县令。不久，他又被调到朝廷做中散大夫，因此后人有称之为嵇中散的。嵇康是一个诗人、思想家、音乐家、画家、书法家，而且还有一手打铁的好本领。司马氏当权后，他弃官隐居，常和向秀一块儿打铁度日。嵇康为人极有骨气，轻视利禄，看不起在朝的官吏。有一次，秘书郎钟会（225－264）慕名前来拜访他，他只管自己打铁，似乎没有看到。这钟会是相国钟繇的大公子，大将军司马昭的密友，怎么能容忍有人如此蔑视他呢？当钟会气得要走时，嵇康却开口冷冷地问道："何所闻而来？何所见而去？"钟会恨恨地回答:"闻所闻而来,见所见而去!"两人从此结了仇。

"竹林七贤"以及和他们有交情的人都清高自持。嵇康的哥哥嵇喜热衷于做官,便被这些名士瞧不起。嵇康有一个好友叫吕安,东平(今山东东平)人,他想念嵇康时,即使在千里之外,也不顾路远迢迢,会赶来和嵇康促膝谈心。有一天吕安赶车来探望嵇康,不巧嵇康不在家。嵇喜出来迎接,吕安没有搭理他。正好嵇康的孩子跑了出来,吕安向这孩子要了毛笔,还没等纸拿来,便在大门上写了一个大字,把笔一丢,赶车走了。嵇喜仔细端详,是个"鳳"字("凤"的繁体字),他喜得跳起来说:"这个先生这次很好,写一个凤字送我,赞扬我是凤凰呢!"他把左邻右舍都叫来欣赏那龙飞凤舞的书法,还得意地吹大牛。有个老头子在一旁说:"你老先生不会把这字拆开来瞧瞧吗?"嵇喜愣了半天还不明白。那邻居说:"鳳字一拆开来,是凡鸟二字!"嵇喜这才明白吕安这是在捉弄他,把他比做凡鸟,气得直跺脚。

司马昭指望改朝换代,首先必须收服人心。名士们声望大,他们的政治态度举足轻重,如果他们唯命是从,不唱反调,那么许多朝野之士也都会拥护他了。因而司马昭必须对"竹林七贤"施加压力,把他们分化瓦解。

司马昭的祖母山氏,是山涛(字巨源)的堂姑奶奶。有了这么一点裙带关系,山涛禁不起三拉四扯,被司马昭拉去做官。一次,司马昭还送给山涛钱二十万、谷二百斛。山涛由吏部选曹郎(职在挑选推荐官吏)调任前夕,向司马昭推荐嵇康来代替他的职务。这一下可把嵇康惹火了,他写了一封与《山巨源绝交书》,大意说:

我不懂什么礼法,我是一个懒汉,经常半月一月不洗脸。

我最讨厌虚伪的客套。我假如做了官，怎么可能不得罪人，又不遭人害呢？我只要整日游山玩水，赏鸟观鱼，浊酒一杯，抚琴一曲，就心满意足了！你硬要逼我做官，我一定要发狂发癫。你我不是不共戴天之仇，谅你不至于这么狠心，让我们就这么分手吧！

明眼人一看就知道，这封信表面上是同山涛绝交，实际上却是表明了不肯在司马昭手下做官的心迹。嵇康在《卜疑》一文中还有这样的说法："大伙儿都说汤武①用兵的功劳多么大，周公辅助幼年的周成王多么好，尧舜禅让多么美，孔子的话多么有理，在我看来都是虚伪的。"可是司马昭正在标榜自己武功高，辅助魏帝多么忠心耿耿，还在积极酝酿禅让。嵇康这些话，不正如噼噼啪啪打了司马昭一阵耳光吗？

嵇康的夫人是曹操儿子沛王曹林的孙女，因此钟会乘机在司马昭跟前火上加油说："嵇康从来同我们是两条心。他是曹家的姻亲，还当过曹家的官，过去毌丘俭叛变，听说他也欲有所为，是山涛劝阻了他。"

嵇康在毌丘俭兵败被杀后，曾写了一篇《管蔡论》。文章用借古喻今的方式，说的是为周武王的弟弟管叔、蔡叔昭雪，实际上是替毌丘俭鸣冤。嵇康说，人们都讲管、蔡二人是谋反，但他认为他俩是周文王和周武王长期信任的忠臣，以后周公摄政，他俩怀疑周公要篡位，所以起兵讨伐周公。嵇康又说，周公摄政时，也有别的大臣不满意，因而他俩的怀疑和起兵是无可非议的。这篇文章也使自命为周公的司马昭很生气。

---

① 指商朝、周朝的开国者商汤王、周武王。

嵇康临刑弹《广陵散》

不巧，这时又出了一件事：嵇康的知己吕安，有一次离家访友，他哥哥吕巽乘机奸污了弟媳。吕巽怕弟弟回来吵闹，竟倒打一耙，反过来诬告吕安打了母亲。当时办不孝之罪极重，是要杀头的。吕安为人激烈，有一番"踢昆仑使西倒，踏泰山令东覆"的大志，早已被司马昭认为是一个危险人物，司马昭借此把吕安抓起来发配边疆，吕巽因而长期霸占弟媳。嵇康听了这种伤天害理的事大为不平，挺身出来为吕安作证。吕巽看嵇康来势不小，于是去找嵇康的死对头钟会做后台。钟会给嵇康加上个"诋毁孝道，败坏名教"的罪名，司马昭便铮铮有理地把嵇康抓来，关进监狱。

博学多才的嵇康，在太学中威望很高，几千名太学生听说他被捕入狱，轰动起来，不断拥到监狱里去看望他。有送吃的，有送穿的，有的还自愿和他一块儿坐牢。监狱四周的街道上，里里外外乱了套。他们还要求释放嵇康，请他到太学里做老师。司马昭看到如果再让嵇康活下去，不知会添多少麻烦，就以"言论放荡，危害名教"的罪名，处以死刑。嵇康被押解至洛阳建春门外一里多路，在东石桥南面的马市上斩首，时年四十。

嵇康临刑前，把他的琴要来，弹了一曲《广陵散》，亲友们听了那凄惨的琴声泪下不止。嵇康只是叹了一口长气说："这曲子是有一次在旅途客店中，一个老先生传授我的。他再三嘱咐我不要另传别人。可惜这曲子在世上要失传了！"吕安同时被害。嵇康死后，人们把他归葬于家乡附近的石弓山南麓（今安徽涡阳东北三十公里处），嵇康墓至今尚存。

司马昭杀嵇康这一手，明显地警告那些名士：你们是走嵇康的路，还是走山涛的路？这批人就此分道扬镳，各奔前程。

4 劝进书

"竹林七贤"虽有不同性格,但清高不凡,纵情任性,几乎是一个模子里铸出来的。他们大多还爱酒如命,以表示自己超脱人世,不与当权者同流合污。等山涛做了官,嵇康被杀头,其他人心中又胆寒又苦恼,更是借酒浇愁。特别是刘伶和阮咸,他们喝酒的故事可多呢!

据说刘伶有两个特点,一是长得很丑,二是从早到晚断不了酒。有一天他老婆发起狠来,把家里的酒全倒掉,酒坛、酒碗和酒杯全部砸烂,大哭大闹地说:"你这么喝下去,不怕把自己喝死了?快些戒酒吧!"刘伶回答说:"好吧!不过得让我祭祭神,宣了誓再断酒!"他老婆只得再去打酒买肉,烧得香喷喷地放在供案上。刘伶一本正经跪在地上,心想:不喝酒怎么能打发日子呢?于是他口中大声说:"天生刘伶,以酒为名。一饮一斛,五斗解酲①。妇人之言,慎不可听。"说完,把祭神的美酒好肉,狼吞虎咽地吃个精光,醉得一下子就呼噜呼噜地睡熟了。他老婆又恨又气又好笑,拿他一点没办法。

有一次刘伶喝醉,同别人争吵起来,那人把袖口一卷,抡起

---

① 酲:音 chéng。这两句是夸耀自己酒量大。

拳头要打他。刘伶笑嘻嘻扒开衣服，指着自己瘦得干瘪瘪的胸脯说："这几根鸡肋骨，何必有劳尊拳！"那人被逗得大笑不止，放下袖口走了！刘伶在家喝酒，还喜欢赤身裸体一丝不挂，见了陌生人也不躲避，毫不在乎地说："天地就是我的房屋，这个居室就是我的衣服，你们为什么跑到我的裤子里来？"

刘伶曾经写了一篇《酒德论》流传于世，其中说醉酒以后能够"无思无虑，其乐陶陶"，"静听不闻雷霆之声，熟视不睹泰山之形。不觉寒暑之切肤，利欲之感情。俯观万物，扰扰焉若江海之载浮萍。"文章确实写得不错，颇有文采。但是说穿了，无非是以酒消愁，以酒来麻醉自己罢了。

阮籍的侄子阮咸喝起酒来更不像话，不用杯不用碗，把酒装在大盆里放在地上，他和兄弟子侄围成一个圆圈，大口大口地喝。有时一群猪闻到酒香跑过来，也呼呼吧吧地喝，他们若无其事和猪一块儿饮酒。

司马昭没把刘伶和阮咸这两个醉鬼放在心上，因为他们的名望和影响没有阮籍大。司马昭杀了嵇康，把一批胆小的人震惊得服帖了些。但他知道如果把阮籍拉到自己身边来，名士学者们大都会跟着来。司马昭曾经派人到阮籍家做媒，要他把女儿嫁给自己的长子司马炎（即后来的晋武帝）。但因当时"司马昭之心，路人皆知"，阮籍不愿攀这门亲家，于是早晨一睁眼就喝酒，醉倒就睡，睡醒又喝。那些媒人耐心等着，心想等他终有清醒一下时再提媒。但当阮籍睁开醉眼知道媒人没走时，又把酒灌到自己肚里，这样连续醉了六十天。媒人没奈何只得走了，司马昭也只好作罢。

秘书郎钟会也经常跑到阮籍家中，唠唠叨叨地大讲天下大事，问阮籍这样那样，打算从阮籍答话里抓一些差错，拿他问罪。但阮籍知道钟会的为人，他总是大口大口喝酒，装成什么都不懂的酒鬼，钟会碰了几次闷钉子，也就算了。

阮籍有时游山玩水，家里人不知他上哪儿，也不知什么时候回来。有一次他登上广武山（今郑州市西北，荥阳县东北），秦末刘邦与项羽大会战的战场在眼前一览无遗。阮籍对刘邦的玩弄权术是不满的，他感慨地说："当年没有什么英雄，竟叫刘邦这小子成了名！"有人说他话中有话①，他心目中的司马一家，就都是玩弄权术的人物。

阮籍有时在家读书，几个月不出门一步。当他读书或喝酒心里快活时，竟连自己是个什么样儿也忘了，别人把这个情景传扬为"得意忘形"的成语。阮籍曾经写过八十二首《咏怀诗》，寓意深刻而隐晦异常，连当代人都捉摸不透。后来有人把他作为五言诗的奠基人之一。他写了一篇《大人先生传》，大胆地反对"君贵臣贱"，又把伪君子比做裤子里的虱子。他还在《达庄论》里指责那些衣饰华丽、前呼后拥的权贵，他们只知在朝献媚于君主，回家欺骗父老和兄长。

很多人在司马昭跟前说阮籍的坏话，但司马昭还是对他一边庇护一边拉拢。嵇康被杀，阮籍不得不出来做官。以前他不愿做司马炎的老丈人，现在却叫他去做司马炎大将军府里的从事中郎（大将军的属官），怎么受得了？他借口步兵校尉的营房里有好酒三百斛，还有会酿酒的好厨师，因而要求去当步兵校尉，司马昭只得同意了。阮籍当了官，修养确实到了家，从不议论别人长

---

① 原话见《晋书·阮籍传》所载："时无英雄，使竖子成名！"

短。司马昭对他这一点特别欣赏和赞扬，因此有人就把阮籍当作司马集团里的名士。

可是阮籍的内心非常痛苦，嵇康的死对他刺激很深。他在一首《咏怀诗》里，叙述了他整日提心吊胆，如走在薄冰上面的心情：

一日复一夕，一夕复一朝；颜色改平常，精神自损消。胸中怀汤火，变化故相招；万事无穷极，知谋苦不饶。但恐须臾间，魂气随风飘；终身履薄冰，谁知我心焦！

阮籍还经常自己驾着车，不在大道上跑，也不在小路上走，只在荒山僻野里乱转。实在没法走时，才伤心地哭着回家，人们说他总有一天要发疯。

司马昭一手对付这班名士，一手积极准备讨伐蜀汉。蜀汉的后主刘禅（207－271）在223年登位后，不关心政事，只顾饮宴享乐。他重用中常侍黄皓之类的佞人，把忠心耿耿的大臣姜维（202－264）排挤出去。蜀汉境内听不到一句真心话，老百姓饿着肚子，脸都像枯黄的菜叶一般。司马昭看准了这个时机，在262年（魏景元三年）八月，派已升为镇西将军的钟会，协同征西将军邓艾（197－264），带了十八万大军进攻蜀汉。

捷报频频传来，魏帝曹奂再次下诏，要司马昭接受"九锡"，晋位晋公，拜为相国。这九锡是古代帝王尊礼大臣所赐予的九种器物，即：最讲究的车马，像王袍那样的衣服，乐器，朱红色的门户，有屋檐的台阶，三百名卫兵，先斩后奏的刀斧，表示征伐的弓箭，祭祀用的香酒。古代历史上篡夺帝位者，为了掩饰篡位的阴谋，往往是先受九锡，再行帝位"禅让"之礼，以受九锡作为"禅让"的前奏。

司马昭再三表示不肯接受，文武百官由司空郑冲带头"劝进"。这劝进书要哪个人执笔呢？大伙儿都说阮籍文笔好，硬要他起草。阮籍虽然在肚子里打了一个腹稿，但拿起笔来，总觉有千斤重，一横一竖都写不像样。因为按他心愿他是绝不肯写这种劝进书的，但要是不写又怕遭到嵇康的同样命运，怎么办呢？

阮籍又想起了他的老窍门，他曾用酗酒的办法逃避过司马炎的婚事，逃避过钟会不怀好意的追问，这次他又狠狠地把自己灌醉。那些同僚临上朝不见阮籍的影子，急得到处寻找，终于在别人家里找到了他，他醉醺醺地正趴在书案上打呼噜。人们拼命把他摇醒，还是逼着他写。他无可奈何，只得把原来的腹稿搬到纸上，同僚读了都称赞他是高才奇笔！

劝进书送上，司马昭照例再次推托一番，最后当然接受了"九锡"，当起了晋公和相国。阮籍写劝进书在263年十月，两三个月后他就死了。后来有人说，因为阮籍做了违心的事，过于苦闷烦恼而死，劝进书竟成了他的"催命书"。

再说司马昭派兵伐蜀，以摧枯拉朽之势直逼成都。做了四十年蜀汉皇帝的庸才刘禅，在263年十一月投降。钟会和邓艾因争功引起激烈的斗争，邓艾因钟会诬告他谋反而被监囚，钟会兼并了邓艾的部属，权势更大，自己却真的造起反来。但司马昭对钟会预先已有了提防，这时亲率十万大军进驻长安。钟会手下将士都思念早日还归故乡，又听说钟会要勾结原来的蜀汉降军，大杀入蜀将士，因而发起兵变，乱箭射死钟会。监军卫瓘（220－291）怕放了邓艾对自己不利，派邓艾的仇人护军田续袭杀了邓艾。司马昭这才放心地返回洛阳。这场内讧不过两三个月就风平浪静，晋公司马昭又因功晋为晋王。

以晋代魏的改朝换代，似乎已经水到渠成。没想到265年八

月，五十五岁的司马昭却一病不起咽了气。他的儿子司马炎，转眼就成为所谓"顺天应命"建立新王朝的开国之君。

5 桃符座

晋王司马昭有九个儿子。其中正妃王元姬生的五个儿子，三个在幼小时就死了，只留下司马炎和司马攸同胞兄弟俩，都很聪明。司马攸待人接物既和善又慷慨，学识渊博，才望比司马炎高。司马昭在世时，也最喜欢这个次子，把他过继给自己的哥哥司马师为子。司马攸小字桃符，司马昭常抚着他的头，指着晋王的王座说："天下是景王（指司马师）打出来的，我百年以后，这就是桃符的座位！"司马昭两次三番想把司马攸立为晋王世子（继承王位的王子），但总因为司马炎是嫡长子，下不了决心。但在不少人眼中，这王座已成了"桃符座"。

司马炎害怕继承不了王位，把几个大臣牢牢地拉到自己这一边，希望他们帮他获得"桃符座"。有一天，他对尚书仆射裴秀说："很多人会相面，你说人的长相真能决定今后的命运吗？你看看我的相怎么样？"裴秀心中有数，当面把他吹捧一番，说他长发委地，两手过膝，确是异相。

过后司马昭和近臣们商量立世子的事，裴秀说："中抚军（司马炎当时的官职）既为众望所归，又天生仪表非凡，实非人臣之相。"司马昭又问相国左长史山涛，山涛说"过去废长子而立年幼者，往往成了祸乱的根子"，表示不同意立司马攸为世子。司徒何曾也说："中抚军聪明神武，有超世之才。"还有中护军贾充等心腹大臣，也齐声赞扬司马炎。这么多人给司马炎说话，司马昭只得改变了主意。

司马师夫人的堂弟羊琇非常伶俐，和司马炎是从小在一起长大的亲密伙伴。羊琇在宫内细心观察司马昭处理国事的情况，估计他要和人谈论的问题，马上转告司马炎从速认真准备。过后父子俩见面，司马炎开口闭口讲的话，都合乎他父亲的要求和设想。司马昭非常高兴，终于在自己死前三个月，立司马炎为晋王世子。这"桃符座"终于到了司马炎手里，可真是煞费了苦心。

司马昭死后，司马炎继任相国和晋王，掌握全国的军政大权。魏帝曹奂坐在皇位上，骠骑将军石苞和征南大将军陈骞〔qiān〕等大臣，整天在他耳边唠叨，说什么"历数已终"呀，什么"天命有在"呀。曹奂满屁股如针刺般难受，感到还是识相点早些让位吧！于是在司马炎接任相国三个多月时，曹奂下了诏书，大意说：晋王！你的祖父、伯父和父亲辅佐我大魏皇朝，功勋比天还高，四海之内都蒙受你家的大恩，上天要我恭恭敬敬把皇位让给你，希望你顺天应命，不要推辞！

司马炎照例多次推让，他的心腹——太尉何曾、御史大夫王沈、卫将军贾充、尚书令裴秀等，带了满朝文武官员再三劝进，司马炎这才接受禅让。魏咸熙二年十二月十七（即公元266年2月8日），司马炎即皇帝位，改国号为晋，改年号为泰始。晋王司马炎成了晋武帝。魏王朝从曹丕称帝始，传了四十五年，到此结束。

晋武帝立国后，把他的一个叔祖父、六个亲叔叔、三个亲兄弟、十七个同族的叔伯和兄弟都封了王。几年后又陆续增封，连

前共有五十七个王。晋朝的立国是和大臣们的拥戴分不开的,因而晋武帝又大封功臣和世家大族为公侯,一次就封了五百多人。

这时平蜀不久,晋武帝为了安定巴蜀的人心,特意任用了一批原在蜀汉供职的官吏为朝官。

李密(224-287)原来也是蜀汉的官吏,武阳(今四川彭山县东)人。出生六个月,父亲就死了。四岁时,他的母亲被舅舅逼迫改嫁,李密成了孤儿,常常暗自流泪。他从小多病,到了九岁,走路还不太稳当。幸好祖母心疼他,给他抓药治病,把他拉扯大了。

晋武帝听说李密是一个人才,任命他为太子洗马(太子的从官)。这时李密的祖母已九十六岁,年老多病,四十四岁的李密经常要煎药熬粥侍候她。李密难以离家任官,又怕晋武帝怀疑他不愿为晋朝尽力,煞费苦心地写了一个《陈情表》,倾诉自己的苦衷,大意是这样的:

> 我家没有伯伯和叔叔,也没有哥哥和弟弟。外无邻近相爱的亲属,内无照应门户的僮仆,孤苦伶仃,只有自己的形体和影子作伴,相互安慰,真是茕茕〔qióng〕孑〔jié〕立,形影相吊。我的祖母年已九十有六,有病卧床不起,就像快要落入西山的太阳,早晨睁开眼还不知能否挨到晚上。真是日薄西山,气息奄奄,人命危浅,朝不虑夕!我原是亡国后一个微贱的人,要我到朝中做官实是皇恩浩荡。但是我如果没有祖母,不能活到今天;祖母如果没有我,她也不能安度晚年。我在这里报答祖母养育之恩,时间剩下很少了;今后尽忠报效皇上的恩典,来日方长!恳求朝廷体谅我眼前的苦衷!

晋武帝看后,赞扬说:"李密果然不空有其名!"不再勉强他马上出来做官,还赏赐他两名奴婢侍候老祖母。

大封王侯的同时,晋武帝还安排一些亲信随从到附近郡县做太守或县令。封官赐爵大体停当后,一天,他满心喜欢地回到宫内,一眼瞧见给自己喂马多年的姚馥站立在台阶下。晋武帝看他一副洒脱自如的风度,一时高兴,就任命他为朝歌(今河南淇县)县令。姚馥是羌族人,好读书,惯于说笑话,滑稽得很。他更爱喝酒,常说:"人禀受天地间的精灵,如果不会喝酒,就成了行尸走肉。"他有时甚至嚼啜酒糟以解渴止瘾,因此被人们称为"渴羌"。据说姚馥当时年已九十八,这刻儿他在晋武帝跟前推辞道:"我老羌从远方来到京城,已属殊幸,我还是不当县令,依旧给陛下喂马吧!只要陛下常赐美酒,以乐余年,我就满足了。"

晋武帝说:"朝歌是古代纣王的都城,有的是酒池,你老羌不会再喊渴了!"姚馥随口答道:"老羌为陛下效忠多年,今日再去酒池,岂不成了殷纣臣民!"晋武帝放声大笑,心里更是高兴,随即又改任姚馥为酒泉(今属甘肃)太守。姚馥到职后,才知道当地有佳泉,其味如酒。他在那里为百姓办了不少好事,人们尊敬他,颂扬他,特地为他立了生祠。

俗话说,"一朝天子一朝臣",晋武帝建立新朝,臣下纷纷受到封赏,好不欢欣!可是蜀汉虽亡,东吴未灭,国家还没有统一呢!

6 "不食武昌鱼"

蜀汉灭亡的第二年(264年)五月,吴帝孙休(235-264)

得急病而死，东吴朝野都希望有一个英武精明的君主，防止和蜀汉一样被消灭。可是孙权（182－252）的子孙们都享乐腐化透了，最后只得由丞相濮阳兴等人，勉强把孙权的一个孙子，二十三岁的孙皓（243－283）推上皇位，继续统治着长江中下游及其以南的广大土地。

孙皓即位时，司马昭还没有死。司马昭灭蜀后，因平吴的条件还不成熟，所以决定同东吴暂息干戈。使臣选定了，但国书上怎么讲呢？司马昭要几个文臣分别拟稿，最后采用了荀勖的一篇。谈判成功后，司马昭夸奖荀勖说："你的文笔使东吴思顺通好，真是胜过十万大军！"

孙皓眼看战争危机消失，却更为荒荡了，他喝起酒来没个完，玩乐起来没个底。他还非常迷信，有人说东吴国都建业（今南京）的"皇气"破了，一定要迁都才能避免不幸。因此265年冬天，孙皓迁都到武昌（今湖北鄂城）。

武昌原来叫做鄂城，221年，孙权一度以其地为都城，把它改名武昌，是"因武而昌"的意思。229年孙权称帝，才迁都建业。孙皓这刻儿回到武昌，想托他祖先的福，千年万代传位不衰。他还派人把荆州地方历代大臣和名士的坟墓都毁掉，他认为这些坟墓有"好风水"，他们的子孙会来抢夺皇位。

孙皓迁都，把老百姓害苦了。建业一带是富饶地区，出产的粮食，日日夜夜要从长江逆流运到武昌以供给皇室贵族。不管寒冬腊月，还是炎热的夏季，老百姓要背纤拖船，冻死热死饿死的不知有多少，还有无数人摔死在险陡溜滑的山坡上，家家怨气冲天。

迁都第二年（266年）的十月，孙皓的弟弟永安侯孙谦，带了永安（今浙江武康）的几千民夫，到了乌程（今浙江吴兴县南），民夫中有一个叫施但的，带头造反。他们劫持孙谦，奉他为主，沿途汇集了一万多人，攻到建业城。守卫建业的右将军诸葛靓〔jìng〕带兵出城，同施但在城东南约二十里的牛屯打了一仗。施但的人马没有盔甲，武器也很少，吃了败仗就溃散了。

东吴定都建业已有三十多年，依赖江南的世家大族支持自己的统治。吴郡的顾家、陆家、朱家、张家，阳羡（今江苏宜兴）的周家，吴兴的沈家，他们跟随孙皓远离本乡本土，心里非常不乐意。

武昌的团头鲂〔fáng〕即有名的"武昌鱼"。武昌附近的樊口，位于有六十万亩水面的梁子湖和长江相通的地方。武昌鱼成群地从樊口出入江湖，很容易捕捞，大的五六斤一条，肉质细嫩，味极鲜美。从建业迁来的官吏将士和他们的家属，起初都很喜欢吃，这刻儿吃腻了，加上远离家乡，困难太多，更是思念建业。于是有一个民谣在街头唱开了："宁饮建业水，不食武昌鱼；宁还建业死，不止武昌居。"

有人知道孙皓是听不进什么意见的，可是很迷信，于是就对他说："施但造反完了蛋，不知死在哪儿了。他的妻室儿女和孙谦全家都被斩草除根，建业的皇气又上升了！"孙皓也怀念建业的繁华，于是在同年十二月，又把国都从武昌迁回建业。

孙皓的残暴荒淫一天比一天厉害。他喜欢吃兔子肉，管财政的都尉何定出了一个主意，要将吏把最好的猎狗献给孙皓捉兔子。狗价顿时上涨，一只好狗要值几十匹细绢，就连围在狗脖子上的彩色丝绳也要值钱一万。孙皓还动不动就杀戮大臣。会稽太守车浚因为旱荒要求开仓救济，孙皓却说他企图收买人心，派人把他杀了。尚书熊睦说了几句应该待人宽厚的话，孙皓把脸一翻说："那么我对你仁慈些吧！"他下令把熊睦抓起来，不是一下砍死，

却用刀把子上的铁环，猛打熊睦全身，把他打得血肉模糊而死。

孙皓每年派人到各地挑选美貌的姑娘进宫，大臣们家中十五六岁的闺女，都要先送到孙皓眼前亮亮相，看不中的才可以出嫁，这样他宫中的美女增加到五千多人。中书令贺邵曾经劝阻过他，他怀恨在心。以后贺邵中风，孙皓说是装假，把他抓来拷问，最后竟用烧红的锯子把贺邵的头锯了下来。孙皓在宴会上还要黄门郎（侍候皇帝的宦官）十人监督，一定要文武百官喝个烂醉。许多人往往醉后说胡话，孙皓却认为"酒后必吐真言"，他要黄门郎把那些话记下来以便定罪。孙皓对于他认为有罪的人，除一般刑罚外，还有活剥面皮，或砍去双足。他还有一个怪脾气，不准别人看他一眼。群臣上朝要把头低下，连禁卫士兵也得双眼看地，谁要是转着眼珠望他一下，他就会把那人的眼珠挖出来。

在汉代，有些巫师或方士经常制作一些隐语或预言，叫做"谶"〔chèn〕，作为吉凶的符验或先兆。王莽和东汉光武帝都曾利用它，作为"改制"和"中兴"的天意根据。东汉末年后谶纬之学虽然逐渐衰微，但还是断断续续地流行着。到孙皓时期，有人故意制作一句谶文说："终有天下者，荆扬之君。"意思是说：统治荆州、扬州一带的吴帝，最后能统一天下。于是孙皓就热昏起来，想去平定晋国。

271年初，他带了大军从牛渚矶（今安徽当涂县北）渡江，准备去作战，还叫太后、皇后及后宫美女几千人作陪，坐在兵车上一起走。人们看到了，不知他是去打仗还是去游玩。这时正是农历腊月，天公又下起大雪来，道路冻滑，甚至塌裂，人行不易，车行更难。孙皓令每一百个士兵拉一辆车，当兵的披了盔甲，拿了刀枪，还要拉车，又冷又累，不少人倒毙在雪地里。士兵们说："前面要是遇上敌人，我们就要倒戈了。"正巧传来了军情：晋朝的义阳王司马望带了精锐的步兵两万和骑兵五千，从寿春出发来迎战。孙皓眼见情况紧急，赶忙掉头逃回建业。

孙皓经过这一次波折，发觉这样的轻举妄动太危险，不如在宫内花天酒地快活。

7 羊祜坐镇襄阳

正当孙皓在建业醉生梦死之时，晋武帝已立志灭吴。尚书左仆射羊祜〔hù〕才识出众，被晋武帝看中，于270年拜为都督荆州诸军事，坐镇襄阳（今湖北襄樊市），着手平吴的准备工作。

羊祜，字叔子，泰山郡南城（今山东枣庄市北）人，东汉著名学者蔡邕是他外祖父，司马师的夫人羊徽瑜是他叔伯姐姐。羊祜坐镇襄阳后，安定民心，减轻赋税，采取种种措施，使晋吴对峙的局面不断向有利于晋国方面变化。襄阳是邻近东吴的重镇，历来是兵家必争之地。东吴的石城（今湖北钟祥县）是羊祜面前最近的敌人据点，小股的吴军常从石城出来骚扰晋地。石城和襄阳之间有方圆二百多里是两国经常拉锯作战的地区，羊祜在这儿选择了五处险要的地方建造了城堡，屯扎了精锐的部队，又抽调老弱的士兵去种田，屯田达八百多顷。羊祜刚上任时，军内连一百天的存粮都没有，到了他镇守襄阳的最后一年，田赋收入连同屯田打下来的粮食，把仓库堆得满满的，十年还吃不完。可是在

东吴军队里,由于孙皓挥霍无度,上行下效,常常发不下军饷,他们看到晋军生活好,跑来投降的络绎不绝。羊祜下令说:吴军要来就来,要走就走,不要阻拦。

把守西陵(旧名夷陵,即今湖北宜昌市)的吴军都督步阐,出身于世世代代居住在西陵的大族。272年,孙皓要把他调到建业去,他怕离开老窝会遭不测之祸,心一横,把赫赫有名的西陵城作为见面礼,投降晋军。

西陵是东吴西面的大门。这时东吴名将陆逊(183—246)已死,由他的儿子陆抗(226—274)统率这个地区的吴军。陆抗听说步阐投敌,赶紧发兵包围西陵,绕城修建工事,凭借它来攻城和抵御晋国的援军。陆抗亲自日日夜夜催督,很多将领对陆抗说:"我们应该集中精锐兵力,急攻步阐,等到晋军救兵赶来,西陵城也早可以攻破了,何必拼死拼活建筑工事,把大伙儿累得没命!"陆抗不慌不忙地说:"西陵城郭坚固,粮食充足,守城的器械又都是我在西陵时亲自规划制造的。西陵绝不是一朝一夕能攻破的,如果晋军的救兵来到,我们没有坚固的工事作依据,就要受到里外夹攻。"将领们还是不服气,他们以为攻下西陵,用不着费大劲。陆抗于是让他们去试攻一下,果然碰了硬钉子,没有捞到什么好处。

这边围城工事刚刚完成,晋军便由荆州刺史杨肇率领赶到了,但晋军几次强攻都失败,损失很大。东吴将士看到工事发挥了作用,才打心底里佩服陆抗的预见。杨肇没奈何,只好在黑夜里撤退。陆抗又命令全军把战鼓敲得震天响,似乎在全力追赶,其实只派一支小队伍去吓唬吓唬,晋军却慌得丢盔弃甲,没命逃跑。羊祜率领的五万援军到达江陵(今湖北沙市),听说前锋失利，只得引军退回。陆抗集中主力攻破西陵，把步阐抓住杀了。晋军那一边，杨肇被革职为民，羊祜也受到降职处分。

羊祜沿着晋吴边境巡视了一周，往返四十多天，跑了七百多里。他所带的将士，沿途收割东吴境内成熟的庄稼做口粮，同时派人分送绢匹，给农田的主人作为代价，这事震动了东吴军民。

有一次，吴将陈尚和潘景侵犯晋地，被晋军追击打死。羊祜说，他们以身殉职，精神可嘉，便下令厚加殡敛。他俩的家属来迎丧，羊祜还以礼相待，以礼相送。

晋军有一次俘虏了东吴的两个孩子，羊祜说："他俩的家里一定很悲痛，还是宽大为怀，放他们回去和家人团聚吧！"孩子的家长感谢羊祜大恩，后来带了所属的家族投降晋军。

吴将邓香带兵骚扰，又烧杀又抢掠，被晋军抓到，五花大绑送来见羊祜。邓香吓得脸白如纸，自以为一定要被砍头，不料羊祜只责备他几句，便把他放了。邓香感恩不绝，也带了部属投降羊祜。

有时羊祜会集部众在江、沔一带打猎，严禁超越晋地。有的野兽如果先被吴人射伤打伤，逃过边境，被晋军所获，羊祜就叫士兵都送回去。

像这样的事一传十，十传百，东吴的将士和百姓对羊祜都心悦诚服，他们称羊祜为羊公，不再直呼他的名字了。

陆抗知道羊祜这一手厉害，比刀枪更能征服人心。他也同样地对付羊祜，派人送上好美酒给羊祜，羊祜对着使者，一点没迟疑，拿起就喝。有一次陆抗病了，羊祜派人送了药去，使者说："这药是羊公亲自调制的秘方，准备自个儿服用的，听说将军得病，特地送来。"陆抗的僚属苦苦恳求陆抗不要吃，他却说："羊祜岂是用毒药害人的将军？"张嘴一口气吃了下去。这一下两人

的美名都传开了,边境暂且平安无事。

　　羊祜一边以仁德对东吴军民施加影响,一边还是认真积蓄力量,做好伐吴准备。他推举王濬(206-285)为益州(今四川西部及云南北部一带)刺史,在长江上游训练水军。王濬早年曾在羊祜手下任过参军,羊祜认为他有大才,必可大用。王濬到益州上任后,诏书下达,让屯田的兵士去造船。他的下级,别驾何攀说:"屯田的兵士总共不过五六百人,造船要造到哪一天?过几年,新船没有造出来,先造好的船却已经腐烂了!不如把各郡的兵士调来,万把人一齐动手,到年底差不多可以全部完工!"王濬要事先请示朝廷,何攀摇摇头说:"朝廷听说一下要齐集万把兵士,一定不同意。还是我们自个儿说干就干。如果上面查问,架势已经铺开,要收摊子也不可能了!"

　　王濬造船时,大量的竹头和木片丢在江里,随着长江滔滔洪流漂浮而下。东吴建平郡(治所巫县,今湖北巫山县)的太守吾彦,看到后赶紧派人捞起一些来,飞马驰奔建业,向孙皓报告说:"晋军一定在暗下准备进攻我们,请增兵建平,加强防务。"不料孙皓反而责骂他胆小怕事,对西晋的积极备战根本置之不理。

　　王濬训练几万水上健儿,可真下了大功夫,他们个个武艺过硬,在水里还会使弄刀枪。这事情传扬开去,王濬的名声可大啦。有一首民谣说:"衔刀浮渡江,阿童复阿童(王濬的小名),不畏岸上兽,但畏水中龙(王濬的官衔是龙骧将军)。"

　　"步阐之役"两年后,陆抗病死,孙皓下令,陆抗的部属由他的五个儿子分别掌管。

　　羊祜表面上继续使用稳定边境的策略,实际是不露声色地在加紧筹划进军和作战的方案。为了防止泄密,他的奏疏底稿烧得片纸不留。他推荐人才的表报,也都同样处理。有人说他过于慎重,他答道:"这是什么话?推荐人才不应该让本人知道,这些人能得到封赐和提升,应该感谢朝廷的恩典,如果转而来报答私人的推荐,那是不恰当的。"羊祜身处以门第私党为重的年代里,不以推荐人才而树立个人势力,其品德是难能可贵的。

羊祜德高望重,朝臣推举他再次担任执政大臣,晋武帝因为要依靠他完成平吴重任,没有调他回朝廷来,但他自个儿打算功成身退,脱下官服,戴上隐士的头巾,回到老家安度晚年。所以他在军中虽然公务繁忙,却也不能忘情山水。他还养了一只鹤,会随音乐的节奏翩翩起舞。有一次宴会中,羊祜先把它吹嘘了一番,而后丝竹同奏,把鹤放了出来,不料它却东张西望不肯跳了。这个故事流传后,有人就以"羊公鹤"来讥笑不称所誉者,后世又传为"不舞之鹤"的成语。

羊祜虽然竭力准备平吴,但晋军还是迟迟不能发兵,其重要原因之一,是西北鲜卑等少数民族,受不了中原王朝的重重压迫而举兵反晋,战事持续了相当长的时间。

8 树机能反晋

西晋立国的第四年,距洛阳西边一千多里的河西地区,平地起了响雷。秃发树机能点燃了反晋的怒火。

辽东、辽西(今辽宁及河北的一部分)的鲜卑游牧民族,有

一部分迁到河西（今甘肃、青海的河西走廊及湟水流域）。三国时，他们的首领叫寿阗。相传寿阗的母亲怀孕，有一晚在睡梦中既不痛也不喊，不知不觉就把寿阗生在被窝里，这可是少有的奇事。鲜卑人把被窝叫做"秃发"，因此从寿阗开始，鲜卑族中的这一个支系，就以"秃发"为姓氏。

那时候，边地的少数民族深受中原王朝及地方官僚的压迫。中原地区的达官贵人都喜欢买他们做佃客（实即农奴），来耕种土地。他们气力大，平时只要有一口饭吃吃就行。洛阳的权贵经常派人送金银财宝给边疆大员，要他们抢购奴隶。这样人被当作牲口，价格不断上涨，原先一个奴隶值八匹绢，几年就涨到六十匹绢了。

少数民族人能吃苦，打仗勇敢，魏末灭蜀利用他们打头阵，功劳簿上记载了他们的功绩，照理应该论功行赏，可是朝廷却下了一道命令，大意说：只有朝廷派出的军队有功才赏，地方部队没有份。伐蜀时，凉州曾招募了一些兵马以及羌胡健儿五千多人，答允他们打下成都后可以得到重报。因而这些人奋勇作战，功劳很大。但最后除金城郡（治所在今兰州市东）太守杨欣及所部三十人受到封赏外，五千多健儿却连一句好话也没听到。这时寿阗已死，他的孙子树机能做了首领。树机能年轻力壮，血气方刚，听到那样的赏罚不明，火冒三丈，在269年（晋泰始五年）带了部族造反。

秦州（今甘肃、陕西、四川、青海交界地区，州治在今甘肃天水市）刺史胡烈，把树机能看做阴沟里的泥鳅，断定他翻不起大浪，自己带了兵马去征讨，认为万无一失可以活捉树机能。不料树机能又剽悍，又有智谋，他把老弱残疾当作钓饵，同胡烈一交锋就逃跑。胡烈更是自鸣得意，追了几次没追上，便扎下营寨，不愿追赶了。树机能就亲自出来挑战，打几下退几里，胡烈想收军回营时，树机能拨转马头又打过来。这样来来往往好几个回合，胡烈的烈性子一下窜了上来，就像野马脱缰般地直追，一下跑了几十里，追到乱山丛中，他原以为这次可来个瓮中捉鳖，大功告成了，哪知道树机能的兵马一进山沟都不见了，胡烈不得不勒住马缰看个底细。正在这时候，树机能却骑着高头大马出现在山峰顶上，居高临下指着胡烈骂爹骂娘。胡烈忍耐不住，下令上山捉拿，还没爬上山腰，秃发的部众从四面八方冲杀出来，晋军没有救兵，一个也没有跑掉。胡烈自己也被刀枪乱箭捅得像蜂窝似地死在荒山上。

晋军为什么没有救兵来呢？原来晋武帝的叔叔扶风王司马亮总管这个地区的军队，树机能起兵，他派刘旂去接应胡烈。这个刘旂是一个胆小如鼠的饭桶将军，一听说胡烈被围困，他两腿就发软走不动了，下令全军停止前进。胡烈没有援军，终于全军覆没。这次失败，依法刘旂当斩杀，司马亮身为统帅督军不严，也该问罪。司马亮要求免刘旂一死，愿自己受罚。晋武帝看在叔叔份上，暂时罢了司马亮都督雍、凉诸军事的官。

西北的战事，总得有一个大臣挂帅，带领大军，什么人能去呢？当时朝廷中最有权势的大臣要算贾充，此人并无雄才大略，只靠当年帮司马昭除掉了曹髦，又在晋武帝获得"桃符座"时出了大力，因而官居尚书令和车骑将军的高位。他和侍中兼中书监荀勖、越骑将军冯纨〔dǔn〕等勾结在一起，朝中耿直之士都看不惯他们。有一次晋武帝和侍中裴楷谈论朝政得失，裴楷说："陛下登基后四海承平，但人们认为现在还不能和尧、舜时比美，就是因为朝中还有贾充这样的人。"侍中任恺和中书令庾纯更是

蔑视贾充,存心要他远离朝廷。这刻儿需要一个高官厚爵的大员去征讨秃发树机能,他俩就故意推荐道:"凉州必须像贾充那样既有智谋又有威望的人去才行。"晋武帝点头称是,特加贾充为都督秦、凉二州诸军事,要他挂帅到西北战场去。贾充这下真吓呆了,心里明白,要他去对付树机能,简直就似麻雀去和老鹰斗嘴,拿性命开玩笑。他极恨任恺,但又无计可施。挨到快出征时,文武百官为他在夕阳亭设宴饯行。贾充又愁又闷,私下把心事告诉荀勖。荀勖和冯𬘡也担心贾充一走,他们都要失势。荀勖对贾充说:"你是国家宰辅,却让人玩弄于股掌之上,真丢人!但要是不去边疆,也难以出口。只有一个办法:皇太子还没定亲,如能娶上你家闺女,那就说什么也不会让你带兵远征!"贾充正像遭受灭顶之灾时遇到了救命船,他当即欣喜万分道:"办法是好,但能鼎力相助呢?"荀勖说:"这个大媒,我来试试,不过还得多方努力!"

晋武帝原先打算向镇北大将军卫瓘提亲,要卫瓘把他的女儿许配给皇太子。贾充指使自己的妻子郭槐,贿赂了杨皇后左右的人,怂恿杨皇后说服晋武帝,改纳贾充的闺女做儿媳妇。晋武帝说:"卫公女儿的上几代亲属都很和善,女眷都能生儿子,她自个儿又长得很美,身材好,肤色洁白。贾公闺女的有些亲属又凶又妒忌,女眷很少生儿子,自个儿长得又丑又矮又黑。这两人怎么相比?"可是杨皇后唠叨没个完,荀勖和冯𬘡又在晋武帝耳边大吹大擂,把贾充的闺女贾南风说得如何贤惠能干。晋武帝禁不住他们七嘴八舌,竟允许把十五岁的贾南风,嫁给十三岁的皇太子。这门亲事很快定了下来,贾充也就留在洛阳不出征了。

树机能在九年多内乍起乍伏,连续打败并杀死了凉州三个刺史：苏愉、牵弘和杨欣，279年春又攻下了凉州首府武威（今属甘肃）。晋武帝急得吃不下饭，司马督（宫内宿卫官）马隆自告奋勇要求出征，晋武帝便拜他为武威太守、讨虏护军。他提出的要求是自己募兵，自己挑选武器。朝中那些饱食终日无所用心的权臣们出来阻拦，说马隆这个小将胡扯乱道，相信不得，现在国家已有那么多兵，为什么还要再招募？晋武帝还是批准了马隆的要求。

马隆招募的人要求个个力大如牛，能拉开四钧的弓，或能运用九石的弩，① 不但能拉能用，而且还要百发百中。经过严格的考试，马隆招募了三千五百名熊腰虎背、武艺高强的勇士。有了人，马隆再到兵器库里领武器，管理仓库的官儿，把魏朝时留下的，长了锈、缺了口的报废武器发给他，双方当时就大吵大闹起来。晋武帝知道后，下令让仓库大开方便之门，马隆要什么就给什么，要多少就给多少，还预支给他三年军饷。

开始，树机能的几万人马，没有把马隆的三千五百人放在心上。马隆还准备了一种装着扁箱的战车。在辽阔的平原上，把这些扁箱车联结起来就是营垒；在道路狭窄的地方，一辆紧跟一辆排起来，要进就进，要停就停。树机能的兵士只要一露身，晋军的利箭就会飞射过来。树机能虽然足智多谋，但也没见过这新鲜玩意儿。马隆有时在山道两旁，堆积了大量磁石，树机能的兵士穿了铁盔铁甲，没法抗拒它的吸引力，行动极为不便。马隆的勇士穿了犀牛皮或藤条做的披甲，磁石对它们起不了作用，可以自由自在地来来去去。树机能的兵士不知道其中奥妙，都当马隆的军队是天兵天将，吓得纷纷逃散。马隆的队伍兵精、武器好，他

---

① 每钧三十斤；每石四钧，即一百二十斤；弩：使用机械力量发射的巨型弓。

的计谋又多又奇特,一路转战向前,走了上千里路,杀伤树机能的部属成千上万。

马隆的队伍从洛阳出发,自从进入河西地区后,音讯就断绝了。朝廷为他们担忧,有些人风言风语地说:"马隆有什么本事?一定全军覆没了!"几个月后的一个深夜里,马隆的捷报送到宫内,宫内一时沸腾起来。晋武帝高兴得不亦乐乎,第二天对文武百官说:"要是当时听信你们,不让马隆自个儿招募勇士、挑选武器,现在凉州早全完了。"他又下诏加拜马隆为宣威将军①。

马隆治军纪律严明,不杀不抢,他进入武威后,归顺他的各族人民就有好几万,他利用归顺的鲜卑其他部族去攻打树机能。在一场大战后,树机能逃跑,被部落里一个叫没骨的人杀害了。树机能领导的反晋斗争,历经十年的时间,在279年十二月被镇压下去了。

西边连天的烽火平息时,大规模进攻东吴的军事行动已经开始。就在马隆最后击败树机能的前一个月,晋武帝下定了伐吴的决心。

9 下定伐吴决心

晋武帝在派羊祜镇守襄阳时,已打了灭吴的主意。但伐吴之

---

① 魏晋时曾设置了四十种等级的将军称号,宣威排第二位。

举迟迟未能实现,除了西北发生秃发树机能的反晋斗争外,还由于朝廷内部意见并不一致。贾充、荀勖、冯𬘯等贪图安逸,一贯反对出兵平吴,不少朝臣则竭力主张早日统一全国。

司空裴秀在未死前,对平吴一直非常关心。龙骧将军王濬在益州积极准备平吴,多次派参军何攀到洛阳来办事。裴秀见何攀才干非凡,平吴决心很大,就把女儿嫁给何攀。

裴秀去世后不久,他的好友在整理其遗稿时,发现他临终前曾拟了奏稿,请求朝廷立即发兵,大意说:"孙皓太暴虐了,现在正是进攻的时机。过去我屡次进言,没有打动圣上的心。这刻儿我活不上几天了,再写这几句,就算是尸谏吧!愿陛下对小臣的祈望多多考虑!"晋武帝看了这份遗稿后,立即批示:"司空去世,我非常悼念!司空病危时还这么为国忧心,更使人感动!平吴之举,自当与各位贤能大臣共同商议。"

在秃发树机能的反晋战火烧得正烈的那几年里,羊祜就一直主张要腾出手来平定东吴。他上表说:"平蜀时,人们都说东吴可以一块儿打下来,但十三年已经过去,还没有什么进展。拿蜀汉同东吴比较,东吴江河山川的险阻,比不上蜀汉的剑阁和岷水、汉水,而东吴孙皓的昏虐,比蜀汉的刘禅更厉害多倍。东吴当前的困难也比蜀汉当年大得多。而我大晋的兵员和军备,已大大超过往时。现在如果四面八方齐头进军,大张旗鼓地压下东吴气焰,我们再在长江上游突出奇兵,顺流而下,就会使吴军震惊,军心涣散。我们发兵不必多长时间,东吴一定可以打下来!"晋武帝看后频频点头称是,随即要朝臣再次讨论平吴大事。贾充等人还是坚决反对,理由是秃发树机能还没平定。羊祜又上表说:"东吴平定以后,西边的小乱算不了什么,还是要把平吴放

在前头。"但他的主张仍然得不到一致同意，羊祜长叹道："天下事情，十之七八是不能如意的！"

羊祜在襄阳，常常喜欢和僚属到当地的名胜岘山游玩。有一次他登上岘山，眺望远景，对人说："自从有了天地以后就有了这座山。自古以来，多少贤达俊杰之士，曾在此山登高抒怀，畅述生平大志，现在都湮灭无闻了。想到这些，令人伤心！"说着，羊祜情不自禁地落下泪来。周围的人都知道，他是为了未能实现平吴大业而郁闷感叹。

羊祜年老多病，要求入朝面陈平吴大计。晋武帝对他特别优待，下令让他乘辇〔niǎn〕车入殿，不必行拜见之礼。君臣相见畅谈，十分洽意。晋武帝为了照顾他的身体，派中书令张华到他家中，在卧榻边筹商平吴策略。羊祜说："孙皓暴虐异常，人心背离，大军一举可以成功。假如孙皓一死，东吴另立英明的君主，那么即使我们有百万雄师，也难以逾越长江天险，而且后患无穷！"张华对他的主张十分赞同，羊祜说："今后能否实现我的意愿，就靠你了！"

羊祜病情日益加重，于278年十一月间去世，时年五十八。当天天寒地冻，晋武帝恸哭不止，他的眼泪流到胡须上，竟凝结成冰。羊祜一贯勤俭朴素，俸禄都用来接济亲属或赏赐将士，在军民中威望极高。他的死讯传开后，荆州一带的城镇、村庄和军营里都是哭声，连吴军的守边将士也为之流泪。他生前坐镇襄阳八年，人们为他在岘山上造了庙宇，立了一丈一尺高的墓碑，上面写了"晋故使持节侍中太傅巨平成侯羊公之碑"。游人看到这块碑，回想起他待人推诚相见，人人泪下不止。这块碑因此被称为"堕泪碑"。唐代著名诗人孟浩然到此一游，写下《与诸子登岘山》一诗,其中就有"羊公碑尚在,读罢泪沾襟"之句。

羊祜临死时推荐杜预接替他,晋武帝随后即拜杜预为镇南大将军,都督荆州诸军事。杜预(222-284)是晋武帝的姑父,担任过河南尹、秦州刺史、度支尚书等。他对军事、政治、天文、地理等各种学问都是深有造诣的,还修改过历法,注解过《晋律》。他当度支尚书管理财政时,提出五十多条措施,都被采纳实施而且成绩卓著。洛阳东北几十里的黄河孟津渡口,是京城通往北方的咽喉,水流险急,经常翻船。人们认为洛阳是个古都,历代王朝都没有在这儿造桥,一定是施工困难,无法建桥的缘故,因而不敢动工。但杜预却精心设计和施工,用古代联舟为浮桥的办法,终于把桥造起来了,大大方便了南北交通。桥成之日,文武百官都到桥边祝贺,晋武帝特向杜预敬酒说:"没有你,这桥是不会建成的。"

杜预还制造过一些机械工具。例如他利用齿轮相互推动的原理,用一条牛可以同时牵拉九个磨,称为连磨。他又在水车转动中同时使用几个舂米的机具,人称为连机碓〔duì〕。杜预在朝任官七年,做了很多好事。人们因为他非常博学,几乎无所不知,无所不能,好似武库里的兵器无所不有一样,就给他取了一个美号叫"杜武库"。

杜预接替羊祜坐镇襄阳,一上任就给了吴军一个下马威。他派遣精兵进攻西陵,东吴名将张政猝不及防,吃了败仗,一大批将士被俘。张政怕受到孙皓严责,不敢把这次失败上报。杜预却特地派人把俘虏押送到建业送还孙皓。孙皓对张政隐瞒军情大发雷霆,把张政调离西陵。这正好中了杜预的计,因为张政是一个难以对付的劲敌,东吴自己把这块拦路石搬开了,另外派了一个

没有多大能耐的留宪来镇守西陵。

杜预这一下"开山锤"打得好,显得他不比羊祜差。而东吴陆抗一死,张政调走,形势对西晋十分有利。杜预立即上表请示伐吴日期,晋武帝回答:"准备明年大举出征。"可是将领们等得不耐烦了。

王濬战船造好,只等一声令下,就可万军齐发,可是晋武帝在对付秃发树机能的军事行动没有结束前,老是下不了决心。王濬摸摸瞧瞧自己的花白胡子,心里着实难受,写了一个奏疏说:"孙皓荒淫无道,我们应该赶快去收拾他。一旦孙皓死了,东吴另立贤明的新君,转眼就会成为劲敌。老臣准备打仗已七年多啦,战船不出去打仗,渐渐朽烂了。老臣年已七十,不知哪天与世长辞,请求皇上速作决策,切勿坐失良机。"晋武帝觉得这些话说得不错,倾向于及早伐吴,但是贾充、荀勖、冯纨等纷纷议论说:"气候已寒冷,不如等到明年再发兵吧!"安东将军王浑(与王戎的父亲王浑非同一人)送来战报说:"孙皓蠢蠢欲动,我们边防正在戒严!"这时王濬又派何攀到京城来,何攀更是力主速战的人,他立刻上表说:"估计孙皓没有胆量来自己找死,最好我们乘边境戍所戒严之际,给东吴来一个突然袭击,一定可以乘虚而入,事半功倍。"

杜预也接着送来奏疏说:"东吴内部极不稳定,力量薄弱。我们立即出兵有千万条好处,不存在什么失败的忧虑。如果失去这大好时机,真太可惜!望陛下明察秋毫,早下决断。"过了好多天没有得到批复,杜预又上表说:"如果我们再拖拖拉拉,孙皓可能就会加强战备,修固城池,或是坚壁清野。我们明年进攻,就要遇到很大阻力了!"

杜预再次请战的奏疏送到时，晋武帝和中书令张华正在下棋，晋武帝读完奏疏，手执棋子，还是犹疑不定，张华把棋盘一推说："陛下英明，眼前政治和军事各方面都蒸蒸日上，很有成绩，国富兵强，一声令下，军民就会共同决死效命；而东吴的孙皓荒淫暴虐，骄横不可一世，诛杀贤能，民怨沸腾。机不可失，时不再来，眼下我们出兵征讨东吴，建业一定可以指日而下。"

王濬和杜预等大将的一再上疏，已经增强了晋武帝发兵平吴的信心。现在张华当面催促，除了指出东吴君昏民怨，正是征讨的良机，还强调说他皇上怎么怎么好，自己方面君明国强。这么一对比，晋武帝终于下了决心，他随即把手中的棋子往棋盘上"拍"地一放，大喊道："好！出兵！出兵！"贾充和荀勖等人听到这消息，还要来争论劝阻，晋武帝大怒道："现在我已下了决心，成败都不用你们操心，不要再多说废话！"

10 "一片降幡出石头"

"勇敢的将士，你们必须一往直前！顺着滔滔长江，直捣建业城下！"

这是西晋开国后十四年，即279年（咸宁五年）十一月二十一《庚戌诏书》中几句话的大意，当时，晋武帝部署六路大军，齐头并发，进攻东吴。这正是羊祜生前提出的方案，疑兵多出，以迷惑孙皓。这六路是：

都督徐州诸军事的琅琊王司马伷〔zhòu〕，向滁〔chú〕中（今安徽滁河流域）进兵；

都督扬州诸军事的安东将军王浑（223－297），向江西（今安徽的长江以西地区）进兵；

"竹林七贤"之一的王戎，这刻儿官为豫州刺史，加建威将军，向武昌进兵；

都督沔北诸军事的平南将军胡奋，向夏口（今湖北武汉市汉口地区）进兵；

都督荆州诸军事的杜预，向江陵进兵；

此外，第六路由都督梁州、益州诸军事的龙骧将军王濬和巴东监军唐彬，率水军从长江上游出兵，这是平吴中的奇兵。

六路大军共二十多万人，叫谁挂帅呢？晋武帝考虑再三，认为贾充虽然不支持平吴，但究竟是自己的亲信大臣，因为他既是开国功臣，又是皇太子的老丈人，朝臣中要算他最信得过，因而诏书下达，要贾充担任平吴的大都督，坐镇襄阳。可是贾充一向反对伐吴，害怕大功不能告成，又担忧不能控制六路大军，因而上表推辞说："西北兵祸连年，收成又不好。兴师东征恐怕不是时候！臣又老迈，更难胜任大都督之职。"晋武帝老大不高兴，立即批复："君若不行，吾便自出。"这八个大字就像一条鞭子，鞭责他不奉君命，贾充没法，只得硬着头皮上任。

博士秦秀是个耿直的人，素来瞧不起贾充。他听说贾充被任命为大都督，就对自己的知心朋友说："贾充只能办办文牍，有点舞文弄墨的小聪明，现在居然担当讨伐一个大国的重任！他出师时，我一定要号啕大哭去送行。"这位秦秀是说得出做得到的，别人赶紧劝阻他说："眼下东吴君主暴虐无道，有自取灭亡的征兆。各路大军奋勇前进，东吴将不战而溃。你倘若去哭送贾充，未免太不知趣，而且冒犯皇上旨意，乃是不赦之罪！"秦秀这才忍住怒气，没去闹事。

六路大军中，王濬一路是主力。十多年前，王濬官为巴郡太守。因为巴郡和东吴交界，边境地区的兵役和劳役特别繁重，百姓无法忍受，生下男孩都遗弃或溺死。王濬知道后严明法令，奖励生育，有育儿者予以免役，这样就救了几千婴儿的生命。眼下这些婴儿已成长为雄赳赳的小伙子，可以随军服役了。他们的父母便谆谆告诫他们说："过去王将军救了你们，现在跟随王将军去平吴立功吧！千万不要贪生怕死。"

王濬的大军誓师待发时，他的心腹将领李延为了争夺坐骑，和别人无理吵闹，当即被王濬处斩，众人毛骨悚然。这样，谁也不敢再在进军中随便违反纪律了。

长江上游的东吴守军，在巫峡八十里长的湍急水流中，钉下了无数尖尖的、长十余丈的铁锥，江面上却看不出。当晋军的战船被江水急流直冲而下时，即使不把船底戳穿，也会被搁住动弹不得。江面稍许狭窄的地方，还用很多粗大的长铁链横锁江面，使晋军的战船开不过去。

王濬早已把这些情况刺探得一清二楚，他准备了几百个扎得紧紧的大木筏和大竹排，宽长都有一百多步，上面都是穿了盔甲拿了刀枪的草人，太阳光一照，刀光剑影，亮晃晃地可真吓人。王濬又派水性好的士兵驾着筏排，顺水冲下去，江底长锥刺进去，都被筏排夹住，拔离江底，这些尖锥全完啦！王濬还准备了无数用麻油浇灌的火炬，每根有十多丈长，大数十围，遇到横江的铁链，把火炬点燃，熊熊烈火把铁链烧熔断裂，兵船就可直下无阻了。

平吴战役六路进军示意图

280年二月初一,王濬和唐彬派出步兵,绕道攻克了秭归东面八里的丹阳,并包围了秭归城。东吴的建平太守吾彦,早在秭归做了十多年的守城准备,滴水也渗不进去。晋军只得留下少数军队监视这颗砸不开的"硬核桃",大军依旧顺江而下。

王濬的水军可大出风头了,旌旗蔽日,战鼓震天,威风凛凛地穿过一百五十里长的、流急浪高的西陵峡,不费吹灰之力,就打下了东吴军事重镇西陵,杀了都督留宪,接着又拿下了荆门、夷道(今湖北宜都西北),直趋江陵。

杜预派了部将周旨率领八百精兵,绕道于深夜偷渡长江,在巴山(今湖北松滋县北)烧起了千百堆火焰,似乎千军万马占领了江防要地。吴军惊慌地传言:"北来的晋军已飞渡大江。"这时王濬的先头部队也已到达巴山东面几十里的乐乡,吴军仓促出城迎战,大败。在溃退回城时,周旨派在城郊的伏兵乘机混杂进去,随同撤到城里,直入军营,活捉了东吴都督孙歆并占领了乐乡,截断了江陵守敌南逃的归路,江陵的外围受到很大震动。最后,杜预大军紧紧包围江陵,将士们称颂杜预进军的谋略道:"以计代战一当万。"王濬打到乐乡,听到层层转报上来的消息说:东吴都督孙歆的头已被他部下砍了。这个喜报立即送给晋武帝。但实际上孙歆是被杜预的部将周旨活捉的,杜预派人把孙歆押送到洛阳,朝廷百官都哄笑起来,王濬讨了一个大没趣。

坚守江陵的吴军都督伍延假说要投降,却把精兵埋伏在城楼的矮墙里,企图等晋军入城时袭杀杜预。不料被杜预一眼看穿,急令继续攻城。不久城破,伍延被杀,晋军浩浩荡荡进入江陵。进城后,他们在大街小巷看到狗脖子上都扎着剖开的葫芦瓢,城内大树上的结块都砍出白片,上面都写了"杜预颈"三个字。原

来杜预脖子上长了瘿〔yīng〕，这是一种甲状腺病症，肥肿成块，伍延在守城时异想天开，逼迫百姓用这种办法来讥刺杜预，以提高士气。城破后，杜预见了非常生气，下令捕杀砍树块及系瓢于狗颈的人。他部下看到主将被辱，更为愤怒，大肆报复，以致江陵城内不少无辜的老年和幼童也遭杀害，顿时城中血流遍地，连行路者的脚上也沾上了鲜血。以后人们议论这次屠杀，都说杜预干了一件不光彩的事。

王濬大军顺流东下，和胡奋、王戎合攻夏口、武昌，吴军纷纷投降。在节节胜利的形势下，由杜预带头召开了一次军事会议，有些人还是不同意立即打到建业去，大泼冷水说："东吴创业有几十年了，这老窝不是一下能端得了的。现在正是春雨绵绵的季节，怎么行军？怎么宿营？还是等待冬天再同东吴算总账吧！"会上还传来消息，大都督贾充给晋武帝上了一个奏疏说："春夏之交，江淮地区必将瘟疫流行。东吴不是一口能吞得下的，应该召回各路兵马，等待日后大举进攻。像张华那样莽撞贪功的人，即使腰斩两段，也不足以谢天下。"中书监荀勖和贾充一唱一和，调门儿高得很。幸好晋武帝说："火速平定东吴，是我的主张！张华的想法不过和我相同而已！"

主持讨论下一步军事行动的杜预，当机立断说："现在兵威大振，我们打到建业去一定能'势如破竹'，一路上的东吴守军都可'迎刃而解'（这两个成语的典故出在这里）。"杜预的决定受到绝大多数将领特别是王濬的拥护。杜预还把自己统率的部众，分一部分给王濬指挥，壮大了王濬东进的实力。这时朝廷也来了诏书，要杜预收拾东吴大片的南方地区，包括今湖南、广东、广西、云南、贵州和江西一带，又令水军继续东进。于是王

晋军势如破竹

濬大军,随着滔滔江水,扬帆直下。长江沿岸的东吴各地守军,听说晋军一到,都吓得马上投降。

原来和王濬一起进军的巴东监军唐彬,沿江东下,立了不少战功。这刻儿他知道孙皓就像秋后的蚂蚱,蹦跳不了几天,他想起关于孙歆的笑话,估计再下去,争功抢功一定更凶。他为了避免卷入这种争功的是非,推说身体不好就不走了。

安东将军王浑的兵马,秋风扫落叶似地到了横江(今安徽和县东南)。孙皓派丞相张悌统率三万吴军迎战。这支士气低沉的队伍没精打采地到了牛渚矶,张悌望着翻滚的江水说:"东吴将要灭亡,这是贤愚尽知的事,现在如果在这儿坐等晋军来到,君臣都投降,那真是奇耻大辱。不如渡江决战,即便败了,同死社稷,也是光荣的。"

张悌的三万兵马渡过长江,同王浑派出的扬州刺史周浚的部队对阵。吴军三次冲锋,晋军巍然不动;稍一后退,自己的队伍就混乱起来。晋军乘机大举进攻,三万吴军一扫而光。吴将诸葛靓带了数百亲兵撤退,特地去接应张悌,拉他上马逃走,张悌死也不愿走,决心殉难。诸葛靓只得自己策马逃跑,刚走了百来步,再回头一望,张悌已被晋军砍倒割下了头颅。

王濬的水军也到了,艨艟战船排山倒海而来。大兵船两条船连在一起,有一百二十步见方,能容纳二千多名将士,船上有木制的城楼和平台,上面可以驰马往来,船头上刻画了张牙舞爪的怪禽恶兽,煞是吓人。夜幕降临,船上灯火辉煌,照亮了整个天空。盛大的军势把东吴军民吓瘫了手脚。

王濬八万大军直逼建业城下,这时东吴各地还有五千多条大大小小的军用船只。人们形容东吴船多可盖海,有的船高如飞云，有的大船可载三千人，船身楼阁重叠，远望如蓬莱仙境，中等的船也可以运马八十匹。库房里还有两百八十万斛粮食，全国将士还有十多万。如果把这些兵力集中起来，还可以同王濬一决雌雄。可是由于孙皓荒淫残暴，人心早已涣散了。孙皓气急败坏地命令游击将军张象带了水军万人去抵抗。张象一出城立即投降。接着，孙皓又凑了两万水军，让都督陶浚率领御敌，可是开拔的头天晚上，士兵们就溜得一个也没了。孙皓这才像断了八条腿的螃蟹，一步也没法横行了，只得下令在石头城上竖起白旗。

280年三月十五这天，孙皓分遣使者，向晋军统帅王浑、王濬和司马伷请降。唐代大诗人刘禹锡有诗追怀这场战争的情景，其中写道："王濬楼船下益州，金陵王气黯然收；千寻（一寻为八尺）铁锁沉江底，一片降幡出石头①。"

东吴从孙权称吴王（222年）开始立国，传了四主，共五十七年而亡。东吴的四个州、四十三个郡、三百一十三个县，正式并入晋的版图；东吴的五十二万三千户、二百三十万人口（不包括隐藏在豪族等私家的佃户和奴仆）并入晋的户籍。三国鼎立的局面从此结束。

平吴的捷报送到洛阳，文武百官齐声庆贺，欢呼胜利。晋武帝端着酒杯，想起当年勤勤恳恳筹划平吴的羊祜，情不自禁地流下两行热泪说："这是羊太傅的功劳啊！"

晋武帝在洛阳举行了正式的受降大会，文武大臣、四方使者和国子监的学生都参加了，宣告了全国的统一，并改元为太康。孙皓在众目睽睽之下，趴在地上叩响头。晋武帝叫他站起来，指

---

① 石头，指今江苏南京市清凉山西侧倚山而建的石头城，当时为建业临江城防最坚固的军事据点。

着阶下的陪座说："我给你准备这个座位已很久了！"孙皓内心还是不甘服输，竟厚着脸皮说："我在建业也早为陛下准备了这样的座位。"

孙皓刚投降时，身为平吴大都督的贾充还没有得到消息，他再次上表，说东吴不能立即平定，要求班师回朝。这个奏表和打下建业的捷报同时到达京师，朝野人士纷纷讥笑贾充虽位居人上，但智出人下，太不识时务。贾充回京，既愧且惧，只得向晋武帝请罪，把自己大骂一顿，又把皇上的英明卖力地歌颂一番。晋武帝对这位老功臣、老亲家宽慰几句，一笑置之。贾充这刻儿看到孙皓，觉得正是一个出气筒，便大声地呵斥道："听说你在江南喜欢挖人眼睛、剥人面皮，那算是何等刑罚？"孙皓一看原来是挂名的平吴大都督，顿时感觉二十年前被贾充所杀的魏帝曹髦，似乎鲜血淋淋地站眼前，他立即尖刻地说："对待谋杀皇上的逆臣，就要用这种刑罚！"贾充没想到孙皓会这么奚落他，不由得满面羞愧，感到无地自容！

孙皓被封为归命侯。之后晋武帝举办酒宴，把他召来陪坐。席间，晋武帝问他："听说你唱江南小曲唱得很好，尤其一种叫'尔汝曲'的，你还能唱一个？"孙皓已喝得有八成醉，就放胆唱道："昔与汝为邻，今与汝为臣；上汝一杯酒，令汝万寿春。"在平时，臣子直接呼皇帝为"尔"、"汝"，便属犯了大不敬之罪，是要杀头的。孙皓是奉旨唱曲，所以虽然直呼"尔汝"，晋武帝也不便发作了。但孙皓一想到落到这个地步，心中一酸，唱完竟失声大哭起来。当然，孙皓是不会认识到他为什么会亡国的，后世多少无道的昏君，同样也不会接受孙皓亡国的教训。

11 二将争功

孙皓虽然投降了,但平吴的两大功臣王濬和王浑,却由于争功而吵闹不休。

原先,当王濬的战船顺江而下时,王浑所部在长江北岸消灭了张悌的三万吴军,打了个大胜仗。周浚力劝王浑立即渡江打到建业去,但王浑对跨越长江天险忧心忡忡,只是按兵不动。这时朝廷诏书到达,要王濬打到建业,听从王浑指挥。王浑顿时高兴起来,派人坐小船去拦截王濬,要和他共同商议攻城大计。但王濬此刻还没接到这个诏书,哪肯听从王浑召唤,他对使者说:"你看风那么大,到建业去正是顺风顺水,怎能停泊下来!"

王浑一开始不敢渡江,不料孙皓却被王濬一下逮住。王浑自认为打败东吴三万大军,等于卡住了孙皓脖子,但结果却被王濬抢了头功,他怎能忍下这口气。王浑多次到晋武帝跟前告状,说王濬不听他的指挥、抢功劳,晋武帝也就拿这个问题责备王濬。王濬申述说:"进军的诏书讲,要各路兵马听从太尉贾充统帅,并没有命令我归王浑调度。我十二日到达三山(今南京市板桥镇附近三山矶),王浑派人来邀我商谈军务,信中也没讲到朝廷下诏要我受他指挥的事。我十五日打进建业,到傍晚才见到诏书,而这时孙皓已经投降了。何况自古就有这个规矩:

将在外,王命有所不受。"这些道理和事实一摆,晋武帝没话讲了。

王浑还根据周浚信中所说,告发王濬的部将放火烧孙皓的宫室,浑水摸鱼,抢掠东吴官库的财物。王濬又上表解释说:"据孙皓的臣子孔摅招供:孙皓的左右侍从在快灭亡时,表示还要顽抗到底,为孙皓去决一死战。孙皓当即把金银财宝分赐给他们,但那些人得了财宝就走,并未出战。孙皓没办法才投降,请降的使者出了宫,那批左右侍从又放火烧宫,趁火打劫。我王濬的队伍开进去后还救火呢!"

王濬还说:"几路大军齐会建业,共有二十多万,我王濬部队只有八万。我治军一贯纪律严明,有些军士买卖不公平,违反军纪,我就杀了十三个。当时别的军队有八百多人在城边抢东西,我的部将马潜抓了其中二十多人,都是王浑手下周浚的部属,我把这些人送回给周浚,让他自己处理,他怎么还反咬我一口!"

王浑确实有些蛮不讲理,他的儿子王济帮助他骂街,更是凶狠,什么话都骂得出,什么罪名都会无中生有地加上去。他们还说王濬在益州当刺史,笼络原来蜀汉的部队,打下建业后又收买东吴的人心,因而王濬的目的是要伙同蜀汉、东吴的人造反等等。别人一听,就知道这完全是恶意中伤。

王浑世家大族的牌子比王濬硬,在朝廷中势力大,他儿子王济又是当朝驸马。王济的夫人是常山公主,这公主从小瞎了双眼,晋武帝对她又怜又疼,对王济也是另眼看待。所以王浑、王济爷儿俩即使理屈词穷,也还要大喊大叫。

两大功臣争吵不休,平吴后两个多月,晋武帝才正式给平吴的功臣晋官加爵，其中王浑进爵为公，王濬拜为辅国大将军，封襄阳县侯。羊祜生前对平吴的准备做了巨大贡献，这刻儿加封他还在世的夫人为万岁乡君，食邑五千户。

王濬自认为功劳最大，但受封并不显著，特别是遭到王浑这一伙不明不白地攻击，使他憋了一肚子气。他经常在进见晋武帝时，陈述自己的战绩和遭人攻击的事，以发泄积怨。有时讲得无名火升起三丈高，不告辞就退出朝来。

王濬的部将范通对他说："你还是想得开些吧，不要开口闭口夸功。如果别人问起来，你只说这是靠皇上的功德，将士的勇猛，我老头子没有什么了不起的，那么王浑也要惭愧了！"王濬点头称赞说："过去平蜀，邓艾千辛万苦最先打入成都，反被钟会陷害而死。我起初怕重蹈邓艾覆辙，不得不申辩，以后越讲越凶就不对了，确实应该耐住点！"

当时人们都认为王濬功大赏轻，博士秦秀、太子洗马孟康等上书给他鸣不平。秦秀的奏疏大意说："自从开国以来，辅国大将军的称号只是给那些虽无大功，但过去同皇上有恩情的人。现在给了王濬，这不是荣誉而是侮辱。蜀汉小，东吴大，过去打下蜀汉的功臣晋官封爵都很高，现在王濬平定东吴却得不到应有的封赏，天下的人都想不通。东吴强盛时，我们的祖先还要让它三分，到了孙皓手里，他有时出动兵马，也还能吓唬人。早几年如果有人率领百万大军把建业拿下来，举国上下一定称颂不止，如今王濬率领蜀中兵马，几十天内就平定东吴，即使把吴国的财宝都给他，也不为多。"

这些臣子们怕得罪王浑，所以对他们二人的是非尽量回避掉，可是说的都是事实。晋武帝没法，只得升任王濬为镇军大将军（后来又升为抚军大将军），散骑常侍（在皇帝左右可以规劝过失、预闻朝政的大臣），领后军将军（统率中央禁军的长官之一），这才稍平人心。晋武帝又赏赐平吴的功臣，王濬和张华各得绢一万匹，羊祜的夫人得帛一万匹，别人都没那么多。

王濬还担心王浑要害他，当王浑有公事来看他时，便派了许多武装整齐的卫士在四周警戒，然后再与王浑相见。

王濬在平吴前后，真是"蜜糖罐里打老醋，辣椒粉里添黄莲"，甜酸苦辣都尝尽了，从此伤透了心，性格也变了。原先他很勤俭节约，眼下什么好吃好穿的都尽情享受，连自己的墓地他也安排起来，周围四十五里内，满山满岗都栽了高大的松柏。王濬在八十岁那年病死。

平吴的另一功臣杜预是个儒将，他不喜欢骑马，射箭也穿不透盔甲上的铁片（有人能穿透七重），但用起兵来却连连取胜，赛过很多武将。平吴后他由丰乐亭侯晋爵为当阳县侯，这种封赏不算高，但他却从不计较。回襄阳后，他几次上书要求交卸都督荆州诸军事的职权，晋武帝不同意，他却与世无争地读起书来。他自称有"左传癖"，写了《春秋左氏经传集解》、《盟会图》、《春秋长历》等书。

杜预在荆州地区兴修水利，灌溉了田地万余顷，又开辟水道，促进了交通运输。老百姓深受其利，尊称他为"杜父"、"杜翁"。有首民谣歌颂道："后世无叛由杜翁，孰识智名与勇功！"意思是说：杜预既有惊人的智慧，还有难忘的武功，他的政绩有利于安定民生，流惠后世。

12　洛阳纸贵

晋武帝平吴后的太康年间（281－289），政治上比较安定，文人学士争着歌功颂德，作品盛极一时，后人称之为"太康文学"。其代表人物有一左（左思）、二陆（陆机、陆云兄弟）、二潘（潘岳、潘云叔侄）、三张（张载、张协、张亢）。

大约在282年（平吴后的第三年），洛阳的人们争着买纸。原来有一个叫左思（250－305）的人，写了著名的《三都赋》，大家都说《三都赋》写得太好了，纷纷传抄。晋代纸张的产量不大，由于许多人抢着买纸抄赋，引起纸张奇缺，纸价飞涨，贩卖纸张的商人都发了财。

"赋"是一种文体，兼有诗歌与散文的性质，极讲究文采与韵节。据说最早的赋是战国荀卿的《赋篇》，"赋"到汉代才形成特定的文体而风行一时。汉魏时代，诗和赋是文质并重的，但到了晋初转向追求形式。"太康文学"特别注意用词、练句、对偶和音韵。魏晋时期一般写短赋，像左思那样长达一万多字的《三都赋》是极少的。

这左思是怎么样一个人呢？看看《三都赋》写的那么美，其实他却长得又怪又丑，据说走到街上，还有人对他吐唾沫。这个左思说起话来，是个结巴子，但他写的《三都赋》，却辞藻华丽，铿锵有声。

左思门第不高，母亲早逝。父亲左熹原来是一个小吏，以后升为太原相、弋阳太守。左思幼年时不很聪明，学过书法、音乐和兵法，都没有什么成就。他父亲看他似乎没有什么出息，曾对友人说："一代不如一代，他还不及我年轻时有点能耐。"这话对左思刺激很大，他发起狠来，一头钻进书里刻苦攻读。他是临淄人，这个地方是过去齐国的都城，他用一年时间写了一篇《齐都赋》，亲友们看了都叫好，这一下把他乐坏了，他认为"只要功夫深，铁杵磨成针"的道理千真万确，于是下定决心在《齐都赋》的经验上，来一个"不鸣则已，一鸣惊人"。邺①、成都、建业分别是三国鼎立时魏、蜀、吴的都城，是这三国的政治、经济和文化中心，他便着手写起《三都赋》来。

272年，晋武帝听说左思的妹妹左棻（一作"芬"）是个举世无双的女才子，便把她召进宫去封为修仪，又进晋贵人（修仪、贵人都是嫔妃的称号）。左思在左棻进宫后，把家搬到了洛阳。他决心写好《三都赋》，但又感到自己所见所闻不博，便向朝廷提出，要求当一名管理图籍和著作事务的秘书郎，晋武帝随即同意了。这样，凡是朝廷里收藏的有关这三个都城的图籍和资料，他都可以随心所欲地阅读和钻研。

左思一心要把《三都赋》写好，他不但趴在书案上想，吃饭喝茶时想，洗脸洗澡时想，走路散步时想，甚至连梦中也想。他在饭案、床头、厕所以及亭园楼台边，都放着笔墨纸砚，只要脑子一闪，得到一个妙句或一个好词，就赶紧记下来。吃饭时想到，就把碗筷放下来改写；半夜里想到，就点起油灯来修饰。这

---

① 邺：音yè。今河北省临漳县西。

样花了整整十年，惊人的《三都赋》终于被名声不大的左思写出来了，正像鸡窝里飞出一只金凤凰。

《三都赋》是由《蜀都赋》、《吴都赋》、《魏都赋》三篇独立而又相联结的赋组成的。赋中有三个假设人物：东吴王孙、西蜀公子、魏国先生，通过他们相互之间的倾诉，写出三个名都的概况、历史、特产、风土人物和各自的政治、军事、经济、文化面貌。例如《蜀都赋》记述了当时成都织锦业的盛况："百室离（指成排状）房，机杼相和。"描述锦织成后在江水里洗濯的情景："贝锦斐成，濯色江波。"记蜀中特产："旁挺龙目（即龙眼），侧生荔枝①，布绿叶之萋萋，结朱实之离离。"还有关于天然气的宝贵纪录："火井沈荧于幽泉，高焰飞煽于天垂（埵）。"《蜀都赋》最后又概括成都的形势说："至于临谷为塞，因山为障。峻岨塍埒〔chéng liè〕，长城豁险，吞若巨防。一人守隘，万夫莫向。公孙跃马而称帝，刘宗下辇而自王。由此言之，天下孰尚？故虽兼诸夏之富有，犹未若兹都之无量也。"大意是讲：成都据山川之险。王莽时期的公孙述在这儿割据称帝，汉朝宗室刘备进城就自立为王。从这些情况说来，天下哪一块地方能胜过它？中原的城市虽然都很富庶，但都不及这成都无可限量！

《三都赋》问世时，没有引起人们的重视，于是左思找著名的学者皇甫谧来品题。皇甫谧高兴地为《三都赋》作了序，著作郎（掌管编纂国史）张载为《魏都赋》作了注解，中书郎刘逵为其他二赋作了注解，尚书郎卫权为《三都赋》写了《略解》。这样一来，《三都赋》立即蜚声文坛。司空张华读后赞叹说："这赋

---

① 后世即以"侧生"作为荔枝的代称。

同班固的《两都赋》、张衡的《西京赋》完全可以媲美。"张华位高望重,他这么一说,豪家贵室开始竞相传抄《三都赋》,于是洛阳城内纸价顿时高涨。成语"洛阳纸贵"就是这样来的。

在西晋文坛中最著名的要算陆机(261-303),他的文才富瞻,人称"陆才如海"。他原本也想写《三都赋》,听说左思也有这个打算,哈哈大笑,写信给他的弟弟陆云说:"有一个粗野的北方人左思,居然想写《三都赋》,真是异想天开!等他写出来给我们盖盖酒坛吧!"陆机的《三都赋》还没写成,"盖酒坛"的大话已经传开了。后来陆机读了左思的赋后,惊叹不已,也就搁笔不写了。

《三都赋》问世,虽然一时轰动了洛阳城,但它的内容还是摆脱不了铺张堆砌词藻和文人雅士的俗套,因此在文学史上的评价却并不太高。可是它记述的事物,大体上是真实的,后人从而可以推知三国后期经济等状况,以弥补史料的不足。左思的一些诗歌却写得非常出色,他的诗流传到现在的虽然只有十四首,但大都表达了他的志气:在为困苦所迫时不奴颜婢膝,在孤寂难耐时不攀附献媚。

当时门阀制度严格得很,出身寒微的人,在仕途中经常受到压制。晋武帝在选拔和使用人才方面,还是沿袭曹丕时所创立的"九品中正法",把有才能的人分为九等,朝廷按等级委派这些人做官。可是掌握评定等级、推荐官吏大权的,是在州的大中正和郡的中正。这些中正照例都是本地的世族大家,因而评定等级的真正标准不是才能的大小,而是门第的高低,以致造成了"上品无寒门,下品无世族"的局面。许多有识之士如司空卫瓘、议郎段灼等人,都曾上书抨击"九品中正"的祸害。特别是尚书左仆射刘毅,他说:这样评选官员,只能造成"人物难知,爱憎难防,情伪难明"的坏结果。他还列举了"九品中正"的八大罪状,要求废除这个制度。晋武帝是靠着世族大家的支持禅代魏帝上台的,"九品中正"是维护世族大家的命根子,他怎么能砍掉它呢?

有抱负的左思,虽然父亲当过太守,妹妹做了晋武帝的贵人,但原来的门第不是世家大族,因此他固然才华横溢,名声很大,仍是始终得不到重用。他对这种社会现像愤愤不平,因为他没有机会施展才能,不能建功立业。他的《咏史》诗名为咏史,实际上是针对现实,抒写自己的抱负和愤慨的。其中一首写道:"郁郁涧底松,离离山上苗;以彼径寸茎,荫此百尺条。世胄蹑高位,英俊沉下僚。地势使之然,由来非一朝。……"大意是:

> 密密层层,涧底的青松林,
> 稀稀疏疏,几颗树苗在峰顶。
> 树苗寸把长的茎条,
> 却掩蔽着百尺松荫。
> 贵族子弟霸占了高位,
> 英才俊士埋没在底层。
> 这由来并非在一朝一夕,
> 是地势高下所造成。

左思同皇室权贵们愈来愈疏远,以后他不愿为官,在家读读书,写写诗赋。后又从洛阳迁到冀州居住,最后悒悒不得志而病死。

13　裴秀与皇甫谧

晋初人才辈出。在文化艺术方面，除了左思、陆机等一批文学家外，还有许多人在其他领域作出了贡献。这里向读者介绍一个地图学家和一个针灸学家。

历史上，祖孙三代分别在三个朝代，做同一职务的大官，这是少有的。裴秀（224－271）及其祖、其父却是这样。裴秀是河东闻喜（今属山西）人，他的祖父裴茂做过东汉的尚书令，他的父亲裴潜做过魏朝的尚书令，他自己则做了晋初的尚书令。在东汉，尚书令直接对皇帝负责，是总揽一切政令的首脑。魏晋时，尚书令和在皇帝身边掌管机要的中书监、中书令同为中枢大臣。

裴秀走上官场一帆风顺，但做了尚书令后就不怎么顺当了。官场中倾轧成风，老是有人找他的岔子。他有个旧交郝诩〔xǔ〕给人写了一封信说："尚书令裴秀是我的老相识，你如有什么事要他帮忙关照，我给你去说说，这点面子他总会给的。"不巧这封信落到别人手里，就作为罪证告到了晋武帝跟前，说裴秀假公济私，身为尚书令尚且这样，叫文武百官怎么办？晋武帝为裴秀辩解说："别人是否来请托自己办点事，那是别人的事，做尚书令的裴秀怎么能预先防止呢？况且假公济私还没有成为事实，裴秀有什么罪呢？"不久，司隶校尉李憙又告发说："刘尚替裴秀强占官田，裴秀有罪，应该关押！"晋武帝又给他开脱说："裴秀小小的疵点，怎么能和他的功勋相比？强占田地的罪在刘尚身上，裴秀没有什么过错，不必关押。"晋武帝虽然待裴秀不错，但禁不起朝中有人一再攻讦裴秀。过后有些老臣，如八公中的王祥、郑冲等以老疾归第，晋武帝同时把四十多岁的裴秀调为官位虽高，实权却不大的司空。

司空的职责之一是掌管各地的道路。古代政府为了掌握国内地理道路的情况，都测绘过地图。可是古代的地图不仅没有经纬度，也没有比例尺的计算，距离远近和土地面积很难测定。早在魏末，裴秀曾随司马昭出军讨伐诸葛诞，跑了不少地方，由于地图错误，吃了很多苦头。明明地图上看起来很近的两个地方，但跑了几天也没见影子；明明地图上没有山也没有水的标记，但真正走到那个地方，却冒出连绵的山冈或汹涌的河流来，这时赶紧要逢山开路，过河搭桥，火烧眉毛抓了瞎，真急死人！尤其宫廷宝藏的那份地图，是用几十匹绸子制成的，那么大的地图使用起来也十分不便。

裴秀发奋钻研，他决心改革地图，不让错误百出、害人匪浅的东西流传下去。他首先运用了简缩的技术，用"一分为十里，一寸为百里"的比例尺，把那幅用几十匹绸子做的巨大的晋地图，缩画成《地形方丈图》，这样用起来就方便多了。

朝廷图籍库中的官员，看到裴秀那么热忱地研究地图，也都尽力和他一起工作。其中有一个叫京相璠〔fán〕的，对地图很有研究，还写过一本《春秋土地名》的书。他们在裴秀的主持下群策群力，把祖祖辈辈和他们自己的地理知识及绘图知识都总结了一番。裴秀就此提出了绘制地图的六个基本要点（比例尺、方位、交通路线的实际距离、地势起伏、地物形状和倾斜缓急）。

这些都是世界地图学史上划时代的新创造,除了经纬度和等高线外,已经包括了现代化制图的基本要求。

裴秀和当时的权贵和名士们一样,喜欢服用寒食散。服用寒食散规矩很多,例如当时一般习惯喝冷酒,但服寒食散后饮酒必须温热。裴秀在四十八岁那年,有一次服寒食散后,由于疏忽喝了冷酒,竟把宝贵的生命断送了。后人为他如此死去感到可惜,因为他不仅是对我国还是对世界地图学有贡献的人。

说起寒食散,被它害苦的人确实不少,但有一个皇甫谧,为了研究如何从寒食散的痛苦中解脱出来,却成了一个名传后世的针灸学家。

皇甫谧(215-282)是安定郡朝那(今宁夏固原县东南)人,从小过继给叔父为子。皇甫谧年幼时顽皮不愿念书,书本子叫老鼠啃了他不管,家中油瓶倒了他也不扶;到了十七岁,长成七尺八寸(相当于今一米八十)的大高个子,可是还认识不了几个字,整天和他表弟梁柳编荆条当盾牌,砍树枝当枪戟,相互刺杀玩耍。他的叔母伤透了脑筋,天天劝诫他也不起作用。他到二十出头,懂得了一些做人的道理,感到对不起叔母多次恳切诚挚的劝说,才开始发奋读书。因家境不好,他种田时也带了书本,休息时就读。经过几年刻苦学习,他成了一个博学多才的人。

他三十五岁前后,连年不断地打摆子(疟疾),四十二岁时又得了风湿病,半身不遂,右腿逐渐萎缩变小,长期卧床。但愈是生病他愈离不开书本,在病床上也废寝忘食地用功,当时人们称他为"书淫"。朝廷多次下诏要他出来做官,他推说病重,婉言相辞。

少年时和皇甫谧玩刺杀游戏的表弟梁柳,后来被朝廷任命为城阳郡（治所在今山东莒县）太守，别人劝皇甫谧设宴欢送，他说："梁柳没有做官时来看我，我迎送都不出门；请他吃饭，只不过几根咸菜佐餐。如果我现在设宴欢送，那么看重的只是城阳太守，而轻视了梁柳，我怎么能安心呢！"

皇甫谧五十多岁时，把能买到和借到的书都反复读过了，他大胆地向晋武帝要求借书看，晋武帝为了笼络名士，很大方地送了他一车书。皇甫谧因长期有病，非常痛苦，他为了把身体搞好，能更多地读些书，也服用了寒食散，这一下可就上大当了。他的四肢变得又酸又重，浮肿起来，同时又咳嗽没个停。三九寒天里，别人穿上棉衣棉裤棉大袍，他却要脱光衣服甚至躺在冰上，嘴里还要嚼嚼冰碴子才舒服。他经常苦恼得在梦中也直呼救命，几次要拿了菜刀自杀，都被拦阻住了。

"久病成良医"，皇甫谧为了解脱病痛的折磨，自己学本领同病魔斗争，把难懂的古代医学著作当硬骨头一样地啃。坐着看累了，躺下来看，躺着看累了，就坐起来看。即使全身关节酸痛得要命，他还是咬紧牙一字一字地琢磨。起初他曾请人帮助念给他听，可是后来他的耳朵也聋了，他又自己耐心阅读，把那些医书的内容全部细嚼慢咽，印到脑海中去，同时融会贯通，配出药方给自己治病。

皇甫谧又对针灸学展开攻读和研究。他在自己的身上做试验，有时针刺酸痛得失声大喊，有时甚至昏厥，他一点也不灰心丧气。皇甫谧经过七年的生死搏斗，寒食散给他造成的病痛逐步解除，瘫痪也好得多了，居然能起床行走。到了晚年，皇甫谧的针灸经验愈来愈丰富，他摸透了针灸穴道的部位，创立了自己的针灸理论，写成了《针灸甲乙经》。它不仅在我国医学史上是一部伟大的著作，还流传到国外，从公元六世纪开始，朝鲜和日本的医生就把它当做必读的书籍。皇甫谧又是一个史学家，曾经著述了《帝王世纪》、《年历》、《高士传》、《玄晏春秋》等书。

皇甫谧的名声愈来愈大，晋武帝还是要请他出来做官，他仍推说年老有病，不肯应召任官。皇甫谧虽中年后长期卧病，但他顽强地钻研医学，战胜了病魔，活到六十八岁。他的著作，是我国珍贵的古代文化遗产的一部分。

14 两万亩田

全国统一后，战争平息了，政治上趋于安定，但老百姓的生活还是很苦，皇室和权贵们仍旧无限制地霸占土地。就说长安东南一百多里有一个蓝田县（今陕西蓝田县西），县里上等的熟田，就被强弩将军庞宗霸占了好几百顷（一顷合一百亩）。庞宗为什么敢横行不法呢？因为他夫人赵氏是赵俊的同族人，而赵俊的后台又是晋武帝的皇后杨艳。

杨艳的母亲是天水人赵氏，杨艳一出生赵氏就死了。杨艳的父亲叫杨文宗，早年也去世了。杨艳是舅妈的乳喂养大的，舅舅对她更是爱护备至。杨艳的祖先有四世做过汉朝的三公，是关中地区的世族大家。杨艳被立为开国皇后后，为了报答舅舅的养育之恩，要求晋武帝提拔舅家的赵俊当了中护军。不久，赵俊的一个侄女赵粲又做了后宫夫人。这一下，赵俊成了双料的皇亲国戚，到处为自己和亲友霸占土地，地方官吏和老百姓敢怒不敢言。

皇家宗室和世族大家疯狂侵占土地，庄稼收入大部分进了他们的私囊，朝廷正常的赋税收入也大大减少，晋武帝不得已颁布了"限田"的法令，规定王公贵族第一品可以有田五千亩，每低一品递减五百亩，第九品可以有田一千亩。

庞宗身为强弩将军，这个官儿没有什么了不起，在真正的将军中还排不上号，只能列入"杂号将军"。但他是西川（今陕西旬邑县北）的豪族大姓，再加上靠着赵俊的牌头，在雍州很多地方占有大量土地。仅就在蓝田县的两万亩地而论，已大大超过了他应有的田亩数。庞宗看到限田法令，有些提心吊胆，但他想，像他这样的达官贵人多着哩，皇上要严办，还能个个吃官司？

晋武帝还下达了"占田"、"课田"等法令。"占田"令规定：每一个男子可以占田七十亩，女子可以占三十亩。"课田"令规定：每一个丁男（十六岁至六十岁）要缴给国家五十亩租税，计四斛；丁女缴二十亩租税；次丁男（十三岁至十五岁；六十一岁至六十五岁）缴二十五亩租税；次丁女免缴。

庞宗的佃户知道了占田令，心都摇摆起来。做一个国家编户的农民，自己可以占有田地，收获物除了缴租税外都归自己，可是当了庞宗的佃户，除了吃一口饭，不服兵役外，什么也捞不到。全国已统一，服役也少了，因此有的佃户设法溜走了。

如果佃户们全都跑了，庞宗就过不了豪华生活。但庞宗却不怕，晋武帝统治下对奴隶极其严酷：奴隶第一次逃亡，抓回后要用铜锡加墨，在眼皮上刺字；第二次逃亡，要在腮帮子上刺字；如果再有第三次，刺字就要刺在更显眼的两颊，每字长一寸五分，宽五分。如果奴隶敢于反抗主人，主人可以任意杀死他们。

庞宗这伙人就靠这些法令，残酷惩办敢于逃跑的佃户。

限田的诏书发布了，实行起来却十分困难。王公贵族相互观望，他们谁没霸占几千几万亩地，谁没有上百上千佃户和家奴？庞宗打算别人怎么着他也怎么着，他的田地一亩也舍不得丢。各地的好田好地大部被王公贵族和豪强霸占，农民要按"占田"令去种田，只得去开荒，但荒地收获太少，生活还是十分困难。所以对于广大农民来说，"占田"令在很大程度上也是一纸空文。因此，庞宗在蓝田的佃户们，依然忍饥挨饿做奴隶。

蓝田县令张辅，为人正直刚强，很有才干和魄力。他一上任就听说蓝田的几万亩好田叫庞宗霸占了，决心打击豪强势力。他盘算着庞宗和赵俊本人官大势大根底粗，难以扳倒他们，于是就把庞宗手下为虎作伥的两个僮仆抓起来杀了，又没收了庞宗的两万多亩田地，分给贫苦百姓。这一下可轰动了整个蓝田县和附近的州郡，人们对张辅执法不避权贵，敢于打击豪门的行为称扬不止。

晋武帝正要大力推行"占田"、"限田"等法令，对张辅大加赞赏，并把他调到临近京师的山阳做县令。太尉陈准的家僮在山阳无法无天，也被张辅逮捕正法，晋武帝听到后更为高兴，把张辅提升为尚书郎，以后又叫他当御史中丞，专门负责纠劾不法的官吏。

西晋开国前后，朝廷两次下令把屯田区改为郡国，这样原来屯田的佃户就成为了自耕农，过重的剥削也有所减轻。晋武帝又几次下令严禁私招佃客，中山王司马睦私招佃客七百多户，因之被降为丹水（今河南淅川县西）县侯。晋武帝为了增加农业人口，又下令十七岁的姑娘一定要出嫁，否则由官府代找婆家。汲郡（治所在今河南汲县西南）太守王宏农业办得好，晋武帝赏以一千斛谷子，提拔他为大司农，负责管理全国租税、钱谷、盐铁及其他财政开支。晋武帝又恢复常平仓，丰年收粮，荒年平粜。

以上种种措施，有利于农业生产的逐步发展，国家赋税收入充裕起来，户口也增加了。

据平吴初期统计，全国共二百四十五万九千八百四十户，一千六百十六万三千八百余口。282年（太康三年），晋武帝又下令各地上报户口，全国共三百七十七万户。平吴不到三年，增加了一百三十万户，这里除了人口的自然增长外，有一个重要原因是不少原先为豪强贵族所奴役的佃户，现在成了向政府缴纳赋税的国家编户。

平吴后一二十年，由于天下太平，劳动人民辛勤地生产，出现了一片欣欣向荣的景象。几十年后有人称颂这个时期"田野里挤得满满的牛马，谷场上堆得高高的余粮；旅客们受到热情的招待，家家户户的大门日夜敞开；人们随时随地可以获得财富，找不到缺衣少食的穷汉"。这些话虽然有些夸张，但也反映了当时人们的生活确实有了改善。

晋朝开国时，封了一批同姓王，又封了五百多个大小功臣为公侯，多年来养儿育女，形成了一个庞大的占统治地位的贵族地主阶层，他们法定的封邑就有一百万户，占全国总户数约七分之二。国家的赋税租调，三分之一都成了这数百户王公贵族的收入。他们的势力强大，原来就没有普遍推行的"限田"、"占田"等法令，只得逐渐放松了。封建特权阶层又慢慢地霸占土地，愈占愈多。晋武帝没法，也只得睁一只眼闭一只眼。而他本人，满足于全国统一，天下太平，也愈来愈追逐声色享受了。

15 "可比桓、灵"

有一次上朝时,在文武官员众目睽睽之下,一件华彩夺目、满饰野雉头毛的"雉头裘",被一把火烧成了灰烬。这件据说是有史以来最罕见的华贵服装,是太医院医官程据献给晋武帝的。朝臣见了如此稀世的雉头裘,个个惊叹不止。晋武帝认为这种奇装异服,破坏了他过去不准奢侈浪费的禁令,因此立即在大庭广众之下烧毁。他还下诏说,今后谁再违反这个规定,必须定罪。晋武帝烧雉头裘一事后来成为历史上的美谈,后世帝王津津乐道,以此作为节俭律己的榜样。

晋武帝立国,是靠其祖其父打下的基业,他从小生长宫中,习于安乐,在历代开国皇帝中,并不以重节俭见称。烧雉头裘一事发生在 278 年(咸宁四年),当时全国尚未统一,他为了让臣下不要因追求享乐而忘了平吴大事,所以才有此举。

但平吴后,国家财富增加,朝野一片歌舞升平,情况就不同了。在欢乐的宴会中,盛行着一种耍弄回转酒杯和餐盘的"杯盘舞"。随着翩翩舞姿,伴唱着一首悦耳动听的《晋世宁》,歌词中有这样几句:

> 晋世宁,四海平,普天安乐永大宁。
> 四海安,天下欢,乐治兴隆舞杯盘。
> 舞杯盘,何翩翩,举坐翻复寿万年。

天与日，终与一，左回右转不相失。

在灯红酒绿、纸醉金迷的日子里，晋武帝再也不讲什么俭约了，而是热衷于享乐了。他对魏明帝时修建的那些豪华宫殿加以改装和修饰，凡是当时最时髦的东西，宫内都要用上。

有一次，他召朝臣满奋进宫来商量一些事情，满奋一边谈一边身上抖个不停。晋武帝看了非常奇怪，问他是不是打摆子，他说不是，晋武帝又问他是不是什么话把他吓着了，他又回答不是。晋武帝问急了，满奋更是抖得像筛米一样，最后结结巴巴地讲："小臣身体不好，怕冷怕受凉。"讲时用手指指北面的窗又说："那上面都是缝隙，冷风不断吹进来，陛下你也应该保重龙体。"晋武帝一看就明白过来，大笑道："那是国外进贡的透明的刻花玻璃，没有缝隙，你不信去用手摸摸看。"满奋走过去一摸，果真不差，感觉身上顿时暖和起来不发抖了。他回到座位上笑着说："小臣好似江淮地方的水牛，它们怕热，见了太阳就吓得直喘气，半夜里醒来见了月亮当是太阳，也吓得直喘气。小臣虽然肥胖，但却生性畏风怕冷，看到刻花玻璃，少见多怪，居然发抖，这不正是吴牛喘月吗？"这更把晋武帝逗乐了，又是一场大笑。

晋武帝修建祭供祖先的陵庙是舍得花大钱的。他征选国内最好的木料和石头，不管路途有多远，都要运来造陵庙。还在庙中铸了十二根大铜柱，用黄金镀在上面，雕镂千奇百怪，再把无数明珠装饰在柱子四周。

晋武帝耽于女色也是十分出名的。275年（咸宁元年），他下令物色美女到后宫，不合格的才可以婚嫁。他要姑娘们打扮得花枝招展地来到宫殿里，由他亲自过目挑选。倘若有父母隐匿不送选的，就要以"大不敬"的罪名杀头。东吴投降，建业皇宫中留下来的五千多名宫女，晋武帝一股脑儿接收下来，连同他自己原有的宫女超过一万大关。

他真能想得出做得到，每天坐着羊拉的车在宫内转，走到哪里羊停了下来，他就在哪里下车入屋。一些乖巧的会奉迎巴结的宫嫔，知道羊喜欢吃竹叶和盐巴，就把竹叶插满门户，把盐巴撒在地上，羊车走过，羊就停了下来，晋武帝也就进了门。可是学乖的人多了，竹叶愈插愈多，盐巴愈洒愈广，羊也不稀罕，不停车了。晋武帝自然不管那一套，反正无日无夜地纵情淫乐。有一年有些地方发大水，晋武帝总算大发慈悲，放一些宫女回老家去，让她们自己去婚嫁成家。但一万多宫女中，只准许二百七十个人离开，连个零头还不到。

晋武帝这样荒淫，还有多少精力来处理国家大事？他的所作所为引起一些大臣的不满。有一次，晋武帝和一些臣子谈论到前汉、后汉所有的皇帝，他见到汉代皇室的后裔刘毅在场，就问道："你看看我可以比上汉朝哪一个皇帝？"他以为自己是晋朝开国皇帝，就算比不上西汉的高祖刘邦，也可以比比东汉的光武帝刘秀。不料刘毅却把他比做东汉末年朝政最腐败的汉桓帝、汉灵帝，只简单地说了四个字："可比桓、灵。"晋武帝可来了火，他说："我平定东吴，统一全国，勤勤恳恳地治理国家，怎么能去同汉桓帝、汉灵帝相比？"

原来东汉那两个皇帝当政时，有财富的世家大族还可以拿钱买官做，卖官的人可以大大捞一把，买官的人一本万利，做了官又去成千成万倍地剥削老百姓。晋武帝这个时候为了满足他和权贵们荒淫奢侈的生活，也做起这个交易来。因此刘毅不慌不忙地回答说:"桓、灵的时代,他们卖官要钱,钱归到国库去。但是陛下现在卖官,钱都到皇上或是权贵的私人腰包里去了,就这一点说来,还不如桓、灵呢!"晋武帝在事实跟前没法抵赖,也没有理由反驳,但他还是够聪明的,随即哈哈大笑说:"桓、灵在世,没有人敢这么说话,我现在还有你这样敢讲话的直臣,这说明我还是比他们高明!"这话一讲,就体面地下了台。当时在一旁被刘毅的敢说敢讲吓出一身冷汗的人,赶紧对晋武帝齐声颂扬,把晋武帝又捧得晕头转向。

刘毅真是一条硬汉子。他年少时,平阳(郡治在今山西临汾西南)太守杜恕请他当功曹,管理人事,他认为"龙多不治水",要那么多官儿干什么,一下子就淘汰了郡内光吃闲饭的官吏一百多人,就此出了名。后来刘毅到朝中担任司隶校尉,铁面无私,豪门贵族都怕他几分。中护军羊琇是司马师继妻羊氏的堂弟,无法无天,公开接受贿赂,且放荡不羁,堂亲表亲之间没有男女之防。刘毅检举了羊琇的罪行,并说应该杀头。晋武帝为羊琇疏通说情,刘毅看到皇上出面包庇,只得算了,却不料他的下级都官从事程卫不答应。程卫自己驾车闯进护军营房,把羊琇的几个亲信抓来审问,事实确切,人证俱在。程卫再次写奏章告发羊琇,晋武帝不得不把羊琇罢官,以应付一下,不过没隔多久又让羊琇官复原职了。

晋朝的臣僚权贵,绝大多数还是曹魏时代的大臣或是他们的子孙,这个基本上原封未动的统治集团,在晋武帝"上梁不正"的情况下,他们那些"下梁",也更是东倒西歪了。

奢侈的风气一天比一天更盛,穷人活不下去,豪贵们却斗起富来。

16　斗　富

　　开国元老、司徒石苞临死分配遗产时，分文不给他的小儿子石崇（249－300），说他自有生财之道。石崇很聪明，他大胆泼辣，又多计谋，成年后当了县令、太守，在讨平东吴时又立了战功，被封为安阳乡侯，后又任散骑常侍、侍中等官。

　　石崇不仅会做官，会打仗，更会搜刮钱财，光靠敲诈勒索他还不过瘾，当荆州刺史时他甚至派亲信的官兵化装成强盗，去抢劫那些巨贾富商，把他们的财富一锅端回来，那些"强盗"还去抢劫外国使者送给晋朝朝廷的宝物。这样，石崇"白手起家"，转眼就成了财富数不清的大富豪。后来石崇又入朝被拜为太仆。

　　石崇没有回洛阳前，王恺可以说是京城里最富有的人。王恺是晋武帝的亲舅舅，要什么就有什么，但自从石崇入朝，情况就不同了，开始是在三件小小的事情上，王恺在石崇跟前认了输。第一件，豆子是很难煮熟焖透的，但石崇家来了客，当场把豆子和大米下锅，一刻儿就端上鲜美的豆粥来。第二件，冬天韭菜是不生长的，但石崇家在三九寒天里，也能端出切得细细嫩嫩的新鲜韭菜来。第三件，王恺的牛长得膘壮毛亮，看样子都比石崇家的牛强，他俩的牛车（汉末到魏晋，自皇帝到一般士大夫都经常乘坐牛车）在出发时走在一块，但石崇的牛车走了几十步后，突然如飞地跑了起来，王恺的牛车拼命追赶也望尘莫及。王恺想到这三件事，发誓一定要赛过石崇。

王恺设法贿赂了石崇的家人，才知道第一、第二件事的底细：原来豆子是早烧熟的，客人来时与大米合着一煮就端了出来；而冬天的韭菜是捣烂的韭根掺和着切碎的麦苗假冒的。王恺又派人花了很多钱，从石崇的车夫那儿，把驾驶牛车的技术也都学到手。这样，王恺在这三件事上就可以和石崇一比高低了。有钱可使鬼推磨，石崇也花了很多钱在王恺家中买通了人，把王恺怎么能赶上来的原因打听得明明白白，石崇随即把身边泄漏秘密的人全都杀了。

王恺并不心服，决心要同石崇斗富。

在住的方面，王恺用赤石脂代替泥土涂墙。赤石脂原是可以治疗慢性泻痢的药材（一种陶土），运到洛阳很贵重，用它涂了墙，红红的，像蜡一样的细腻、光泽，非常好看。石崇看到王恺这样，他就用花椒和了泥巴来涂墙，花椒当时还只能到国外去采购，更为贵重。这种椒泥房子，保暖性好，而且多年后香味仍沁人肺腑，而那种年代里原来只有皇后住的地方才有这种"椒房"。

权贵们最爱讲排场，他们出去玩时道路两旁还要摆设像屏风般的、可以遮风寒、挡尘土的行幕，叫做步障。王恺用绿色的绫裹着紫色的丝布做成的步障长达四十里，这架势可真叫威风。但是石崇却用色彩缤纷的织锦花缎做了步障，长度比王恺还多上十里。

这两个人斗富斗得真凶。石崇听说王恺厨房专用米浆或麦糖水来刷锅洗碗筷，他就用白蜡来当柴烧。谁也说不出用米浆或麦糖水刷洗锅碗有什么好处，但谁都知道白蜡烧起来火力是大的，可是那怪味儿可真难受。但是这些权贵们只知道怎么显示自己富有，别的就不管了。

这两个人不仅挥霍钱财如粪土一样，而且把人命也当做儿戏来斗。王恺请客吃饭，一边喝酒一边叫美女在旁边吹笛子助兴，如果一不小心吹错了一个节拍，王恺就命人把那美女拉到台阶前打死。石崇每次摆酒宴，一定要有百把个美女川流不息地在席间歌舞和进酒劝酒，如果哪个客人饮酒不干杯，那个劝酒的美女就要被杀头。有一次，太子舍人（太子的属官）王敦故意不饮酒，石崇就一连杀了三个美女。这样以杀人为乐，真是灭绝了人性。

这个王敦又是当朝驸马，妻子是晋武帝的女儿襄城公主。开始王敦不懂公主的享受比一般豪门贵室更讲究，还闹了一些笑话。他在公主的寝宫上厕所，看到边上有一盆香枣，不知道这是怕人嫌粪臭，给人塞鼻子用的，他吃了一颗觉得滋味不错，就把一盆枣都吃光了。出了厕所，宫女又端上一碗"澡豆"①，他又当是给吃的，伸手抓了一把放进嘴里，那些宫女看了，笑得前仰后合。

皇宫的厕所有了这些怪名堂，石崇也把他家的厕所造得如天宫一般。散骑常侍刘寔上他家游玩时上厕所，一步跨进去，看到挂着的是锦绣帐帷，摆着的是华丽被褥，还有美貌的丫环捧着香囊侍立两旁，吓得赶紧退身出来，对石崇赔礼道歉："对不住，我错走进你内室了。"石崇再三告诉他那是厕所，他还是不敢进去。其实他还没看到里面还放了大大小小各种尺寸的锦绣衣服，客人进了厕所，要把旧衣服脱得精光，出来时里里外外换上新衣

---

① 澡豆：用豆粉掺调药品和香料做成，给人洗手可以增加光泽。

石王斗富

服。还有十多个年轻美貌、穿着极其华丽的丫环,手捧沉香汁、甲煎粉等各种高贵香料,轮番为客人们擦洗侍候。很多像刘寔这样的客人怕出丑,连厕所也不敢上了。

王恺同石崇多次交手,都没占到上风。晋武帝有意为他亲舅舅撑腰,送给王恺一株约二尺高的珊瑚树,枝条茂盛,彩丽夺目。王恺洋洋得意,特地送到石崇家去炫耀一下,心想这次一定可把石崇压住了。不料石崇看到那棵珊瑚树,只当做一件普通的玩意儿,随手拿起一根铁如意,对准珊瑚树当头一敲,啌啷一声,那罕见的奇宝就碎成数段。王恺怒气冲天,揪住石崇衣领和他拼命,要他立即赔偿。石崇却皮笑肉不笑地说:"区区小东西,不值得老兄大喊大叫。"他马上叫家僮们到库房里去把珊瑚树取来,仅三四尺高的就有六七株,重叠的枝条一层一层数不清,光彩使人眼都看花了,而像王恺那株那么大的就更多了。石崇若无其事地对王恺说:"随你自己挑选。"王恺臊得脸红脖子粗,拔腿就溜,什么也不要了!经过这次较量,人们才知道石崇家中的奇珍异宝确实多得积如瓦砾,视若粪土。

石崇常把名贵的沉香磨筛成尘末,厚厚地铺在席上,要心爱的婢妾赤脚在上面行走,如果没有留下足迹,就赏赐珍珠百琲①。否则还得节制饮食,使之身轻如燕。因此石家闺中人相戏时,常说:"汝非细骨轻躯,哪得百琲珍珠?"

王恺在石崇那儿斗富斗输了,但他还要到别人跟前去夸耀他的财富。有一次,他遇到另一个驸马王济,又大大地吹起牛来。王恺吹的牛却是一条真牛,原来他与石崇当初比牛比不过,后来

---

① 琲:音 bèi,一说十贯为一琲,一说五百粒为一琲。

却搞到一条好牛,那牛全身光溜溜的黑毛,两只角和四只蹄子更是黑漆般地发亮,跑起来飞快,据说一口气能跑上百八十里。王恺给他取个美名叫"八百里駮"①。王恺在王济跟前吹"牛",没完没了。但王济这个驸马可看不起这个国舅,存心要把他捉弄一下。那时习惯用射箭打赌,王济提出,如王济先射中靶心,这牛输给王济;如王恺先中,王济给他一千万钱。王恺早听说王济的箭法不高明,便一口答应了,哪知道那已是老黄历了,王济已经请了名师来教授,他又勤学苦练,而今几乎能百发百中。王恺当时还摆起长辈架子,大大方方让王济先射。不料王济一箭就射中靶心,"八百里駮"转眼就输掉了。王济高兴得把弓箭一摔,对着他的随从大喝一声:"快把牛心挖出来给我炒了吃。"王恺眼看心爱的宝牛被杀,心痛万分,可又无可奈何。

斗富是西晋官僚贵族中的一种风气,几乎处处在斗,人人在斗。开国元老太尉何曾,一天光花在三顿饭上就要一万钱。他儿子散骑常侍何劭还要翻上一番,一天要花两万。尚书任恺免官后比何劭更厉害,每顿饭要花一万!凡是山林中的野味,河海里的水产,在他饭桌上样样都有,简直是龙肝豹胎也算不得稀罕,但他的管家还经常被他责骂,说那么多菜没有一样他愿意下筷的。

多少权贵在吃的方面动脑筋,要做出新奇鲜美的玩意儿来。有一次晋武帝到王济家中作客,王济的排场可真不小,有一百多个身着绫罗的美女,双手捧着琉璃碗盆,里面装了鲜美菜肴,流水般地来来往往端给客人吃(当时没有大餐桌)。最后又抬出一个大琉璃盆,里面蒸的是一条乳白色的猪崽子。晋武帝一尝,不

---

① 駮:音 bó,古代神话中一种像黑马般的猛兽,能吃虎豹。

仅异香扑鼻,入口即化,而且余味无穷,与众不同,当即硬要王济把烹调秘诀说出来。王济没法,只得悄悄地在晋武帝耳边说:"石崇、王恺都千方百计要探听这个秘密,我家上上下下守口如瓶,没有泄露。这种小猪是用人乳喂养,又用人乳蒸出来的。"王济还偷偷地告诉晋武帝:"人是万物之灵,人乳妙不可言,就是人的体温也神奇无比。听说中护军羊琇在冬月里,叫人轮流抱着酒瓮,这样捂出来的酒,色、香、味俱全,特别鲜美。"这种办法真是离奇,连皇帝听了也感到惊奇。

王济还别出心裁地显耀财富。当时洛阳地皮很贵,王济在郊外买了一大块土地,作为他跑马射箭的场所,场地的周围,他不用泥土石块砌墙,而是叫人把铜钱编串起来,堆成一道短墙。

当时官为车骑司马的傅咸说:"奢侈的祸害,比天灾还严重。"骑在老百姓头上的权贵们,无限制地榨取人民血汗,又这样胡七乱八地糟塌掉。人说梨子烂掉一个,很快就会烂掉一筐,权贵们生活如此糜烂不堪,西晋的统治能长久吗?

17　白痴太子

晋武帝晚年,朝政愈来愈废弛。一些正直的大臣满心希望有一个好的皇位继承者。可是晋武帝的皇太子司马衷(259-306),恰恰是一个非常庸劣的下下才。

司马衷是晋武帝的长子,九岁时被立为皇太子。他从小衣来伸手，饭来张口；十多岁时还识不了几个字，上午教会，下午又忘了。宫人们背后都说他"蠢钝如猪"。他不愿意读书，只知道在宫中寻欢作乐，别的事儿什么也不问，什么也不懂。

有一天司马衷到华林园玩，园内绿林成荫，清澈见底的翟泉从东流入，汇成了碧波荡漾的天渊池，池内有山有台有殿，龙舟可以泛游。司马衷听到蛤蟆到处一个劲儿地叫，左右随从告诉他蛤蟆叫是预告吉祥富贵。司马衷就问："它们是官蛤蟆还是私蛤蟆？"引得随从们的肚子也笑痛了。侍郎贾胤头脑灵活，在边上说："它们在皇宫庭园里叫，就是官蛤蟆；在私家稻田里叫，就是私蛤蟆。"司马衷赞扬这个随从挺有学问，并且谆谆嘱咐说："应该赏些粮食给这些官蛤蟆！"有一次，随从们又说老百姓遇到灾荒，饿死了很多人，司马衷自作聪明地说："这些人怎么那么呆？怎么不食肉糜（肉末粥）？"

太子司马衷这么庸劣，在不少朝臣中引起了忧虑。而围绕着皇位继承问题，在王室和朝廷内部出现了裂痕和争斗。

张华在平吴中立了大功，他的博学多才又是名重一时，人们议论着他德高望重，可以荣居三公的尊位。可是中书监荀勖和侍中冯统，为了伐吴的事同张华意见不合，一直把他看成眼中钉，老是在晋武帝跟前无事生非地说他坏话。有一次晋武帝偶而问张华："谁能接替我的后事？"张华老老实实地回答："论起才干、德望和亲属关系，齐王司马攸还是最适宜的。"这句答话同晋武帝的意愿背道而驰，因而晋武帝非常不高兴，逐渐疏远了他。荀勖乘机又鼓动晋武帝贬斥张华。282年正月里诏书下达，任命张华都督幽州诸军事，表面上让他担当一个方面的军事重任，实际上是排挤他，使他离开朝廷。

齐王司马攸是晋武帝活着的唯一的同胞兄弟，威望很高，这时在朝廷官居侍中、司空。原来规定王府僚属的俸禄都由朝廷开支，齐王却自个儿包了下来。他的王国内遇到水旱灾荒，他叫手下人借贷粮食给灾民，到丰年不但不收利息，反而打个十分之二的折扣才收回，因而落得了好名声。朝廷内外的人大都信服齐王，盼望他在晋武帝死后能接替皇位。可晋武帝心底里却妒忌齐王的威望，一心想把皇位传给自己的亲儿子。侍中荀勖和冯统看透了这一点，便对晋武帝说："天下归心齐王，恐怕太子今后继承不了皇位。陛下不妨试着要齐王回齐国的封地去，百官一定要劝阻，他们想把齐王留下代替太子！"

晋武帝真个下诏，要齐王等几个王回各自王国的封地去。果然，征东大将军王浑、扶风王司马骏（司马懿的儿子）、光禄大夫李熹、中护军羊琇，还有两个驸马王济和甄德等多人出来劝阻。晋武帝心想荀勖的话真灵，这班大臣真有鬼，他对他们板起脸孔不理不睬。王济和甄德这两个驸马还让他们的夫人常山公主和长广公主去说情，她俩一把眼泪一把鼻涕地流个不停，惹得晋武帝恼了火，把她俩痛骂一顿，又把两个驸马的侍中一职也撤了。

太常（掌管祭祀礼仪的官府）里的几个博士也上奏疏劝阻，有的还说："齐王有如此之才，和皇上又如此之亲，怎么不辅助朝政，却放到千里以外去？"晋武帝气得更是火上加油，把他们全都免职，押送廷尉问罪。

曾经任过尚书令的卫将军杨珧〔yáo〕是皇后的叔父，他参与排挤齐王。羊琇和几个武将却竭力要挽留齐王，他们带着刀在杨珧府前徘徊，要等他出来，给他一个白刀子进，红刀子出，吓得杨珧推说有病，几天不出门，不会客。最后晋武帝贬羊琇为太仆，夺了他的兵权，把羊琇气得生了重病而死。官为河南尹的向雄也反对齐王归藩，为此向晋武帝再次劝说，同样遭到拒绝。他面红耳赤，气呼呼地冲出宫殿，回家后一病不起，也愤愤而死。

晋武帝接二连三地拒绝和严办要留齐王的人，最后谁也不敢再多说话了。283年（太康四年）三月间，晋武帝再三催促齐王回齐国去。齐王知道这是荀勖和冯纨在捣鬼，气得病倒了。晋武帝派御医去治病，同时察探实情。这些御医专会看眼色、拍马屁，回来胡说齐王没病。晋武帝于是急催齐王上路，齐王没法，勉强起床，向皇帝去辞行，回到家就大口吐血，不到两夜就死了，死时才三十六岁。

晋武帝得知齐王身亡，感到十分意外，一时放声大哭，冯纨在边上冷冷地说："齐王名过其实，众人就这么向着他，他现在自己病死了，这对陛下千秋万代永保皇位不是很好吗？何必伤心呢？"晋武帝也就收住了眼泪。

齐王司马攸的儿子司马冏〔jiǒng〕到晋武帝跟前大哭大闹，他不敢得罪荀勖与冯纨等人，只是骂御医诊断不确害死他老子。晋武帝为了挽回人心，把几个御医处死，又赞扬司马冏能为父伸冤，所以虽然不是齐王长子，也让他继承齐王王位。其实逼死司马攸的真正责任还在晋武帝自己身上。所以后世评论晋武帝时，说他挑选皇位的继承人时，排斥了司马攸，是他一生的大错，也是造成西晋速亡的一个重要原因。

司马攸死后，文武百官都担心这么一个白痴皇太子，日后怎么能继承晋武帝的皇位、处理国家大事呢？司空卫瓘等一些老臣更为忧心忡忡。卫瓘总想找一个机会要求晋武帝废掉皇太子，但又不敢讲。有一次在凌云台宴会，卫瓘假装酒醉，跪在晋武帝跟

前说:"下臣有话要禀报皇上。"晋武帝催他讲,他话到嘴边又缩了回去,只是用手摸摸皇座,装成酒醉糊涂地说:"此座可惜!此座可惜!"晋武帝知道他的意思,但也不愿意他真的吐出口来,也装痴装呆地说:"你真是醉得很了!"

晋武帝有一次特地把东宫大大小小的臣僚,都召集在一起参加宴会,另外派人送了一件密封的文案给孤零零留在东宫的皇太子,要他马上作出答案。太子妃贾南风赶紧到东宫外找了几个老夫子,把古书古诗内的名言名句都搬出来代做文章。侍从后妃的给事张泓在边上见了说:"皇上早知道太子是从不读古书古诗的,如果把这种文章送上去,皇上一定知道是假的。依我看,应该写些实实在在的话。"贾南风就叫张泓起草,由太子誊抄后送给晋武帝,晋武帝看后很高兴,把太子的答文首先给卫瓘看,卫瓘恭恭敬敬拿在手里,局促不安地读着。在场的人看到这种情景,猜测一定是卫瓘在事先说了什么贬低太子的话了。皇太子的老丈人贾充更是气愤,派人告诉贾南风说:"卫瓘这老奴才,几乎坏了大事!"

如果晋武帝真正要考察太子,为什么不把他叫到自己跟前面试呢?太子究竟是聪明还是笨,东宫的僚属了如指掌,又何必来演这么一出戏?其实晋武帝知道,关于太子白痴的笑话,多半是这些僚属传出去的,他纵容贾南风弄虚作假编造答案,是为了堵住东宫僚属的口,暗示他们不要再去乱说乱传。

中书令和峤对皇太子的愚蠢也很担忧。他悄悄对晋武帝说:"皇太子淳厚朴实,可是现在世道险恶,不知将来能不能对付。"晋武帝听了很不高兴,闷不作声。晋武帝坚持要传位给亲生儿子,便不得不继续自欺欺人。一天,晋武帝对和峤与荀勖说:"听说太子最近学识有长进了,你俩去看看究竟如何?"他俩去后回来，荀勖满口赞扬，逢迎的话讲个不尽，晋武帝笑在嘴边，喜在心里。但和峤却直愣愣地说："还和以前一个样。"晋武帝当时就变了脸色，一挥衣袖，转身进了内宫。从此谁还敢对晋武帝说真话呢？

打从这事之后，中书令和峤对中书监荀勖的虚伪谄媚非常厌恶。中书监和中书令是中书省的最高官员，两者职务相当，但中书监位次稍高。原先两者上朝退朝，都坐在一辆牛车上。这刻儿和峤一见荀勖就冒火，一上车就大模大样地坐在正中。荀勖随后来到，一看自己屁股没地方搁了，心中有数，红着脸找了另外的车坐上走了。从此以后，历任的中书令和中书监再也不同车上朝退朝了。

虽然百官们大都担心这个白痴太子今后怎么坐天下、治天下，但是还有一些居心不正的大臣，特别是晋武帝的老丈人杨骏，巴不得有这么一个白痴，这样他们今后就可以大权独揽，胡作非为了。

晋武帝看不透杨骏这伙人的险恶心肠。他的皇后杨艳在开国九年就死了，她临死时怕以后自己的白痴儿子不能继承皇位，便向晋武帝哭诉，请求让她十九岁的堂妹杨芷〔zhǐ〕入宫，继为皇后。杨芷的父亲就是杨骏，这时官为侍中、车骑将军，逐步掌握了朝廷的实权。杨骏自以为了不起，目中无人。镇军大将军胡奋对他说："你依仗女儿做了皇后，就可以这么骄横了吗？你瞧从古到今，同皇上结亲的权臣，开头不可一世，最后有几个不被满门抄斩的？"杨骏反问道："你女儿不也嫁在皇家吗？"胡奋说："我的女儿（身份是贵嫔）不过是给你的女儿作婢女，那算得了什么？"杨骏没话说，但也不把这些劝告放在心上。

289年（太康十年），晋武帝五十四岁，他由于多年来荒淫作乐，这年底一经得病，就难以起床。杨骏借口皇上要清静养病，不准任何大臣进宫，他独个儿陪伴晋武帝，因而一手遮天。杨骏害怕晋武帝要他和汝南王司马亮（司马懿第四个儿子）共辅朝政，就整天说汝南王的坏话，怂恿晋武帝下诏，令汝南王等几个王回封土去，并以汝南王为大司马、大都督，督豫州诸军事。

过了几个月，晋武帝的病更重了，经常昏迷，不省人事，杨骏乘机把宫中侍从都换上自己的心腹。晋武帝清醒一些时，一看周围的人都不面熟，多少觉察到杨骏的奸诈。他听说汝南王司马亮还没离开洛阳，便叫人下诏书，要汝南王和杨骏一同辅政。杨骏从中书监华廙〔yì〕手中把诏书要来，既不归还也不发出。

再拖了几天，皇后杨芷趁着晋武帝昏迷偶尔睁开眼的一刻，对他说："还是叫杨骏独个儿辅政吧！"晋武帝已经听不清她说些什么，只是点点头。杨芷就对华廙和中书令何勖说："圣上传旨，杨骏为太子太傅，都督中外诸军事、侍中、录尚书事。"诏书写成，再送晋武帝过目，这时他已不能讲话了。诏书就这样发出去了，而且还假传晋武帝的话，催汝南王赶快到豫州上任去。

290年四月二十，晋武帝临死前回光返照，又清醒了一下，问左右的人说："汝南王司马亮进宫没有？"有人回答"没有"。他闷闷不乐地闭上双眼，这时只有出气没进气，不久就咽了气。

晋武帝在位共二十五年，死后太子司马衷继位，就是晋惠帝，改年号为永熙。贾南风（256－300）当了皇后，杨芷成了皇太后，她父亲杨骏把里里外外的军政大权一把都抓在手里，而贾南风和其他几个皇族成员，也要争夺最高权力。从此，西晋王朝统治集团内你死我活的夺权斗争,就开始了。

18 杀杨骏

晋武帝遗体还没有下葬时,汝南王司马亮正打算动身去封地,但还没有走。他怕杨骏加害,不敢进宫哭灵,只是在大司马门外大哭了一场。他的部属劝他发兵去抓杨骏,他更是不敢。

但是劝司马亮发兵的消息却飞快地传到杨骏耳里,把杨峻吓出一身冷汗。他赶紧命令守卫陵墓的司空石鉴和中护军张劭,带领护陵的士兵去抓司马亮。张劭是杨骏的外甥,急着要马上出兵,石鉴却不以为然地拖拉了一阵,先派人去侦察了一下,发现司马亮已经老老实实地离开洛阳,到许昌上任去了,杨骏这才放下心来。

杨骏掌权后,借口庆贺新皇登基,把全国官吏都提升一级,参加丧事的提升两级,二千石以上的大官又都加封为关中侯。有些大臣看不过就议论开了。右军将军傅祇说:"从三皇五帝到如今,从没有皇帝刚去世,尸骨未寒,就给臣子们论功加封的。"惯于斗富的石崇,也和散骑侍郎何攀上书说:"像这样大规模的晋官加爵,本朝开国以及平定东吴都没有过。如果开了这样的先例,今后每个皇帝登基都这么加封,几代以后大伙儿都是公侯了,那成什么体统?"杨骏只顾眼前有人捧他,哪管今后翻天,还是照封不误。很多人虽然晋了官加了爵,却更加鄙视杨骏。

司马衷做了皇帝还是那股白痴劲儿，什么也不闻不问。他坐在皇位上，不过是聋子的耳朵摆摆样子。杨骏权大不怕烫手，把朝政大大小小全包办了，这使贾皇后怒火冲天，她决心要把大权从杨骏手里夺过来。

贾后的父亲就是贾充，贾充在晋惠帝即位前八年就病死了。贾后的母亲叫郭槐，是个凶狠无比的泼妇。贾充曾在奶妈手中摸摸自己宝贝儿子的脸蛋儿，郭槐以为贾充与奶妈有私情，就用鞭子活活打死奶妈，这样的事发生了不只一起。贾后比她母亲更残酷，她还是皇太子妃时，就因为吃醋杀过几个太子的妾侍。她自己只生过几个女儿，没有生过儿子，有一次看到一个妾侍怀了孕，便亲手拿了画戟〔jǐ〕掷到那妾侍的肚子上，胎儿当即流产。晋武帝在世时，几次要把这个狠毒的儿媳妇废掉，可是有些大臣说妒忌是妇女的常情，慢慢会改好的。晋武帝的皇后杨芷也说："贾后的父亲，对本朝有大功，还是对她宽恕些吧！"

可是贾后不知道杨芷保过她，她因为杨芷摆起婆婆架子训斥过她几次，还以为杨芷在背后算计她，因而恨之入骨。晋惠帝继位，杨芷的父亲杨骏专权，贾后一点权力也没捞到，还要低声下气地侍候太后杨芷。杨太后只有三十二岁，贾后却已三十四岁，怎么忍得下这口气？

杨骏也怕这个凶悍的贾后来参与朝政，于是他叫自己的外甥段广做散骑常侍，管理机密，另一个外甥张劭任中护军，统率禁卫军。一切诏命都必须经杨骏同意，再交给他两个外甥送到晋惠帝那儿办个例行手续，有时还送给杨太后看看，就是不让贾后插手。

贾后可不是好欺侮的，她策划着利用皇族来搞掉杨骏和太后，于是先和不满杨骏的殿中中郎孟观、李肇及其亲信、黄门令董猛私下商议办法。这时，几个有势力的藩王都回本国封地去了，贾后派李肇去联络他们共图大事。汝南王司马亮原本是个草包，早年在征讨诸葛诞的叛乱中，被打败而撤职，以后都督关中诸军事，又在平羌战争中失利，再次被免官。但因为他是晋武帝的叔父，是一个不好安插，而又不能不置之高位的无能之辈。晋武帝死后，杨骏要害他，他不敢进宫赴丧，连夜奔往豫州的首府许昌（今河南许昌市东），这刻儿他怎么敢出兵呢？

都督荆州诸军事的楚王司马玮（晋惠帝的异母兄弟）却一口答允了。这楚王才二十一岁，年纪不大，胆量却不小。他马上写了一个奏章要求调回京城来，杨骏因为楚王异常勇猛，让他在外手握重兵很不放心，就允许他入朝。楚王又联络都督扬州诸军事的淮南王司马允（也是晋惠帝异母兄弟）一起来到洛阳。

贾后一伙迅速做好一切准备，就在291年（元康元年）三月初八夜里，伪称杨骏阴谋造反篡位，要晋惠帝下了诏书，命令楚王司马玮和东安公司马繇（司马懿的孙子，散骑常侍）一起发兵围攻杨骏的相府。

兵马未动，消息却已传到相府。杨骏立刻召集一些大臣商议怎么办？太傅主簿朱振说："这一定是贾后干的事，现在应该先把皇宫正南的云龙门烧起来，威胁他们，要他们交出祸首来。再打开皇宫东面的万春门，把东宫内外的兵力发动起来，拥皇太子入宫，同他们狠狠干一下！"杨骏虽然贪权，但在动刀动枪方面却懦弱无能，当下迟疑不决地说："云龙门这么壮丽，花了多少人力和钱财，烧掉岂不可惜！"

侍中傅祗原来就对杨骏不满，看到他这般窝囊样儿，推说要

进宫看看情势,边说边走下台阶,回头又对同僚说:"在这里呆着干什么?皇宫里面空着怎么行?"百官一哄也都起身走了。傅祗回头望望,杨骏的心腹尚书武茂还发痴似地坐在堂上,傅祗大叫道:"你不是天子的臣僚吗?现在内外隔绝,皇上在哪儿还不知道,你怎么还安安稳稳闲坐着?"武茂也赶紧一拍屁股跟着跑了。杨骏费尽心机,给文武百官加官进爵,这一下却全都走得无影无踪了。

杨骏的私党左军将军刘豫,带着手下的兵士来救杨骏,半路上遇到右军将军裴𬱖〔wěi〕(裴秀的儿子),刘豫问他:"太傅(指杨骏)现在在什么地方?"裴𬱖是贾充的姨侄,当然帮衬贾后,骗刘豫说:"刚才在西掖门见到太傅,乘车跟着皇上使者走了,可能到宫中认罪去了!"刘豫颤抖着问道:"那我怎么办?"裴𬱖不动声色地说:"我看你还是到廷尉(管理刑法的官吏)那里去投案自首,等待皇上宽恕你吧!"刘豫把手下的士兵丢下,独个儿垂头丧气地走了。

这时杨太后在内宫听说她父亲出事,急得五脏六腑都像烤在火上一般,叫人拿了许多黄帛,写上"能救太傅的人,有重赏",命令士兵爬在屋顶上,用箭射到宫城外边去,有的被贾后的人拾到,贾后于是宣称:"杨太后和她老子一起造反,谁要听太后的话就是死罪。"虽然谁也不相信太后会造反,但皇帝和皇后的命令还得服从,加上杨骏原来名声并不太好,哪个愿意拼命救他?

东安公司马繇随即带了殿中禁兵四百人冲进相府放起火来,遇到相府的人见一个杀一个,鸡犬不留,可是独独没有见到杨骏。最后杀到马棚里,发现有人蜷成一团躲在马槽底下。众人齐声呼唤,那人不肯答允,再用长矛齐刺,只听几声惨叫,鲜血染红了马粪堆。拖出尸体一看,正是杨骏。杨骏自晋武帝死后开始执政,表面上他一呼百应,别人对他处处逢迎,他自个儿从没想到还没满一年,就这么死于非命。杨骏的亲属和死党都被抓起来杀了,一律灭三族,死了几千人。东安公司马繇有了功,进爵为王,又被拜为尚书左仆射。楚王司马玮被拜为卫将军,领北军中候,总管禁卫军。

贾后随即要同杨太后算帐,先在太后的母亲头上做文章。贾后假惺惺地说:"杨骏的夫人庞氏,按理要和杨骏一块儿杀头,但她是太后的母亲,姑且赦免她的罪过,让她和太后一块儿过日子吧!"可是贾后暗下又叫私党上书,要求严办杨太后飞箭送帛书的大罪,说太后和其父叛乱早有阴谋。这个案子在朝廷上讨论几遍,最后大家勉强同意把太后废为平民,幽禁在金镛城①,晋惠帝当然批准。

杨太后接到被废的诏书,哭得像个泪人儿似的,脱下皇家的衣饰,正准备上金镛城去,突然一群禁军冲进宫来,把她的老母庞氏捆绑起来。禁军头目狠狠地对太后说:"皇上过去饶她一命,是安慰你做太后的心。现在你已被废,这死老太婆也该跟杨骏归天去了!"这一着正似撕碎了杨太后的心,她抱住已经吓昏了的亲娘号啕大哭,截下自己的头发,把头叩在地上如捣蒜一样,大喊大叫:"贾皇后啊!下人给你请罪,饶了我的亲娘一条命吧!"她的哀哭和冤屈打动了禁军的心,但这是上面的命令,不能违抗,庞氏还是被砍了头。

---

① 洛阳城西北角上的一个小城,魏晋时期被废的皇族都安置在这个地方。

19 楚王的下场

杨骏完蛋了,大臣们把汝南王司马亮请回来当太宰,主持朝政。司马亮虽然懦弱无能,但一上台却非常慷慨大方,又学着杨骏大封官爵。拥护他的人,都以讨伐杨骏有功的名义升官晋爵,光封侯的督将(武官)就有一千零八十一人,有的人还一下连升三级。司隶校尉傅咸上书说:"这样论功行赏,真是震天动地,自古以来所没有。很多人实际上没有点滴的功劳,也都青云直上。照这么做法,用心险恶的人,巴不得今后国家常常发生祸乱,他们可以从中捞一把,这样下去岂不令人担忧!这次滥封滥赏原是司马繇开始搞的,因为封赏不公平,大伙儿不满意,都希望殿下(对王的尊称)执政能够纠正,想不到更是愈封愈滥不可收拾!"

司马亮大权在手,根本不听这一套。可是这样的作威作福,别人看了眼红,也想夺权,楚王司马玮就是其中之一。

开国元老太保卫瓘,这时也被任命为录尚书事,和司马亮一起辅政。他俩认为楚王司马玮在讨平杨骏中功劳是很大的,但这个年轻的王爷火气太大、太凶狠,不适合担任朝中大臣,于是想把楚王和别的几个王遣回封地去,借此夺下楚王的兵权。这下可把楚王惹恼了,他和长史公孙宏、舍人岐盛商量着该怎么办。

公孙宏和岐盛看到李肇是贾后跟前的红人,现在当了积弩将军，手下有两千五百精兵，就拉拢他去说服贾后，要她除掉司马亮和卫瓘。

贾后对司马亮的专权和滥封很不满意，对于卫瓘在晋惠帝当太子时的反对态度，更是怀恨在心。她当即逼着晋惠帝下诏给楚王：“司马亮和卫瓘阴谋要废掉皇上，应立即免职，派你前去执行诏命！”诏书连夜送给楚王，送诏书的官儿还说："赶快发兵！迟了要是泄露机密，你担当不起！"楚王对司马亮和卫瓘恨之入骨，巴不得火速把他们处决，顺便又可以把朝廷大权抓过来。楚王当即自称已受命都督中外诸军事，向京城中的军队下令说：“现在奉旨讨平叛逆，人人要立功求赏！”

楚王派李肇和公孙宏带了军队，包围了司马亮的相府，冲进去抓住司马亮捆绑起来。那时正是最炎热的季节，狗也热得趴在地上伸出舌头直喘气。司马亮满身大汗就如水淋一般，士兵们把他放在车辆的荫影下才凉快一些。看热闹的人可怜他，有的在边上不住地给他扇凉，从日出到中午还没人敢去杀害他。楚王和李肇看看不能再拖延，下令说：“谁杀了司马亮，赏布一千匹！”一些贪财的人蜂拥而上，你一刀我一斧，有的割了鼻子耳朵，有的砍下手脚去领赏。司马亮的世子司马矩同时被杀，其他子弟有的死难，有的逃散。贾后和楚王派人四处追捕，司马亮三子司马羕〔yàng〕当时才八岁，被人抢出，一夜跑了八个地方，才捡了一条小命。

楚王司马玮还派清河王司马遐（晋武帝的小儿子）带了禁军去加害卫瓘。禁军中有个官儿叫荣晦，杀气腾腾地带头冲进卫府，东闯西撞，如入无人之境，把卫瓘和他的儿子和孙子，一个一个抓起来杀了，还煽动士兵把他家的财物抢个精光。荣晦原来

是卫瓘府内的一名属官,因为犯了错误,被卫瓘大骂后赶了出来。以后荣晦混入禁军,这刻儿借机报私仇,毁了卫瓘全家。卫瓘有一个儿子卫恒这时官为黄门侍郎,著有《四体书势》一文,他父子二人都是晋初著名的书法家,也一起被杀了。和卫瓘同在尚书台的尚书郎索靖,其草书与卫瓘齐名,这时无限感慨地指着宫门口的铜驼说:"天下将要大乱,以后你们都要被淹没在荆棘中了!"

司马亮、卫瓘等接二连三地被杀害,文武百官莫名其妙,仓惶失措,乱成一团。太子少傅张华派人对贾后说:"楚王杀了汝南王和卫公,国家威权落入他的手里,皇上就过不了好日子,应该加楚王以专权擅杀之罪,把他处死。"贾后完全同意这么办。张华随即献了一条妙计,由晋惠帝派殿中将军王宫带一部分禁军,队伍前有一个彪形大汉,手持威风凛凛的驺虞幡,奔向楚王府去。驺虞是古代传说中一种生性仁爱的神兽,形状像老虎,但从来不走在青草上面,免得踩伤它们娇嫩的茎叶;驺虞饿时也只吃一些动物的尸体,绝不伤害有生命之物。这种驺虞幡是皇帝独有的,一般用作招降或是调解兵乱。因为驺虞幡是代表皇帝权力和旨意的一种信物,所以特别受到尊重,人们见了它,一定都要跪下低着头,手脚也不敢动一下。这刻儿王宫带了它到楚王府去,表明他是皇帝的真正代表,肩负紧急和重要的使命。

楚王得势后,他的僚属劝他趁热打铁去杀了贾后,把大权夺过来。楚王正在犹疑不决中,殿中将军王宫便带了禁军,摇着驺虞幡到了。王宫对聚集在楚王周围的将士们宣称:"我奉圣旨来调解楚王和汝南王的纷争,现在汝南王已被害,这是楚王假造圣旨,他这个做侄儿的擅自杀了没有罪的叔叔,伤天害理,应该立即问罪,你们不要跟着他作恶犯法!"

楚王和他周围的人一听,真如平地一声霹雳,个个吓破了胆。人们都飞快地逃跑了,剩下孤零零的楚王,还有一个不懂事的十四岁的孩子,替他驾车逃跑。但他插翅也难飞走,当即被禁军追上抓住。这个曾经显赫一时,杀人如麻的楚王,瞬间成了阶下之囚。楚王被处死前,从怀中掏出晋惠帝命令他逮捕汝南王和卫瓘的青纸诏书,表明自己不是假传圣旨,但已经没有用了,他终于成了刀下之鬼,他的亲信公孙宏、岐盛等也被杀,并都被灭了三族,总共有几百人送了命。一连几天,刑场上白天黑夜接连不断地杀人,血流遍地。与此同时,贾后又猫哭耗子地为司马亮、卫瓘申冤昭雪,但他们全家已几乎被杀绝了。

最后,贾后还是不肯放过那个被废的太后杨芷,在第二年二月间,把金镛城里服侍她的侍女都抓走。杨芷没人送饭给她吃,又没法逃出来,饿了八天,无声无息地死了。杨芷十九岁入宫为皇后,三十四岁时悲惨地死去。迷信的贾后,怕杨氏的阴魂会到早死的晋武帝跟前诉冤,就把她的遗体背朝天葬下,又放了很多镇压的符咒,不让她动弹,草草地埋在附近的御邮亭。一群放牛的牧童,给杨芷唱起一曲挽歌:

> 两火没地,哀哉秋兰;
> 归形御亭,终为人叹![①]

楚王司马玮的被杀是在291年六月十三,自从他杀杨骏开始,这场动乱前后共九十五天。虽然这个杀人魔王死了,但朝廷上还

---

① 两火为炎,"两火没地"指晋武帝司马炎已死;"秋兰"指杨芷,杨氏字季兰。

"八王之乱"示意图

① 汝南王亮、楚王玮先后擅权被杀、赵王伦篡位。

② 三王起兵，死近十万人，齐王冏专政。

③ 长沙王乂杀王冏，死两三千人。

④ 成都王颖、河间王颙合攻洛阳，长沙王乂败杀，死数万人，成都王颖在邺遥控朝政。

⑤ 张方洗劫洛阳，惠帝被迫迁都长安，河间王颙擅权。

⑥ 东海王越起兵，打败河间王颙，迎惠帝返都洛阳。

⑦ 惠帝中毒而死，怀帝立，东海王越专政。

⑧ 各族人民起义，东海王越集中朝廷人力物力移屯项县，忧惧而死，"八王之乱"告终，动乱中牟民死亡达三十万。

成都王颖坐镇 — 邺 ○ 安阳

河间王颙坐镇 — ○ 长安

齐王冏坐镇 — ○ 许昌

◎ 洛阳 西晋国都

○ 项县（今河南沈丘）

○ 郯县（今山东郯城）

渤海 黄河 渭水

是惊魂未定。要什么人来主持朝政呢?贾后和一些大臣们商量来商量去,决定由张华出来担当这个重任。

20 张华执政

张华(232-300)字茂先,范阳方城(今河北固安县西南)人,父亲张平当过魏朝渔阳太守,但不是什么世族。张华小时家里很贫苦,他不得不以牧羊糊口。他自幼好学,博览群书。249年(魏嘉平元年),他的同乡,魏骠骑将军、中书监刘放告老还乡,见到十八岁的张华才华出众,就把女儿嫁给他。

年轻的张华写了一篇《鹪鹩赋》。鹪鹩〔jiāo liáo〕是华北一带的一种小鸟,体长约十厘米,常在灌木林中吃昆虫为生。《鹪鹩赋》大意说,鹪鹩"巢林不过一枝,每食不过数粒"。它的羽毛一无可用,它的肉谁也不愿去品尝;它随遇而安,拍拍翅膀又转眼飞得无踪无影;鹦鹉聪慧能学人语,因而被关入笼内,从而"变音声以顺旨";苍鹰凶猛能捕禽兔,所以被人絷系起来,只得"屈猛志以服养";鹪鹩不损害他物,自己也不必为命运担忧受惊。它是无知的禽鸟,而处身之道却似有智。普天之下有比它大的,也有比它小的,真是"上方不足而下比右余"。这句话颇有哲理,以后人们常常引用,"比上不足,比下有余"的成语,就是这样来的。

在以晋代魏的动荡年代里,这首赋所宣扬的思想在读书人中引起了知足常乐和洁身自保者的共鸣。不久张华被推荐到朝廷任中书郎，晋开国后拜为黄门侍郎。张华的记忆力特别强，人们说他能把读过的书，都一一背出来。汉朝宫室的建筑结构十分复杂，其中建章宫屋宇深广，内有千门万户，他都能讲得清清楚楚，头头是道。全国各地情况他也能了如指掌，而且有问必答，人们称赞他"对答如流"，这话后来也成了成语。

张华学识渊博，上至天文地理，下至禽兽草木，无不通晓。当时他已懂得声学中共振的道理。有个富贵人家有一个铜盆，每天早晨和晚上会自个儿响起来，像有人敲它一样，人们都当有了妖怪。张华说："这是因为洛阳宫殿里有一口钟，厚薄和这铜盆一样，宫中每早每晚都要定时撞钟，因此这铜盆也响了起来。如果把它锉得稍薄一些，它就不会响了！"铜盆的主人半信半疑，试着把它锉薄，果然这盆从此就平静了。张华的名声也因此如神话般传开了。

由于张华的才干出众，270年，他三十九岁时被晋武帝拜为中书令，隔了一年又加拜散骑常侍。平吴时他担任度支尚书，立了大功，大伙儿都很信服他。朝中的诏书诰命大都由他主持起草，人们传说他一定要总揽朝政了，但是由于对帝位继承人的想法不合晋武帝的心意，加上荀勖等人的排挤，282年，张华被任命为安北将军，都督幽州诸军事，离开了洛阳。

张华在幽州，对北方的少数民族很讲信义。当时辽东鲜卑族的慕容部落已强大起来，鲜卑单于慕容涉归的儿子慕容廆〔wěi〕（269－333）十四五岁时来到幽州拜见张华，张华见他谈吐不凡，称赞说："这孩子长大后一定是治世的大才！"随即把亲身所佩带的头巾送给他，待以贵宾之礼。慕容廆回去时，彼此又殷勤地告别。张华以诚待人，把胡人当成知心朋友的消息飞传出去，远离幽州四千多里，历朝都没有往来的二十多个小国，特地派遣使者来赠送礼品，建立亲密的友好关系。

张华治理幽州成绩卓著，文武百官议论着请求晋武帝把他调回来主持朝政。荀勖和冯紞这些人（这时贾充已死）又在晋武帝跟前说坏话，甚至把他比作伐蜀后叛乱的钟会。

张华和钟会根本是两种人。但晋武帝晚年生活荒淫已极，他听信了荀勖和冯紞的恶意中伤，不查问究竟，就不肯重用张华。285年，晋武帝把他调回朝廷，担任并非要职的太常（掌管祭祀）。过了两年，太庙的一根栋梁折断，荀勖和冯紞又借此诬蔑张华，逼迫他不得不自己请求免官。而后张华只得以广武县侯的爵位在京闲度岁月。他趁这个"无官一身轻"的机会认真读书，把过去搜集的许多珍贵奇异的资料和荒诞神怪的传说，整理为《博物志》四百卷，送给晋武帝过目。晋武帝虽然也喜欢这些"惊所未闻，异所未见"的东西，但他整日沉湎于女色之中，看不了那么多，叫张华压缩为十卷。

晋武帝死后，张华被拜为太子少傅；杨骏被杀，以张华为中书监，加侍中。这刻儿楚王司马玮擅自杀害司马亮和卫瓘两个大臣，张华献计除了剽悍好杀的楚王，局势才安定下来。贾后和大臣们认为张华是庶族，有出众的才能，又没有什么野心，有德高望重的声誉，又没有什么特殊的个人势力，于是就叫他主持朝政，进封为壮武郡公。

在那个年代里，有那么一个白痴皇帝，有那么一个凶狠的贾后，还有那么多对朝廷虎视眈眈的王公，总管朝政非常困难。张华办事稳重干练，在他主持下，朝廷内部在几年内倒也还安定。

295年（元康五年）十月，京城的武库发生了一场大火。这场大火的起因，据说是库内工匠偷盗财物后怕被发现，用火烛点燃浸透油膏的麻绁，放火烧库，企图浑水摸鱼和毁灭罪证。张华深恐坏人从中抢掠或是作乱，先派兵在四周警戒，然后派人救火。这场大火，把据说可供二百万士兵用的军械装备和历代积储下来的宝物，如传说中汉高祖刘邦斩白蛇的宝剑，王莽的头颅骨以及孔子穿过的鞋子等，几乎全部烧尽了。幸好积弩将军刘彪率领了一批士兵，在大火的下风头，火速毁坏了一排房屋，使大火不能继续蔓延，才抢救出一部分器物。

武库烧毁后，朝廷派尚书郭彰和侍御史刘暾负责修复。刘暾的父亲刘毅，就是敢于当面数说晋武帝"可比桓灵"的人。刘暾和他老子一样，是个硬脖子，而郭彰是贾后的堂舅，却仗势看不起他。古时御史的官帽称为"法冠"，上有两根铁制的卷柱，形似双角，表示不屈不挠。有一次，两人吵了起来，郭彰指着刘暾的官帽，语带双关地说："看你有多大本事，当心我把你头上的角截掉！"刘暾气得马上要拿纸笔上奏告发郭彰，一边愤愤地说："这是皇上给我的法冠，你敢来截角？"郭彰反被吓得手足无措，经过别人劝解，刘暾方才罢休。

张华主持朝政，就如他主持救火一般，处处深思熟虑，预先防止不测的祸患。自从诛戮楚王司马玮以来，朝廷比较安定的局面一直维持了九年，这同张华执政是分不开的。

张华十分注意人才的选拔和任用，很多出身不是世族大家和不阿权贵的人，特别能得到他的信任，有机会把才能发挥出来。撰写《三国志》的陈寿就是其中之一。

陈寿（233-297）是巴西安汉（今四川南充）人。蜀汉时宦官黄皓擅权，很多人同流合污，陈寿就是不愿低头巴结他，因而屡遭谴责排斥。以后陈寿的父亲去世，按当时礼俗，在父母死后的三年服丧期内不能接近妇女，陈寿因病叫婢女帮助调制药丸，被来客看到，传扬开去，于是被当地舆论所贬责，以致蜀汉亡后多年，他还不能任官。张华深知陈寿的才能，大胆推荐陈寿担任著作郎，使他能够写成《三国志》。张华对此书大为赞赏，还准备要他编写《晋书》，但陈寿却遭到荀勖一伙的排斥。陈寿病死后，张华又让河南尹华瞻和洛阳令张泓，派人到陈寿家抄写《三国志》，使这部辉煌的史著能够流传下来。

张华主持朝政的后几年，坐镇长安的赵王司马伦，在关中地区对内迁的少数民族肆意敲诈勒索，以至又烧起弥天的战火。

21 周处除三害

晋初，西北边疆的匈奴、氐、羌等许多部落内迁，关中地区当时的人口一共一百多万，这些民族占半数以上。东吴平定、全国统一后，西晋的统治阶级日益享乐腐化，到了晋惠帝统治时期，对各族人民的敲诈勒索更是加重，这里几十万少数民族又落在水深火热之中了。

赵王司马伦被任命为镇西大将军，都督雍州、梁州诸军事。他身边有个侍郎（王府属官）名叫孙秀，原先是个小吏，起草了几次文稿，都很能表达和发挥赵王的心意，就得到了重用，成为

赵王最亲信的心腹。雍州和梁州连年大旱,赵王和孙秀还是敲骨吸髓地榨取当地人民。内迁部族中很多青壮年被当做牲口一般转卖给权贵做奴隶,甚至有的部落的王子也难以逃脱这样的命运。以斗富出名的石崇,家中有八百多名奴隶,其中有不少就是氐、羌、匈奴人,据说其中还有一个氐族部落里的王子名叫宜勤的,身高九尺,能举重数千斤(相当现在一千多斤),拉开五石重的大弓,但他的饭量大于常人几倍,又喜欢读书,叫他去做不愿做的事他就装病,因此经常和管家吵架,最后石崇把他转卖给他人,代价是一百匹绢。

赵王和孙秀疯狂地掠夺,甚至把羌族中几十个不肯顺从的大头目也杀了,这就激起很多部族的严重不满。294年五月,郝散①带着匈奴族一万多人在谷远(今山西沁源县)造反,向东打下了上党郡治所在地潞县(今山西潞城东北),杀了一批官吏。八月间,郝散兵败投降后被杀,他的弟弟郝度元带了残部逃跑了。

隔了两年,郝度元养精蓄锐,恢复了元气,便约同马兰羌、卢水胡两个部落卷土重来,给他哥哥郝散报仇,杀了北地郡(治所在今陕西耀县)太守张损,打败了冯翊郡(治所在今陕西大荔)太守欧阳建,声势很大。赵王司马伦只有搜刮钱财的本领,打仗他可束手无策。朝廷改派梁王司马肜〔róng〕(司马懿的儿子)为征西大将军,都督雍州、秦州诸军事,把赵王调回来。

梁王出兵时,张华对他讲:"据说赵王听了孙秀的坏主意,把氐、羌、匈奴逼反,你去后只要杀了孙秀,令他们心服就好说话了,光靠动刀动枪不一定能解决问题。"可是梁王和赵王原来

---

① 郝散(?-294),西晋时匈奴族起义首领。

就是一个模子里铸出来的货,他去后不仅不惩办孙秀,不减轻对各族人民的重压,反而更凶狠地剥削。在那些白骨遍野的地方,孤儿寡妇的哭声更凄惨了。梁王到职后不到半年,逼反了这个地区所有的部族几十万人,他们聚集了能打仗的青壮年,公推氐族的一个首领齐万年做皇帝,同晋朝相对抗。

战火愈烧愈旺,梁王挡不住了,朝廷很焦急,很多臣子推举周处带兵去打齐万年。

周处(238－297)是吴兴郡阳羡县(今江苏宜兴,周处死后划归新设的义兴郡)人,父亲早死,没人管他。他自小身强力壮,喜欢吵闹打架,真是"小吵天天有,大闹三六九"。他的拳头一出去,就会把人打个半死。没人跟他斗时,他心痒难熬,游来逛去,惹事生非。附近的男女老少一见了他都躲得远远的,谁也不敢搭理他。有一次,在一个村头,有几个白胡子老头愁眉苦脸地长吁短叹,他们见周处远远走来,赶紧一个一个拄着拐杖溜了。周处跑过去,拉住一个老汉问道:"今年风调雨顺,丰收在望,为什么这么忧伤?"老汉不吭气,周处紧逼着问:"我远远听你们说三害,什么是三害?你实说了我就放你。"那老汉只得说:"南山上有一只猛虎,长桥下有一条巨蛟(古时传说的一种凶鱼,形似大鳄,有鳞甲),经常吃人伤人,怎么不叫人心焦?"周处又问:"还有一害呢?"老汉不肯说,周处硬是要打破沙锅问到底,举起拳头说:"你不讲,它可饶不了你!"老汉吓得颤抖抖地讲:"别动气,这是大伙儿说的。这第三害……远在天边,近在眼前。"周处听了开始一愣,随后哈哈大笑说:"这三害没有什么了不起,包在我身上,我能除掉它们!"

周处随即拿了干粮和弓箭等武器到南山,日日夜夜寻找猛

虎。猛虎一露身,他连发两箭射中它的心窝,先除了一害。接着,周处拿着锋利的匕首,在长桥上等待,凶蛟一出现,他立即纵身跳入水中,一手紧抱蛟身,一手紧握匕首与它搏斗。这水中巨蛟比山上猛虎还要难对付,巨蛟要咬他,又要把他甩开,一下沉入水底,一下又猛浮水面,一窜几十丈高,或是在水中团团打转,一时间人血、蛟血把河水都染红了。最后,伤势沉重的巨蛟,在汹涌的波涛中挣扎多时才丧生,而周处满身创伤,手拎巨蛟的头,胜利地回来了。

周处对热烈欢迎他的乡亲说:"二害已除,还有我周处一害,我对天起誓,从今以后绝不再做坏事。"

周处痛改前非,认真刻苦读书多年。[①] 以后在东吴做官,吴亡后担任晋新平(郡治在今陕西彬县)太守。他很注意团结少数民族,已反叛的羌人都来归附,受到当地人民称颂;后来又任广汉(郡治在今四川射洪县南)太守,那个地方积案特别多,周处上任后,弄清了是非曲直,很快作出判决,把悬案都解决了。此后任御史大夫,他铁面无私,执法如山,弹劾检举不避权贵。梁王司马肜在洛阳曾犯过法,别人都因为他是皇亲而不敢惹他,周处却把他的罪状一五一十地禀报朝廷,梁王虽然没有受到惩处,但他对周处胆敢和他作对恨之入骨。

西北的反晋战火蔓延后,朝内权贵们也赞成让周处去打齐万年,他们自己肚里却怀着鬼胎,因为梁王坐镇在前方,周处是他的对头,梁王准会叫周处有去无回。中书令陈准看透他们的坏心思,就说:"周处这次出兵,肯定要遭到陷害,应另派积弩将军

---

① 相传周处读书台的遗址在今南京中华门内东侧娄湖头,现已无存。

孟观带一万精兵，随周处一起出征。"可是未被采纳。

齐万年听到周处要带兵来时，对周围部落的首领们说："我知道周处是个文武双全、英勇盖世的人，如果他这次是来挂帅，那我们抵抗不了。他要是受制于人，手无大权，那么他上面的冤家多，会害他。不用我们多花气力，他就败定了！"

齐万年对周处是认真对付的，他部署了七万精兵在梁山（今陕西乾县西北）积极准备迎战。可是周处不仅没有挂帅，而且只是作为安西将军夏侯骏的部属，到梁王跟前听从调遣。梁王见了周处，装模作样地用一大堆"英勇无敌"的好话称赞他，但只给他五千人马去打仗，接着又连下几道军令，逼迫他的部队没有吃饭就立即进军作战。

饿着肚子的周处走上阵地前沿，看到双方兵力悬殊，周围根本没有友军的踪迹，他料知这是梁王有意报复，要把他驱向绝路，这一仗肯定要被打败。年已六十二岁的周处义愤填膺，感慨地吟了四句诗："去去世事已，策马观西戎；藜藿甘粱黍，期之克令终。"意思是：世事不堪回首，我现在驱马来到西戎（古代泛指西方少数民族）地区，本来甘愿过粗茶淡饭的生活，以此为自己的归宿，可现在身处此境，什么也谈不到了。

周处为人一贯勇往直前，从不胆怯退缩。他立即率领全军杀向敌阵，从早晨一直战斗到夜晚，歼敌约有一万，可是自个儿的五千士兵陆续死伤，愈战愈少。梁王司马肜有意不发援兵，以致齐万年数万精兵的包围圈愈缩愈小，周处左右的卫士苦苦劝他撤退，他知道即使能冲出重围，也要被梁王加上丧师辱国的罪名，更难逃离权贵们的毒手。他挥舞着宝剑高喊道："上古的良将出战，从凶门（即北门，因它含有背阳向阴的意思）出城，表示有进无退。我是朝廷大臣，决心以身殉国！"周处和手下将士终于全军覆没。

周处死在297年正月，地点是在六陌（今陕西乾县东十五里），他死后被追封为平西将军。他的旧友把他的尸骨运回到故乡宜兴安葬，墓地就在今江苏宜兴城南，地名就叫周墓墩，当时当地的老百姓还建造了英烈庙来纪念他。齐万年率众反抗晋王朝的暴虐统治，而周处却死于镇压齐万年的战场上，这是不值得表彰的。当然，周处为家乡除三害，折节读书，任官时也安抚过少数民族，做过不少好事，这些还是值得纪念的。

298年，西晋朝廷又派积弩将军孟观统帅数万精兵来打齐万年，梁王所属军队全归孟观调遣。打了大大小小数十仗，齐万年连连失败。299年正月，在美阳县中亭川（今陕西扶风县东）的一次决战中，齐万年兵败被俘，郝度元逃往沙漠地区后也死了。

历代少数民族迁入内地，往往引起战争，有一批书呆子因此提出一种论调，要把他们赶回原来住地去，认为那样办就不会发生战祸了。齐万年被打败后，山阴（今浙江绍兴）县令江统写了一篇洋洋数千言的《徙戎论》，就重弹这个老调。其实国内各民族的共存，原本是无法改变的现实。民族关系处理得好，就会促进社会的发展，用驱除、压迫、鄙视等手段是绝不能解决问题的。

由于关中地区的战争，以及张华在朝廷执政的稳重，使皇室权贵暂且没有内讧。但战火一平息，转眼间洛阳的皇宫里又掀起了新的风暴，张华也没法对付了。

22 暗害太子

晋惠帝司马衷在没有登基前，十三岁时就奉命与贾南风结婚了。他父亲晋武帝怕他年幼痴呆，早几个月便叫自己后宫的一个才人（嫔妃称号）谢玖去东宫侍候他，不料谢玖就此怀了孕。贾南风进了东宫，马上把孕妇赶回后宫。

过了几年，司马衷到后宫，看见几个皇子和公主在游戏，其中有一个三四岁的男孩怪讨人喜欢，他就去抱抱这孩子逗乐。晋武帝在边上说："这就是你的亲生长子，取名司马遹〔yù〕。"司马衷高兴得把这孩子亲了又亲。

司马衷即位后，司马遹被立为皇太子。皇后贾南风自己没有生男孩，看见太子老是不顺眼。太子的生母谢玖家里原来是杀猪宰羊的，没有什么靠山，她的儿子当了太子，她本人也只是由才人晋位为淑媛（嫔妃称号）。

晋武帝生前对这个长孙非常喜欢，有一次带他去看猪栏，司马遹说："猪很肥了，再养下去浪费粮食，杀掉给大家吃吧！"晋武帝听了很高兴，吩咐随从照办，并且逢人就说："这孩子像他太祖爷爷（司马懿），以后一定能大兴天下。"皇上一夸奖，别人更是没天没地地吹捧。但皇太子长大后，宫庭繁华奢侈的生活却使他一味贪玩，不愿好好读书，根本不像他的"太祖爷爷"。他常常和宦官、宫女们一起，玩着开酒肉铺子的游戏。他有个特别

的本领,把酒或肉用手一提,就能估出份量,一两不差。东宫里种的蔬菜、养的鸡鸭,他都派人拿到街上去卖。他还在各地购置了很多田产,积了很多财宝。太子舍人杜锡(杜预的儿子)经常劝阻他,他恨杜锡啰嗦,在杜锡的坐垫上倒插上很多针,把杜锡刺得满屁股流血。

贾后起初妒忌皇太子的聪明伶俐,但当他爱玩变懒、贪财好闹后,贾后反而高兴起来,暗下还特地叫人去引诱太子干坏事,希望他变得很坏,就有理由把他废掉。

皇太子和贾后的外甥贾谧从小是亲密的游伴,但长大后却经常争吵,成了冤家对头。贾谧的母亲是贾后的亲妹子贾午,她十多岁时看中了翩翩少年韩寿,这韩寿是在他父亲贾充相府里办文书的,两人眉来眼去,偷偷摸摸做起小夫妻来。当时西域进贡晋武帝一种奇香,只要沾上一小点点,浓厚芬芳的香味几天都散不了。晋武帝赏赐了一些给贾充,他的妻子女儿当然首先享用。女儿钟情韩寿,韩寿也就沾上了香。这么着,韩寿跑到哪儿,香气就飘到哪儿。众人嗅到奇香议论纷纷,传到贾充耳内不免心中生疑,两问三查,这事终于露了馅。贾午撒娇,大哭大闹,一定要嫁给韩寿。相府的家丑不能外扬,那韩寿又是眉清目秀、一表人才,贾充只得顺水推舟,将其招为女婿。小俩口生了一个儿子叫韩谧。贾充原先有两个儿子,都还在吃奶时就死了,贾充咽了气,却没有儿子继承爵位,这韩谧便改姓了贾,外孙变成孙子,承袭为鲁郡公,长大后当了散骑常侍、后军将军、秘书监、侍中。贾后的亲外甥也就成了她最亲的亲信。

贾谧喜欢结交豪门子弟和文人雅士,常来常往的有二十四人,其中有大诗人潘岳,陆机和陆云两兄弟,刘琨和刘舆两兄弟，贾后的堂舅、散骑常侍郭彰，斗富出名的石崇和他的外甥、大才子欧阳建，尚书和郁（和峤的弟弟）等。这些人的年龄都比贾谧大，有的辈分也比他高，要论文才更不用说了，但他们都捧着贾谧，经常一块儿吃吃喝喝，吟诗作乐，被人称为"二十四友"。

有了这"二十四友"吹吹捧捧，贾谧在朝野的势力一天比一天大了起来，他更仗着贾后的权势欺人，有一次发起脾气来，把一个黄门侍郎捆绑起来；又有一次他和太子下棋吵起嘴来，被成都王司马颖看到，训斥了他几句；他转眼告到贾后那儿，司马颖立即被调出洛阳，任命为平北将军，坐镇邺城。因而有人说贾谧的实权比晋惠帝还大。

潘岳（247-300）是"二十四友"中为首的人物。他是荥阳郡中牟（今河南中牟县东）人。据说潘岳年轻时坐车出游，妇女们看他长得俊俏，把水果丢到车里逗他玩，他因而常常满载而归。二十多岁时，潘岳的连襟任子威死了，他为子威的未亡人写了一篇《寡妇赋》。接着他的岳父杨肇（任过荆州刺史）又死了，他又写了一篇祭文叫《杨荆州诔〔lěi〕》。这些诗文把生离死别的感情写得淋漓尽致，所以常有人来请他写碑文祭文。人们将潘岳和另一个大诗人陆机并称，誉为"潘才如江，陆才如海"。

潘岳当河阳（今河南孟县西）县令时，三令五申要全县在每个角落里都栽上桃树。当春风吹到人间，这个同洛阳隔着黄河相望的北方县份，竟成了桃花世界，因此人称"潘岳河阳一县花"。他在河阳结识了一个会弹会唱、能吟诗作赋的公孙宏，并经常送财物给公孙宏。以后潘岳曾任杨骏的主簿，杨骏被杀，亲近官属都要问罪，另一个主簿朱振的脑袋也落了地，潘岳却没有遭害。

他日后才知道当时手握生杀大权的楚王司马玮,身边有一个亲信长史就是公孙宏。公孙宏为潘岳作证,说他当主簿是徒有其名的,没有为杨骏干什么事,楚王因而免他死罪,削职为民,他这条命真是捡来的。

楚王不久被杀,公孙宏也跟着被砍了头。潘岳掉了几滴眼泪,转眼他又以"受害者"的身份被任命为长安令,再调入朝中任著作郎和黄门侍郎。这时潘岳已四十六岁了,与石崇一起投靠了贾谧。从此,这个喜欢欣赏"一县花"的美景,能写美诗美文的美男子,就干起不美的事儿来了。

潘岳与石崇经常一块儿坐车出游,他们如果遇到贾谧的车辆,就下车来打拱作揖,下跪叩头,直到贾谧车尾的尘土消失才起身。贾谧当然很喜欢,什么事都和他们商量。接着贾后和贾谧要设计谋害太子,也叫潘岳当了帮凶。

贾后这时"生"了一个"儿子"叫慰祖,事情的经过是这样的:贾后用东西把自己腹部包扎起来,慢慢越包越大似乎怀了孕,到了"临产"那天,把妹夫韩寿刚出世的儿子抱来冒充顶替。贾后有了这么一个"亲生子",目的是要把皇太子废掉。太子虽然整天浪荡,但要废掉却还够不上。贾后和贾谧一面紧锣密鼓地散布谣言攻击太子,一面策划了更恶毒的阴谋。

元康九年十二月(300年初)的一个晚上,太子被召入宫。宫女陈舞端来一盆鲜枣和一壶美酒,说是皇上和皇后特地赐他在宫内吃喝。太子推说不会喝酒,陈舞逼他说:"你怕有毒吗?皇上赐酒,你不喝就是不孝。"太子没奈何只得慢慢吃起来,吃了一半他又哀求说:"余下的带回东宫喝吧!"陈舞还是一个劲地逼他吃完,他只得把余酒都喝了,顿时醉得趴在桌上。

这时又进来一个宫女承福，把太子推醒，说皇上要他抄写一点东西，他醉眼蒙眬看不清楚要抄什么，承福说："这是祝福皇上平安的祷文，你照葫芦画瓢就行。"太子醉得不问三七二十一，照着抄了下来，字迹东倒西歪，还有抄漏的。他抄的东西是潘岳起草的，抄漏的字又由潘岳模仿他的笔迹补写上去。

皇太子写的纸条以及晋惠帝批示的诏书，在第二天上朝时都交给了大臣们。在皇太子的纸条上，白纸黑字地写着："陛下应该自己了结，如果不自己了结，我要进宫把你了结；贾皇后也应该自己了结，否则我也要亲手把她了结……"晋惠帝的诏书是："皇太子这么大逆不道，现予赐死！"

王公权贵们看了都吓得目瞪口呆，没有一个敢说话的。张华结结巴巴地说："自古以来，常常因为废立皇太子，造成国家大乱。这样的大事还要请皇上再三慎重考虑。"尚书仆射裴𬱖提议要核对一下笔迹，当即将皇太子平时亲手所写的十多份材料拿出来对比，谁也不敢说字条是假的。贾后又叫黄门令董猛伪造了长广公主（晋武帝的女儿）的奏章送给了晋惠帝，奏章说："这么大的事应该迅速决定，臣子们怎么那样啰嗦，哪个不服从诏书的，应该军法从事。"

群臣议来议去议到日头西斜，还没议出个办法来。贾后怕时间再拖长，事情会发生变化，便亲自出面要求晋惠帝免去太子死罪，而把他废掉了事。这个事儿就由"二十四友"中的尚书和郁去执行，他拿了诏书到东宫废了太子，又派禁军把废太子送到金镛城幽禁起来。

这个序幕一拉开，悲剧惨剧可就接着上演了！

23 一举两得

皇太子司马遹被废,文武百官议论纷纷,很多人愤愤不平。曾在东宫担任过宿卫官的司马雅和许超,坚决不相信太子会写出这种字条来。他们与官为殿中郎的士猗私下计议,认为这一定是贾后与贾谧一伙人捣的鬼,决心要废掉贾后,把司马遹迎回来做皇太子。三人商量要推一个大臣出头干这件大事:张华和尚书仆射裴頠虽然官位高,但过于四平八稳,"宁可守株待兔,绝不撒网打鱼",这两人是绝对不会赞同发难的。他们选来选去还是选中了赵王司马伦。

多年前,赵王在关中地区掠夺了大笔横财,惹起郝散、齐万年的兵祸,被调回朝廷,但孙秀又给他出谋划策巴结上贾后,赵王手中的金饭碗不但没被拿走,反而被任命为车骑将军、太子太傅,成为贾后的亲信。太子被废后,又被任命为右军将军,手握重兵。赵王和孙秀贪财,什么无法无天的事都干得出来,因而司马雅等认为他们是可以被利用来对贾后进行反戈一击的。

司马雅首先去劝说孙秀道:"大家都知道你与贾氏亲善,还说你预知废黜太子的密谋,一旦大臣起事反对贾氏,你也将连带受祸。你为何不事先做个好的打算呢?"孙秀看看形势,细细盘算一下,觉得如果再紧跟贾后,说不定会遭殃。但孙秀诡计多端,他口头上答允司马雅,暗下却对赵王献计说:"如果废了贾后,把太子迎回来,太子聪明刚猛,不会受制于人,他如果当了皇上,一有风吹草动,还会对我们不客气的。不如先让贾后把太子害死,那时我们兴师动众,名正言顺地废掉贾后,一手推掉两座大山,又可以把大权拿过来,这不是一举两得吗?"赵王听了手舞足蹈,连连称赞孙秀赛过诸葛亮。

孙秀当即偷偷到贾谧那儿,煽动他去杀害司马遹。贾谧果然去和贾后商量说:"外面要迎回司马遹的风声很大,不如早点斩草除根,让那批人死了这条心。"贾后又派了宫女化装成平民,到民间去探听消息,确实有要迎回太子的议论,便立刻同意贾谧的要求。

司马遹这时已从金镛城被押送幽禁在许昌的旧宫里,还派了一千名禁军防卫,不准任何人随意进出。贾后派了宦官孙虑到许昌去毒死司马遹。

司马遹一心提防有人要下毒药,烧饭做菜时他都亲自监督,做好的饭菜还要别人先尝后他再进口。这样,孙虑就无法下手。孙虑告诉监视废太子的刘振,刘振就把司马遹关在一个小院子里,撤除了随从,想用杀杨芷的办法把司马遹活活饿死。哪知有些宫人却偷偷地把饭菜从墙外递进去给他吃。最后孙虑不得不赤膊上阵,硬逼他服毒。司马遹转身往厕所逃跑,孙虑拿起捣药用的石杵,狠狠地打他后脑勺,把他打倒在地,又猛击他的头部、心窝和腰部。司马遹大声呼救,但谁也没胆量去救他,直到呼声越来越低,最后没有声息地死了,死时年仅二十三岁。

300年三月二十二司马遹被害死后,贾后还宣称他是自杀的,而且猫哭耗子地把他的尸体用王礼下葬。但是纸是包不住火的,暗害的真相终于泄露出去了,不久洛阳街头就流传了这么一首民

谣:"南风(指皇后贾南风)起,吹白沙(指小名沙门的太子),遥望鲁国(指鲁郡公贾谧)何嵯峨,千年髑髅生齿牙!"贾后和贾谧狠毒地害死了太子,怪不得民间把他们比作千年髑髅变成的凶恶妖精,长着一副突兀吓人的齿牙。

赵王和孙秀看到司马遹已死,就邀同梁王司马肜、齐王司马冏做了兵变准备。四月初三这天,孙秀还派司马雅去跟张华打招呼:"赵王要和你共同为天下除害,你看怎么样?"张华受贾后信任,执政九年,不忍心下手除掉贾后,但贾后暗害愍怀太子①,民愤太大,张华又无法阻止赵王等去废杀贾后,他也担心赵王下一步很可能要篡夺皇位,因而终于拒绝参加事变。司马雅见他不肯点头,转身就走,怒不可遏地回头骂道:"刀子放在你脖子上了,瞧你能活上几天?"

当夜三更,是预先约定动手的时间。赵王拿了假诏书向禁军首领们宣布:"贾后、贾谧杀了皇太子,罪大恶极,命令赵王司马伦入宫废皇后,你们都要服从指挥,事成后封你们为关内侯;假如胆敢违抗,灭三族!"大伙儿原来对贾后和贾谧已经恨透了,便一齐顺从了赵王。宫殿里还有管华林园的园令骆休做内应。赵王、齐王、梁王等率领的队伍,如入无人之境,迅速占领了整个内宫,他们把晋惠帝请到东堂,要他派人把贾谧召来。贾谧还大摇大摆闯进宫来,一见禁军刀出鞘,箭在弦,知道不妙,赶紧直往贾后宫中边跑边叫:"阿后救我!"两声没喊完,脑袋就搬了家。

贾后听到惊呼,出来看到齐王,问他来干什么。齐王说:"有诏书要捉拿皇后。"贾后说:"诏书都是从我这里发出去的,

---

① 即司马遹,晋惠帝司马衷之长子,死后追谥为愍怀太子。

你拿的什么诏书?"但她一见晋惠帝已在他们手中,赶紧跑上阁楼,对着东堂大叫:"我这个皇后倒了霉,看你这个皇帝还能当多久?"晋惠帝早吓得抖个不停,更没有胆量管她了。

齐王带了士兵紧跟上楼,逼贾后离宫,贾后这一下再也硬不起来了,她恨恨地问:"什么人带的头?"齐王回答:"赵王和梁王。"贾后长长地叹了一口气说:"拴狗要把狗脖子拴住,我却去拴了狗尾巴,我只杀了几条狗崽子,却没把这两条老恶狗宰掉。老娘今天死了也活该!"贾后于是被废为庶人,赶到金镛城去,五天以后,赵王逼她喝了一杯金屑酒①,她就一命呜呼了,尸体脑袋没被分家,算是给留点面子。贾后的亲党贾午等人,被严刑拷打而死。

赵王阴谋篡位,和孔秀商量着一定要把有威望的大臣除掉,才能把朝廷大权抓过来。他们派发难时作为内应的通事令史张林,带了禁军去抓张华和裴𬱖。张华自认为一贯站得正,立得稳,别人拿不到他的把柄,因此镇静自若地责问张林:"你们要平白无故地陷害忠臣吗?"张林恶声恶言地说:"诏书上写得一清二楚,愍怀太子遭受不白之冤,你身为执政大臣,无动于衷,更不能死节殉难,这是为什么呢?"张华从容不迫地回答:"当时式乾殿上争论不休,我极力劝谏不能废太子,这是人所共知的,请诸位重新核实!"张林又问:"你劝谏不成,为什么不去位力争呢?"张华无言自辩,只得束手就擒。不久又有诏书下达,宣称要处死他。张华长叹道:"我是先帝(指晋武帝)老臣,一片赤胆忠心。我不怕死,只是担忧今后皇室的灾祸不可预测了!"他

---

① 金屑酒是加了黄金粉屑的酒,金屑量重,沉坠肠胃必死。

与裴頠一起走上刑场被杀，并被灭了三族。裴頠的两个儿子，由于梁王说情，要给开国元老裴秀（裴頠的父亲）传宗接代，才被刀下留情活了命。

张华和裴頠被杀，引起朝野很大的震动和伤感。他们二人的威望原来都很高，特别是张华，是名重一时的学者。张华平生喜欢读书，他死时六十九岁，家中没有什么财物，只有满屋满架的书籍。他是古代有名的藏书家之一，过去有一次搬家，就装了三十车的书。张华死后，他故乡的桑乾河边，出现了几个张华村，大概都是他曾经住过的地方。据说现在河北固安县东北八里的张华村头，有个八角石井栏的地方，就是他的故居。固安县城内有张华里，以后又改称张贤里。他的墓据说在卢沟桥东南六十里的地方。

裴頠比较正直，受到百官的拥护，他也很有学问，为了反对当时放荡的社会风气和清谈虚无的学风，他曾经写了一篇《崇有论》，肯定客观世界的存在，批判当时"贵无"的玄学思想，因而遭到玄学家和清谈人士的围攻，但他从没屈服过。他死时只有三十三岁。

张华和裴頠在乱世执政，用心很苦，办事很勤，但还是免不了被杀。当时就有人把他们这样的大臣比作"槛中之熊，阱中之虎，石间饥蟹，窦中之鼠"。

赵王和孙秀借清除贾后余党的名义，又趁机报私仇，把与他们过去有怨仇的人，不是杀头灭族就是罢官流放。曾任雍州刺史的解系，因为上书控告过他们在关中敲诈勒索，早被他们反诬陷害，免官在家闭门自守。这刻他们还是不肯放过解系，把他和他的弟弟御史中丞解结一起抓来。梁王苦苦为他兄弟俩说情，赵王说:"他俩以前就像水中横行的蟹,咬了我一口,是可忍,孰不可忍?今天非把他们生吞活剥了不可!"他兄弟俩还是被处斩,妻子和儿女都遭牵连被杀。

解结等遭祸那天,正是他女儿"洞房花烛夜"的前夕,由于飞来灭族横祸,张灯结彩的厅堂上,顿时哭声震天。无辜的姑娘做不成新娘,还要成为"断头鬼",多少人为她惋惜叹息!她的婆家愿意即刻把她认领为媳以救她一命(女子已出嫁者,可以不随娘家连坐处死),但这闺女坚决不愿偷生人间,还是和全家死在了一起。

短短的三四个月里,废杀太子和废杀贾后的丑剧接连演出,宫里乱成一团糟,大大小小事情没人管。二十九年前进宫,被选为晋武帝贵人的左棻,即大才子左思的妹妹,在这混乱时期里死了,被草草地安葬在晋武帝的峻阳陵西侧,墓中埋了一块比砖头稍大一点的墓志。一千六百三十年以后,即公元1930年,左棻的墓志在洛阳出土,人们才知道这位女文学家死于三月十八,葬于四月二十五。这块墓志也成了当时西晋宫廷内变故迭起的历史见证。

24 白虎幡

洛阳刑场上,头颅一个接一个地被砍下,鲜血一滩接一滩地流着。赵王司马伦和孙秀把冤家对头杀得差不多后,就以晋惠帝

的名义下诏大赦天下，以稳定局面。

赵王自封为持节，都督中外诸军事，相国，侍中。当年曹丕任相国，不久以魏代汉，后来司马炎任相国，不久以晋代魏。显然，任相国是禅代称帝的踏脚石。自从晋开国以来，"相国"的正式官衔就不再设立了，现在赵王抬出"相国"这块金牌来炫耀，明明是告诉大伙儿：他赵王也跨上了这块踏脚石。这时皇太子已死，赵王自设卫兵一万人，干脆把皇太子的东宫作为他的相国府，过了一个多月，又立临海王司马臧为皇太孙，赵王兼任太傅。

赵王又把自己的几个儿子封为王侯，他也和杨骏、司马亮一样，一上台就要让文武百官都尝尝甜头，于是封了几千个侯爵，作为他个人的恩典。

百官中声势最显赫的要算孙秀。他这时当了侍中、辅国将军、相国司马，实际的权力更大。他还霸占了当年司马昭的王府，真是气焰熏天，甚至新立皇后，也由孙秀作主决定。因为贾后死了，需要另立一个皇后，孙秀有个同族人孙旂，其外孙女羊献容生得很美，就由孙秀出面，被立为皇后。羊后的父亲羊玄之由此平步登天，任尚书左仆射、侍中，晋爵为公。

赵王和孙秀的所作所为，很多人看在眼里，气在心里，有的不愿在朝为官。赵王要任命素有威望的太傅长史羊忱为相国参军，羊忱不愿意，使者硬逼他上任，他跨上马逃出洛阳城去。使者在后追赶，羊忱能够左右开弓，射箭百发百中，他转身一箭把使者的官帽射了下来，使者吓得赶紧勒马逃避，羊忱这才扬长而去。

淮南王司马允（晋武帝之子）这时官为骠骑将军、侍中，都督扬州、江州诸军事，领中护军。他为人比较正直，处事果断，禁卫军的将士对他都很尊敬信服。淮南王看出赵王有篡夺帝位的

白虎幡

野心，就推说有病住在家里，暗下积蓄力量，打算除掉赵王。赵王也很害怕他，名义上提升他为太尉，目的是要夺他的兵权。司马允心中有数，不肯上当。赵王又派御史带了诏书要抓他的部属，并说他不愿当太尉就是大逆不道。司马允把诏书细细一看，竟是孙秀亲笔写的，顿时怒从胆边生，率领了原属淮南王国的亲兵以及中护军帐下的将士，约摸有七百人，冲出去大叫："赵王司马伦谋反，淮南王司马允要去攻杀他，要立功的一起走。"他们直向赵王相府奔去，沿途有不少人加入这支队伍，把相府包围起来。淮南王的亲兵都是淮南地方剑客一类的人物，武艺高强并且英勇善战，赵王的卫兵虽多，却经不起他们的攻击，一接触就死了一千多人。

司马允的将士在相府（即东宫）外面居高临下，万箭齐发，射向府内，赵王的官属和卫兵来不及逃入屋内，只好躲在大树后面，每棵树身都中了无数飞箭。赵王相府的主书司马睦秘用自己的身体挡住赵王。一支飞箭射来，正从他的后背穿入心窝，鲜血渗入赵王宫袍，当即死在赵王怀中，把赵王吓得魂不附体。这时东宫的太子左率（太子卫队的长官之一）陈徽带了原属东宫的士兵，在宫内响应司马允，呐喊助威。赵王似乎陷入了四面楚歌的境地，眼看就要垮台。洛阳城内传说已经活捉赵王，奔走相告，欣喜万分。

陈徽的哥哥陈准是中书令，也想去帮助司马允，要求晋惠帝派人拿白虎幡去解斗。晋惠帝同意了，派了司马督护（殿中禁军的将校）伏胤带了四百个骑兵，拿了白虎幡，从宫中奔驰出去。其实驺虞幡才是解斗的，白虎幡是指挥士兵冲锋杀敌的。陈准因为晋惠帝是个白痴，所以欺骗他。如果伏胤手持白虎幡冲向相府，司马允的士气更高，赵王的将士很可能不战而溃，放下武器投降。

陈准看到伏胤奔出宫门，以为自己施展了一个妙策，司马允一定可以胜利了。不料伏胤跑到半路，遇见了赵王的儿子汝阳王司马虔〔qián〕，他俩原来很要好，这刻儿司马虔死活要伏胤帮他的老子，还起誓说"今后一定同享富贵"，伏胤竟答允了。

伏胤收起了白虎幡，带了四百骑兵到了司马允阵前，假说有诏书要自己帮助司马允攻打赵王。司马允一听，那份高兴劲儿就别提啦，赶快派人把伏胤请进阵来，他自己走下战车来接受诏书，哪知伏胤手起刀落，司马允顿时做了无头鬼。伏胤再亮出白虎幡来，表明他是皇帝的全权使者，四百个杀气腾腾的皇家骑兵正是来讨伐司马允的。这样，司马允的队伍当即溃散，司马允的两个儿子秦王司马郁、汉王司马迪同时被杀。司马允的部属和亲友，被抓起来杀害的又有数千人。这场屠杀以后，赵王又装出大慈大悲的模样，代晋惠帝下令，在洛阳城里大赦，真叫人哭笑不得。

中书令陈准派出伏胤时，并没有明言交代要他去帮助司马允，谁知白虎幡反而救了赵王，论起功来，陈准不仅自己荣任太尉、录尚书事，而且还袒护了弟弟陈徽，使他出朝担任了扬州刺史。

赵王司马伦当政，功劳算孙秀最大，因而赵王唯孙秀之计是从，孙秀之言是听。淮南王被杀后，孙秀手握生杀大权，又蓄意去杀害私人仇家，成为千古谈资的绿珠坠楼的故事，就是孙秀制造的一件惨案。

25 绿珠坠楼

绿珠原姓梁,是交州合浦郡人,她的家乡在今广西博白县城西二十里的绿萝村。石崇曾经官为荆州刺史,遥领南蛮校尉。他听说交州有个天仙般的美女绿珠,便日夜神魂颠倒地一定要把她弄到身边。绿珠自己不愿意,她父母也舍不得,但迫于石崇官大势大,只得开口说要三斛珍珠做聘礼,哪知石崇有的是财宝,绿珠没法,只得跟了石崇。

绿珠非常聪明,笛子放在她的口边,那优美的笛声真能"吹入东风满洛城"。传说她还会写诗。她在洛阳养尊处优,有一天拿起针线,发现手指有些不灵活了,没奈何就坐上牛车出去散散心,回来后感叹地写了一首诗:"丝布涩难缝,令侬(即我)十指穿,黄牛细犊车,游戏出孟津。"① 这四句诗流传到民间,无名作家给它增添为十四首,共五十六句,成了寄托相思、脍炙人口的《懊侬歌》。

绿珠能歌善舞,教她唱什么歌,她马上就会唱;教她跳什么舞,她马上就会跳。她最出色的舞蹈是"昭君舞",石崇还特地为她改写了《昭君曲》:"我本良家子,将适单于庭……朝华不足欢,甘与秋草并;传语后世人,远嫁难为情。"绿珠边唱边舞,

---

① 也有人说这首诗是石崇为她写的。

想起千里外久别的亲人，歌声与舞姿更是动人。洛阳的名士与权贵们都啧啧称绝，孙秀则处心积虑地要霸占她。

贾谧被杀，石崇因是他的"二十四友"之一，也被罢官，声名一落千丈。孙秀跟随赵王，权势无比，生杀予夺，他眼见石崇的命运已掌握在他的手中，便派了使者去向石崇索取绿珠。

洛阳西边几十里的河南县（属今洛阳市）有一条金谷涧，石崇随着山谷的高低起伏，修造了一个占地十顷的金谷园。这园中有亭台楼阁、清泉茂林、鱼池和假山，还有青竹翠柏以及各种奇花异木，单单各种果树就有上万株。名人雅士常在这里聚会，一边吃吃喝喝，一边吟诗作赋。石崇喜欢给人罚酒，把人灌醉，一端起酒杯，总会想出一些点子，一罚就是三大杯。后人因此常用"金谷酒数"这个成语表示要罚酒三大杯。

孙秀的使者来要绿珠时，石崇正在金谷园里饮酒作乐。他见了使者，知道"来者不善"，当即对内一声召唤，使者只觉得一阵香风扑鼻，几十个绝代佳人手牵手，袖连袖，飘然而出，五光十色的金钗玉佩耀人眼目。原来她们口中都含有贵重的异香，随着轻歌曼舞，更是氤氲满堂。使者早已听说石崇家的歌舞能昼夜相接，名为"恒舞"，但因有使命在身，不能迷恋，赶紧对石崇说："这些美女都很好，但我是奉命来要绿珠的，不知哪一个是她？"石崇怒气冲冲地说："绿珠是我最宠爱的心上人，怎么能送人呢？"使者又说："君侯博古通今，明白事理，可要三思而行啊！"石崇还是板着脸直摇头。那使者出去又回来，往返几次，石崇还是不松口，使者只得空车而回。

孙秀见绿珠没有到手，当然不能善罢甘休。不久，淮南王司马允发难失败，有人说石崇曾劝淮南王起事，孙秀立即指控石崇

是司马允的同党,派人去抓石崇。这次石崇还在金谷园里的清凉台上醉生梦死,一见刀枪闪耀的皇使到来,知道大事不妙,转脸对绿珠说:"我为你得罪了权贵,孙秀心狠手辣,我要遭难了!"

绿珠知道石崇对他的宠爱,不过是贪恋自己年轻美貌而已。在她还没进石家门以前,石崇曾有一个非常得意的侍婢叫翔风,十岁卖身来到石家,十五岁出落得举世无双。石崇曾对翔风说:"我死后要你殉葬,如何?"年幼无知的翔风天真烂漫地答道:"生爱死离,不如没有爱;我如能以身相殉,就可以万年不朽了!"光阴瞬息而逝,翔风到了三十岁,色衰颜弛,就被石崇遗弃,叫她去管理少年侍女去了。翔风深怀怨恨,写下了一首五言诗:"春华谁不羡,卒伤秋落时;哽咽追自泣,鄙退岂所期?桂芳徒自蠹(桂树因芬芳而受蠹),失爱在娥眉;坐见芳时歇,憔悴空自嗟!"在石家备受凌辱的姐妹们,把它加谱成曲,传唱不止。

绿珠深知翔风今天的遭遇,就是自己的未来。这刻儿石崇在皇使到达时的这几句话,又像大锤一样敲在绿珠心上,把多年来石崇的虚情假意,更是打个粉碎。石崇曾经含蓄地对她讲过霸王别姬的故事,绿珠也不愿委身他人,再遭难以忍受的玩弄,便决心同奢华耻辱的生涯永别。她恨恨地说:"那我就死在你眼前吧!"接着就从高楼上纵身一跳,当场坠楼惨死。

绿珠作为权贵争夺的牺牲品,历代文人雅士却把她当做"贞烈"的佳话写诗作赋,连篇累牍地传诵千古。还有人曾说在梦中看到绿珠,并且得到她的一首诗:"此日人非昔日人,笛声空怨赵王伦;红残钿碎花楼下,金谷(金谷园)千年更不春。"

绿珠的死讯传到了南国,她的父母和乡亲悲痛到了极点!据说绿珠的家乡有一口甜水井,因为绿珠的爸爸妈妈一生都饮用这井水,人们说喝了它能生育美女,就把这井叫做"绿珠井"。以后绿珠远离家乡又无辜惨死,人们又说生了美女更是苦命,干脆把这口井填平了。现在广西博白县绿萝村还有这口井的遗址。

绿珠死后,她的家乡村头大树上,曾飞来一只鹤,这原本不是什么稀罕的事,但人们都传说这鹤是绿珠的化身,从洛阳飞回来了。大伙儿又说这鹤鸣得多么辛酸悲愤,一定是绿珠对亲友倾吐思念故土、仇恨权贵的哀情,于是他们把这个村改名为绿珠村,把附近的一条江流也改名绿珠江。后世的统治者为她立了"贞节庙"(或名"圣女祠"),但她的乡亲们却不理睬这些曲意的标榜,只是把它叫做"绿珠祠"。

26 狗尾续貂

在金谷园的高楼上,石崇眼看绿珠送了命,懊恼万分,但也无可奈何,只得耷拉下脑袋跟着使者走。石崇以为最多不过把他充军到边疆去,不料却和兄长、妻子、儿女全家共十五口,都被捆绑起来押赴刑场。石崇边走边叹息说:"想当年我老母去世时,洛阳官宦豪杰,倾城都来送丧,哪知现在落了这么一个下场!我有什么罪呢?这些奴才要我死,无非为的就是要侵吞我全部家财。"押送他的士兵问他:"既然你知道家财万贯就是祸害,为什么不早日散发掉呢?"石崇哑口无言。

和石崇全家一起被押赴刑场的,还有他的外甥欧阳建以及诗人潘岳。石崇问潘岳:"你怎么也到这儿来了?"据说潘岳早先也曾劝淮南王司马允推翻赵王司马伦,这时同样被加罪。潘岳懊丧地对石崇说:"你我都是五十多岁的人了,真是白首同所归啊!""白首同所归"是他们早年在金谷园饮酒作乐时,潘岳写赠石崇一首诗中的句子。先前这话不过是无病呻吟,这刻儿用上,确是名副其实了。石崇又问他:"文人雅士怎么也要断头?"潘岳出口成章,再吟了两句诗:"俊士填沟壑,余波来及人!"

潘岳少年时,他父亲潘疵〔zǐ〕任琅琊内史,给了他一个侍僮,就是眼下翻手为云,覆手为雨的孙秀。当时孙秀侍候潘岳,潘岳因孙秀为人狡猾好耍小聪明而讨厌他,常用鞭子打他。以后孙秀跟了赵王司马伦,平步登天,潘岳就有些提心吊胆了。潘岳有一次见到孙秀,问他:"过去的岁月你还记得吗?"孙秀俏皮地用《诗经》中的两句诗回答:"中心藏之,何日忘之?"潘岳知道孙秀怀恨在心,自己的末日快到了。于是这刻儿,也被加上"司马允叛党"的罪名,和石崇一块儿被杀。潘岳的老母、几个兄弟和全家老老小小一同被处死。

石崇的外甥欧阳建(?-300),他的家乡南皮(今河北南皮西北)位于辽阔的渤海之滨。欧阳建字坚石,才学名声很大,时人赞扬他说:"渤海赫赫,欧阳坚石。"他当过太守,也带兵打过仗,又是一个哲学家。他的著作最著名的是《言尽意论》,其中的认识论是唯物主义的。他曾说:"形状用不着你去解释,它们方就是方,圆就是圆;颜色用不着你去说明,它们黑就是黑,白就是白。"可惜这位甚负时誉的才子,由于和他满身铜臭的舅舅石崇关系密切,他自己又曾得罪过赵王,这时也遭到杀害,时年才三十余岁。

赵王在司马允发兵围困中死里逃生，心有余悸，怕以后再有人在京城造反，就赶紧增加相府的卫兵，表面上说从一万添到两万，实际却增到三万以上。他自认为"大难不死，必有后福"，只是自己的地位虽在万人以上，却还在一人之下，总觉得不够味儿。孙秀看透了他的心思，先是逼迫晋惠帝加赵王九锡，接着又导演出一场"禅让"丑剧。

孙秀叫牙门将赵奉弄鬼装神地说："太祖宣皇帝（即司马懿）在宫中显灵了，叫赵王司马伦（赵王是司马懿第九个儿子）早点从东宫搬进西宫去。"西宫是晋惠帝住的正宫，搬入西宫，就是当皇帝之意。孙秀还叫散骑常侍、侍中、义阳王司马威（安平王司马孚的一个曾孙）去抢头功，从晋惠帝手里把皇玺夺了过来，又逼迫晋惠帝下了禅位的诏书，叫尚书令满奋端着皇玺送给赵王。相府的三万兵马拿着明晃晃的武器，耀武扬威地四处巡游，哪个敢说二话！

301年正月初九，赵王司马伦乘坐金碧辉煌的法驾（天子的车驾），前呼后拥地进了西宫，登上了皇帝宝座，随即下诏改元为建始，大赦天下。晋惠帝被赶到金镛城去，司马伦把金镛城改名为永昌宫，假惺惺地尊晋惠帝为太上皇，又派重兵把守，不准人们进出。

司马伦做了皇帝，立自己的儿子司马荂〔kuā〕为皇太子。义阳王司马威夺玺有功，拜为中书令。司马伦为了显示恩典如山，要更多的人捧他，便慷慨地大封官，大晋爵，大赏赐，做了如下规定：这一年地方推举的贤良、秀才和孝廉，用不着"对策"考试全都拜官；十六岁以上的太学生也都拜官；在职的太守

和县令全都封侯；郡县的僚属也全都晋级。

朝廷里晋官加爵就更多了。每逢上朝或宴会，宫殿里都挤得满满的。皇帝左右的侍中、散骑常侍等一级高官，魏晋时期一般为四人，这时竟达九十七人之多。他们的帽子上，都插着貂尾作装饰，侍中插在左面，常侍插在右面，微风拂面，那轻巧的貂毛随风起伏，神气活现。可是这样的官太多了，貂尾不够用，只好用狗尾来代替，反正远远看去还不太能分出真假来，因而洛阳街头的孩子们就唱着"貂不足，狗尾续"的民谣。"狗尾续貂"本来是指官爵太滥，后来作为成语，以比喻用不好的东西来接续好的东西。

国丈杨骏、汝南王司马亮和赵王司马伦，相继给官吏们进官晋爵，政局混乱不堪。皇族和权贵更是公开地搜刮掠夺，官场上互相贿赂推荐亲友，就像大街上做买卖一般。刁猾奸诈的人"八仙过海，各显神通"，什么坏事都做得出来。豪华奢侈的风气，比石崇、王恺斗富时更为普遍。那些在金钱和美酒里长大的公子哥儿更是醉生梦死，经常一块儿披头散发、赤身裸体地一边酗酒一边戏弄妇女，财富大批大批地被浪费掉。当时有一个南阳（今河南南阳市）人鲁褒，写了一篇《钱神论》，其中有几句的大意是这样的：

"外是圆圆的形，内是方方的洞（指铜钱），人人都叫它孔方兄。有人把它花得如哗哗的流水，有人把它堆积成连绵的山冈。没有它就贫弱，有了它就富贵荣昌。它没有德性却被人尊敬，它没有权势却为人热望。它钻进每一个阴暗的角落，它走过任何遥远的地方。有了它什么都大吉大利，百岁命长；有了它可以转死为生，危险变成安康。打官司的人没有它不能取胜，有灾祸的人没有它就得把命丧。不共戴天之仇有了它,一眨眼化为乌有;响亮的美名有了它才能四处传扬。军队没有它,健儿不会来;当兵没它赏,打仗缺胆量。即使你有靠山有势力,但如果缺了它,还不是没腿想跑路,无翅欲飞翔。"《钱神论》是对"金钱第一"的黑暗社会的讽刺,但这些东西写得再多,皇族权贵们还是照样热衷于争权夺利。

27 三王起兵

司马伦爬上了皇帝宝座,什么都可以随心所欲了。但他不学无术,庸碌无能,一切都要听从孙秀策划。他的诏书总要先通过孙秀,孙秀甚至可以任意篡改或重写。清晨下达的法令,到晚上又可能全部更改,把国家政事当成儿戏。孙秀对朝中的官吏凭自己的好恶,像走马灯似地调上调下,调东调西,谁跟他攀亲带故并且送上金银财宝,十天半月就可以连续高升,什么将军、郡侯的称号都可以有求必应。

可是司马伦和孙秀有一桩大心事放不下,那就是齐王司马冏、成都王司马颖和河间王司马颙〔yóng〕都手握重兵,两眼瞪得大大地看着皇位。司马伦对这些王公连着加了官,又派亲信去担任他们的僚属,监视他们的活动,但这一切努力都属徒劳。

司马伦称帝才一个多月,齐王首先发难。齐王参加过废贾后

的政变，是有功的人，但赵王只给他一个游击将军的称号，这是杂号将军，齐王很不满意。孙秀察觉后怕他在朝内碍事，任命他为平东将军，坐镇许昌。赵王篡位，再给他提升为镇东大将军，开府仪同三司①，幻想这样的连续加官，会把他笼络住了。不料齐王也是贪心不足的人，这些官号压根儿不在他眼里。301年三月间，他派专使四处去联络成都王和河间王等人。齐王还把檄文发到各地说："逆臣孙秀把赵王引坏了，现在我们起兵诛讨，有不从命者灭三族！"

南中郎将、新野公司马歆（扶风王司马骏的儿子）坐镇襄阳。檄文到达，他惶然不知所措，有人说："赵王是你家亲叔叔，势力强大；齐王是你堂叔叔，兵少而弱，还是跟随赵王好！"司马歆的参军孙询却在大庭广众之下劝他说："赵王篡位，全国当共诛之，亲疏强弱算得了什么！"司马歆就此举旗起兵，影响到洛阳南边的州郡，也纷纷响应齐王发兵。齐王高兴地说："助我完成大业的，必定是新野公司马歆！"

檄文到达扬州，刺史郗隆原为赵王司马伦所提拔，这时他的几个儿子和侄子郗鉴都还在洛阳，因此犹疑不决，过了六天还不表态。他的部属非常不满，成群结伙地投奔镇守石头城的宁远将军王邃〔shì〕，郗隆又严加压制，人们更为愤怒，就共推王邃为首，进攻扬州，杀了郗隆，把他的头送给齐王。

成都王坐镇邺城，官为征北大将军。齐王的使者到后，成都王召见邺令卢志商讨怎么办。卢志说："赵王篡位，大伙儿都恨他。殿下能仗大义，顺民心，百姓都会来投军报效，起兵一定能

---

① 这意味着可以同三公那样开建府署。

成功。"成都王听了很高兴，委他为左长史（王府的主要僚佐），即刻发兵向洛阳进军。当成都王开到朝歌时，各地来参加讨伐的队伍达到二十多万。

河间王坐镇长安，官为平西将军，齐王的使者到他那儿却碰了大钉子。因为关中地区很重要，晋开国时就有一条严格的规定，不是至亲的皇室，不能都督关中地区的军事。河间王司马颙是司马懿弟弟安平王司马孚的一个孙子，从亲疏关系上讲他不是至亲，但自从赵王、梁王相继在关中出丑，惹起齐万年大起义后，朝廷在皇族中挑来拣去，找不出合适的人，只好派河间王去担当这个重任，相信他能忠心耿耿保卫皇室。前安西参军夏侯奭〔shì〕在始平（今陕西咸阳市西北）聚集了数千人响应齐王。始平离河间王坐镇的长安不远，河间王派了将军张方，活捉了夏侯奭及其亲党十多人，把他们在长安的大街上腰斩示众。齐王的使者到了长安，被河间王抓起来送到洛阳去报功。

司马伦看到河间王对自己如此效忠，快活得简直要跳起来，马上要河间王派兵，一起对付齐王和成都王的进攻。河间王唯命是从，派了张方率领精兵去帮助司马伦。但各地消息不断传来，齐王和成都王已有了几十万兵马，声势浩大。河间王看风使舵，赶紧改变主意，派了他的亲信李含火速追赶张方，到了华阴（今属陕西）截住了张方的队伍，于是支援司马伦顷刻间改成讨伐司马伦。紧接着，河间王发出怒斥司马伦罪状的通告，要张方继续向洛阳进军。

齐王和成都王虽然对河间王一开始的行动很恼火，但对他快速改变态度还是非常欢迎的。两王加一王，成了"三王起兵"，

声势更是盛大。司马伦和孙秀看到各地警报雪片似地飞来，真是吓破了胆，没奈何，凑了六路兵马分头抵抗。

对抗齐王的一路兵马是由征虏将军张泓带领的。一开始张泓打了几个小胜仗，孙秀马上造谣说已经活捉了齐王，要文武百官一起庆贺，但这一路接着又打了败仗，孙秀立即噤若寒蝉。

六路兵马里，最大的是一支三万人马的队伍，由孙秀的儿子射声校尉孙会带领，去对抗成都王。孙会旗开得胜，在黄桥①地方打了一个大胜仗，杀伤成都王部属一万多人。孙会打了胜仗，尾巴翘上了天，放松了警戒，不料成都王在卢志等人的策划下，重新部署八万队伍，一鼓作气地来了一个大进攻，孙会的三万人马大败溃散，几个将领凭着自己的骏马飞快地逃回洛阳。成都王乘胜渡过黄河，逼近洛阳只有几十里路了，京城里乱成一团。司马伦的将军们眼看大势已去，不如反戈一击为强。左卫将军王舆带领禁军七百人登高一呼，洛阳城里顿时就像开了锅，将士和百姓们一齐来捉拿孙秀。孙秀正在中书省与同伙商量对策，立即紧关大门，还想负隅顽抗。禁军爬上高墙，无数火把丢了进去，顿时烧起熊熊烈火，孙秀等人冒烟外逃，当即被禁军砍死。据说有一个军士赵骏，恨恨地把孙秀的心挖出来切成几块，生吞下肚。

王舆把大臣们请进宫来，逼迫司马伦写了诏书："我被孙秀所误，激怒了三王，现在孙秀已死，他是罪有应得，我也该回家养老了。请迎太上皇回宫复位吧！"大臣们又派人拿了驺虞幡命令守城将士放下武器，到金镛城迎接晋惠帝回宫。这是四月初七

---

① 河南淇县西面古时有一条河叫黄雀沟，黄桥即河上之桥。

的事。

　　司马伦坐在皇位上前前后后共一百天。几天后，朝廷也送了一杯金屑酒给司马伦，他知道这就是"赐死"，一边大哭，一边大叫："孙秀误我！孙秀误我！"酒喝下肚，自己把头巾盖住脸就死了。他的家属和同党也都被杀。

　　镇压齐万年起义的孟观，在司马伦开始执政时，被任命为安南将军，监沔北诸军事，独当一面，坐镇宛城（今河南南阳市）。孟观的儿子孟平是淮南王司马允的前锋将军，跟随淮南王起兵讨伐赵王而战死。孙秀鉴于孟观手握重兵在外，怕他闻讯后会起兵反对赵王，就谎称孟平是淮南王的军队杀死的，赵王还追赠孟平为积弩将军。孟观信以为真，挺感激赵王，因而各地举兵反赵王风起云涌时，孟观还稳坐钓鱼台，对赵王表示忠心。这刻儿赵王倒台，孟观追悔莫及，他手下的永饶冶①令空同机②乘机起兵，砍了孟观的头颅，送洛阳报功。随后朝廷又以赵王死党的罪名，灭了孟观三族。

　　晋惠帝重新登上皇位，下了大赦令，但这次他却不肯饶恕一个人。义阳王司马威曾在他手里抢过皇玺，因此他恨恨地说："阿皮（义阳王的小名）最坏，夺我的皇玺，还把我的手指扭得痛了好几天，要杀！要杀！"皇上自己拿了主意，又没有当权的王公大臣出来援救，司马威立即脑袋落地。

　　这次祸乱中，士兵和百姓大大遭殃，"三王起兵"的六十五天里，打来打去死了近十万人，可是局面并没有真正安定下来。

---

① 永饶在宛城附近，"冶"指开炼矿产之地。
② 空同为复姓。

28 齐王擅权

晋惠帝复位后,成都王司马颖进入洛阳城,扫除了赵王司马伦的残余势力。这时河间王司马颙的部队已进至潼关,听说洛阳已平定,就撤回长安,因为长安这个军事重镇不能没有重兵防守。

司马伦手下的张泓率领几千人还在死守阳翟(今河南禹县,在洛阳东南二百多里),齐王司马冏从许昌进攻洛阳,号称二十万大军到了这个咽喉之地,竟被挡住了。成都王在京城部署停当后,再派都护赵骧和石超带领兵马去帮助齐王。张泓这才知道司马伦已一命归天,眼见两王大军兵临城下,只得投降。齐王脚边的拦路石已搬开,六月里,他整顿队伍,从阳翟进军洛阳。

齐王的二十万人马,军旗、盔甲和刀枪等武器装备,都是崭新的,进了洛阳,他们绕着城墙又走到大街,威风凛凛地巡游了一大圈,把整个洛阳都轰动了。由于齐王是三王起兵的发难人,又有这样的兵势,立即被拜为大司马,加九锡,掌握了朝廷大权。其实他的进城已在晋惠帝正式复位后第五十三天。别人栽的桃树,他一伸手就把桃子摘到放进嘴里。

成都王在实际作战中功劳最大,被拜为大将军,也加九锡,参加辅佐朝政。河间王虽然没有打什么大仗,但他坐镇关中举足轻重,当时如果他倒向司马伦,也许司马伦不一定会垮台,至少不会败得那么快那么惨，因此河间王还是有功，拜为太尉，仍叫他坐镇长安。新野公司马歆最早起兵响应，因功晋封为新野王，封邑由原来的一千八百户，骤增为两万户，还被任命为都督荆州诸军事，加镇南大将军。齐王、成都王、河间王是讨平司马伦的主要力量，随同他们起兵的文武官员也都升官加爵。那些武将们自认为王公们争权打仗全靠他们，他们说了话就得算数，于是趾高气扬，而相形之下，文官们就没有什么实权了。当时，连朝野妇女们的头上，都插着金银或玳瑁制成的，形似斧、钺、戈、戟等兵器的发饰，似乎到处杀气腾腾的，因而有人就说："兵祸还远远没个完呢！"

成都王的亲信卢志对成都王说："大王现在和齐王共同辅政，但自古以来两雄不可并立，我劝大王不如回到邺城去，让齐王独个儿在朝中执政。这样，天下的人心就会向着你大王。"成都王觉得卢志说得对，便去对晋惠帝说："三王起兵，都是齐王带头发难的功劳，应该把朝政都交给他，我因为母亲病重，要回去伺候。"晋惠帝从来就没有什么主意，是个点头皇帝，别人要怎么办就怎么办。

成都王又写了一封辞行的信给齐王，就带了随从启程回邺城。齐王见信，赶紧飞马追赶，在洛阳东北的七里涧追上了。成都王只是两泪汪汪地诉说母亲的疾病，别的话一字未提。其实齐王巴不得一人专权，并不想留他。两个王客客气气地在大道上告别，周围的老百姓看到这情景，一传十，十传百，都说成都王做得好。

成都王回邺城后，接受了大将军的任命，辞谢了加九锡的殊礼，他又采纳卢志的建议，做了些好事：把跟从起兵的将士们都

上表论功行赏；又做了八千多副棺木，用自己王国收入的绢布做葬服，安葬黄桥等战役中牺牲的将士，重重抚恤他们的家属。他还上表给朝廷说，阳翟大战中老百姓受苦闹饥荒，日子过不下去了，要求把河北官府的米谷，拨十五万斛去救济灾民。

这些好事一做，各地都传扬成都王司马颖的美名，他听到被别人歌功颂德，心中更是乐滋滋的。

齐王在洛阳独个儿掌握大权，更是得意非凡。他想到晋惠帝的亲生儿子和孙子，死得一个也没留下，如果晋惠帝断了气，齐王自己只是晋惠帝的堂兄弟，皇位排不上他的号，而成都王却是晋惠帝同父异母的兄弟，是晋武帝的第十六个儿子，权势也大，皇位就得归成都王。齐王想来想去，想出一个好主意，302年（太安元年）五月里，他把晋惠帝的另一个弟弟清河王司马遐的儿子、八岁的司马覃，过继给晋惠帝，立为皇太子，这样就堵住了成都王走向皇位的道路。

朝廷的官吏也来了一个大换班，司马伦篡位时的官吏全被罢免，新上任的官儿大都是齐王的私党。跟他起兵的武将封了五个公：葛旟〔yú〕为牟平公，路秀为小黄公，卫毅为阴平公，刘真为安乡公，韩泰为封丘公，号称"五公"。但跟随成都王起兵、功劳最大的卢志却只封了一个武强侯。

齐王府也大加翻修扩建。周围居民区和官署的几百所房子都被拆毁，王府造得和晋惠帝居住的西宫不相上下。齐王妻妾的名号，也同宫中后妃相类似。兵库里最精良的武器都拿出来装备齐王直属的军队。

齐王从此整日忙于宴会与游乐，沉湎于酒色之中，他根本不把晋惠帝放在眼里，从不去朝拜；任用官吏凭着他个人好恶，要拜官封爵也就在他的王府里办理，晋惠帝好似已不在这个世上，齐王十十足足地在行使皇权了。

齐王不但抓了大权，连小事他也不放过。殿中御史桓豹直接上了一个奏疏给晋惠帝，这还了得，桓豹就被拷问追查，含冤死于监狱中。

齐王的亲信董艾、葛旟等一伙人任意为非作歹，势倾朝廷，一般朝臣都敢怒不敢言，御史中丞刘乔刚直敢言，在二十天里六次上书检举董艾的罪状，却动不了董艾的一根毫毛，刘乔自己反被罢了官。

齐王的僚属有的还幻想齐王能翻然悔悟，他的主簿①王豹，写了一个笺②给他说：

"十多年来，主宰朝政的权臣没有一个好死的（指杨骏、司马亮、司马玮、司马伦、孙秀等），并非这些人个个都坏，而是手握大权，自己不知道克制，就没有救了。公现在怎么重蹈覆车之辙呢？现在河间王、成都王、新野王等都很有权势，很刚强，而您却独居京都掌握大权，难保不发生意外。您应该急流勇退，回到自己的王国去。"

这个笺送上去过了十二天，如石沉大海，王豹又写了一笺申述忠告，要求把所有王侯全部遣返本国。齐王当然不同意，写了几个字作为批复："知道你的好意了，让我细细思量！"

晋武帝的第六个儿子长沙王司马乂〔yì〕，是楚王司马玮的同母兄弟。当楚王在洛阳城里逞凶称能时，十六岁的长沙王与他哥哥跟得很紧。楚王被活捉杀死，他把雕弓丢在地上哭着说："谁

---

① 主簿系参予机要，总管王府内事务的重要幕僚。
② 给皇后、皇太子、王公的上书叫笺。

知道楚王假造诏书干坏事？"朝廷见他年少，没有怎么难为他，只是把他贬为常山王，到常山国去闭门思过。司马乂为人开朗果断，才力绝人，在常山国十年，虚心下士，美名远扬。三王起兵后，司马乂率领常山国的士兵异军突起，参加成都王的队伍，著有战绩。入洛阳后被任命为骠骑将军，复位为长沙王，重新扬眉吐气，但又骄妄自大起来。这刻儿他到齐王府来玩，看到王豹的先后两笺，气呼呼地对齐王说："这小子离间我们骨肉，应该拖到宫门口铜驼前揍死他！"于是王豹被加上"不忠不义"的罪名，用鞭子活活打死。王豹临死前恨恨地大喊道："把我的头颅割下来挂在大司马门上，让它看到兵马来攻杀齐王！"

齐王还任用了一些名士来做幕僚。东吴地方远近闻名的张翰和顾荣也被请来，他们起初对齐王寄托了巨大的希望，这刻儿看到这般情景就灰心丧气了。张翰整日沉醉在酒里，别人对他说："你不想好好干点事，为千秋万代树个名声吗？"他答道："要我死后留个名声，不如及时多喝一杯酒！"他吃不惯北方的大葱大蒜，当秋风瑟瑟的时节，想起江南故乡的脍鲈鱼和新鲜蔬菜的美味，挥笔写了一首《思吴江歌》："秋风起兮佳景时，吴江水兮鲈鱼肥；三千里兮家未归，恨难得兮仰天悲。"过了几天，他对顾荣说："天下乱纷纷，何时能了，你要告退是难上难，我原是山村中的隐士，何必到这千里迢迢的外乡来贪图富贵？你善自保重吧！"他不声不响地就走了。

顾荣在齐王府里当主簿，不敢一走了事，又怕日后祸事来临，愁得整天沉醉在酒里打发日子。齐王的心腹葛旟见他这个样子，把他调任为清闲的中书侍郎，他才不喝酒了。有人问他："为什么以前那么泡在酒里，现在却又点滴不沾？"顾荣害怕会有什么罪名横加到他头上，又狂饮起来。他偷偷写信给他的老乡和知心朋友杨彦明说："我在洛阳做官，天天提心吊胆，看见刀子和绳索，就想到不如自杀吧！"

29 长沙王杀齐王

齐王司马冏一直对河间王司马颙耿耿于怀，因为刚开始起兵时河间王抓过他的使者，镇压过响应齐王的队伍。河间王知道齐王恨自己，心里也长了疙瘩。

河间王的亲信长史李含，被朝廷调去任翊〔yì〕军校尉。李含到了洛阳，知道有几个冤家都在齐王府内，他担心自己是被人骗到京城，要遭到报复甚至杀害，因而饭也吃不下，睡觉也不安稳。

李含的第一个冤家，是早就成了对头的皇甫商。皇甫商是安定（郡治在今宁夏固原）地方的世族，年轻时看不起出身寒微的人，但李含有才能名声大，皇甫商愿意和他交个朋友。可是李含因为皇甫商不把寒门庶族放在眼里，不肯和他来往。皇甫商这个公子哥儿碰了这么一个大钉子，存心报复。过了几年，他要雍州的官府任命李含为管理城门的门亭长，这是个被人轻视的小吏，想借此埋没李含的盛名。雍州刺史郭奕知道了，却把李含请出来做别驾，总管州内的事务，职权很大。以后李含又做了河间王的长史，成了河间王的亲信。皇甫商在司马伦篡位时做了梁州刺

史,挺神气的,随着司马伦垮台,他转投河间王,河间王对他挺客气,但李含劝河间王不要信任他。皇甫商气上加气,对李含恨之入骨。不久皇甫商到了洛阳,又钻进齐王府任参军。齐王是有生杀大权的,李含害怕皇甫商在齐王跟前说自己坏话,因而胆战心惊。

李含的第二个冤家是夏侯奭的哥哥。夏侯奭早先响应齐王起兵,李含当时劝河间王攻杀了夏侯奭,现在他哥哥在齐王府当差,这"杀弟之仇"怎能不报?齐王身边得意的猛将赵骧,现在官为右司马,李含过去和他也曾闹过纠纷。

这么着,李含觉得自己的脑袋似乎已经提在别人手中。有一天齐王要阅兵讲武,李含担心他的这几个冤家会趁机借个事端把他抓起来杀了,就单人匹马偷偷从洛阳逃出来。回长安后,他对河间王假说他受了晋惠帝密诏,要河间王发兵除掉齐王。李含说:"成都王司马颖是皇上至亲,三王起兵,他功劳最大,却自动返回王国封地,把朝政大权让给齐王,很得民心。齐王现在一手遮天,干尽坏事,文武百官都不敢正眼看他,洛阳的人心都背离他。"接着李含献了一条计策:"叫长沙王讨伐齐王,齐王知道,一定要先杀长沙王,这样我们就可以加罪齐王,名正言顺地起兵讨伐,一举除去两害,然后请成都王出来主持朝政。"李含又说:"这样一来,我们的功劳不是很大吗?"

河间王细细一想,这么做很值得也很有把握。他和李含还有一个心照不宣的打算:想把晋惠帝废掉,把有好名声的成都王立为皇帝,这么着,河间王和李含就可以把朝廷大权拿过来了。于是河间王写了一个奏疏,大意说:"齐王和他的私党董艾、葛旟等群奸勾结,杀害忠良,盛行贿赂,操纵国政,还阴谋篡夺皇位。我的十万精兵，马上开往洛阳讨伐齐王。长沙王应在京城立即废掉齐王，请成都王主持朝政。"

河间王任命李含为都督、带着大军开到阴盘（今陕西临潼北），又命张方带了两万人马做先锋，一下打到了新安（今河南渑池东），离洛阳只有一百多里。又特地大张声势，送信给长沙王，要他讨伐齐王。

成都王把大权双手拱让给齐王，心底里原本不太乐意，这刻儿看到那么多人要捧他上台，这份喜劲儿就别提了。卢志极力劝阻他，他也不听，立即发兵向洛阳进军。

齐王看到两个王的兵马从东西两面夹攻京城，这才慌乱起来，召集文武百官商讨对策。尚书令王戎说："二王兵盛，不可阻挡，不如让出大权回封土去，还可谋求平安。"东海王司马越①附和王戎的意见，齐王似乎在微微点头了。

突然，齐王最贴心的猛将葛旟暴跳起来怒吼："河间王这混账东西叛乱，应该立即发兵征讨，为什么就被吓慌？汉魏以来几百年，朝中掌权的王侯打退堂鼓的，有几个保住脑袋、保住宗族的？凡主张要齐王交权返国的人，应该立即抓起来杀头！"

葛旟那个大嗓门儿把百官都吓呆了，王戎全身冷汗直冒。他看看齐王的脸色变了，露出杀气来，东海王也垂下了脑袋。王戎一想，虽然东海王赞成自己，但他是皇亲，别人不敢叫他难堪，十有八成要拿自己开刀。他急中生智，赶忙说："刚才服用了寒食散，药性发作，要上厕所。"于是又装出老态龙钟的样子，在粪坑边故意失足跌了进去，满身又臭又脏爬了出来。齐王和百官

---

① 司马越是晋武帝堂叔高密王司马泰的儿子，此时官为司空，领中书监。

捂住鼻子又好气又好笑,本来杀气腾腾的场面又缓和下来。王戎狼狈地跑回家去冲洗换衣服,总算逃避了一场可能发生的厄运。别的朝臣更不敢议论是非,陆陆续续地溜走了。

齐王认为首先还得对付住在京城里的长沙王,他立即命令自己的心腹董艾带兵去袭击长沙王。不料长沙王老早看不惯齐王了,他在三王起兵时,是跟着成都王进军的,以后又含蓄地劝过成都王干掉齐王。这时看到讨伐齐王的声势很盛,正是趁机夺权的好时机,他立即先发制人,只带了一百多勇士冲进宫内,先把晋惠帝抢到手,一边关闭了所有宫门。这时董艾兵马已到,看见长沙王已先动手,他又进不了宫,就在千秋门和神武门这两个宫门外放起火来,以壮声势。长沙王又派部将宋洪带了禁卫士兵攻打并烧毁齐王的相府。这两边在洛阳城内就狠狠地杀开了,喊声震天,大火直冲云霄。齐王派人高举着驺虞幡,挥动得呼啦啦的响,一边大叫:"长沙王假造圣旨叛乱,跟从他的人要杀身灭族!"长沙王把晋惠帝带到皇宫的上东门楼上,派人大喊大嚷说:"齐王造反,谁要跟他继续作恶,要灭五族!"

当然,代表皇权的驺虞幡比不上晋惠帝亲自亮相的威力大,宫前的士兵多数倒向长沙王。董艾着急了,慌忙叫贴身将士对着宫楼刷刷地射箭,想把晋惠帝吓进去。宫楼上担任护卫的臣子们多被射伤射死,这一下京城里传说董艾要射杀皇上,因而确信齐王是叛逆,一起攻打齐王。第二天,齐王府的长史赵渊活捉了齐王,向长沙王投降。

长沙王把齐王捆得结结实实的,牵到殿上来见晋惠帝。齐王跪在地上大哭大叫,直喊冤枉。晋惠帝看他披头散发、磕头顿足哭得怪可怜的,打算饶他一命,可是长沙王哪肯放过他,赶紧叫左右士兵把齐王推出宫门,一刀砍下脑袋,并传示各军。齐王的同党董艾、葛旟等也被活捉杀死,灭三族,总共杀了两千多人。

齐王被杀,没头的尸体丢在地上,三天三夜没人敢去收葬。齐王散吏荀闿〔kǎi〕、李述、嵇含等人,写了公开的文书要求安葬,朝廷让他们自己去办,他们这才去找到齐王的头,把它缝到尸体上,马马虎虎地埋葬了。

齐王司马冏死在永宁二年十二月下旬(303年1月),朝廷为了表示"庆祝",大赦天下,改元太安。

齐王从执政到被杀,不到一年半时间。河间王的军队听说齐王已死,又撤回长安。成都王也回到邺城,长沙王在京城里暂时主持朝政。

为什么成都王和河间王都不进洛阳去呢?这是因为国内有几个地方,也开始在乱起来了。

30 流民大营

朝廷中皇亲权贵们争夺大权,地方上有野心的大官看得眼红,也想割据做"土皇帝"。益州刺史赵廞〔xīn〕就是第一个,他要靠着"流民"霸占这天府之国。"流民"是些什么人呢?原来当时统治者争权夺利,极度奢靡,没有什么人关心兴修水利、发展农业生产。各地水旱灾荒连年,加上瘟疫流行,百姓到处逃荒。这时西晋的总户数大约有三百七十七万,而逃亡他乡的灾民

将近三十万户,约占十二分之一。在现在的陕西、甘肃、四川、山西、河北等地更严重,将近半数的户口在到处流浪。

秦州和雍州(今甘肃、陕西一带)在齐万年率领匈奴、氐、羌人民进行的反晋斗争中,经晋军残酷镇压,兵荒马乱,又加连年灾荒,百姓苦难重重。298年,这两个州的略阳、天水、扶风、始平、武都、阴平六个郡,有十多万人流亡到梁州、益州地区①。这六郡中的大姓,如李、任、阎、赵、何等,在这十多万流民中自然地担当了领袖,其中尤以略阳郡(治所临渭,在今甘肃天水东)的李特(?-303)和李流(248-303)兄弟的威信最高。

李特的祖先是巴西郡(治所在今四川阆中县)的賨〔cóng〕人。在春秋战国时代,巴族以今重庆为中心有一个奴隶制国家,蜀族以今成都为中心也有一个奴隶制国家。秦国强盛后,灭了这两国,设立巴郡和蜀郡,汉时统称益州,晋初分为二州,东为梁州,西为益州。巴人,秦至南北朝时也称賨人,原来是居住在巴西一带的古老部族,中心是在宕〔dàng〕渠(今四川渠县东北)。他们生活在崇山峻岭之中,性格勇健剽悍。东汉末年,张鲁据汉中,賨人前去依附他。曹操打到汉中,賨人李虎带了五百个部属归顺曹操,曹操很高兴,拜他为将军,把他们迁到北边的略阳郡。李虎的儿子李慕又被封为东羌猎将,李虎的五个孙子——李辅、李特、李骧、李庠、李流,都是勇猛的武将。这刻儿除了老大李辅在家照料产业外,四个兄弟都和流民们一起,向南奔涉在千山万水中。途中有人因病因饿活不下去时,他们四兄弟经常解囊相助,细心照料,因而流民们特别爱戴他们。

---

① 这两州包括今陕南、四川大部以及云南和贵州的部分地区。

流民经过剑阁时,看到大剑山、小剑山等七十二峰高入云霄,峰峦连绵,地势险要,在剑门关和剑阁道上真是"一夫当关,万夫莫开"。李特长叹道:"蜀汉刘禅有这么险要的地盘,最后却自缚投降,真是庸才!"

李特到了益州首府成都,益州刺史赵廞也是巴西人,这样就攀上了老乡。赵廞蓄意拉拢流民,打开仓库赈济他们,又把其中的青壮年武装起来,扩充他的兵力。

300年(永康元年),朝廷要调赵廞到京都当大长秋(皇后的侍从官),赵廞怎么能舍得丢下这块"天高皇帝远"的大地盘呢?何况这时贾后已被杀,赵廞是贾后的姻亲,他更害怕朝廷把他骗去,再以贾党的罪名杀害他。他早就具有的割据野心爆发了。

成都当时有两个城连在一块,太城是益州的治所,少城是成都王国的治所。朝廷命令成都内史耿滕代赵廞为益州刺史,耿滕敲锣打鼓骑着高头大马来上任,没想到赵廞带着流民军,在西门外杀他一个措手不及,割下了他的脑袋。

赵廞随后宣称自己是大都督、大将军、益州牧。李庠这时已经在流民中选拔武艺高强的人,组成了一支四千人的骑兵队伍。赵廞特别看中李庠,和他谈论兵法时见他说得头头是道,不断点头称是,于是任命李庠为威寇将军,要他把部众招募到一万人,去把守从关中进入益州的要道,防备晋军打进来。李庠文武全才,善于骑马射箭,他的队伍不用旗帜,他举起长矛就能指挥自如。赵廞既要利用他,又妒忌他的才能,怕日后控制不住,竟想找个机会杀了李庠,把他的队伍全部接收过来。可是李庠还把赵廞当作知心人,一次他劝赵廞说:"你看朝廷乱成一团糟,看样子长不了,益州是个好地方,你早点拿定主意坐天下!"其实这

西晋流民起义示意图

- 封云响应张昌起义，占领徐州各部县。（徐州）
- 王如等领导关中流民起义，在江、沔一带活动。（南阳）
- 张昌领导流民及本地各族人民起义，占领荆州、豫州大部。（安陆，石岩山）
- 张昌败亡。（下隽）
- 张昌派石冰攻破豫章东下，占领扬州各部县。（豫章，今南昌）
- 杜弢领导巴、蜀流民起义，占有湘州，江州大部，荆州一部。（长沙）
- 李特、李雄领导秦、雍流民起义，占领巴蜀，建立成国。（成都）

主要地名：洛阳、长安、汉中、南阳、襄阳、江陵、洞庭、长沙、成都、安陆、下隽、豫章（今南昌）、徐州

河流：黄河、渭水、泾水、沔水、长江、涪水

原是赵廞的痴想,但赵廞却一本正经地骂他:"这哪是做臣子说的话!"最终竟以"大逆不道"的罪名,杀了李庠和在他身边的宗族三十多人。六郡流民听到后,都失声痛哭。李庠的兄弟李特、李流等当时在成都以外地区把守要道,赵廞怕他们起兵报仇,还假意宽宏大量地派入任命李特兄弟为督将,申明不因此连累他们,他们这时兵力不强,只得忍气吞声,把部属暂时撤到流民最多的绵竹地区(今四川德阳县北),扩大武装。

关中入蜀的要道没人把守,赵廞害怕朝廷来讨伐他,派长史费远等人带了一万多士兵前去,途中宿营在绵竹的石亭。李特看到报仇的机会到了,集中流民中勇猛的壮士七千多人,夜里袭击费远,放火烧了他们的军营。费远的将士十分之八九不是烧死就是被杀。流民们士气高涨,李特率领他们立即进攻成都。赵廞的将吏们都吓跑了,赵廞偷偷带了家眷坐小船逃走,途中被部下杀死。

起初赵廞不听朝命杀死耿滕时,朝廷就调令梁州刺史罗尚为平西将军、益州刺史,带了七千多将士上任。李特对罗尚存在幻想,派弟弟李骧去远道迎接,并送他许多珍宝。罗尚眼红心喜,立即叫李骧当了骑督。朝廷以李特、李流平定赵廞有功,拜李特为宣威将军,李流为奋威将军,都封为侯。诏书还要益州刺史罗尚把有功的流民上报,另加封赏。但在罗尚身边掌握兵权的广汉郡太守辛冉,却想独吞平乱之功,不把其他流民的功劳据实上报朝廷,流民们因此愤愤不平。

西晋是不准百姓流亡他乡的,270年的庚寅诏书规定,全家逃亡,家长要杀头。这一条在荒年根本行不通,但是朝廷这时又派人到益州来,要流民们在七月以前全部回到秦州、雍州去。梁

州梓潼郡（郡治在今四川梓潼县）太守张演，在要道上设立关卡，搜索流民带着的钱财。辛冉的心更黑，想把流民领袖们杀了，掠夺他们的财富。

一般的流民只凭双手打短工混口饭吃，因为生活所迫，有的一家还分几个地方干活，这刻儿他们连给人做奴隶的权利都没有了。官府一再催逼他们回家去，他们一无粮食，二无路费。李特兄弟为他们向罗尚、辛冉说好话，要求等秋收后再走。罗尚还是不肯，流民们只好三三两两聚集到李特身边去。李特在绵竹建立了大营，收留流民。

辛冉认为李特兄弟们居然敢违抗命令，非常恼火，写了通告，贴在四面八方的要道上，悬重赏通缉李特兄弟。李特派人把这些告示都揭了回来，和他的弟弟李骧商量后，把告示全部改写后贴回原处，经改写的告示上说："如有人把六郡的大族，李、任、阎、赵、杨、上官等家或氐、叟（当时四川的一个少数民族）族的首领头颅送到官府，每一个脑袋可以赏一百匹布。"有些地方还流传着谣言说："官府要杀尽流民，杀一个流民就可赏一百匹绢。"

流民中的其他大姓看到告示，果真认为官府要杀尽他们，带着属下的流民都投奔到绵竹大营来。流民们听到谣言，更是一刻也不敢停留，男女老少成群结队而来。有的已在各地当兵的流民，一气之下，骑上马，带上刀枪弓箭，一齐投奔李特、李流兄弟。个把月里李特的大营里已有两万多人，称为北营；李流身边也聚集了几千人，称为东营。

没处奔逃的鹿群，还要回头用双角抵抗猛虎，流民们怎么能甘心伸长脖子等官府来砍呢？这两三万流民紧张地置备盔甲，赶制刀枪,练习武艺,准备迎接官军的进攻。

31 李特逞雄

几匹快马飞也似地从绵竹驰向成都,这是李特派阎式等人到罗尚那儿去,要求延长流民们回去的期限。阎式看到一百多里的路途中,密密层层都是官府对付流民的兵营,知道生死的决战就在眼前了。

罗尚接见阎式说:"你回去告诉流民,我同意延期了!"阎式预料他不怀好意,就讲:"老百姓虽然弱,但不能轻视,现在硬要他们马上返回本地,不近情理,恐怕众怒难犯,大祸就要临头了!"罗尚似乎非常诚恳地回答:"你讲得很对,你回去吧!我绝不会叫你们上当!"

阎式回到绵竹对李特说:"广汉郡的太守辛冉和犍〔jiān〕为郡(郡治在今四川彭山县)的太守李苾〔bì〕,是罗尚身边掌握重兵的人,罗尚唱红脸,他们做白脸,要把流民当做牛羊屠杀。我们绝不能轻信罗尚!"于是流民大营加紧了迎敌的准备。这时是301年十月。

辛冉和李苾果然暗下商议,认为几万流民不过是乌合之众,一定要在他们立足未定时就消灭他们。这两个太守派了广汉都尉曾元、牙门将张显,带了三万步兵骑兵去包围偷袭流民大营。罗尚撕下自己的假面具,也派督护田佐率领人马去参加攻打绵竹。

李特早已作了部署，等到三四万官军有一半进入伏击圈时，突然一声令下，埋伏着的几万流民高喊着冲杀出来。他们积压在胸中的无比仇恨，像火山一般爆发，杀死杀伤的官军无可计数。田佐、曾元、张显都丧了命，李特派人把他们的头颅送去给罗尚，大煞了罗尚的威风。

六郡流民在胜利的鼓舞下，共推李特为镇北大将军。他们又继续进军广汉，把他们的死对头辛冉打得狼狈逃窜，夺下了广汉郡城。

李特再转过头来进攻罗尚。罗尚早有准备，在东边靠郫〔pí〕水岸边筑起兵垒，西边从都安（今四川灌县灌口镇）到犍为郡几百里，全布满了军栅营幕。

这时的官府几乎是无官不贪，无吏不虐，罗尚和他的爪牙们更是凶恶地搜刮聚敛，他们还动不动就抓人杀人，繁重的劳役使百姓透不过气。当时民间就流传有这么几句话，来抨击罗尚：

> 忠正的好人，罗尚加以拒绝，
> 邪佞的坏人，罗尚同他亲密。
> 他富比王室，家中财富如山般堆积。
> 他的贪婪同豺狼相比，有过之而无不及。

外地流民刚进梁州、益州，杀害了一些本地居民，闹过不少矛盾，很多本地居民因此流亡到广州、交州去了。这刻儿李特可学乖了，他看到罗尚因横暴失去人心，就明令废除晋朝法律条令，效法刘邦，同本地居民约法三章，同时又免除劳役，开仓济贫，搜罗人才，严选官吏，不准侵犯百姓。巴、蜀一带的黎民把李特和罗尚一对比，又唱出这样的歌谣："李特尚可，罗尚杀我！平西将军（即罗尚），反更为祸！"

河间王司马颙坐镇长安，他派部将带兵来救罗尚。李特派他的次子李荡和幼子李雄去对付，一下就打垮并俘虏了全部援军。正规的晋军也这么不堪一击，李特更是得意了，他在302年五月自称大将军、益州牧，都督梁、益二州诸军事。

当李特围攻成都时，新任广汉太守张征钻空子，重新占领了广汉。李特知道后来了气，带了身边不多的人马就举行反攻，反被张征包围在崇山峻岭中。李特的次子李荡率兵来救他，翻越崎岖峡谷，在悬崖绝壁的小道上行军。李荡激愤地对他的部众说："我的父亲陷入敌人重围，今天就是我的死日了，你们如果还顾念李家旧恩，也当跟我拼一死战！"李荡身上披挂了双层的盔甲，手持长矛，一鼓作气冲向敌阵，手起矛落，连着刺死十几个敌人。流民们都豁出命来奋战，张征全军败退。李特、李荡父子会师后，李特打算休整队伍，将领们却说："张征大伤元气，应该把他彻底消灭，否则他收集残兵败将，养精蓄锐，还要和我们作对！"于是李特下令水陆两路继续穷追，终于杀了张征。

李特去进攻张征时，派他的弟弟李骧进军到成都东北几十里的毗桥，牵制罗尚的主力，多次打败罗尚。罗尚派了部将张兴到李骧那儿假投降，实为探听情报。张兴了解到李骧手下不过二千人马，连夜奔回成都，罗尚喜得合不拢嘴，赶紧点了一万精兵，当夜出发，衔枚①疾进。他们悄悄地急速行军，黎明前就赶到毗桥，进行偷袭。

出来迎战的李攀奋勇抵抗，不幸被杀，罗尚旗开得胜。李骧率余部向成都的北面撤退，因为他早知道他兄弟李流已带了一支军队前进到成都北面地区。兄弟两一会师，杀了个回马枪，罗尚

---

① 衔枚，指士兵口中衔着如同筷子般的"枚"，两端的带子系在颈上，这样就不能大声讲话或咳嗽，可以保证秘密行军。

不知底细，军心顿时大乱，活着逃回成都的不过十分之一二，真是"偷鸡不着反蚀了一把米"。

这几仗打下来，更是长了李特志气，灭了罗尚威风。303年正月，李特攻破罗尚沿郫水结下的营寨，再进攻成都，守卫成都少城（即外城）的蜀郡太守徐俭投降。李特严申军纪，只许征发马匹作为军用，其他秋毫无犯。新年的开头就获得这么大的胜利，想自立为王的李特干脆改元为建初，不再用晋朝的年号。

成都附近有不少结坞自保的地主武装，他们看到李特兵力雄厚，都主动来联络归附，李特一一派人安抚。这时他军中人多粮少，就把流民分到这些堡坞去就食。李流劝他说："知人知面不知心，这些堡坞能靠得住吗？最好把他们大姓的子弟带来作人质，我们自己的兵力不能分散。"李特的儿子李雄（274－334）和司马上官惇〔dūn〕也劝他不要大意。但是李特这时认为"大事已定"，不听他们的忠告。龟缩在成都的罗尚，一边派人向李特求和，一边又用他的老办法，派益州从事任明向李特假投降。李特查问城中虚实，任明说："米谷都快吃完了，财宝和绢帛还有很多，可是不能当饭吃。"李特很高兴，还准许任明回家探视。任明趁机去活动各堡坞的地主武装，密约二月初十一起动手，想把李特的流民大军一举歼灭。

这时朝廷又派荆州刺史宗岱、建平太守孙阜带了三万水军来救罗尚。李特派李荡、李雄带主力去抵挡，身边的兵力就更少了。罗尚从成都发兵，突然进攻李特，各地堡坞主原本就是看风使舵的地头蛇，全都响应晋军。李特后悔已来不及了，他孤立无援，突围无路，最后和所部将士一起被杀害。罗尚把他们的头颅送到洛阳去报功，还把他们的尸体都烧了。

李特的死给流民们震动很大。李流、李骧收集溃散的流民，李荡、李雄也从抵抗荆州水军的战线撤退，一起回到赤祖（绵竹东）原来的流民大营里。李流自称大将军、大都督、益州牧，和李骧保住他原来的东营；李荡、李雄兄弟俩保住他们父亲李特的北营。

罗尚派督护何冲、常深乘胜进攻赤祖，不让流民军有喘息的时机。当北营的流民军主力来东营支援李流时，何冲乘虚攻入北营，营中氐族首领苻成和隗伯叛变响应何冲。眼见北营要被敌人踏平，突然有一个身穿盔甲的女将飞马赶来，率领溃散的流民军奋起抗击，隗伯一刀砍在她的眼上，当即血流满面，那女将更是怒不可遏，连血也顾不得抹掉，抢枪直刺隗伯。正好李流、李荡打退了敌人的进攻，回过头来救援北营。原来那英勇无比的女将就是李荡、李雄的母亲罗氏，北营内外立即展开一场恶战。何冲大败而逃，李流紧追不息，一直追到成都城下，罗尚吓得紧闭城门，不敢应战。李荡因为穷追砍伤他母亲的叛徒苻成和隗伯，不料被暗中掷来一矛刺入胸部，重伤丧命。

李流反败为胜，又包围了成都，消息传到洛阳，朝廷又着急起来。

32　张昌闹五州

朝廷见了益州再次告急的军报，下达了征发士兵去征讨李流的《壬午诏书》。古时以天干地支计年计日，303年三月初九是

壬午日，这一天发出的诏书就叫《壬午诏书》，这些被征士兵也统统称为"壬午兵"。

"壬午兵"都害怕穿山越岭到遥远的益州去，朝廷接连下诏催督说："如果诏书到达后五天以内不起程，州郡地方官都要撤职查办。"于是官吏们挨门挨户地紧逼被征士兵，搞得爹娘叫，妻儿哭，民怨沸腾。

在荆州的江夏郡（今湖北中部）来了一支几千人马的队伍，军营里飘扬着官军的旗帜，传说是朝廷派来的，还要招募士兵。人们听说这支队伍不到益州去，都去投奔。带领这支队伍的是义阳郡（治所在今河南新野）的蛮族人，名叫张昌，当过平氏县（今河南桐柏县西北）的县吏，武艺超人。

当时坐镇襄阳的是都督荆州诸军事的新野王司马歆，他用苛刻凶狠的手段治理荆州，对少数民族的压榨更为残酷，这就惹起了张昌的一腔怒火，他抛弃了县吏的职务，在江湖上晃荡半年，拉了一支队伍，准备要和新野王拼一拼。

张昌知道要干这么翻天覆地的事，还得假借一些招牌，玩弄一点装神弄鬼的手腕，于是他设法搞到一些官军的旗帜，瞎说八道地吸引了一批不愿远征益州的士兵，随后把队伍拉到江夏郡的治所安陆县（今湖北安陆县北）八十里外的石岩山，屯扎下来。当年（303年）江夏郡是个大丰年，各地流民来要饭吃的有几千人，也全投奔他的队伍。新野王几次派兵去镇压，都被打败。不久张昌占领了安陆，还派人四处放谣言："天下大乱了，马上有圣人要出来。"

说有"圣人"，"圣人"就出来了。张昌遇到长得一表人才、相貌威武的丘沈，这人本来是山都县（今湖北襄樊市西北）的县吏，张昌扬言他就是圣人，又用五彩绸帛装饰了兵车，敲锣打鼓地把丘沈迎到江夏郡的官衙来，改名为刘尼，说他是汉朝皇帝的后代，随即立他为皇帝，张昌自称相国。张昌的哥哥张味做车骑将军，弟弟张放为广武将军，还封了文武百官。张昌在他的发迹地石岩山，造起宫殿来。又在陡峭的石岩上，用竹子编成大鸟，披上五彩缤纷的丝绸，又放了不少碎肉在它的身边。这样山上的各种鸟类，为了啄吃碎肉，大群大群地飞来，张昌就宣称是凤凰降于人间，这是"百鸟朝凤"。于是他又下了大赦的诏书，改年号为"神凤"。

这时四面八方谣传说"大江以南都有人造反了"，搞得人心惶惶。于是长江和沔水一带的人，江夏郡、义阳郡的不少大族和农民起兵响应张昌，个把月里就有了三万多人马。这些人都用红布包头，用马尾粘贴在两颊上作为长须。新野王向朝廷告急说："张昌这帮造反的人非常剽悍，两只手都能舞刀，进退自如。用戟的人，旋风般地回转刺杀，他们杀到哪里，哪里的将士们就都逃跑了。希望朝廷速派大军来围剿。"

这时朝廷是长沙王司马乂执政，他听说新野王和成都王关系很好，怕新野王假借征讨张昌为名，和成都王联合起来作乱，因此不准新野王出兵。朝廷下诏，叫征西大将军、河间王司马颙派雍州刺史刘沈带雍州兵一万人，还调派征西大将军府的士兵五千人去参加征讨张昌。河间王要保存实力，对征调五千人的诏令置之不理。刘沈老老实实地带领一万雍州兵出发时，河间王又横加阻拦，还把他的兵权也夺了。

张昌的兵势愈来愈猛，占领了荆州、豫州的大部郡县，新野王打算自己集结军队去攻打，但有人却说："派一两个偏将就可

以制服这些人,你何必违抗朝廷命令,亲自去拼刀弄枪呢?"这样他也就迷迷糊糊地得过且过。张昌调齐人马向襄阳进军,新野王仓促应战,但他的将士早已厌恨他的苛严,临上战场,一阵喧哗,不战自溃。张昌的队伍摇旗呐喊,直扑过来,把新野王和他的僚属们都砍成了肉泥。

张昌乘胜派出将领石冰率领另一支队伍向东进军,攻破豫章(今江西南昌),再沿江而下,打败扬州刺史陈徽,占领了扬州各郡。临淮(封国名,治所盱眙,在今江苏盱眙东北)人封云起兵响应石冰,占领了徐州地区的大部郡县。于是荆、江、扬、豫、徐五州的地方大多属于张昌的势力范围了。西晋的官吏或是逃跑或是投降,张昌自己任命了一批出身贫苦的人做州、郡、县的官吏,但他们没有政治经验,不能扎下根来。他的队伍没有经过严格训练,军纪不好,基础也是不巩固的。

朝廷原先调派都督幽州诸军事的刘弘为荆州刺史,讨伐张昌。新野王被杀后,朝廷又改任他为镇南将军,都督荆州诸军事。刘弘是沛国的相城(今安徽濉溪市西)人,是一个有才略的将帅,军纪严整。他把新野王司马歆原有的苛政一概废除,大得民心。他又派南蛮长史陶侃为大都护,进驻襄阳。张昌多次反攻没有得到一点好处,退到竟陵(今湖北潜江县西北),陶侃又带兵进攻,前后打了几十仗,杀了几万人。陶侃下令:"投降的可以免死。"当时投降的就有一万多人,张昌的部属开始瓦解了。

朝廷另外派了屯骑校尉刘乔为豫州刺史,从东向张昌进攻,打下江夏,杀死了张昌所立的皇帝刘尼。

张昌的另一支由石冰和封云带领的队伍,还在坚持斗争,但江南的大族周玘〔qǐ〕(周处的儿子)、贺循(贺邵的儿子)、华谭、甘卓以及广陵郡的度支（管财政的官吏）陈敏等纷纷起兵，几路夹攻，义军惨败。304年三月，叛徒张统杀死石冰和封云，投降了晋军。

刘弘又派陶侃去消灭张昌残部，张昌势穷力竭，逃到下隽〔juàn〕（今湖南岳阳东）的山中隐蔽起来。陶侃包围了山林，反复搜索。304年秋天，张昌和最后几个同伴被抓住杀害，而且灭了三族。一场轰轰烈烈的流民和农民起义，就此被镇压下去。

张昌起义的队伍中，有一部分是原来朝廷在荆州征发去征讨李流的"壬午兵"。其他各州郡也有被征发的"壬午兵"，他们没有张昌那样的人物带领他们起义，都被迫去益州镇压李流。

33 李雄称王称帝

早先，朝廷派侍中刘沈统领各地征发来的"壬午兵"，以及梁州刺史许雄的梁州兵去征讨李流，坚守成都的罗尚也归刘沈节制。

刘沈到了长安，河间王司马颙把他留下做自己的军师（后改任雍州刺史），派心腹席薳〔wěi〕代为统率军队。这一换手，河间王把救援成都的朝廷队伍都控制在自己的手掌里了。

这支军队打从长安经梁州治所南郑（今陕西汉中），装腔作势地开往成都，看起来似乎和荆州来的军队遥遥呼应，实际上却行动迟缓，观望不前。荆州的三万水军沿长江而上，经巴郡（今

重庆市），入涪水到了垫江（今四川合川）。荆州军的先锋孙阜进到垫江西北的德阳（今四川遂宁东南），离成都虽然还有三四百里，但来势汹汹，把李流吓得胆战心惊。李流的妹夫李含（不是河间王身边的李含）劝他投降，他同意了，他哥哥李骧与侄子李雄却坚决反对。303年五月，李流把自己的儿子李世和李含的儿子李胡作为人质送到孙阜那儿。李胡的哥哥李离当时任梓潼太守，得知这个消息，赶紧从梓潼飞马奔回劝阻，却来不及了。他和李雄商量要去偷袭孙阜的军队，李雄说："这个办法是好的，但是两个长辈不肯，奈何？"李离说："不管这两个老头子，打了胜仗他们就没话说了！"于是他们两人把流民集合起来说："我们和晋军已结下了解不开的冤仇，不能束手待毙，任人宰割，只有同心同德打败孙阜，才是一条生路！"大伙儿都认为很对，这两个年轻的将领带了众人去攻打孙阜，一仗就把孙阜打垮了。荆州的二三万晋军全部撤退，威胁顷刻解除。席莈和梁州刺史许雄，原来就执行河间王司马颙保存实力的策略，只是在那儿摆摆样子而已。

李流面对这迅速变化的形势，既高兴又惭愧。他对于李雄猛攻孙阜的见识和才能很钦佩，于是把前线作战的指挥权交给了李雄。

李雄乘胜杀了汶山郡（治所在今四川茂汶羌族自治县）的太守陈图，把成都西北几十里的郫城（今四川郫县）拿了下来。七月，李雄大军进屯郫城，准备包围成都。

罗尚派降将隗伯攻打郫城，李骧迎战，受伤落马，隗伯直冲过来，想活捉李骧立大功。李骧部将罗安策马急驰救援。隗伯和罗安过去有些老交情，这刻儿大喊道："罗安快回避，把李骧留给我！"罗安瞪着双眼，舞着长枪叫道："我就是不给，你这无耻叛贼敢来一拼？"隗伯面红耳赤，转身而退，李骧才得脱险。

成都附近的堡坞和巴蜀的大姓，因为同罗尚勾结杀了李特和很多流民，怕李雄血腥报复，纷纷南下宁州（今云南一带）或东去荆州，不走的也筑起坚固的堡坞，屯积大批粮食。田野都是空空的，看不见炊烟，李流的军队没有吃的，境况十分困难。

在这连峰接岫，千里不绝的岷山山脉中，有一座最高最险峻、古树参天的青城山（在今四川灌县西南），山中的堡坞住有一千多户，坞主范长生（？－318）是涪陵郡（治所在今四川彭水县）的丹兴人。他的祖先在250年时，被蜀汉迁移到成都附近。青城山是巴蜀地区道教的洞天福地之一，道教的创始人张道陵在这山上还留有道坛、石洞和石刻。范长生是这一带的道教领袖，信徒们像崇拜神仙般地侍奉他。

罗尚的参军徐轝要求当汶山郡的太守，罗尚不同意。徐轝和范长生都是涪陵人，涪陵郡和李特的老家巴西郡是紧邻，他们都可算老乡，而且都信奉道教，又是教友。徐轝对罗尚有了气，就去投奔李流，并且说服范长生用粮食支援李流。这样，流民军才取得了益州大族和道教的支持，士气重新高涨起来。

303年（太安二年）九月，李流病重，他对流民军的将领们说："李雄英武勇猛，可以继承我们未完成的大事。"李雄身高八尺三寸（合今约一米九），相貌堂堂，处事英明果断。李流死后，大伙儿共推李雄为大都督、大将军、益州牧，把治所设在郫城。

这时龟缩在成都的罗尚，接受李雄部将朴泰偷偷前来投效。那朴泰被李雄因一点小事，用军棍打得遍体鳞伤，腿也瘸了。朴泰说："在李流丧期里，李骧不满李雄当首领，要把自己的部属

带到西面粮产丰富的地区去,现在军心混乱,大帅可趁机赶紧去偷袭,我出来没人知道,还可回去做内应。"罗尚高兴极了,要赏他许多金银财宝。朴泰说:"等大功告成,再接受吧!现在大帅应该派几个勇将跟我回去共图大事。"罗尚更是深信不疑,在朴泰走后,立即派了降将隗伯领兵,半夜偷偷地到了郫城,只见城边已放了许多长梯,这是朴泰早已预先约定准备好的。不多时,作为攻城信号的火光一起,隗伯的士兵争着爬上长梯,登上城墙。城上还挂下长绳来,把官军吊上去一百多人。不料朴泰使的却是苦肉计,密约全是圈套,上了城墙的将士全被砍了脑袋。早已埋伏在城外要道上的李雄、李骧部众,蜂拥而出,隗伯的队伍被杀得四散逃命,终于全军覆没。

　　李骧的军队乘胜跑了几十里,到了成都城下,假作隗伯的部队,齐声欢呼"万岁!万岁!郫城打下了,李雄被活捉了!"于是城门大开,李雄、李骧等冲进少城,罗尚才发觉上了当,急急忙忙逃到太城,关起城门,紧紧守住。

　　隗伯在这一仗里,满身受伤倒在路边,被李雄抓到了,大伙儿要把这个叛徒立刻碎尸万段。李雄眼光远大,虽然隗伯罪大恶极,而且亲手砍伤过他的母亲,隗伯叛军在作战中还杀害了他的哥哥李荡,但他还是饶恕并重新任用了隗伯。隗伯是巴蜀氐叟的一个重要首领,李雄的宽大,使巴蜀本土的各族人民,迅速地归附于他。

　　李雄包围了成都,又派李骧攻下成都南面一百里的犍为郡治所武阳(今四川彭山),截断罗尚的粮道。罗尚在城里的军民整天只得饿着肚子喊爹娘了。这一年闰十二月,李雄全力攻打成都太城,罗尚没办法,留下部将罗特守城,自个儿半夜突围,一口气逃到成都东南的牛鞞〔bǐng〕（今四川简阳）。罗特大开城门，投降李雄。李雄虽然占领了成都，但是城里能吃的都被罗尚吃光了，没奈何，只好把部队开到成都东面的郪〔qī〕县（今四川三台南）去，可是在那个地方也只得挖掘些野芋充饥。

罗尚的腿真长，304年正月，他从牛鞞沿着今沱江跑了几百里，逃到江阳（今四川泸州市），派了专使到朝廷去请罪。这个堂堂的益州刺史现在连一寸土地也没了。河间王叫席莶统率的"壬午兵"和梁州兵，没有起到一点救成都的作用，不好交代，只得把梁州刺史许雄当做替罪羊，说他怕死不进军，把他撤职关在囚车里送到洛阳去问罪。罗尚受命暂时管理梁州的巴东、巴郡和涪陵三个郡，负责军队粮饷的供应。但这时罗尚自己可是一粒米也没有，便派人到襄阳，向镇南将军刘弘请求接济。刘弘的僚属认为粮道太远，路又艰险，而且荆州本身粮食也不丰富，建议把零陵郡（治所在今湖南零陵）的五千斛米拨给罗尚。刘弘说："天下是一家，彼此是应该帮助的，我给了他军粮，我也可以无西顾之忧了！"竟慷慨地把零陵郡的三万斛粮食运给罗尚，罗尚这才站住脚跟。

李雄占领了整个益州和部分梁州后，因为范长生是当地道教领袖，社会地位很高，他为报答范长生的支持，请范长生出山为王，但范长生坚决不同意，李雄的将领们便请李雄自己称王。

304年（晋永兴元年）十月，李雄称成都王，改元为建兴，正式废除晋朝的法令，拜他的叔父李骧为太傅，他的异母哥哥李始为太保，表兄李国为太宰，李离（李国之弟）为太尉。李国兄弟俩很有智谋，成为李雄的智囊人物。李始为人厚道，对部属很体贴爱护，士兵们流传说："欲养老，属太保。"

流民之中，原来六郡大姓的重要人物也都封了官。阎式是原天水郡的始昌县令，随流民入蜀后建立了不少功勋，被任命为尚书令。杨褒是原天水郡的将兵都尉，被任命为仆射。还有任臧是原天水郡的上邽县令，李远是原阴平郡的阴平县令，也都分别任命为僚属和将帅。

306年（光熙元年）三月范长生才到成都来，李雄亲自到城门口欢迎，拜他为丞相。因为过去道教的祖师张角曾自称大贤良师，所以李雄又尊称范长生为范贤。范长生竭力劝说李雄称帝。六月间，李雄即皇帝位，改元为晏平，国号大成。

李雄称帝后，加拜范长生为天地太师，这是道教中最高的尊号，还封他为西山侯，免除范长生部曲的军役，范长生居住地区征收的租税全归范家所有。李雄这样承认了部曲制度，更使巴蜀的大姓支持大成政权。

李雄称帝后，他的将领们因为争夺地位而经常吵闹。李雄采纳了尚书令阎式的建议，仿照汉、晋的规矩，设立文武百官制度，这才逐步安定下来。

大成国建立后，大兴学校，赋税很轻，成年男子每年缴谷三斛，女子减半；每年每户交绸绢数丈，绵数两。平时的劳役也很少，几年内百姓安居乐业，境内兴旺发达，据说可以夜不闭户。这样，其他地区正处在战火连绵中的百姓，很多逃跑到大成国来。

李雄的流民军占领成都和附近各郡，建立了政权，西晋朝廷为什么不来干涉呢？这是因为成都王司马颖和河间王司马颙，又联合起来攻打长沙王司马乂，西晋皇室内部的夺权斗争，又进入了一个新的高潮！

34　书生带兵

长沙王司马乂杀了齐王司马冏，掌握了朝政。因为他的弟弟成都王司马颖地盘大、实力强、威望高，于是开始时朝廷有事，总是派人到邺城咨请成都王的意见，然后再作决定。但过了几个月，长沙王感到自己的权力已经牢固在手，就一切由自己作主了。

河间王司马颙和成都王司马颖都认为铲除齐王，主要是他俩兵临城下的功劳，否则长沙王也不敢动手。这样，虽然长沙王在朝执政，他俩却居功自傲起来。

早先河间王起兵讨齐王，是李含出的主意，因此很信任李含。李含原来的冤家对头皇甫商，在齐王死后又投靠长沙王做了参军。皇甫商的哥哥皇甫重，这时担任秦州刺史，都督雍州和秦州诸军事的河间王，也可以说是皇甫重的顶头上司。

李含对河间王说："皇甫商为长沙王重用，他的哥哥皇甫重在这儿，终究不是我们的人，不如上表推荐他到朝廷去，在他途经长安时，就把他抓起来。"但是这个计谋泄露了，皇甫重发兵来打李含。执朝政的长沙王认为这时期朝廷的纷争才平息不久，各地的祸乱又方兴未艾，就请晋惠帝下了诏书把李含调任河南尹，要皇甫重退兵，想把大事化小，小事化了。李含心想自己可以当个钉子钉进洛阳来，所以很快上任了，但皇甫重还是不肯罢

休。河间王发起火来，集中四个郡的兵力去攻打秦州的治所冀城（今甘肃甘谷县东）。河间王还派了密使去洛阳，叫李含伙同侍中冯荪和中书令卞粹，去谋杀长沙王。这个计谋不料又被皇甫商知道了，他立即密告长沙王，把李含等三人抓起来杀了。这是303年（太安二年）七月间的事。

河间王听说心腹李含被杀，就起兵讨伐长沙王，一边派人去联络成都王共同起兵。成都王原来在邺城，朝政要他点头才算数，现在不能为所欲为了，也想去干掉他的亲哥哥。卢志劝成都王说："大王过去有大功而谦让，美名大扬。现在如果驻兵在洛阳城外，脱掉戎装，穿了朝服进城，人心一定会归向大王，大王也就可以成为霸主了。"参军邵绩也劝成都王说："兄弟如同手足，你要执掌天下大权而先去掉一只手，这还能成吗？"但成都王都不听。

河间王和成都王串通一气，联名给晋惠帝上书说："长沙王论功不平，与右仆射羊玄之、左将军皇甫商专断朝政，杀害忠良，请诛羊玄之与皇甫商，把长沙王遣回本国去！"长沙王看了这个奏疏，笑他们不自量力，他代晋惠帝下了一个诏书说："河间王等敢发兵向京都来，真是大逆不道，我要亲率六军来征讨。命令长沙王为太尉，都督中外诸军事，随同进军。"八月二十四，长沙王派军队护卫着晋惠帝到了洛阳城西十三里的十三里桥，这就是诏书上说的亲征了。

河间王司马颙派猛将张方带了七万精兵，从函谷关东进洛阳。成都王司马颖带了将士暂驻朝歌，派陆机为前将军、前锋都督，率领王粹、牵秀、石超等将领和二十多万人马，往南进军洛阳。

给成都王打头阵的前锋都督陆机（261-303），字士衡，吴郡吴县华亭（今上海市松江）人。陆机的祖父陆逊、父亲陆抗都是东吴的名将名相。陆抗死后，东吴要陆机和他的三个哥哥以及弟弟陆云，分别率领陆抗的部众，当时陆机只有十四岁，只知读书不愿带兵。他二十岁那年，东吴灭亡，此后，他和陆云闭门勤学十年，文名大著，成为"太康文学"的代表人物。因为陆家人才辈出，别人就称他家为"昆冈出玉"，昆冈即昆仑山，是古代传说中产玉的宝山。

289年，这对难兄难弟进洛阳，拜访当时的太常张华，彼此一见面就谈得非常投机，"如旧相识"。因为他们不但称誉当时，而且名垂后世，所以后来人们就把类似的会见，形容为"一面如旧"或"一见如故"。张华早已听说他兄弟俩的名声，当面赞扬他们说："平定东吴收获很大，但最大的收获是你们兄弟两个人才。"人们把他俩和在齐王司马冏时当过主簿的顾荣合称为"东吴三俊"。以后又有一个钱塘人褚陶，十三岁就写了《鸥鸟》、《水碓》二赋，闻名于世。张华笑着对陆机说："你兄弟俩如同龙跃云津，顾荣则像凤鸣朝阳，你们三个出来后，人们都以为东南的珍宝全都出世了，不料还有一个褚生！"陆机笑着回答："你还没有看到不鸣不跃的人才哩！"

陆机在赵王司马伦篡位时，被任命为相国参军、中书郎，并奉命参加过起草禅让的诏书。因而赵王倒台后，陆机也被抓起来要办死罪，幸亏成都王怜惜人才，为陆机说了好话，才减罪流放。接着遇到大赦，流放也被免了，这才闲居在家。

陆机有一条好狗，全身黑得发亮，独有两只耳朵是金黄色的，而且会滴溜溜地转，狗名叫做"黄耳"。陆机曾经把它借给别人，有时带到三千里以外，而它却自个儿跑回家来。有一天陆机烦闷间想起江南的老家，笑嘻嘻对黄耳说："我想念家乡了，你帮忙送个信，顺便你也看看你的老朋友。"黄耳摇摇尾巴，汪汪地叫了几声表示同意。陆机把书信密封在防水的竹筒里，再用绳子把竹筒紧扣在黄耳颈上，就让它走了。黄耳沿着驿道走向江南，肚子饿了，到草丛里捉野兔和野鸡吃；要渡河渡江时，它向渡船的船夫不断地摇尾巴，船夫被它逗得高兴了，招呼它上了船。当船快到岸边，黄耳跳入水中游向岸去。这一趟来回有几千里路，一般使者往返，最快要五十天左右，黄耳半个月就将复信带回洛阳。从此陆机经常这样做，黄耳也出了名。后世诗文中，就常以"黄耳"来喻指传递家书。

成都王慕陆机之名，任他为参大将军军事、平原内史。陆机在成都王手下任职不久，发生了这么一件事：有一天，成都王的心腹卢志，在大庭广众之下，装痴装呆地问陆机："陆逊、陆抗是你什么人？"按当时礼俗，对父名、祖名都很忌讳，更不能当面直呼其名。卢志一问，陆机立即不客气地回答："像你同卢毓、卢珽一样！"原来卢毓和卢珽分别是卢志的祖父和父亲，曹魏时做过大官。在场的陆云一贯老老实实，这刻儿脸都吓白了，出来时对陆机说："哥哥，你何必这么认真？也许卢志对我家不太熟悉！"陆机冷笑说："我祖我父名扬四海，无人不知。他敢叫我难堪，我也要他自讨没趣，你瞧他当时就不吭气了！"

成都王鉴于陆机的祖父和父亲都是著名的将帅，本人又英气勃勃，声名响亮，估计带兵打仗不成问题。所以在决定攻打长沙王时，陆机这个白面书生就被任命为前锋都督，实际上也就是统帅，带领大军直驱洛阳。

陆机荣任大帅，有人为他高兴，但多数人为他担心，因为他近二十年来，不是钻在书堆里，就是耍笔杆子。他编写了《晋记》四卷、《洛阳记》一卷、《要览》及其他文集五十卷，还写了很多诗篇。他的诗过于雕琢，且多模仿古人，除了少数感叹人生无常和流离思亲的作品外，没有什么生活的感受。陆机的辞赋与散文，要比他的诗好得多，最有名的是《文赋》。在这篇赋中，陆机用赋的形式，总结了前人和自己的写作经验，内容包括对文学创作的过程与经验，各种文体如诗、赋、碑、铭、颂、论等特征的阐述。《文赋》虽然也有过份强调词藻华丽，偏重于形式的缺点，但它毕竟是文学批评史上的重要文献。

这样一个文文雅雅的大才子陆机，挂帅去攻打洛阳，到底能不能打胜仗呢？人们都拭目以待。

35 "华亭鹤唳岂可复闻"

陆机当上了统帅，自己也感到困难不少。论起吟诗作赋来，他是少有的能手，但要带兵打仗，可是外行了。因为陆机虽然读过几本兵书，但是没有实际作战的经验，再说将官士兵大都是北方人，很多人都立过大小战功，他知道自己要统率这支大军，军心是不服的。尤其是大将王粹、牵秀，虽然和他过去同是贾谧"二十四友"中的伙伴，但现在见面时，他们脸上显而易见流露了一股怨气。因此陆机多次到成都王跟前推辞统率全军的重任，但成都王不同意。

陆机终于带领几十万大军出发了。这支大军一路上耀武扬威，鼓声震天，很远地方都能听到，人们说几十年没看到这么盛大的军队了。但陆机只是表面上威风，内里首先王粹、牵秀不和他一条心，经常违抗军令，陆机拿他们没办法。

成都王身边还有一个红得发紫的宦官叫孟玖，他曾向成都王请求，派他的父亲去当邯郸的县令，遭到陆机的弟弟陆云坚决反对，没有当成，因此孟玖对他兄弟俩怀恨在心。这刻儿孟玖的弟弟孟超在陆机大军中，当个带领万把将士的小都督。行军中，孟超伙同部下一路大抢大掠，胡作非为，陆机抓了其中几个为首的，孟超却带了几百骑兵冲到帅营，把罪犯抢了回去，临走还指着陆机的鼻子骂道："臭南蛮子，你怎么能当大都督？"陆机当众受了下级这么大侮辱，别人劝他把孟超抓起来杀了，以正军法，可陆机哪能下这一手！孟超跑了出去，还到处造谣说"陆机要造反"，又写信给他哥哥孟玖，尽说陆机的坏话。

陆机碰到这些不称心的事，烦闷得没法忍受，他听到军营里经常响起号角，更觉得十分讨厌。他回想起过去在华亭，多么逍遥自在。原来陆机的祖父陆逊，在东吴时因功被封为华亭侯，而他们的家就住在华亭。自古以来华亭是有名的"鹤巢"，成群的白鹤经常在清泉密林上方飞翔唳鸣。陆机、陆云兄弟在鹤唳声中刻苦攻读十多年。但这刻儿陆机在军营里心烦意乱，当年的文人生活只留下甜蜜的回忆。

陆机统率二十余万（一说三十七万）大军，把洛阳城围了四层，真是水泄不通。传说这支大军在夜里擂起战鼓，将士们齐声呼喊，京城里的屋瓦都震裂了。围城后鱼肉蔬菜运不进去，城里的人只能吃些老韭根和咸菜，街头巷尾叫卖的死驴肉、死马肉里面，竟掺杂了死人肉。

303年十月初八，陆机大军逼近洛阳的建春门，长沙王带着晋惠帝亲自来决一死战。长沙王的猛将王瑚带着数千骑兵，把长戟捆扎在马上，冲击陆机的前军。前军受不住激烈的冲杀，顿时溃乱，统率前军的将领马咸被杀。王粹、牵秀听到前军失利，带了自己队伍就逃。陆机的其他队伍也立即向东溃逃，在离城二十里的七里涧，多半被淹死，涧水被尸体堵住都流不动了，陆机手下贾崇等十六个将领被杀，陆机总算逃了出来。

那个骂过陆机的孟超，作战时不听陆机的指挥，单独行动，被敌军包围杀死了，他的哥哥孟玖还以为是陆机故意害死的，待陆机兵败战报一到，就对成都王说："陆机素有背叛之心，几十万大军就这么糟塌了！"这时牵秀带了王阐、郝昌和公师藩等将领逃了回来，这些人原先都是和孟玖有关系的，他们众口同声顺着孟玖，把兵败的责任都推在陆机身上。成都王相信陆机是背叛了，赶紧命令牵秀去杀陆机。参军王彰劝成都王息怒，他说："我们起兵打长沙王，我方兵众，长沙王兵寡，双方兵势悬殊那么大，呆子也看得出谁胜谁负，陆机是很明达的人，绝不会在这个时候背叛大王，只不过他是南方人，北方将领们和他过不去，所以才打了败仗。"但成都王却一句也听不进去。

陆机在朝中做了九年的官，在司马家自相残杀中几经曲折，过去他死里逃生时，很多人劝他回江南故乡去避难，但陆机自以为才能超人，又想在大乱里做一番救国济世的大事业，他万万想不到自己一片忠心耿耿报答成都王，最后却落了一个叛逆的罪名，砍头的下场，临死悔之莫及。四十三岁的陆机走上刑场前长

叹说:"华亭鹤唳,岂可复闻乎?"

陆机的弟弟陆云曾任尚书郎、侍御史、太子中舍人,著有文章三百四十九篇。陆机被杀,陆云也当同罪论死。成都王的僚属江统、蔡克、枣嵩等恳请成都王免去陆云死罪。他们认为,说陆机叛逆没有根据,但陆机缺少计谋,不善统率大军,致使丧师辱众,被处死还说得过去;可是陆云却没有任何罪过,不应同杀。成都王因此三天迟疑不决,蔡克又到他跟前叩头,血流满面,还有几十人跟随跪着哭着,要求成都王赦免陆云。但是孟玖要斩草除根,硬把成都王扶进内室,接着下令灭陆机三族,陆云也就被砍了头,陆机的儿子陆蔚和陆夏同时被杀。

为了要证实陆机的谋反罪,孟玖等人又大搞逼供。他们把陆机的生前好友、吴人孙拯抓起来严刑拷打,孙拯被折磨得死去活来,体无完肤,膝盖和脚踝的骨头都露出来了,还是坚决不承认。狱吏对他说:"陆家兄弟的冤狱,天下谁不知道,你是个义烈的人,就爱惜自己的身体吧!"孙拯仰天长叹说:"我无力救他们的生命,怎么还能诬赖人呢?"孟玖等人知道从孙拯口里捞不出什么来了,就自己假造了一篇孙拯的供词。成都王杀了陆机、陆云,心里也常常后悔是不是错冤了人,看到供词,似乎才得到真凭实据,对孟玖说:"没有你们的赤胆忠心,这个案子不会这么水落石出!"并且还命令灭孙拯的三族。

孙拯的门生费慈和宰意,一听此讯,赶忙到监狱里申明孙拯是冤屈的,孙拯对他俩说:"我不肯诬害知己朋友,死是我心甘情愿的,你们何必自己往死里闯呢!"他俩回答说:"老师不辜负知心人,我们也不辜负老师。"孟玖听到有两个自己来送死的,二话不说,也一块儿杀了。

36　活烤长沙王

成都王的总兵力号称百万，虽然陆机打了败仗，但大部分兵力并未受挫。成都王气呼呼地非要把亲哥哥长沙王拉下台方才罢休。不久，他的部将石超在黄河北面的温县（今河南温县西）一带打了一个胜仗，而另一路大军渡过黄河，进逼洛阳。

河间王司马颙早就派了张方当都督，带了七万精兵，从长安打到洛阳。长沙王派皇甫商带了万把将士去抵敌，真如鸡蛋碰石头，吃了大败仗。张方乘势一度攻入洛阳，大抢大掠，朝廷方面的官员和将士们死了一万多人。

长沙王重新整顿皇家军队，带了晋惠帝去攻打张方。张方的人马看到皇上亲自出马，无心恋战，边战边退，死了五千多人，退到十三里桥。张方的部属们因抢劫了不少财宝，害怕在皇帝亲征下人财两空，要求张方连夜撤退，张方说："胜败是兵家常事，会用兵的人常常能反败为胜。"他于是命令全军在夜间向洛阳方向潜进七里路，筑了几层战垒，又运来了许多军粮。

朝廷文武百官天天愁眉苦脸，大伙儿认为长沙王司马乂和成都王司马颖是亲兄弟，应该可以和解，因此派了中书令王衍到成都王跟前去做说客，成都王眼见长沙王已如瓮中之鳖，不肯答允。

这时皇帝的诏书只有在洛阳城里才能起点作用，城里粮食非

常缺乏，一石米要卖一万钱，可是长沙王也下了狠心，坚持打下去。张方军队把城东千金堨（水堰）的水全放了，城里缺水，舂米的水碓无法用，司马乂征发王公贵族家的奴婢，用杵臼舂米，以供应军粮；凡一品以下官员不参加战斗的，家里十三岁以上的男子都要服役。同时又征发过去是不当兵的奴仆参加作战。

长沙王扩充和整顿了队伍，要任命一个新的统帅，派什么人呢？将领们都不敢挑这个担子，长沙王只好亲自去问士兵们："当前局势这么危急，你们要谁出来当都督？"

长沙王听到的只有一个回答："要嵇侍中带领我们，我们就是打到最后一口气，虽死犹生！"这嵇侍中就是嵇康的儿子嵇绍，他并不会指挥作战，但长沙王要借他的名声率领队伍，立即拜他为平西将军。

长沙王的主簿祖逖献计说："雍州刺史刘沈，是忠义而果敢的人，他的兵力可以牵制河间王，应该请皇上发一个诏书给刘沈，要他进军攻打河间王的长安老巢，河间王一发急，肯定要张方回师去救他。"长沙王依计照办。刘沈接到诏书，调发了雍州七个郡的将士一万多人去打长安。这个计谋果然高妙，张方虽然自己还留在洛阳城边，但他的兵马分批暗暗撤退，回去救长安，他自己暂时也不攻打洛阳了。

长沙王心中有数，他把张方丢在一边，集中力量去攻打成都王。这时有人对长沙王说：尚书令乐广的女儿是成都王的王妃，乐广恐怕靠不住。长沙王就当面去问乐广是怎么考虑的，乐广立即回答："在洛阳我有五个儿子，在成都王那儿只有一个女儿，我怎么舍得丢下五个儿子去要一个女儿？"长沙王心里总是不太踏实，讨论军国大事就不让乐广参加。

乐广原来是个心胸开阔的人。有一次，他有一个老朋友病倒了，原来他那朋友来他家做客喝酒时，看到酒杯里有一条小蛇，虽当时不敢声张，回去后越想越不放心，越想越是恶心，担心中了毒，心口、肚子里总好似那小蛇在盘缠啮咬，脑袋胀疼发烧，全身酸疼难受，就这么起不了床。

酒里怎么会有蛇呢？乐广百思不解，他心头也沉重起来，觉得太对不住人。后来他在无意中抬头望见客厅梁柱上挂着的一张角弓（有角为饰的弓），角上用漆画着一条蛇。他把酒杯试验了一下，果然那蛇影在杯中出现了，这才恍然大悟。他把那朋友又请到家中，坐在原来的位置，再放上酒杯。乐广问："你在酒杯中看到什么？"客人答道："同前次看到的一样。"乐广大笑，说明了原因，那朋友的病就霍然而愈。原本那朋友哭丧着脸，像死人一样躺在车里而来，转眼就有说有笑，健步如飞地回家了。

从"杯弓蛇影"的故事可以看出乐广为人通达，善于分析事理。有一次，有人问他为什么会做梦？他回答："日有所思，夜有所梦。"别人还是想不通，他再作解释说："从来没有人在梦里赶车到老鼠洞里去玩，这是因为从来没有人这么想过。"他的这个反证是很有说服力的。当时还有不少名士因为身处乱世而纵酒放荡，乐广说："规规矩矩地做人，自有乐趣，何必那么颠狂！"

可是现在长沙王和成都王亲兄弟打仗，牵涉到他自己头上，什么规规矩矩、开阔、通达都改变不了乐广的处境，他担忧迟早要遭灭门之祸，竟卧病不起，居然愁死了。

长沙王向成都王多次发动进攻，前后打死打伤、俘虏了六七万人，成都王身边的人垂头丧气，士气不高。

长沙王这时还有十万将士，只因粮食奇缺，经常要饿肚子。

文官白天要参加督战，晚上还要处理公事，搞得疲乏不堪。嵇绍的侄子尚书郎嵇含白天黑夜地干得头昏眼花，他对长沙王建议说："现在奸佞叛乱，皇室危如倒悬，但文官一人两任，力不能支，朝廷的军队各有都督和将帅，征战都应让他们负起责任来，文官没有必要掺杂其中。"长沙王接受意见，调整文武官员的职责，加强了战斗力。从内外形势来看，长沙王仍有可能打败成都王和河间王的联军，但不料皇族中又跳出了一个投机取巧的人。

人说"知己知彼，百战百胜"，可是晋惠帝的堂兄弟东海王司马越，却被联军的来势吓坏了，他害怕早晚会被打败，不如来个"倒戈一击"，他个人还可趁机夺取军国大权。惠帝太安二年十二月二十四夜里，东海王勾结皇宫中几个将领，把长沙王司马乂抓起来，又逼迫晋惠帝下诏免去司马乂的一切职务，幽禁到金镛城去，并且大开城门，迎接成都王司马颖和张方。成都王和张方正在考虑撤军，这刻儿简直是喜从天降，他们所部将士一齐拥进城来，稀稀拉拉，军容不整，兵力看来并不强盛。城里将士们见了这般情景，都后悔起来，又偷偷议论要抢救司马乂，把成都王和张方打跑。

东海王吓得三魂掉了两魄，想到如果司马乂东山再起，他司马越还能活命吗？黄门侍郎潘滔向他献了一条诡计："要杀长沙王好办，不必你亲自动手！"潘滔派人到张方跟前，把朝臣们的计议和关押司马乂的地方，密告张方。张方是个杀人不眨眼的魔王，二十七那天，派三千士兵到金镛城，把司马乂抓来，剥光他的衣服，用铁链捆在石柱上，四周用炭火烧得红红的。二十八岁的长沙王司马乂被炙烤得全身由红变黑，皮焦肉烂，惨痛的号叫震天动地，就这么活活烤成一团骨炭，连张方的兵士见了这惨状都掉下泪来。

荆楚一带的习俗是在阴历十二月初八那天，人们带着假面具，扮作金刚大力士，打着腰鼓作戏，这叫做"腊鼓"，传说可以驱除瘟疫。而南方温暖，这个时期春草已经开始发芽了，所以人们说："腊鼓鸣，春草生。"长沙王司马乂是在腊八后半个多月死的，因此洛阳的人们就唱着歌谣说："草木萌芽杀长沙。"

再说河间王司马颙遭雍州刺史刘沈连续进攻，急得接连派人到洛阳，命令张方火速回来。张方在京城抓了官私奴婢一万多人，然后撤军，半路没有口粮，便分批杀了这些奴婢，杂在牛肉马肉里一起当饭吃。张方的队伍星夜行军，赶回长安，打败和活捉了刘沈。河间王恨透了刘沈，当即用鞭子将其活活打死，再拦腰一刀，劈为两段。

河间王在同刘沈生死搏斗时，成都王在洛阳可就得意非凡了。晋惠帝下诏拜他为丞相，因为他的母亲程太妃和他宠信的宦官孟玖不喜欢住在京都，所以他还是返回邺城。他派心腹奋武将军石超率领五万精兵把守京都的十二道城门，把所厌恶的宫中宿卫将士都抓起来杀了，全部换成自己的人。他推荐卢志做了中书监，但也跟他回邺城，在他的丞相府里办公。

皇太子司马覃，原是齐王执政时为防止成都王在晋惠帝死后继承皇位而立的，现在成都王有权了，就上表废了羊皇后，幽禁在金墉城，同时由河间王出面，表请废太子司马覃为清河王，由成都王为皇太弟。于是成都王就成了皇位继承人，同时都督中外诸军事，并兼丞相如故。河间王司马颙被拜为太宰、大都督、雍州牧。

"一朝天子一朝臣"，成都王上了台，把长沙王的人杀的杀，

撤的撤，这日子怎么能安定下来？

37 "鹤立鸡群"

成都王执政后，看嵇绍特别不顺眼。嵇绍在洛阳被围时，由侍中拜为平西将军，统率六军抵御成都王。长沙王被捕杀后不久，嵇绍就被一撤到底，削职为民。

嵇绍（253－304）字延祖，他的父亲是"竹林七贤"中被司马昭杀害的嵇康。嵇康虽然写了《绝交书》，同吏部尚书山涛断绝了往来，但他们主要是政治态度不同，而私人感情还是藕断丝连的。所以嵇康临死前对才十岁的嵇绍说："只要山涛活着，你就不会孤苦伶仃了。"嵇绍青年时代一直在家读书，三十岁时，山涛对他说："天地万物都有生有长，有盛有衰，何况人生在世呢！"在山涛看来，嵇康既已含冤而死，嵇绍就不该再抱恨终身，还是出来做官过个富贵日子，图个锦绣前程比较好。在山涛的推荐下，嵇绍进入仕途。嵇绍刚到洛阳那天，人们见了他就说："看到嵇绍在人群之中，风度翩翩，昂然不凡，真如鹤立鸡群！"

贾谧及"二十四友"包揽朝政时，嵇绍是黄门侍郎，贾谧竭力拉拢他，他不理睬。贾谧被杀后嵇绍就因不阿凶暴，被封为弋〔yì〕阳子，提升为散骑常侍。

齐王司马冏专政时，嵇绍已升为侍中。在一次正式的宴会上，齐王的心腹董艾对齐王说："嵇侍中是个祖传的音乐家，要他在这里演奏一曲给大家助助酒兴。"齐王的左右把琴送了上来，但嵇绍束起手来就是不弹。齐王说："今天大家高高兴兴，你为什么不大方些呢？"嵇绍回答说："假如现在是私人的便宴，我可以当场献丑，绝不推辞。但现在是正式宴会，我和大家一样穿了高贵的官服，弹起琴来还像话吗？"这几句话，把齐王顶得没词儿了。董艾这伙人讨了个没趣，只得告退。过了几天，齐王和董艾借了别的事由把嵇绍的侍中一职免除了。长沙王司马乂夺权后，嵇绍再被任为侍中；成都王上台，嵇绍又被一脚踢了下来。

　　成都王独揽大权，把自己的相府设在邺城，连车马、服饰、官印，一件也没留在京师。皇帝住在洛阳，丞相却住在六七百里外的邺城。

　　成都王自认为把所有的政敌都打倒了，只等晋惠帝一咽气，他这个皇太弟就可以坐上皇位。因此他竟然和过去的赵王、齐王一般，摆起天子的架势，享受起皇帝的生活来了。

　　原先成都王征讨长沙王时，曾招募了一批解除奴隶身份的人当兵，作为帅营的随从队伍。那时皇帝身边的禁卫军中设有三部司马，而成都王在邺城，就把这支免奴为兵的军队放在自己的王宫里，称之为四部司马。他的侍卫队伍比晋惠帝的禁卫军人数更多，装备更好。有一首民谣说："三部司马阶下兵，四部司马尚长明[①]；欲知太平，须石鳖鸣！"石头雕的鳖绝不会鸣叫，太平日子何日来临也就不得而知了。

　　成都王在邺城深居简出，他不知道旧的政敌清除了，新的政敌又出现了。东海王司马越有活捉长沙王之功，现在当了司空兼

[①] 当时俚语称奴隶为"尚"，此句意指成都王的侍卫比晋惠帝的禁军更神气。

中书令。他看到成都王大权独揽，威势逼人，可沉不住气了，便和右卫将军陈眕〔zhěn〕以及原长沙王的部将上官巳等密谋，要把专横跋扈、目中无人的成都王干掉。

304年（永兴元年）七月初一，陈眕带兵进了宫门，迫使晋惠帝下诏把文武百官召来，下令洛阳戒严，讨伐成都王。戒严前，首先去抓成都王的心腹将领石超。石超得讯，赶紧闯出洛阳，逃往邺城。接着晋惠帝又下诏，让羊献容复位为皇后，司马覃复位为皇太子。这样，皇太弟司马颖就失去了作为皇位继承人的资格。七月初四，由东海王任大都督，统率大军，护着晋惠帝亲征邺城。

大军出发前，嵇绍官复原职，仍为侍中，随晋惠帝出征。另一位侍中秦准对他说："你们这次远征能不能取胜，没有多大把握，你要挑选一匹骏马，万一失利，也可以飞奔脱难。"嵇绍回答说："我做臣子的护卫皇上亲征，生死与共，要骏马干什么？"。

这支亲征大军从四面八方集中起来，到了邺城南四十里的安阳，已有十多万人。邺城里乱得鸡飞狗跳，陈眕的弟弟陈匡和陈规，在混乱中偷偷跑出邺城，告诉他们的哥哥说："邺城里人心慌乱到了极点，家家户户等待大军进城！"将士们听到这消息，欢欣鼓舞，喝酒嬉闹，连哨也不放了！

邺城里成都王召集僚属们商讨对策。东安王司马繇说："天子亲征，兵马又这么多，还是解甲请罪吧！"成都王恼怒地说："皇上是被小人们逼迫来的，我如果投降，这不是束手待毙，伸长颈子等砍头吗？"他决定派石超带五万精兵去迎战。

石超是个猛将，他偷偷地开到荡阴（今河南汤阴县）东海王的帅营跟前，突然发起进攻。东海王的军队毫无提防，四散飞奔逃命。东海王吃了败仗就往下邳跑，但是徐州的都督、东平王司马楙〔máo〕却不欢迎他，他只好回到自己的封地东海国（治所郯县，在今山东郯城）去，重新联络其他皇族，准备卷土重来。

在石超突然袭击时，晋惠帝中了三箭，脸上受了伤，血流满面，侍卫的百官和士兵都逃散了，只有嵇绍独个儿穿了堂堂的官服，严肃地站立在皇车上保卫晋惠帝，倒真有点"鹤立鸡群"的模样。

石超的士兵跑近御车，拖嵇绍下来，拿起刀要砍他。晋惠帝说："他是忠臣，不能杀！不能杀！"士兵说："皇太弟有令，只有皇上一人不得侵犯！"一边说一边抡刀就砍，嵇绍的脑袋应声落地，鲜血溅了晋惠帝一身。晋惠帝吓得一个倒栽葱，从车上掉下来，昏倒在路边草丛里，连随身带的国玺都丢失了。

石超找到昏厥的晋惠帝，把他救醒带回军营。这位皇帝饿得一点气力都没有了，石超找一点水给他喝，有的将士拿了几个还没熟透的秋桃来，他吃了三个，觉得比山珍海味还鲜美。当他抓起第四个正要向嘴里放时，被石超叫人劈手夺走，晋惠帝又心痛又不敢说话，两泪流个不停。

成都王听说皇上已经到手，喜从天降，赶紧派了卢志等人到荡阴，迎晋惠帝去邺城。这些人见了晋惠帝，要把他满身是血的衣服洗洗干净，这白痴这刻儿倒不呆了，他说："这是嵇侍中的血，不要洗掉，留着做个纪念吧！"当时他又要人立即把嵇绍安葬在荡阴县南，因为有了那么一个洗血衣的典故，葬地也就被叫做浣衣里。

嵇绍待人非常诚恳，死后他的门生故吏痛切地思念他，为他守墓整整三年的就有三十多人。他曾著有《嵇绍集》，已散失无

存,但在别人的文选或注引中还能找到一鳞半爪。有一篇零碎的《赵至叙》,从中还可以看出嵇绍及其父亲嵇康,非常同情魏晋时代所谓"士家"的痛苦遭遇。

赵至是代郡(治所在今山西阳高西南)人,曾经追随嵇康求学。赵至的家庭属于"士家",或称"兵家"、"军户",是士兵及其家属的统称。在战火纷飞的年代,士兵们历尽艰辛,为统治者卖命的是他们,受欺压的也是他们。当时制度规定,士家的子孙必须当兵,娶媳妇招女婿都只能在士家范围里找。寡妇更要任凭官府择配;如果士兵立了军功封了侯,死后其妻才免予强迫配嫁。士家是社会地位十分低下的阶层,他们还经常全家老小被赐给功臣作为私人部曲。

当时还规定,士兵如果叛乱逃亡,家属要判罪,沦为官家奴婢甚至杀头,因此士家还被统治者强迫集中居住在首都附近或其他指定的地方。赵至家就是这样迁居在洛阳东南的缑〔gōu〕氏县。他的父亲是佃兵,为官家种地。赵至十三岁时,新的县令到任,人们拥到街道上去欢迎,赵至的母亲对他说:"你的祖先本来不是低贱的,只是因为战乱,所以沦为士家,希望你奋发上进,日后也能当上威风凛凛的官儿!"赵至深为感动,因而认真读书。

赵至十五岁后为了游学,便佯装发疯,独自跑到外地去,这样可使他的父母免遭论罪。当时法律规定,士家的儿子十七岁就要当兵了,所以他十六岁就先后逃亡到洛阳、邺城、山阳。嵇康等人虽极力保护他,但他因为出身士家,还是没有做官的可能。赵至只得改名换姓来到遥远的东北,隐瞒了出身,在辽西地方落籍。这样他才被举为郡的计吏,而后又被幽州地方官任为部从事,再以良吏而被推荐到朝廷。他三十七岁到了洛阳,才知母亲早已去世,他想到母亲没有看到他当官就死了,父亲虽然活着,但因为自己的士家出身必须继续隐瞒,不能父子相认。他悲痛欲绝,终于大口大口吐血而死。

拿嵇绍和他笔下记述的赵至相比,两人的才干都是"鹤立鸡群"的。嵇绍在皇室权贵自相残杀中护卫皇上而死,以致被历代封建统治阶级所称颂,但赵至却和千千万万被埋没的人才一样,默默无闻而死。

38 易水惨案

成都王抢到了晋惠帝,自以为时来运转,可以"挟天子以令诸侯"了,不料东北方面,又有人不买他的帐,那是开国元老、录尚书事王沈的儿子王浚。

王浚曾任东中郎将,坐镇许昌。当年愍怀太子幽禁在许昌,宦官孙虑和他共同谋杀了太子,因此贾后提升他为青州刺史,以后又转为都督幽州诸军事。王浚为了巩固自己的地盘,竭力拉拢鲜卑的大头目,他的一个女儿嫁给务勿尘,另一个嫁给了苏恕延。当赵王司马伦篡位,三王起兵时,王浚坐山观虎斗。赵王被杀,成都王进封王浚为安北将军,以稳住他的心。以后长沙王司马乂被杀,成都王就下决心要除掉王浚。在成都王授意下,朝廷派右司马和演为幽州刺史,密令和演在幽州等待时机,杀害王浚。

和演与乌桓单于审登秘密商议后,邀请王浚同游清泉水。清泉水是蓟县以南七里的一条河(今永定河),河水通西湖(今北京广安门外莲花池)。这一带景色秀丽,是个游览胜地。和演与审登想在这儿神不知鬼不觉地谋杀王浚,没想到那天忽而下起暴雨来,阴谋没有实现。审登非常迷信,以为王浚是受到上天的保佑,所以不但不敢再暗害他,还把和演的阴谋一五一十地都向王浚交代了。王浚随即杀了和演,自己兼任幽州刺史。如今成都王再以皇太弟的名义要王浚到邺城来,王浚来是来了,却是和鲜卑务勿尘、乌桓羯朱等,带了十多万兵马,来攻打成都王的,时间在304年八月间。

王浚的大军,打败了成都王派去迎敌的王斌和石超,先锋部队的骑兵飞快地向邺城挺进,邺城里乱成一团糟,文武百官卷起细软行李,携老带小的各奔各的路。卢志劝成都王带着晋惠帝暂时逃避到洛阳去,把张方的军队当靠山。原来河间王在长安听说东海王带了晋惠帝发兵亲征成都王,他又派了张方,率领两万精兵乘虚来攻洛阳。正好东海王兵败,洛阳更无抵抗的力量,张方大模大样地进了城。

邺城这时只有一万五千名士兵了,说什么也抗不了王浚的十多万精骑,成都王只有投靠张方这条路。卢志连夜部署停当,准备第二天拂晓动身,但成都王的母亲程太妃还是留恋邺城,一个劲儿不肯走,一把眼泪一把鼻涕地哭着。哪知宫外的一万多士兵听说王浚十多万大军即到,官儿们都走得没影儿了,也都吓得丢下盔甲刀枪跑了。好在殿中卫士还有一千人,卢志赶紧劝成都王快走。这时有个程太妃平时崇信的道士称"黄圣人"的进来说:"你们怎么还不走?"这样,成都王、程太妃才下了走的决心,但这时一千名卫士又跑得一个不剩了。

卢志好不容易找到几辆供运输粮草等用的鹿车。这种鹿车有地位的人是不愿坐的，但这个时候还有什么办法呢？成都王、程太妃等抢先上车走了，卢志再去找晋惠帝，正好司马督韩玄集合了宦官百把人，就和卢志一块儿来见晋惠帝。卢志说："王浚的人马离邺城还有八十里，文武百官和将士们都没命地逃光了，现在皇太弟要带陛下到洛阳去。"幸好还有一辆王公用的犊车，晋惠帝随即上车，心慌意乱地南奔洛阳。

这一下走得太匆忙，晋惠帝一行一二百人，既不备旅途的用粮，又不带分文公款，就上了路。私人中只有一个宦官带了自己积蓄的三千钱，途中需要花钱，只得由晋惠帝亲写诏书，向那个宦官借用。皇帝的诏书用来借这么一点钱，真是自古以来闻所未闻的。晚上有人送来带糠煮的粗米饭，搭了几枚干大蒜、几粒盐豆豉。晋惠帝平时吃饭是用金碗玉盆装的山珍海味，这时饿得端起乌瓦盆，不管什么就狼吞虎咽。过了几天，有一个老头送上蒸鸡，那真如天上掉下的天鹅肉一般，晋惠帝无物酬谢，只得写了一份诏书，免他一年租役。在京城里，这些人都睡惯了锦缎被窝，这刻儿不得不几个人一块儿蜷缩在又臭又脏的布被里。半途又碰到一个牧人赶了二百多只羊，卢志出面把羊"借"了下来，当即宰杀几只，燃火烤烧，这群饿得叫爹喊娘的人才吃上一顿饱餐。不久晋惠帝回到洛阳，计算羊价，加倍用宫绢偿还了羊主。

卢志在起程前，已经派出轻骑，拿了晋惠帝的诏书，命早先带了八千士兵留守在洛阳附近的郝昌派兵来卫护。晋惠帝这一群狼狈不堪的人跑到汲县，遇见武装整齐、刀枪闪闪的郝昌队伍，

这才安下心来。这支人马沿着黄河北岸到了司马懿原籍所在的温县，皇家祖先的陵墓就在这里，怎么也该祭祀一番吧，但是晋惠帝脚上绣着龙凤的鞋子，在慌忙中丢掉了一只，只得穿上宦官的普通布鞋上陵。晋惠帝触景生情，放声痛哭，祈祷祖先在天之灵保佑他们一路平安！

到达洛阳北边的芒砀山脚下，张方带了一万多骑兵来迎接。他见了晋惠帝要下拜，晋惠帝正像掉在大海里遇到救命船一般，哪敢要他跪拜，赶紧下车拦住，张方也不再谦让。晋惠帝回到自己宫内，在邺城奔散的百官和将士们也陆续回到洛阳。

晋惠帝与成都王离开邺城不久，王浚带了大军占领邺城。他知道洛阳的张方是不好惹的，也就井水不犯河水，将士们在邺城大抢大掠，烧光抢光了，就退兵回幽州去。在中途，王浚发现鲜卑的骑兵队伍里携带了大批俘虏来的披头散发、哭哭啼啼的邺城妇女，这样口粮就不够吃了，军心也混乱了。王浚下命令说："如果还有谁敢私自挟带妇女的，斩首！"他还派了亲信部将去检查。抢掠妇女的骑兵怕被砍头，半夜里就把那些妇女用绳索捆上手脚，嘴里塞了破布，推到易水①里活活淹死，来一个"毁尸灭迹"。死在易水里的足足有八千人。

西晋立国后，这么大批杀害手无寸铁的老百姓，还是第一遭。刽子手固然是王浚带来的军队，但那些平时只知享乐腐化、争权夺利，一听战鼓声就逃得无影无踪的朝廷权贵，同样是易水惨案的酿成者。

---

① 易水是今河北省西部大清河上游的一个支流，流经今徐水、雄县一带。

39 西迁长安

　　成都王司马颖无兵无卒,没钱没粮,他和晋惠帝来到了洛阳,就像被拔光了毛的鸭子,不仅张方不把他放在眼里,连皇室的人也瞧他不起。都督豫州的范阳王司马虓〔xiāo〕和都督徐州的东平王司马楙,都说大乱是成都王造成的,应该办他的罪。

　　张方的军队又在京城大肆劫掠,抢得十室九空。将士们都是关中人,急着要把抢来的财宝带回家乡去。张方也觉得洛阳不是久留之地,要想带着晋惠帝迁都长安,他又怕晋惠帝和公卿们不愿意,怎么办呢?张方起初还客气地劝晋惠帝去拜谒宗庙,想等他一出宫,把他抢了就跑,但晋惠帝却不愿意去拜庙。张方等不及了,于304年十一月初一带兵进宫,晋惠帝吓得躲进后园竹林,士兵们把他拖了出来。这时候文武百官都逃得无影无踪,只有中书监卢志陪着他。张方在马上对晋惠帝说:"现在京城内盗贼太多,皇宫侍卫单薄,希望皇上到我营中去,下臣誓死保卫皇上!"卢志听了张方说得这样美,也只得顺了口讲:"皇上就听从右将军的话吧!"

　　晋惠帝也知道要上长安了,只得哭着上了车,但他还要张方把宫中的财宝和嫔妃宫女们都一起带着走。这个命令一下,皇宫里可乱了套,八千多将士争先恐后涌进皇宫,一百多万匹锦绢丝帛、一百多斛珍珠和无数财物都被抢完,连那些用五彩羽毛和名

贵丝绒经过长年累月、精心绣织的流苏宝帐，都被割裂成碎块垫在马鞍下面。魏晋以来一百多年的皇宫积蓄，像受洪水冲荡一般被洗劫得一干二净。那些嫔妃宫女更是遭了殃，受的那份罪真是没处哭诉了！

张方还要放火把洛阳的皇宫和宗庙都烧毁，他认为这样可以断了人们回洛阳来的念头。卢志劝他说："东汉末年董卓无道，把洛阳烧光，现在人们还在咒骂他，你为何学他的样呢？"张方这才罢休。张方的军队又像梳篦一样，把洛阳城里里外外反复掠夺了三天，看看实在榨不出油水了，才带着晋惠帝、成都王司马颖和豫章王司马炽（晋武帝第二十五子）等人，出发到长安去。离开洛阳西行一百多里，到了新安，晋惠帝从马上跌下来伤了脚，这时已是寒冬十一月，他冻得直发抖，尚书高光送上一件面衣（像现在的披风），晋惠帝把他当成了大恩人。

太宰河间王司马颙带了官属和步兵骑兵三万人，在灞上（今西安市东）迎接晋惠帝。晋惠帝进了长安，河间王把自己的征西将军府让出来做皇宫。

在洛阳有尚书仆射荀藩（开国元老荀勖的儿子）、司隶校尉刘暾、河南尹周馥（周浚的堂叔）留守，叫做留台或东台，行使朝廷的职权，在长安的朝廷就称为西台。留台做的第一件事就是让羊皇后复位。原来在洛阳时，张方已把她废掉。但不到五个月，张方便强迫留台再次把她废掉了。

成都王司马颖和河间王司马颙本来是平起平坐，一唱一和的，但这刻儿成都王被张方像俘虏一般押到长安，河间王也就把他搁在一边不理不睬了。过了个把月，在河间王的指使下，晋惠帝正式免了成都王皇太弟的称号和一切官职，只保留"成都王"

一个爵位。河间王是晋惠帝的远亲，要做皇太弟还排不上号。晋惠帝的亲兄弟原有二十五人，在互相残杀下只剩下成都王司马颖、吴王司马晏和豫章王司马炽。吴王同晋惠帝一样是白痴，河间王就要晋惠帝下诏立豫章王为皇太弟。诏书还晋封东海王司马越为太傅，要他和河间王共同辅助朝政。诏书并委东海王两个亲弟弟以重任：高密王司马略为镇南将军，领司隶校尉，暂时坐镇洛阳；东中郎将司马模为安北将军，都督冀州诸军事，坐镇邺城。洛阳和邺城经过烧杀抢掠，都已成为空城，尤其是司马略，这刻儿正都督荆州诸军事，他当然不愿离开襄阳到洛阳去，于是拒绝接受诏书宣布的新的任命，朝廷的命令已不管用了。

张方威迫晋惠帝迁都长安，这场乱子闹得够大了，百官都如惊弓之鸟东奔西散。朝廷下诏书要百官各还本职各安其位，下令皇室生活费用削减三分之二，百姓的户调田租减去三分之一，还要州郡免除苛政，要爱惜民力办好农业等等，又说迁都到长安来是暂时的，等到大局安定后还要回洛阳去。

东海王接到诏书，知道河间王在拉拢他。他不愿接受太傅的空头官衔，也不愿到长安来辅政，河间王正中下怀，接着又自封为都督中外诸军事，如愿以偿地独揽了大权，实现了多年未遂的愿望。而算起这份功劳来，张方要算第一，他被拜为中领军，录尚书事，领京兆（指长安）太守。

河间王还需要一个门第高、官位高的老臣出面，为西迁长安的朝廷增添光彩，借以震慑各地，于是诏书下达，要司徒王戎参与朝政。

王戎出身于琅琊临沂（今山东临沂北）的王家大族，祖父及父亲都任过州刺史，本人从小就很聪明，他六七岁时有一次和小

伙伴在路边玩，发现一棵树上结满了青里泛红的李子，孩子们抢着爬上树去摘李子吃。王戎却说："这李树长在路边，如果味道好，早被人摘完了！现在这李子还那么多，肯定是苦的！"话音未落，最先爬上树的孩子，已被吃进嘴的李子苦得哇哇叫了。又有一次，魏明帝在宣武场上砍断一只老虎的牙和爪子，放出来让百姓行人观看。王戎当时七岁，也去看。老虎突然攀住栅栏大吼，吼声震天动地，围观的人全都吓得后退，王戎却平平静静的，一动不动，一点也不害怕。

　　魏晋之间，王戎是"竹林七贤"之一，他的名声很大。随后嵇康被杀，王戎则进入仕途，飞黄腾达起来，他任过散骑常侍、太守、刺史、中书令、尚书令等职。王戎做官后成了一个棺材里伸手——死要钱的人，他的钱财一年一年积下来，房屋、僮仆多得数不清，四面八方都有他家的土地和产业。他屋内书案上没有一本书，满满堆着契约、文书和单据。他和他的夫人两口子，每晚都在烛光下，整夜不停地用牙筹（古代用象牙或骨头制成的计算用具）算账。王戎的一个女儿出嫁后，他借给女儿钱数万，女儿很久没归还他，她回娘家，王戎就没好脸色给她看，他女儿知道他的脾气，只得如数还清，王戎这才露出笑脸来。王戎的一个侄子结婚，他借给侄子一件华美的外衣，喜事办完，他马上派人去把衣服要回来。王戎家种了很多李树，是少有的优良品种，李子长得又红又大又甜，王戎年年卖李子赚了不少钱。他又怕别人吃了李子把核拿去种植，就把每个李子先锥破里面的核，然后再拿出去卖。王戎在洛阳时曾官居司徒，但什么事都让僚属去做，自己经常穿了便衣，骑着一匹小马，偷偷地去游山玩水，不认识的人哪知他是朝廷三公呢？

王戎只管个人理财和游于山水,这样做,实际上也是为了避免卷入皇室的内斗。这次张方挟持晋惠帝西迁长安,年已七十一岁的王戎从洛阳逃到郏〔jiá〕城(今河南郏县),第二年来不及赴长安上任,就老病而死。王戎虽然死去,但官场中只知道保全自己的人比比皆是,不以国事为重的习气已积重难返。

皇家的兄弟热衷于夺权,朝臣们闭上眼睛混日子,地方上趁机称王称霸的就多了,匈奴族的刘渊就闹腾得很厉害。

40 刘渊称汉

匈奴是北方少数民族中最大的一个,秦汉时和汉族有时打,有时和,一部分户口入居长城以南,于是促进了两族的融合。汉高祖刘邦曾与匈奴首领冒顿〔mò dù〕和亲,互约为兄弟,因此冒顿的有些子孙也就改姓刘。东汉时南匈奴的一部分入居并州(今山西一带),曹操把他们分为左、右、南、北、中五部。左部最大,有一万多户,部帅是刘豹,其他四部有三千到六千户。晋武帝时改部帅为都尉,五部都尉各掌一部,部民们分居在汾水流域。

刘渊(?—310),字元海,是匈奴的一个分支屠各族人,自称是匈奴南单于的嫡系。他是刘豹的儿子,曾跟上党人崔游学习四书五经。他对同学朱纪、范隆说:"我看史书,常常感慨随何和陆贾这两个名士,他们没有武略和将才,虽然跟随刘邦打天下，但没有武功不能封侯；我也常常鄙视周勃（绛侯）和灌婴（颍阴侯）这两个武将，他们没有治国的文才，以后虽然在英明的汉文帝跟前当丞相，但没有在政治、经济、文化方面开拓出什么事业来。"刘渊认为"随、陆无武，绛、灌无文"，因此他立志要做到文武双全。刘渊身强力壮，善于射箭驰马，他还发奋学习兵法，诵读经史，他的才能见识非一般将帅可比。

魏晋之际，刘渊作为匈奴部帅刘豹的人质住在洛阳。平吴前，散骑常侍王济对晋武帝说："皇上如果把东南交给刘渊，东吴是不难平定的。"但是侍中孔恂等却说："刘渊不是汉人，不会和我们一条心，如果要他去平定东吴，他就要在那里割据称王了！"

秃发树机能起兵反晋，秦州、凉州失守，晋武帝与朝廷商讨派什么人做远征的统帅，司隶校尉李憙说："陛下如果把匈奴五部都发动起来，要刘渊挂帅去打树机能，胜利告捷是指日可待的。"孔恂又竭力反对说："如果真的这么办，西北永远不会是大晋天下了。刘渊如果平定了凉州，正如蛟龙上天，翻腾于云雨之中，他绝不会再安安稳稳回到水池里来了！"晋武帝因此又没让他去。

刘渊听了这些风言风语，私下对人说："王浑（王济的父亲）、李憙是我的同乡，他们是很了解我的，可是还有那么多人成见很深，在皇上跟前挑拨离间，真可恨啊！恐怕我就要屈死在洛阳了！"

刘渊还不知道齐王司马攸曾要求晋武帝杀掉他呢？当时还是王浑、王济父子俩劝阻说："大晋对待边远地区是以德服人，怎么能凭空怀疑人，无根无据地杀了在这里侍候皇上的人质呢？"

正好刘豹死了，晋武帝只得放刘渊回去继承左部帅，以后又拜为北部都尉。刘渊在部族中赏罚严明，与人推诚相见，匈奴五部中的豪杰都投向他，幽州、冀州汉族中有名的儒生和年轻的学者，也有不少人不远千里到他那里访问交谈。

杨骏执政的当儿，要拉拢地方上的知名人物，便拜刘渊为建威将军、五部大都督，封汉光乡侯。那时刘渊实际上已经掌握了并州匈奴五部的大权。294年（元康四年），因为匈奴部族中的郝散、郝度元反晋失败，逃出塞外，刘渊的官儿因此全被罢免了。299年（元康九年），成都王司马颖在邺城遥控朝政，上表推荐刘渊为宁朔将军，监五部军事，召他到邺城，安排在自己身边。

这时的朝廷正乱得如一锅沸水，刘渊的堂祖父、曾当过匈奴左贤王的刘宣，与部众们商议："我们的祖先和汉朝约为兄弟，有苦同当，有福共享，但是魏晋以来，我们的单于虽然还有个虚名，可是一寸国土也没有，连王侯也和普通户口一样。现在晋朝皇室自相残杀，各州各郡没一块是安宁的地方，我们要恢复过去的家业，这正是大好时机！刘渊天资绝人，才干超世，大伙儿如果不推他做大单于来兴邦立国，老天爷生下这么一个英雄，也太冤枉了！"五部首领们都赞成，于是派呼延攸到邺城悄悄告诉刘渊。刘渊听说部族一致拥护他，当然很乐意，就到成都王那儿推说家有丧事，要请假回去，成都王没有答应，刘渊只好叫呼延攸先回去，要刘宣等人把匈奴五部的豪杰召集起来，联络氐、羌、鲜卑等部落，打起声援成都王的旗帜作为幌子，准备据地称霸，他自己暂时留在邺城见机行事。

安北将军王浚进攻邺城时，刘渊看到机会来了，对成都王

说:"他们来了十多万人,气势汹汹,保卫邺城的部队恐怕难以抵挡,让我去说服匈奴五部人马,前来报答大王恩典吧!"成都王摇摇头说:"你能保证五部人马肯到这里来吗?即使能来,王浚带领的鲜卑、乌桓的骑兵像旋风一样来往,你们能挡得住吗?远水救不了近火,我还是暂且到洛阳躲一躲再说!"

刘渊在官场混久了,懂得了一些吹捧和威吓的办法,他当即低声下气地说:"殿下是晋武帝亲生的儿子,为国家建立了莫大的功勋,威望非常高,四海之内都为你高唱颂歌,匈奴五部人马都愿为你赴汤蹈火。但是如果殿下离开邺城,那不是明明白白告诉别人,你的力量是多么虚弱!再说洛阳的张方目中无人,你进了洛阳,他也不会把权力让给殿下!而且北方各族就算我匈奴五部最勇猛,他们一到,叛贼的脑袋立即可以悬挂在邺城的城楼上。"

这一通甜言蜜语,把成都王说得满心欢喜,他立即拜刘渊为北单于,再给他一个参丞相军事的头衔,叫他飞速回去招兵。这一下可真是"放虎归山"了。

刘渊回到左国城(今山西离石县北),刘宣等人高兴得都欢呼起来,立刻奉上大单于的尊号。一二十天内,部众聚集了五万,设都城于离石(今山西离石县)。

成都王在刘渊走后担心他不回来,派了破虏将军王育去催他。那王育自小家贫,给人牧羊糊口,他在放羊时因专心读书识字,丢失了几只羊,只好到大街上卖身赔羊。同郡的许子章看到了,对他的好学很赞赏,代他偿还羊价,还接他到自己家中读书。成年后京兆太守杜宣请他为主簿,不久杜宣因受排挤,被降职为县令,另一个县令王攸来看杜宣,杜宣没有出门迎接,王攸

刘渊称汉王

破口大骂说："你现在不过是一只死鹞，还要把我们当雀子欺侮？"骂声未绝，身高八尺多的王育跳了出来，指着王攸鼻子大声说："我的府君受冤降职，就和日食月食一般，没有什么可指责的，你小小县令怎么能横加侮辱？你当我的刀太钝吗？"说完抽刀要杀王攸。幸好杜宣听到吵闹，赶紧出来把王育拉开了。从此王育的名声四处传扬，后被成都王请去做官。

刘渊素来佩服王育的义气和勇猛，一见王育前来催他，就把王育留了下来，随后又任命为太傅。由于刘渊能重用出身贫寒的人，从此西晋的失意将吏和名士，纷纷前来投靠他。

刘渊受到匈奴五部的拥护，又招纳了大批汉族士人，他气吞山河的雄心壮志更是增长起来。成都王丢失邺城，刘渊想乘机攻打鲜卑和乌桓，刘宣等坚决反对。他们说："我们要恢复祖业，鲜卑和乌桓可以作为援助，怎么能把朋友当敌人？"刘渊说："不打他们也行，但光是恢复祖业有什么了不起，大丈夫要学学汉高祖刘邦、魏武帝曹操，自己打天下。我们现在去进攻司马家朝廷，还不是如同摧枯拉朽一般！但是大晋的百姓却不一定向着我们。"

各族人民陆续前来归附刘渊的又有十多万，刘宣等劝刘渊称帝。刘渊说："汉朝天下历世长久，蜀汉亡了，我们作为刘家后代，也可以继承下去，还是仿效刘邦当初，称汉王吧！"刘渊就在 304 年（晋永兴元年）十月称汉王，改年号为元熙，以刘宣为丞相，刘宏为太尉。刘渊还请老师崔游做御史大夫，崔游坚决推辞。刘渊的两个同学，范隆为大鸿胪，朱纪为太常。

刘渊称王，西晋朝廷怎么会无动于衷呢？原来这时河间王司马颙擅权，东海王司马越也东山再起，这两个王唱起对台戏来了。

41 石勒十八骑

张方洗劫洛阳，威逼晋惠帝到长安这件事，震动了全国各地，皇家的宗室、朝廷和地方的官员都很不满意。东海王司马越自邺城战败回到东海国，休养生息，联络各方。经过一年多时间的准备，他认为行动的日子到了，便发布檄文，号召各地纠合义兵，要把晋惠帝迎回洛阳故都来。

都督徐州诸军事的东平王司马楙，朝廷混乱中谁上台他都会当大官，那人下台他也随着被免职，但过了些日子他还是再当大官。此时，他一听说要打仗，心里发了慌。他的长史王脩献策说："东海王是当今皇室中最有威望的人，现在要发难起兵，你最好把徐州兵权交给他，这样既可避开风浪，又能获得谦让的美名。"司马楙认为这主意挺好，就主动要求调任兖州都督，将徐州兵权交给东海王。东海王亲兄弟三人——司马越、司马略、司马模，便分别掌握了徐州、青州、冀州三个地区的兵权。

范阳王司马虓是晋惠帝的堂叔，能文能武，很有才干，这时官为都督豫州诸军事，坐镇许昌。他联络了东海王三兄弟、东平王司马楙和都督幽州诸军事的王浚等人，共同商量除掉张方，把晋惠帝迎归洛阳。305年（永兴二年）七月，他们共推东海王司马越为盟主，公开同长安的河间王司马颙决裂。

正当东海王等准备起兵攻打长安时，却发生了意外的事情。

成都王司马颖在邺城时，开始很有些声誉，有一个时期，当地百姓过着比较安定的生活，因此他失败后，还有不少人思念他。他的旧将阳平（今山东莘县）人公师藩等人，在鄃〔shū〕县（今山东平原县西南）打着拥护成都王的旗号造起反来。

成都王这时被河间王软禁在长安，如果公师藩真要去解救成都王，理应站在东海王这边向长安进军，谁知他们的真正目的是要抢夺邺城这块地盘。邺城这时由东海王的弟弟北中郎将司马模坐镇，公师藩手下原本只有千把人，在向邺城挺进途中，队伍逐渐聚集到几万人。其中有一支几百人组成的异常剽悍的骑兵，他们来自茌〔chí〕平县（今山东茌平县南）附近的官家牧场，领头的是牧帅汲桑和羯人石勒。

石勒（274－332）是上党武乡（今山西榆社西北）羯族人。羯族人一般都长得两眼凹凹的，鼻梁高高的，胡须很浓密。他们古时很可能是居住于西域的一个少数民族，西汉时期被匈奴奴隶主掳掠到大漠南北，受到奴役，以后随匈奴入塞。但羯族仍保留着自己的部落组织，信仰祆教（即拜火教），死后用火葬。他们分布于今山西、河北一带。石勒原来的名字叫匐〔bèi〕，他生得非常健壮，很有胆量，骑马射箭的本领在方圆几百里数一数二。石勒虽然是羯族的一个小头目，但还得为吃一口饭走南闯北，做佃客或佣工，或是到洛阳、雁门等地贩卖点东西糊口。

并州大饥荒时节，北泽都尉刘监看到石勒身材魁梧，想把他抓起来当奴隶卖掉，石勒知道后逃走了。途中遇见邬城（今山西介休东北）人郭敬，郭敬非常同情石勒，给他吃给他穿，把他偷偷留在家中。

灾荒年景，老百姓痛苦不堪，权贵们还在他们身上打算盘。

建威将军阎粹劝并州刺史、东嬴公司马腾把饿肚子的胡人抓起来卖到山东当奴隶,卖奴得到的钱一可以充军费,二可以大饱私囊。司马腾对这桩不花本钱的生意哪能放过?他派了将军郭阳和张隆,带领士兵到处搜捕胡人,用一个木枷套两个人,既省木料,又能防止奴隶逃散。二十多岁的石勒也被抓去,卖给茌平县的师懽家做奴隶。师懽看他双眼深凹,鼻梁高挺,一脸络腮胡子,长得奇伟,就不叫他做苦工,石勒倒也自由自在。

石勒出身游牧民族,会相马,他一眼就能看透马匹的好坏,因而他和师懽家附近牧场里的牧马人都很谈得来,并结识了牧帅汲桑。汲桑是清河贝丘(今山东临清南)人,二十多岁,气力很大,据说千把斤重的东西,他一下子就能举起来;他的嗓门儿很粗大,一声怒吼,几里路外都能听到。他和石勒情投意合,成了知心朋友。

石勒还曾跑到武安临水(今河北磁县)去给人家帮佣,被邺城的巡逻骑兵当做奸细抓了起来,凑巧这时路旁有一群梅花鹿走过,骑兵们都发狂地去追捕,石勒趁机逃了回来。

石勒觉得在这个乱世想老老实实做人实在太难,他和王阳、夔〔kuí〕安、支雄、冀保、吴豫、刘膺、桃豹、逯〔lù〕明等八人借了牧场中的骏马去劫富济贫。以后又有郭敖、刘征、刘宝、张曀〔yī〕仆、呼延莫、郭黑略、张越、孔豚、赵鹿、支屈六等十人参加,号称"十八骑"。他们到远地去抢掠财宝和丝织品,还经常送些给汲桑。"十八骑"中,有的是和石勒一样被从并州卖到当地的胡人,如王阳、支雄、呼延莫、赵鹿、支屈六、夔安等人,有些是牧马人中的好汉,张越还是石勒的姐夫,刘征读过几年书,懂一些兵法。

公师藩起兵造反，四面八方的豪杰都去投奔，"十八骑"分头发动了几百个牧马人和一些当奴隶的胡人，跟随汲桑和石勒，挑选官家马苑中最精悍的马匹，组成一支骑兵，参加了公师藩的队伍。石勒这时还叫"訇"，汲桑因为他以后要带兵打仗，总得有个姓有个名，由于他的祖先是西域的石国人，所以就叫他石勒。石勒打仗异常勇猛，被公师藩任命为前队督。石勒的骑兵风驰电掣，常常出奇制胜，连着攻破阳平郡（治所在今河北大名东）和汲郡（治所在今河南汲县西），杀了太守李志和张延，使公师藩大军直逼邺城。

坐镇邺城的司马模如坐针毡，愁得一无对策，他的将士惊慌失措，准备投降，这时突然听说来了救兵，原来是邺城北邻广平郡（治所在今河北曲周北）太守丁绍发来的兵。这丁绍是一个有名的清官，当时各地经常有饥民起义，战祸不断，而广平郡却平安无事。丁绍的军队训练有方，一遇公师藩就打了胜仗，稳定了邺城人心，解脱了司马模的危机。司马模为了感谢丁绍的援助，特地在他的封邑南阳国（今河南南阳市一带）为丁绍立了生碑①，随后兖州（治所在今山东郓城西北）刺史苟晞〔xī〕也发兵来救，司马模和丁绍又同时出动，三路大军夹攻，公师藩只得暂且撤军。

河间王听说公师藩打着拥护成都王的旗号闹腾起来，认为可以利用成都王拉拢公师藩，在东海王大同盟的肚子里来个挖心战，便起用成都王为镇军大将军，都督河北（黄河以北）诸军事，叫他打回老家邺城去，可是只给了他一千名士兵。

---

① 一般是死后立碑，生碑是表示特别崇高的敬意。

东海王认为成都王和公师藩不过是被打得遍体鳞伤的小爬虫，不把他们放在心上，他决心立即向长安发兵，可是"同盟不同心"，意料不到的事，又接二连三地出现了。

42 东海王主盟攻长安

305年（永兴二年）八月间，有两支人马好似两个铁拳，气势汹汹地要向长安的河间王打去。一支是东海王司马越，他带了三万步兵骑兵，从徐州进驻萧县（今安徽萧县西北）；另一支是范阳王司马虓，从许昌进驻荥阳（今郑州市西北）。

范阳王官居都督豫州诸军事，但豫州刺史刘乔却不听他的。东海王想凭盟主这块牌子，调刘乔做冀州刺史，让范阳王兼任豫州刺史。刘乔说："这不是皇上的诏书，我不能听从！"范阳王不管刘乔什么态度，又请东海王以朝廷的名义，任命刘蕃和他的儿子刘舆、刘琨做了豫州的官。刘蕃为淮北护军；刘琨为豫州司马；刘舆为颖州郡太守，带兵留守郡治所在地许昌（今河南许昌市东）。刘舆字庆孙，刘琨字越石，当时人们有这样的赞语："洛中奕奕，庆孙、越石。"意思是洛阳的俊秀人物，要数他兄弟俩。他俩以前名列"二十四友"，依附过权贵贾谧，以后又和篡国的赵王司马伦结上亲家。贾谧和赵王先后垮台，这兄弟二人因为名气大，没有被杀头，这刻儿又被范阳王所重用。

范阳王是皇亲，刘乔暂且不跟他撕破脸皮，但既然刘舆兄弟

冒了出来,刘乔便有了借口,从豫州的治所陈县(今河南淮阳)派兵向西进攻许昌,扬言不杀他兄弟俩誓不罢休,骂他俩是叛逆,实际上是指了和尚骂贼秃。东海王在萧县的大军要西进援助范阳王和刘舆兄弟,刘乔又派长子刘祐向东迎战,顶住东海王的三万大军。

盟友之一的东平王司马楙,自从调任兖州后,在州里拼命搜刮钱财,引起兖州人民的愤恨。范阳王司马虓想趁机把他调出兖州的地盘,任命他为都督青州诸军事,东平王拒不受命,公开撕毁盟约,和刘乔联合起来。

河间王刚听到东海王等成立同盟并准备大举进攻的消息,好似绞索已套上了脖子,没想到这刻儿绞索自己断了,河间王可得意啦!他赶忙下令嘉奖,拜刘乔为镇东将军。十月十八,河间王以晋惠帝的名义,发出征讨的诏书:"刘舆逼迫范阳王叛逆,兹令张方为大都督,统率精兵十万征讨;镇南大将军刘弘协助刘乔,会师许昌。能杀刘舆、刘琨兄弟,呈其首级的,封三千户县侯,赐绢三千匹!"

刘弘(236-306)都督荆州诸军事,坐镇襄阳。他和晋武帝同岁,小时曾在一块读过书,后来历任朝官和地方官,著有政绩,德高望重,很得人心,他平素最恨那些唯恐天下不乱的人。这时他眼看战云密布,顷刻间将有成千上万的人头落地,千家万户流离失所,就想做个和事佬挽回危局。他赶紧写了几封书信派专使送出去。

刘弘在给刘乔的信中劝说:"你以前受命守土,不让别人任意调动,这是对的。古人说:'牛践踏了别人的庄稼,主人是有罪的,但因此而把这条牛没收,那也罚得太重了!'你现在因迁调而发动战祸,似乎不必要。想当年廉颇和蔺相如,两位将相由仇变和,都是为了国家。希望你能解除积怨,范阳王也一定会和你恢复旧好。如今天下纷乱,皇上漂泊异乡,百姓困苦不堪,我们应该携起手来,同心治理国家!"

刘弘又写信给东海王说:"范阳王要兼豫州刺史,做得不合理,但矫枉过正引起战祸更不好。希望大王释私嫌,存公义,共同扶助皇室,我们做小臣的肝脑涂地都心甘情愿。"

刘弘还上奏朝廷说:"目前战祸四起,今天是忠臣,明天却成了逆贼;天亮时握手交欢,到傍晚却刀枪相见。兄弟骨肉如此残杀,是有史以来没有过的,真令人痛心啊!臣以为应该尽速颁发诏书,凡不服从诏书而擅自发兵攻击他方者,天下共讨之。这样我们的国家就可以像泰山一样稳固了!"这一番话,实际上是说给控制长安朝政的河间王听的。

刘弘虽然一片苦口婆心,但无论是刘乔还是东海王,亦或河间王,谁也不听他那一套。刘乔接到诏书,眼见河间王那么为他撑腰打气,如虎添翼,一鼓作气打下了许昌。刘舆兄弟抵挡不住,护卫着范阳王渡过黄河,逃往冀州。

刘弘做和事佬失败了,眼前两军阵势分明,他不能按兵不动,可屁股往哪儿放呢?刘弘权衡轻重,觉得河间王的"顶梁柱"张方过于残暴,百姓恨之入骨,看来日子不会太长。于是,刘弘派刘盘为都护,带了荆州的将士去接受东海王的指挥。这一下,东海王的声势增强了。

刘琨逃到冀州,凭着三寸不烂之舌,劝说冀州刺史温羡让位给范阳王。温羡为了少惹是非,二话没说,把官印和兵权都交了。刘琨再向幽州的盟友王浚借了八百名精锐的骑兵,加上冀州的将士五千多人，接连几个胜仗，打回了黄河以南。刘乔兵败，赶忙向他儿子刘祐靠拢。刘琨又乘胜向东进军，把司马楙逐出兖州，司马楙逃回东平封国。

东海王的三万人马也来了劲，步步紧逼刘祐，一直追至谯县（今河南亳县）。刘乔父子虽然会合了，但刘琨随即猛杀过来，在一场天昏地暗的恶战中，刘祐战死，刘乔只带了几百人逃了出来。

东海王乘胜往西北挺进，在阳武驻军休整。王浚看到盟主连打胜仗，好生欢喜，再派部将祁弘带了鲜卑、乌桓的骑兵来助战。刘琨横扫千里，转败为胜，是依靠王浚八百精骑作为主力。因此眼下东海王十分欢迎祁弘到来，立刻派他充当进攻长安的先锋。

东海王的其他盟友也陆续派出更多的人马，参加进攻长安的大军，河间王确实发急了。正好江南的陈敏造反，沿长江而上，扬言将打到长安，迎接晋惠帝回洛阳。河间王趁机派张光为顺阳郡（属荆州，治所在今河南淅川南）太守，以朝廷名义去征讨陈敏。

由于陈敏要取道荆州，也就迫使都督荆州诸军事的刘弘不得不以主力去对付陈敏，不能再支持东海王了。这样一来，局势又为之一变。

43　陈敏据江东

万里长江奔腾而下，江水在鄱阳湖北面转头向东北流，过了

芜湖又向北,直达建邺①,然后东向入海。芜湖以下长江下游的南岸地区,过去称为"江东",三国鼎立时,这里是东吴的中心地带,因此以后也把东吴的全部属土称为"江东"。

广陵郡(治所在今江苏淮阴)是隶属徐州的一个地广人稀的大郡。广陵郡的度支(掌管财赋的官员)陈敏是庐江人,他自从打败响应张昌起义的石冰被提升为广陵相后,自以为智勇双全,谋略过人,居然雄心勃勃,打算割据江东。

东海王司马越扩充兵力时,任陈敏为右将军、前锋都督。305年八月,东海王屯兵萧县,在刘乔的儿子刘祐跟前连吃几次败仗。陈敏认为这个大好机会不能错过,主动要求回江东招兵买马。他收罗旧部,添收新人,实力逐渐增强,自个儿在历阳(今安徽和县)独树一帜,不听任何人管束。

陈敏割据不久,曾和他一块儿打过石冰的老友甘卓,因战祸不断,弃官回老家丹阳,途经历阳顺便拜访他。陈敏可高兴啦!甘卓曾任吴王司马晏的侍从,这吴王是晋武帝第二十三个儿子,也是晋惠帝的亲弟弟,陈敏心想这可又是个好机会,他一边大肆吹嘘甘卓是"皇太弟"派来的人,一边紧紧拉拢甘卓。正巧甘卓有一个女儿和陈敏的儿子陈景年貌相差不多,随即男婚女嫁结成亲家,连日酒宴,好不热闹。喜酒将甘卓灌得迷迷糊糊,他在陈敏的策划下,假用皇太弟的名义,拜陈敏为扬州刺史。

陈敏有了这块官牌子,名正言顺地大打出手,派弟弟陈斌带兵占领了扬州各郡。当时的扬州地盘可大哩!包括今浙江、福建

---

① 建邺,今江苏南京。东京灭之前称建业,280年晋武帝平吴后废建业名,复称秣陵;次年(281年)改称建邺;至313年为避晋愍帝司马邺讳,改称建康。

和苏南全部以及安徽、江西大部。可是陈敏的胃口更大,没过几天他就嫌扬州刺史的头衔太小,要部属推他为都督江东诸军事、大司马、楚公,加九锡。接着,陈敏又派兵占领江州(治所在今江西九江),还顺手牵羊拿下了邻近的豫州几个郡。

甘卓的曾祖甘宁是东吴名将,祖父和父亲都是东吴的大臣。陈敏攀上甘卓这门世家大族的亲家后,还想为自己涂脂抹粉,先后邀请四十多个名士和豪杰出来做官。

第一个被请的是顾荣。顾荣在齐王、长沙王、成都王执政时在朝为官,一直随波逐流,只是在晋惠帝被挟持去长安时,害怕葬身异地而逃回家乡,这刻儿陈敏用皇太弟的名义拜他为右将军。

陈敏还请当年一块儿打石冰的贺循当丹阳内史,周玘当安丰(治所在今安徽霍邱西南)太守,不料这两位名士都不愿出来。贺循推说得了风湿病,腿不能走路,手不能提笔,陈敏没法只得要顾荣兼任丹阳内史。周玘虽然推不了,但也经常称病,根本不想到安丰去。

陈敏见贺循和周玘不肯出来,还有临海人任旭、吴郡人朱诞也不肯附和,他可来了气,心想这些标榜清高的名士绝不会和他一条心,不如趁早一网打尽。顾荣几经沧桑,有一套与世沉浮、随机应变的本领,他听到了这个消息,赶紧去见陈敏说:"国家混乱到这个地步,要想恢复原来的一统天下的局面看来是很难了,江东虽经石冰之乱,但还没有丧掉元气。将军英勇盖世,手下将士有数万之众,水军的战船多得数不清,将军如能宽宏大量地礼待地方名士,让他们各尽其能,不听信别人对他们的诽谤,那么上游各州可以传檄而定,大事是可以成功的。"陈敏听了他的捧场,乐得似乎飘上了云端,名士们这才免除了杀身之祸。

陈敏的实力日渐雄厚，地盘日渐广大，他也做了一些发展生产的好事：在广陵（今江苏扬州市）北面的河流湖泊之间开拓水道，缩短了航程；又在曲阿（今江苏丹阳）北面开辟了几百顷的垦区。不过生产发展了，陈敏的野心也愈来愈大了，他假说收到晋惠帝的密诏，要他去迎接皇上回洛阳，于是任命他的弟弟陈恢为荆州刺史，沿江而上，准备打下武昌，再转攻长安。

南阳太守卫展看到河间王派张光来征讨陈敏，对荆州都督刘弘说："将军既然已和东海王结盟，而张光是太宰（河间王）的心腹，就应该杀掉张光，以表明心迹。"刘弘答："河间王挟持皇上，其罪岂在张光？让别人处于危境，以换取自己的安全，君子是不屑为的。"于是刘弘决定派江夏太守陶侃去和张光联兵作战。有人对刘弘说："陶侃和陈敏同是庐江郡的人，又在同年出来做官，现在叫陶侃去打陈敏不太合适吧，万一发生意外，那怎么得了！"刘弘素来信任陶侃，根本不把这话放在心上。

说起陶侃出来做官，还有一番曲折呢！

陶侃（259－334）字士行，祖籍鄱阳。他父亲曾官为东吴扬武将军，东吴覆灭后迁居浔阳（今江西九江市西北）。他早年父死家贫，在县里当个小吏。鄱阳人范逵被举为孝廉去朝中做官，途经浔阳，拜访陶侃，当时正是冰封大地的严冬季节，陶侃家中空无所有，身无分文。陶侃的母亲湛氏叫陶侃在外陪客，她把自己的长发剪下来卖给邻居，去换来酒菜，连范逵的随从也招待得好好的；湛氏还把铺床的草褥铡碎，把范逵的坐骑喂得饱饱的。范逵告别时，陶侃又恋恋不舍地相送几十里路。范逵很过意不去，他问陶侃："你愿意到郡里去做官吗？"陶侃赶忙回答："愿意，苦在没人引荐！"

范逵经过庐江郡的治所舒县（今安徽舒城），特地去拜访太守张夔，向他满口夸赞陶侃的才能，张夔便将陶侃请来做巡视各县的督邮，不久又提升为协助总管郡内政务的主簿。

庐江郡是归扬州管辖的，有一次州里有一个部从事到庐江视察，存心要找岔子捞点油水，陶侃紧闭了郡府大门，对他说："如果鄙郡做了什么坏事，可以依法深究办罪，不过你若要是欺人太甚，我也有办法对付！"那个部从事只得灰溜溜地走了。

汉魏以来，二十万人口的郡国，一般每年推举一个孝廉到朝廷任官。张夔看到陶侃确实能干，就推举他为孝廉。陶侃到了洛阳，多次拜访当时执政大臣张华，在一次交谈中，张华发现他很有才识。伏波将军孙秀①原是东吴的王室，东吴亡国后他低人一头，没人肯做他的僚属，他看陶侃是寒门出身，便请陶侃当了将军府里的舍人。

当时居住在洛阳的豫章国郎中令杨晫〔zhuó〕是陶侃乡里的望族，他很器重陶侃，曾共同坐车出游郊外。可是官场中大都对出身寒门的人看不起，吏部郎温雅对杨晫说："你怎么和陶侃这种小人一块儿坐车？"

刘弘被拜为荆州都督，听说陶侃有才能，请他担任南蛮长史，陶侃在洛阳受不了那股窝囊气，很乐意跟刘弘上任。不久他奋力镇压了张昌起义，刘弘高兴地说："过去我当羊祜的参军时，他说我必定继承他来治理荆州，现在看来，老夫死后要你接替这个重任了！"

这刻儿陶侃被任为江夏太守，加鹰扬将军，受命迎敌。他听

---

① 这个孙秀与赵王司马伦亲信的那个孙秀非同一人。

说有人因为他和陈敏有乡里关系而怀疑他，就派长子陶洪和侄子陶臻到刘弘那儿去做人质。刘弘把这两个小伙子都任命为参军，并要他们回到陶侃身边去。刘弘还升任陶侃为前锋督护，率领各军同打到武昌的陈恢作战。陶侃感恩不尽，勇往直前，他用粮船当战船，同陈恢打了几仗，把陈恢赶跑了。

陈敏占据江东各地，如入无人之境，没有遇到什么敌手，这次在陶侃跟前受挫，就开始走下坡路了。陶侃打退陈恢后，调任武昌太守。这时兵荒马乱，出门人可苦啦！十有八九要遇到强盗，不送命也要被抢得精光。陶侃密令将士把兵船伪装成运货的商船，去引诱恶人。那些坏蛋果真上当，被陶侃活捉了几个，一审问竟是西阳王（西阳国治所在今河南光山西）司马羕的左右随从。西阳王知道陶侃不好惹，把帐下二十多名将士，都捆起来送去办罪，陶侃将这些人全部斩首示众。从此，武昌上下的水陆交通平安无阻，远近的人都闻名前来避难。

荆州暂且平安无事，而河间王司马颙、成都王司马颖、东海王司马越这些叔侄兄弟们可打得真够劲，进入了你死我活的阶段。

44 杀张方

在紧张的战争气氛中，缪胤和他的堂兄缪播两人进了长安城，他们是东海王派来的和谈使者。东海王原本决心用武力消灭河间王，为什么又搞起和谈来了呢？这是别有用心的。缪播是东

海王的中庶子（高级侍从官），善于出谋划策，很得东海王的信任。缪胤是东海王的右卫率（警卫队伍将领），又是河间王前妃的弟弟。东海王选派他俩为使者，是很合适的。

缪胤和缪播见了河间王说："张方把晋惠帝挟持到长安，全国都很痛恨，这事不能一错错到底。"并劝河间王把晋惠帝送回洛阳，还说河间王和东海王哥儿俩（他们是远房兄弟）什么事都可以商量，老是这么打下去不像话。

河间王对他的小舅子缪胤很有好感，而且挟持皇上这事做得理亏，他便倾向于接受东海王的和谈了。但是把晋惠帝搞到长安是张方闯下的祸，要是送皇上回洛阳，叫张方的脸往哪儿搁？今后要办起罪来，张方第一个要被砍头灭族的，因此张方就大唱反调："长安很久以前就是国都，地势险要，民富兵强，皇上在我们手里，谁敢不听号令？为什么要拱手受制于人？"河间王是靠张方起家的，兵权又都在他手中，只得让他牵着鼻子走。

眼下刘乔兵败，豫州全完啦！刘弘倒向东海王，荆州又丢了；陈敏和甘卓起兵，江东也丢了；彭城王司马释驻兵宛城，袖手旁观；成都王司马颖放出去了，可是不听自己的号令；东海王、范阳王以及刘琨、刘舆的军队一天比一天逼近……这下，河间王几乎落入四面楚歌的境地，他想暂时和东海王和解，但是张方不答允，他为此忧心忡忡，计无所出。

河间王的参军毕垣，过去曾被张方当众侮辱过，他看到河间王愁眉不展，就开了口："张方带十万精兵驻扎在灞上，东边打得那么激烈，他按兵不动，存的什么心？现在谁有兵权谁就可以称王称霸。张方有一个亲信帐下督郅〔zhì〕辅原是长安的富人，早先张方穷困时常受他的接济，后来张方得势，把他引为心腹，听说他俩常常私下密谋,不知道有什么打算?大王可以把郅辅叫来问问清楚。"

东海王的使者缪播和缪胤兄弟俩还在长安,他们也趁机对河间王说:"把皇上抢到长安,全是张方干的,大王反而为他背黑锅,受尽全国咒骂,何苦呢?快把张方杀了,大伙儿一定全都拥护你!战事也就可以停歇。"

河间王被他们说得心神不定,反正他得先把郅辅召来问个明白。郅辅应命而来,半路上被毕垣拉住,引入密室,悄悄对他说:"听说张方要造反,别人都讲你也参加密谋,现在大王召你来,就是查问这个事儿,你怎么回答呢?"郅辅吓出一身冷汗,赶紧说:"我从来没听说张方要造反,这如何是好?"毕垣故意装作气愤的样子说:"你为什么不说实话?"郅辅跪倒在地,指天赌咒,讲自己确实不知道,毕垣又对他说:"大王已拿到真凭实据,照你这样,说不定先斩了你再去杀张方。现在大王马上要审问你,你不管三七二十一,连声应'是'就得啦,要是啰里啰嗦,一定要自己讨死!我也没法救你了!"

郅辅到了河间王跟前,果然里里外外警卫十分森严,河间王一脸杀气,把郅辅魂都吓飞了。河间王问什么,他都答一个"是"。河间王问是不是张方想谋反,他说"是",河间王最后问他能不能去砍张方的脑袋,他也说"是"。

当下毕垣进来,三人定下了暗杀张方之计。毕垣特别关照郅辅:"你要办成这件大事,就大富大贵了,心不要怕,手不要软。"

郅辅匆匆回到灞上,已是黄昏时分。他佩着刀,一直走进张方的帅营,守卫的将士一点不怀疑他。张方问他河间王召他去城里什么事?他随随便便回答:"河间王要我带一件亲笔密信给

你!"恶贯满盈的张方接过书信,在灯下拆封,全神贯注地仔细阅读着,想不到郅辅在他身后手起刀落,张方立即人头滚地。这个横行长安、洛阳,几次扫荡京师,三岁小儿听到他的名字就吓得不敢哭的凶神恶煞,就此一命呜呼!

张方的脑袋由专使送到东海王跟前,河间王认为这一下马上可以达成和议了,哪知道东海王一见张方已死,他觉得自己像个高翔九天的大鹏鸟,河间王不过成了身疲力竭、孤孤单单的兔崽子,这下他可以随意来处置河间王了!河间王中了计,杀了张方,就像砍了自己的双手,只有等待东海王的宰割了!

45 牛车东归

东海王司马越的先锋祁弘率领的幽州骑兵,听说强悍的张方已身首异处,士气大振,争先恐后地杀向长安。

河间王司马颙杀了张方,原想换来暂时的安定,不料枪刺却更逼近了心窝,真是哑巴吃黄莲,有苦说不出。郅辅杀了张方后被提升为安定太守,但还不到两天,河间王就把无名火烧到郅辅身上,杀了他消恨出气。

306年五月初七,祁弘的骑兵势如潮涌地冲垮了河间王的几万人马,打到离长安只有几十里的灞水。河间王一见形势不好,独自跳上骏马仓皇而逃。他孤身只影,马不停蹄跑了三百多里,在武功(今陕西武功县西)南面太白山的密林里躲了起来。长安的文武百官也纷纷逃入山里，他们饿着肚子没有吃的，幸好地上尽是橡栗，剥去了壳，里面的果仁有一点莲肉的味儿，勉强可以充饥。

祁弘的鲜卑骑兵冲入长安，任意烧杀抢掠，杀死了两万多人。晋惠帝孤零零地坐在行宫里，生死由命。东海王本人驻屯在温县，长安城里被祁弘所部滥肆抢劫七天以后，几乎荡然一空。祁弘就带着晋惠帝，在五月十四起程东归。

皇家和官府的财物和车马，经过三番五次抢劫已是空无所有了，富丽和尊贵的御用牛车也完了，什么仪仗也全没啦，堂堂一个皇帝只能坐着几条老牛拉的破车，没精打采地返回洛阳。半个月的路程，吃点苦自然不在话下。306年六月初一，回到了别离一年半的洛阳，宫殿里到处是蛛网和积尘，连这个白痴皇帝也禁不住掉下连串的伤心泪。他派人到金镛城里把幽禁的羊皇后接了出来，将她再度复位为皇后。随着政局变化，经过几次辛酸的又废又立，羊皇后这刻儿又暂得破镜重圆。

还都洛阳总算是值得庆祝的，晋惠帝照例下诏大赦天下，改元光熙。可是真正的新气象，却一丝一毫也看不出来。

晋惠帝东归后，东海王派梁柳为镇西将军，留守长安。梁柳是安定人，是学者兼名医皇甫谧的表弟，这刻儿要收拾破破烂烂的长安，够他烦心的。河间王的部将马瞻收拾残兵败将前来投降，梁柳欢欢喜喜地接受下来，不料马瞻眼见东海王大军已走，立刻暴露出真正目的：投降梁柳是假，重霸长安是真。梁柳猝不及防，被偷袭身死。马瞻发兵到太白山，又把河间王请回长安。可是形势已不同了，他们的好梦才开了一个头，长安附近的秦国内史贾龛、安定太守贾疋等，都不愿依附这个没权没势的河间王，

牛车东归

他们带了兵马围攻长安，马瞻出城交战，兵败被杀。河间王紧关长安城门，苟延残喘，打算死守孤城。

洛阳的东海王听说河间王又从太白山蹦了出来，怕他死灰复燃，赶紧派麋〔mí〕晃为督护，带兵来攻长安。河间王手头还有一点人马，但是没有粮食了，他派牵秀到冯翊郡迎战，想杀出一条活路来。牵秀就是曾经名列"二十四友"、以后又诬陷陆机致死的人。牵秀有些舞文弄墨的小才气，又会吹吹拍拍，颇得河间王的信任，他从未做出任何政绩，也没有建立过什么战功，可是一直还在吹嘘：如果他能居司隶之位，一定能激浊扬清；倘若置身鞞〔pí〕鼓①之间，必当建将帅之勋。不知道他底细的人常常会被他的大话吓住。麋晃一入关中，遇到牵秀挡住去路，听到他的虚名，就停留下来，不敢前进了。

河间王的长史杨腾，在东海王大军初攻长安时，曾高喊要拼死决战到底，这刻儿却伙同当地的一些大族去见牵秀，假说河间王传下命令要牵秀罢兵。牵秀原来就是银样蜡枪头，立即就撤军回长安。到了万年（今陕西富平县东南），杨腾趁牵秀不备，砍了他的脑袋，派人送给麋晃，立了一个大功。于是关中地区全归东海王的势力范围了，河间王龟缩在长安城里，真正成了瓮中之鳖！

还都洛阳后，东海王当了太傅、录尚书事，掌握了朝政。范阳王司马虓被拜为司空，坐镇邺城。东海王的弟弟司马模为镇东大将军，坐镇许昌。幽州骑兵是取得胜利的主力军，王浚高升为骠骑将军，都督东夷、河北诸军事，仍领幽州刺史，权势可就大得多了！

---

① 鞞鼓是古代的一种鼓，这里借指战事。

46 猪兰桥

晋惠帝还都洛阳后两个月,当年做和事佬不成,后来曾派兵参加迎惠帝的刘弘因病去世。当时统治集团内部为了争权夺利,大动干戈,残酷地剥削人民,而刘弘却能关心民间疾苦,他的事迹是值得表一表的。

刘弘在新野王司马歆被杀后任都督荆州诸军事。张昌失败、荆州平定时,荆州所属各郡的主官大都死了或跑了,刘弘根据部将的军功和才能选派官吏,很得人心。刘弘请求朝廷任命有军功的部将皮初为襄阳郡太守,朝廷认为皮初资望浅薄,担任一个大郡的郡守不相称,另任刘弘的女婿、当过东平太守的夏侯陟〔zhì〕为襄阳太守。刘弘说:"如果只有姻亲才能重用,那么荆州还有十个郡没有太守,我哪里去找十个女婿呢?"他再次申请朝廷任命皮初,朝廷终于同意了。

刘弘很关心军民生活。当时在荆州的流民有十万余户,刘弘把他们妥善安置下来,贷给口粮和种籽,让他们安居乐业。对流民中的领袖和人才,他也量才录用。这样,到荆州的流民都安定下来,从事农业生产。过去不准百姓在岘山、方山附近一带的湖泊河港中捕鱼,但刘弘认为名山大泽中应该官私"共其利",于是开放了禁令,老百姓都很高兴。原来军队中等级森严,连酿酒也分为三等,将士按级别不同分别领酒。刘弘说"上下三军应该一视同仁",下令只酿一种酒,以便官兵同乐。有一次,刘弘半夜亲自查哨,听到一个打更人一边走一边叹气,他便上前询问。那打更的一见是主帅叫他,吓得一句话也说不出来。刘弘看他是个长着白胡子的老兵,年纪六十开外,脸色蜡黄,下巴削尖,分明是有病在身,正值严冬季节,可他身上连个短袄也没有,冻得瑟瑟发抖。刘弘火冒三丈,当即把管城门的部将叫来,狠狠训斥了一顿,随后又派人送去皮袍和夹帽,给值班的打更人轮流穿戴御寒。

沔水经过襄阳,南流到邔〔jì〕县(今湖北宜城北),往东有一座木兰桥,河的两岸长满了芦苇和猪草,刘弘藉此提倡就地大养肥猪。过了两年,襄阳太守皮初走到这儿,迎面的微风吹来扑鼻的猪粪味,他感叹地说:"木兰桥!木兰桥!猪粪冲天臭,猪儿满地跑!这木兰桥就改名猪兰桥吧!"从这些事例来看,刘弘是很能关心黎民生活和发展生产的,可惜历史记载流传下来的他的事迹太少了。

刘弘的威望很高,他平时若谋事有成,都推说是别人或部属干的,是"某人之功";若打了败仗出了岔子,他都揽在自己身上,说是"老子之罪"。他要下属办一件事,总要把为什么办,怎么办,都在书信上交代得清清楚楚。因而人人都乐意在他手下当差,众口同声说:"拿到刘公一封信,胜过十个部从事①。"刘弘最讨厌那些挑拨是非、唯恐天下不乱的人,以前在益州搞得流民活不下去的辛冉,因为李特造反被赶了出来,投奔刘弘,辛冉整日不是劝刘弘跟这个打那个,就是要他跟那个打这个,刘弘一气之下就把他杀了。这些事在荆州军民中到处传扬,大伙儿一说

---

① 部从事是州里巡视各地的官吏。

都感动得掉眼泪。

在东海王司马越发兵长安，迎晋惠帝返洛阳时，刘弘曾派参军刘盘为都护带兵参加。刘盘回到荆州，刘弘知道晋惠帝平安返都，十分高兴，自己已七十高龄，体弱多病，打算安排后事。他写了奏疏，并提出可以继任的人选，供朝廷参考。

306年八月，即晋惠帝还都洛阳后的两个月，刘弘告老辞职的奏疏还没到达洛阳，他就在襄阳病重死了。街道上、军营里到处有悲痛的哭声，人们好似死了最亲的亲人。在荆州军民一片悲哀中，有一个司马名叫郭劢〔mài〕的却心怀鬼胎，反而暗自高兴。原来郭劢心术不端，刘弘曾多次教育过他，他非但不听，反而怀恨在心，这刻想趁刘弘去世之机，威胁部众造反。正巧成都王司马颖从武关（今陕西丹凤县东南）逃到襄阳以北一百多里的新野（今河南新野）来，郭劢忙派人将成都王迎来作为金牌，企图割据荆州。

早几天，朝廷来了诏书，叫荆州地方收捕成都王。这时刘弘的儿子刘璠〔fán〕听到成都王到来的消息，顾不得还在披麻戴孝，立即率领荆州府兵攻打成都王和郭劢。郭劢本来不得人心，不堪一击，成都王慌得连老娘和妻子都丢掉，只带了两个儿子渡过黄河，向北跳跑。成都王在中途收罗了故旧将吏几百人，准备投靠打着他的旗号起兵的公师藩。公师藩兴冲冲地从兖州的白马（今河南滑县东南）渡河去接应，但一过河就遇到老对头苟晞，一连打了两仗，公师藩兵败被杀。成都王投靠公师藩不着，东躲西藏，惶惶如丧家之犬。

依附公师藩的汲桑和石勒在混乱中逃回牧马场，暂避风险。过了一个时期，汲桑和石勒四处奔走，收罗被打散的牧马人和胡人，他们还经常攻打一些郡县的监狱，把囚犯放出来扩充队伍，逐渐积蓄力量。

汲桑和石勒准备卷土重来，成都王却已到了末路。

47 兄弟末路

四处流窜的成都王司马颖，在306年（光熙元年）九月被顿丘（治所在今河南清丰县西南）太守冯嵩抓住了，解送给坐镇邺城的范阳王司马虓。范阳王只是把成都王关押起来，没有叫他吃苦头，但不到一个月，范阳王得了重病，因医治无效去世。范阳王的长史刘舆认为：成都王过去一直在邺城，城里还有他的故将旧吏不少，如果这些人知道范阳王死了，说不定会起兵作乱，把成都王再捧出来，那可就麻烦了！因此刘舆压住范阳王的死讯秘而不宣，叫人冒充朝廷的使者，带了假诏书给成都王，赐他一死。

成都王是见过世面的，他想范阳王前几天还护着自己，这会儿怎么会来了诏书要自己死？于是他就问监守他的将领田徽说："范阳王死了吗？"田徽答："不知道。"他又问："你多大年纪？知道天命吗？"田徽又答："我五十岁了，从来不知道什么叫天命，我只知道带兵打仗！"成都王长叹道："我死以后天下还是不能平安！我自从被打败，带着皇上投奔张方，失势到现在已是第三年了，还没有好好地洗个澡呢！请你叫人给我搞点热水来吧！"

成都王父子三人被关押在一起，他的儿子庐江王司马普和中

都王司马廓还都是娃娃,但多少已经懂点事,见情况不好,都放声大哭起来。成都王从容不迫地洗好澡,穿好衣服,披头散发地躺着,让田徽用绳子勒死了他,死时年仅二十八岁,两个儿子也一起被杀。成都王兵败后,将吏们全逃散了,独有卢志一直跟随着他,他死后还是卢志为他父子三人收殓尸体。东海王听到卢志对故主这么忠诚,倒很赞赏,任命卢志为军谘祭酒。

东海王认为刘舆干了这一手,完成了他多年来要杀成都王的愿望,便召刘舆入朝,准备重用,但东海王身边妒忌刘舆的人不少,他们对东海王说:"刘舆这个人好似腻污的东西,一近身就会被他搞脏。"因此刘舆入朝后,东海王对他比较冷淡。刘舆早已受尽人间冷暖,一点不泄气,他是个有心人,暗地里偷看朝廷的档案材料,把全国各路的人马、州郡的地方兵力、各地的水陆交通和地理、朝廷的仓库数量和位置都摸得一清二楚,甚至各地武器装备的品种及件数他都熟记在心中。

那时正是多事之秋,朝廷经常召集群臣讨论军国大事。丞相府里包括长史潘滔在内的官吏们对许多情况不了解,在商讨中经常哑口无言,刘舆却在这种时候大发议论,他知己知彼,说得头头是道,筹谋划策,提出许多复杂问题的解决办法。东海王司马越听得连连点头,把他当成诸葛亮再生,立即拜为左长史,把军国重要事务全委托给他。当时人们说"刘舆长才,潘滔大才,裴邈清才",公认他是东海王王府里三个著名人才之一。

十月间,刘舆劝东海王说:"并州刺史、东燕王司马腾,面对汉王刘渊应付不了,可调为车骑将军,都督邺城诸军事,坐镇范阳王死后的邺城。"并州是个重要地方,刺史空缺,刘舆推荐自己的弟弟刘琨去担任,东海王一一依从照办。

刘舆得势以后，反过来也在东海王跟前说别人坏话，只有军谘祭酒庾敳〔ái〕平时与人无争，刘舆找不到他的岔子。庾敳在政治上沉默无为，在经济上却很爱财，他派人在各地做生意，赚了很多钱，可是又非常俭啬，家财巨万，都舍不得花一个小钱。刘舆要东海王在一次宴会上向庾敳提出借现钱一千万，想趁他拒绝时，再加害于他。当时庾敳已醉得把头巾掉在案几上，他听到东海王的话，晕头转向地将头扑在案几上去套头巾，同时摇头晃脑地说："下官家中有两千万钱，随大王拿吧！"这一来，刘舆没钻到空子，也只得罢了。

晋惠帝还都洛阳将近半年了，似乎太平日子可以逐步恢复了。不料同年十一月初十夜里，受尽颠沛流离的晋惠帝却突然腹中剧烈绞痛，嘴不能讲话，只辗转呼号。原来晚饭时这位皇上吃面饼中了毒，经御医抢救无效，第二天清晨就死了。晋朝的第二个皇帝，在位十六年，四十八岁时遭到这样的命运，竟没有人追究查问，难怪当时就传说着这是执政者东海王司马越下的毒手。

晋惠帝一死，照例应该由皇太弟司马炽接位，但皇后羊献容却认为自己是太弟的嫂嫂，太弟即位她就不能做皇太后，所以还想把原来的皇太子清河王司马覃捧出来。侍中华混对羊皇后说："太弟在东宫时间很长了，威望也很高，怎么能一下改变呢？"接着他就请东海王司马越和皇太弟司马炽入宫。这刻儿清河王也被羊皇后召到尚书阁了，他却是挺会看风色的，瞧着大臣们不怎么欢迎他，估猜形势对他不利，就装作有病回家去了。羊皇后怎么斗得过东海王呢！当然只得罢休。十一月二十一，太弟司马炽坐上皇帝的宝座，他就是晋怀帝。他即位后尊羊皇后为惠皇后，立自己的王妃梁氏为皇后，次年改元为永嘉。

继成都王和晋惠帝之后,他俩同曾祖的堂兄弟河间王司马颙也死于非命。十二月间,困守长安的河间王接到晋怀帝要他去任司徒的诏书,他以为这是新皇帝登基,皇恩浩荡,从此可以摆脱困境,回朝享清福了,所以十分高兴,立即动身。到了雍谷地方(今河南渑池西),离洛阳只有天把路程了,他似乎已经嗅到宴会上醇酒美食的香味,听到歌伎舞女的细语,但突然迎面冲来一批凶神恶煞的暴徒。河间王无处可逃,当即被跳上车的彪形大汉活活掐死,和他同行的三个儿子也被斩草除根,同时遇害。河间王的惨死,朝廷既不追查也无人过问,后来人们得知这是东海王的胞弟、南阳王司马模的部将梁臣干的。显然,这幕后指使者就是东海王,因为发出征河间王为司徒的诏书,就是东海王的主意,而这份诏书不过是诱骗河间王离开长安的钓饵而已。

在成都王、晋惠帝、河间王三人先后死去的同一年,皇族中还有一个六十多岁的司马彪也死了,论起辈分来,他还是晋惠帝的堂叔叔。但这个皇叔不是在自相残杀中死去的,他一生与世无争,还写了不少书,是一个史学家,这在那种尔虞我诈的年代里,可真是罕见的了。

48 汲冢竹书

司马彪年轻时是一个好色如命的花花公子,胡闹得太不像话,以致被廷尉逮捕关在牢房里,等待严查判罪。当时有一个领

军校尉郭舒看到司马彪才气纵横,十分怜惜他,悄悄地把他放跑了。这事被发现后,郭舒被免职,代司马彪吃了官司。以后逢到大赦,两人才一起恢复自由。

司马彪的父亲司马睦原先是中山王,由于私自招收佃户七百多户,被降为丹水县(今河南淅川县)侯,平吴后又晋封为高阳王。因为司马彪太给他丢脸,他气得要断绝父子关系,正好他的亲弟弟司马敏没有儿子,就把司马彪过继给司马敏做儿子。司马彪是高阳王的长子,本可以继承高阳王的王位的,一经出继,就失去了承袭高阳王位的权利。事实上,高阳王是以过继的名义遗弃了他。

司马彪受了这样的刺激,下决心约束自己,他从此把自己整天关在家中,"两耳不闻天下事,一心只读圣贤书"。真是"浪子回头金不换",司马彪写了《庄子注》、《九州春秋》等著作。接着又把全部精力投入到《续汉书》的写作中,共写了八十篇,这部书的纪和传的部分都散失了,没有流传下来,只有其中三十卷的志,北宋时后人将其和范晔的《后汉书》合刊,以至后来人们以为《后汉书》全部为范晔编写,司马彪却成为一个无名英雄。

司马彪的另一个重要成就,是根据汲冢竹书来校订古书。汲冢竹书的发现,是我国藏书史上值得大书特书的一件事。

早在279年(咸宁五年)十月,汲郡有一个人叫不准〔fǒu biǎo〕,私自挖掘了古代魏襄王(或说是魏安厘王)的墓冢,他偷盗了一些墓中的珍宝逃跑了,但还有不少无价之宝丢散在墓道里,那就是几十车的竹书。春秋战国时期还没有纸,文字都写在竹简上,当时的书,就是用牛皮做的皮条把许多竹简按先后次序拴在一起的。在汲郡发现的竹简,每片长二尺四寸(合今一尺七

寸），上有四十六个字。这是历代发现竹简最多的一次，就像发现了一个小书库。魏襄王死于公元前296年，魏安厘王死于公元前243年，都属战国的晚期。但这几十车竹书中书籍的成书年代，据考证还可以上推到公元前五世纪的战国初年。

这些无价之宝在第二年就被送到洛阳，成了皇家藏书处秘府中的珍贵文献，后由秘书监荀勖、秘书丞卫恒、佐著作郎束皙、中郎王接等对这批竹简进行文字识别和整理工作。这个任务是非常艰巨的。盗墓的人不懂得竹书的宝贵，夜里墓道黑得瞧不见，就用竹书当作火把照明去搜寻墓中的金银珠宝，因而有不少竹书被烧成焦炭，或残缺不全。这些竹书埋在墓里几百年，拴竹书的牛皮全腐烂了，没有被烧的竹书经过反复搬运，也搞得乱糟糟的。竹书上的字都是蝌蚪体，有时连博学的张华也不认识。荀勖等把一片一片的竹书慢慢辨认，翻译成当时的文字，即使烧焦的竹书，如果残留有字迹，也要一个字一个字地摸索。他们把这几十车的竹简整理出来，花了十几年的时间。

汲冢竹书的发现，轰动了一时，原已很有名的学者束皙在完成整理工作后，名声更为远扬。

束皙是阳平郡元城（今河北大名县东）人，自幼好学不倦，博古通今。他没有当官时，有一年家乡大旱，他懂得天文气象，估计近日会下甘霖，就对天祈祷，为乡里求雨，不到三天，果然大雨倾盆。人们感激不尽，为他作了这样一首赞歌："束先生，通神明，请天三日甘雨霖。我黍以育，我稷以生，何以酬之？报束长生。"

束皙的学识虽然高明精湛，但他受到权贵压抑，长期不得任官。他对百姓的痛苦深有感触和体会，他曾经写了《劝农》、《贫家》、《饼》等短赋，真实地反映了人民生活，这种作品在两晋时代是极为罕见的。束皙的《劝农赋》抨击所谓劝农的官吏"专一里之权，擅百家之势，"讽刺这班官吏所关心的是农民是否能将他们招待得"豚鸡争下，壶榼横至"。束皙的《贫家赋》描述穷人的困境说："债家至而相敦，乃取东而偿西；行乞贷而无处，退顾影而自怜。"束皙的《饼赋》，把汤饼这种平常的食品刻画得淋漓尽致："气勃勃以扬布，香飞散而远逼，行人失涎于下风，童仆空嚼而斜眄，擎器者舐唇，立侍者干咽。"这些赋在当时是登不上大雅之堂，而被学者名士视为"鄙俗"的，但在黎民中却极受欢迎，争相传诵。可惜束皙在四十岁上就死了。他家乡元城的百姓，听到他的去世悲痛不止，商店都关了门，表示哀悼。

竹书中有《纪年》十三篇，记载了上古的夏朝到周幽王为犬戎所灭，以及赵、韩、魏三家分晋后二十年魏国的政事（中间所缺的可能被盗墓者当作火把焚毁了）。当时以这十三篇去校对相传是孔子编写的《春秋》，就发现后者有不少地方搞错了。

司马彪就是根据这些竹书去校订古书的。三国鼎立时蜀汉的学者谯周，曾根据古代经典，查考到《史记》所载周秦以前的史事有很多错误，写了一本《古史考》。司马彪认为竹书比那些经典更可靠，他根据汲冢竹书，考出了《古史考》中一百二十二条差错，对订正古史作出了贡献。

这些竹书出土后，到现在早已不知下落，当时已经翻译出来的文字也没有完整地流传下来，像《琐语》原有十一篇，现在可以见到的大都是零零碎碎无头无尾的片言只语，记事比较完整的只有十几则。《琐语》收录了关于鬼怪的短小故事，有人把它说成是我国最原始的志怪小说，其中的人物在历史上确有其人，但叙事却极为虚诞怪异。古代人做一个梦，打一次猎，天上掉下陨石，有什么奇禽怪兽出现，都要求卜问卦，预测祸福，《琐语》就是记载这些奇事异闻的。例如其中有这么一个故事：

  晋平公到了浍上，看见有人乘坐八匹白色的马拉的车迎面而来。车后有一只野兽，猫般的身子拖着一根狐狸的尾巴。它看到晋平公的车，就离开那白马拉的车，跟晋平公跑了一段，到一个丛林边，它就消失了。晋平公把这事告诉师旷。这师旷是古代大名鼎鼎的音乐家，双眼已瞎。师旷回答晋平公说："狸身而狐尾，有人说它是首阳地方的神，这刻儿准是到霍太山去喝酒后回家的。君王碰到它，一定是有大喜了！

《琐语》在汲冢发掘出来以后，马上流传开来，很多人喜欢这种神奇琐杂的传说。以后有人模仿写这种"琐语"形式的东西，但内容却不一定是神怪，有的人还把自己的作品托名于古人，以提高它的身价。

汲冢竹书的发现，有助于考证古代文献，辨明古代史事，有助于史学和文学的发展——这几十车竹书的确是无价之宝。

| 49 朱雀航 |

  汲冢竹书极受朝廷重视，但当对它的考证整理工作结束时，已是在乱象丛生、政事日非的晋惠帝在位时期，朝廷中谁还有心

思来关心文事呢？直到晋怀帝即位，他每日认真处理朝政之余，还和一些臣子讨论经书，说古道今，朝廷看来出现了一些新气象。黄门侍郎傅宣感慨地说："晋武帝归天有十六年了，只见刀枪影，不闻读书声，现在似乎当年的盛世又将到来了！"

但是盛世并未到来。在江南地区，陈敏的气焰还正高呢！不过，陈敏由于得不到当地世族的支持，他的日子倒也不长了。江南的一些名士被陈敏勉强拉去，人附心不附，顾荣、周玘等整日烦恼不堪。庐江内史华谭写了一封信给顾荣等人说："过去孙坚、孙权父子都是以英杰之才，建立及继承大业。现在的陈敏，本人凶恶狡猾，他的七个兄弟又尽是冥顽不灵的下才，诸君竟低头向这些人卑躬屈膝，怎么不感到羞愧？不感到危险？以后王师直下建邺，你们怎么有脸重见过去的老友？望诸君及早有个打算！"

顾荣读了书信，羞愧万分，他发愤剪下自己的头发，派人送给征东大将军刘准，作为自己尽忠皇朝的誓证，并要求刘准早日发兵来平陈敏，他一定作为内应。刘准立即派扬州刺史刘机带兵征讨陈敏。

陈敏被顾荣蒙在鼓里，还把顾荣当作心腹，叫他共同商讨应敌大计。顾荣说："大王的弟弟广武将军陈昶和历阳太守陈宏都是智勇双全的将帅，要陈昶出屯乌江（今安徽和县东北的乌江镇），陈宏出屯牛渚（今安徽马鞍山市南），各带数万人马，把长江南北的道路看守得紧紧的，敌人来个十万百万的，也休想前进一步。"陈敏认为这个计谋挺好，立即下令发兵。陈敏还有一个弟弟陈处悄悄对他说："小弟怕顾荣这臭书生不怀好意，他把我们兄弟支开，万一出事怎么办，还不如早点杀掉顾荣。"陈敏不听。

陈昶的司马钱广同陈家也是两条心，他和周玘都是吴兴郡人，周玘密派使者去煽动钱广刺杀了陈昶，钱广把陈昶的脑袋割下来传示将士，并说奉到密诏平定逆乱，哪个敢违抗朝旨格杀勿论。他还放出谣言："陈敏在建邺已被杀。"军心顿时大乱，最后只得随着钱广打回建邺。

建邺宫城的南面正门叫宣阳门，出门向南是五里长的御道，御道路面平整，高大的槐树夹道成荫。路侧是又深又宽的御沟，流水清澈见底，终年不会干涸。这条御道直达横跨秦淮河上的朱雀航①。钱广打回建邺，就驻扎在朱雀航南岸。

陈敏一听兵变，赶紧派亲家甘卓带着所有精锐队伍去迎战。顾荣担心陈敏怀疑自己，故意对陈敏说："钱广叛逆，要把他碎尸万段，我怕城里还会有钱广党羽，我留在这儿保卫大王吧！"陈敏说："你应该跟甘卓一块儿去平定叛乱，留在这里干什么？"

顾荣正中下怀，大模大样闯到甘卓兵营对他说："陈敏是个庸才，成不了大器，政令军令反复无常，他的子弟骄横不可一世，失败就在眼前了，你我甘心和他们同归于尽吗？到那时你我的脑袋都被装在木盒子里送到京都去，上面写着：逆贼顾荣、甘卓的首级，这不是遗臭万年吗？你看怎么办？"甘卓听了好半响不吭气，末了说："我原来南归家乡，就是不想当官，只图保个晚节，不料被陈敏拉做亲家上了圈套，现在离开他固然为时不晚，但我的亲生女儿免不了要遭他毒手！"顾荣悄悄地为他出谋划策，甘卓听了认为可行，随即整军开往朱雀航，和钱广隔了秦淮河，对峙着扎下兵营。

---

① 航是浮桥；朱雀航原址在今南京市中华门内镇淮桥东，现已无存。

第二天清晨甘卓派人送信给陈敏，说自己着凉发了高烧，要女儿前来照顾，陈敏赶紧叫他的儿媳妇前去探望。甘卓一见女儿来到，便统率兵马过了朱雀航。钱广早已得到顾荣密信，两军会合一起，随即把朱雀桥破坏掉，搭桥的船只全部移到南岸，于是顾荣、周玘、甘卓、钱广还有一个丹杨太守纪瞻联合一块儿，共同声讨陈敏。

陈敏一听到这个消息，真如五雷轰顶，他万万没想到，自己的亲家过了一夜功夫就会变心。他用了大半天才定下神来，里里外外搜罗了一万五千人马，亲自带到秦淮河边，但朱雀桥已没影儿，河上一条船也找不到。对河的甘卓骑着马，带领一群士兵，来回喊话说："江东名士都改变主意啦！你们何去何从？"顾荣坐在战车上，也喊道："皇帝新近登基，朝廷大军马上到达了。我们奉密诏平定陈敏，你们快逃命吧！可不能和陈敏一起讨死！"

顾荣一边说一边把雪白的羽毛扇慢慢地摇着，瞧那得意劲儿，似乎告诉人们陈敏不过是留着一口气的僵尸。顾荣的几句话一收口，顿时陈敏的队伍齐声喧哗，四散逃窜，只留下陈敏、陈处难兄难弟在河边，他们也立即掉转马头向东跑了。逃到江乘（在今南京栖霞山附近，一说在江苏句容县北六十里），连同家属都被追兵活捉。虽然朝廷在正月里刚刚宣布免除灭三族之刑，但当时政令紊乱，对于陈敏还是加重处刑，子女家属一起被杀，并灭三族。陈敏死前仰天长叹说："老天不保佑我，料不到我竟死在这些名士手里！"陈敏割据江东约有一年半时间。

陈敏兄弟们的首级在307年三月初被送到洛阳告捷，有功的名士都晋封官爵，顾荣为侍中，纪瞻为尚书郎，东海王还特地请周玘当他的参军。江南的豪族在东吴灭亡后，一直受西晋

朝廷歧视,低人一等,失去了过去的特权,因而两者之间矛盾很深。但陈敏不是江南人,又是小吏出身,江南的豪族和名士认为不能代表他们的利益,所以又用拥护朝廷的名义消灭了陈敏,可是他们仍不愿无条件地效忠皇室。这些名士奉命上京城,到了徐州,听说北方还没平静,就犹疑不决,不肯再走了。徐州刺史裴盾(裴楷的侄子)是东海王王妃的哥哥,东海王给他一封信说:"假如顾荣这伙人还要犹豫观望,不肯上任,你就派军队把他们押来!"顾荣和纪瞻等人听到这消息吓呆了。正好这时北风怒号,他们眉头一皱计上心来,把牛车都留在徐州做幌子,几个人悄悄地来到泗水边上,坐船南返。船只顺风扬帆,飞快地行驶,一天一夜走了三百多里水路。当裴盾发觉这些人没了踪迹,四处派人追查时,他们已经过淮安,入邗沟,下江都,回到建邺了。

执政的东海王不仅为顾荣等人擅自南返感到不快,他同晋怀帝之间的裂痕更使他大伤脑筋。晋怀帝已二十四岁,还没有儿子,清河王司马覃十三岁,是晋怀帝的侄子,曾当过晋惠帝的皇太子,很有可能再立为太子。但东海王嫌司马覃年岁大了一些,长得聪明,怕将来不好控制,就在三月间立司马覃的三弟、年幼的豫章王司马铨为皇太子,这样就断绝了清河王继承皇位的可能性。有人还想立清河王为皇太子,东海王就把清河王关在金镛城里,在次年一月加以杀害了。

晋怀帝对东海王的独断独行当然是不满意的,而晋怀帝经常亲自过问朝政,也使大权独揽的东海王难以容忍,东海王他索性离开京城,出镇许昌,在那里发号施令。可是北方乱事愈来愈扩大,东海王要控制局势,已力不从心了。

50 成都王的灵牌

北方乱事的带头人还是汲桑和石勒，他俩跟着成都王故将公师藩起兵，连遭战败，公师藩和成都王先后丧命。半年后，汲桑和石勒又搜罗起被打散的部众，兵力逐渐强大，他们骑了骏马，像龙卷风般地冲向一些郡县，把官府的财物一扫而空，新的队伍像滚雪球那样地愈来愈大了。

汲桑自称大将军，封石勒为讨虏将军。这时成都王虽然死了，他的名字还有点号召力，汲桑和石勒就扬言要为成都王报仇。成都王是在邺城被杀的，他们的队伍居然一下插到邺城跟前。

坐镇邺城的是东海王的弟弟、车骑将军、新蔡王司马腾，他任并州刺史时靠着匈奴、氐、羌人的血汗和生命起家，通过贩卖"胡人"捞了巨万财富。石勒就曾被他抓起来，两人一枷被卖到山东，几乎把命送掉。所以石勒名为给成都王报仇，在一定程度上也含有少数民族反抗晋廷压迫的性质。不过石勒所到之处杀掠严重，又给人民造成很大的苦难。

司马腾听说汲桑和石勒来攻城，他没当一回事地说："我在并州七年，那么勇悍的胡人兵临城下，还败在我手里，这汲桑小贼，有什么可怕！"其实司马腾是瞎吹牛，他在并州被刘渊的匈奴五部攻打得体无完肤，实在没法立足了，才被调到邺城来避

难。这刻儿他却神气活现,大模大样地走到城头,去看汲桑的兵势,意外地瞧到兵营前有一辆大车上竖着一块大木牌,这闹的是什么玩意儿?

当即有人向司马腾报告,那大木牌是成都王司马颖的灵牌,别看这是一块木头,汲桑每次打仗前,都要到它跟前哭祭一番,将士们当即纷纷落泪,打起仗来格外凶猛。

司马腾和汲桑两军一交锋,司马腾不堪一击,他着了慌,赶紧下令把魏郡太守冯嵩调来。汲桑和石勒见了冯嵩这个活捉成都王的凶手,更是杀红了眼。冯嵩队伍被打垮,他自个儿逃得无影无踪,司马腾一下成了泄了气的皮球。这位新蔡王素来贪财吝啬,他镇守邺城不仅不赏赐将士,反而克扣军饷,他的部众早和他离心离德,这时他命在旦夕,不得已才到府库里拿点财物出来犒劳将士,好似割了他身上的肉,但每人只分到几升米几尺帛,将士们又好气又好笑,把这些米和帛摔在地上,一哄而散。

新蔡王眼见人马都溜了,他也知道逃命第一,骑上骏马,带着亲属和侍卫出城。汲桑部将李丰紧紧追赶,追了几十里,终于追上,一刀砍下新蔡王的脑袋。他的儿子司马虞勇猛异常,豁出命来,奋力和李丰相斗,把李丰打得落水而死。但李丰的部众又包围上来,司马虞和他的弟弟司马矫、司马绍以及从事中郎蔡克等其他将士,全部被杀。当时正是炎夏时节,那些尸体转眼腐烂发臭,等到司马腾的亲友僚属来寻找时,已无法辨认了。

汲桑和石勒打进邺城,一些官僚名士避难在邺城的都被杀被抢,一万多人头落了地。汲桑对那些世族大家绝不留情,在那热死人的三伏天里,他穿上豹皮袍子,要被俘的官员给他扇凉,稍微扇得不如意,立即加以杀害。

汲桑和石勒杀得性起,放了一把大火把邺宫都烧了。这邺宫最初是东汉末年袁绍营建的,以后曹操增造扩建,晋朝的几个皇族又加以翻修粉饰。三四年前王浚洗劫邺城,也没放火烧它。眼下大火烧了十多天,邺宫成了一片断垣残壁。

成都王死后,由卢志收尸安葬于邺城。成都王的棺木比灵牌更能吸引人,这刻儿汲桑就把棺木挖了出来,装在战车上。他们又说公师藩是兖州刺史苟晞害死的,于是直向兖州打去,要找苟晞报仇。

苟晞和他的勇将王赞带兵迎战,两军在平原(今山东平原南)、阳平(今山东莘县)一带相持几个月,大大小小打了三十多仗,各有胜负,正是旗鼓相当。307年七月初,东海王带兵进驻官渡(今河南中牟县东北),离两军的战场虽然还有六七百里,但苟晞感到有了后援,胆就更壮了!

汲桑和石勒拼死的蛮劲是有的,骑兵杀敌的功夫也是过硬的,但他们没有远大的战略,也没有后方的接济。而苟晞却善于用兵,加上军粮充足,他转而采用以逸待劳的战略,不打也不走,固营自守。个把月下来,汲桑和石勒粮尽兵疲,听说东海王大军又即将到达,一时士气低落,成都王的棺木也救不了急了。

苟晞眼见时机已到,于八月初下令全线反击,在东武阳(今山东莘县西南)大败汲桑和石勒。汲桑和石勒向北退到清渊(今河北邱县东南),立下了九个营垒,苟晞追上来,一口气就攻破了八个,杀死杀伤一万多人。苟晞能文能武,平时当文牍堆积如山时他才去处理,边看边批,快得像流水一般,奸诈欺骗的勾当很难瞒过他。苟晞治军极严,他的堂弟要在他手下当将官,他挺

为难地说:"我执法如山,万一你今后冒犯军纪,那时后悔就来不及了。"他婶婶坚持求他任用,苟晞没办法,只得任命堂弟为督护。不久这个堂弟果然犯法当斩,苟晞的婶婶吓得魂不附体,披头散发到他跟前下跪叩头,哭着要求他饶恕堂弟一命,但苟晞坚决不答应,依法处斩了他的堂弟,然后换上素服去祭吊,边哭边说:"兄弟啊!杀你的是兖州刺史,哭你的是你哥哥道将(苟晞的字)!"苟晞这么治理他的部队,军纪肃然,作战勇敢,难怪常常打胜仗。

　　苟晞对下极为严厉,对上可是巴结得很紧,他常常派专人送奇珍异宝和新鲜果肴到京城去馈赠权贵。兖州和洛阳相隔五百多里,他怕途中时间长了果肴会失去鲜美的滋味,就以重赏征募能飞跑的牛。不久有人应募送来一头好牛,说它一天能跑一千里。苟晞给这头牛套上轻便的车,装上礼品,据说拂晓前出发,半夜时分就带了洛阳的复信回来了。跑了几趟以后,苟晞认为这牛跑得太神奇,竟把它杀了看个究竟,只见到牛腿筋有如小竹子那么粗。

　　东海王听到苟晞打了大胜仗,汲桑和石勒一蹶不振,他定下心来还军许昌,并且代表皇上加苟晞为抚军将军,都督青州、兖州诸军事。

　　汲桑溃败时,成都王的棺木放在军中反成了累赘,就把它丢到枯井里。以后成都王的旧僚把它打捞出来,迁葬到洛阳。

　　成都王死了,汲桑和石勒声言为他报仇,但他们杀了新蔡王司马腾,同样有人出来,声言要为新蔡王报仇,他们就是活动在冀州一带的"乞活"军。

51 "乞活"军

当时冀州地方有这么一批一批的外乡人,既不像官军,也不是盗匪,哪儿有粮食,他们就到哪儿去就食,因此被人们称为"乞活"。

原先司马腾从并州到邺城上任时,因为并州各地常被刘渊袭击,又加上连年灾荒,百姓没法活下去。听说冀州的收成不坏,并州的将领田甄、田兰兄弟和李恽〔yùn〕、薄盛(乌桓族)等,带领了汉族、乌桓族的部众一万多人,一起跟着司马腾到了邺城,又分散到太行山以东的郡县去混一口饭吃。他们一边流亡,一边也要为生存而打仗。在这个过程中,别的流民也来归附他们,乞活军就是这样形成的。

307年夏,汲桑和石勒攻破邺城杀了司马腾,乞活军下决心要为司马腾报仇。汲桑和石勒被苟晞打得节节败退,转向乐陵(今山东乐陵南),田甄兄弟集中了乞活军五万人,和苟晞的追兵一起,围攻汲桑和石勒。打了几个月,汲桑的队伍死了一万多人,他整顿余众,准备投奔刘渊,半路上又陷入新任冀州刺史丁绍和乞活军设下的埋伏,被打得死的死,伤的伤,所剩无几了。汲桑灰心丧气,只图再到牧马场去躲避。石勒的眼光比汲桑远大,一股劲地要远走高飞去投奔刘渊,这么着,两个老搭档就分了手。

石勒一回到并州,觉得赤手空拳去投奔刘渊不会被重用,正好有两个胡人部落长张㘅督和冯莫突带领部众几千人,占据了上党,他俩没有智谋,只靠蛮力统治。石勒去对他们说:"刘渊大单于所向无敌,你们为什么不去归附?如果今后你们的部众受到大单于招安,你们会有什么下场?很可能有人会把你俩的脑袋带去领赏!"张㘅督和冯莫突被石勒说服了,一起投奔刘渊。刘渊大为高兴,立即封石勒为辅汉将军、平晋王,还要他到上党招兵买马,扩充队伍。石勒还把张㘅督改名石会,看成自己的兄弟。

在乐平(今山西昔阳)还有两千多人的乌桓部落,头目叫做张伏利度,刘渊曾多次召他归顺,他就是不愿。石勒却是很会耍弄花招的,他故意装作和刘渊闹翻了,去投奔张伏利度。石勒有武艺又有智谋,几次带兵作战都奋勇向前,慢慢地把张伏利度的亲信都收服了。他的花言巧语说得张伏利度五体投地,相互结为兄弟。有一天,大小头目一起聚会,石勒抓住张伏利度双手,命令部众把他捆绑起来,然后石勒高高在上坐了下来,对大伙儿说:"我们要去做一番大事业,你们看看我和张伏利度哪个配做主帅!"下面众口同声推戴石勒。他回头又对张伏利度说:"大伙儿都拥护我,但我想这两三千人马成不了大气候,我虽然和刘渊闹翻了,但还是应该不记私仇去靠着他大单于,你如果还顽固不服,把理由摆出来给大伙儿评评!"

张伏利度说不出什么理儿,心想自己说什么也及不上石勒能干,就同意了。石勒当即亲自为他解开绳索,向他赔礼道歉,张伏利度也口服心服地跟着石勒归顺了刘渊。刘渊眼见自己花了多少心血都没招来的部落,让石勒转眼拉来了,那份喜劲儿就别提啦，他立即升石勒为都督山东（太行山以东）诸军事。

再说汲桑和石勒分手后，几个月里在乐陵的牧马场里躲来躲去，乞活军穷追不放，再三搜索，307年十二月里终于抓到汲桑，立即把他杀死，为司马腾报了仇。带领乞活军的田甄、田兰兄弟因此立了大功，东海王任命田甄为汲郡太守，田兰为巨鹿郡太守。他俩还依从东海王的意旨，对附近几个郡支持过汲桑的地区大肆搜刮烧杀，作为报复。

田甄又谋挟功请赏，要求调任魏郡太守。魏郡的治所就在邺城，田甄还想盘踞邺城，自居为司马腾的继承人呢！但却遭到东海王的拒绝。不久刘渊派军队入侵许昌，东海王急调田甄迎敌，田甄憋了一肚子气，来了一个拒不从命。东海王发起火来，派监军刘望去征讨田甄，同时又在乞活军内部进行分化瓦解，乞活军的其他首领李恽、薄盛杀了田兰，投奔了东海王。田甄孤军无援，只得撤离汲郡，逃到幽州、冀州交界地区活动，一支乞活军于是分裂成为势不两立的两支队伍。

当乞活军因分化而力量大为削弱时，石勒的部众却越来越多了。不久，传来了当年同甘共苦的汲桑被杀的消息，石勒听说攻杀汲桑的乞活军田甄在中丘（今河北内丘西）一带活动，就率领部众，千里奔袭，一举包围并消灭了他们。

西晋朝廷看到北方刘渊、石勒的兵乱方兴未艾，已经够发愁了，而南方在李雄建立成国后被隔绝的宁州，却又接连送来了求救的警报。

52　死守宁州

早在271年,晋武帝认为益州太大,便划出南面的建宁、兴古、云南、永昌四个郡(今云南中南部)的四十五个县,另设一个宁州。宁州共有八万三千户,治所设在建宁郡的味县①。这是云南地区在我国历史上第一次作为中央直属的大行政区。

285年,东吴平定五年以后,宁州太平无事,设一个州似乎多余了,又被废除,仍属益州,但在味县还设一个南夷校尉的官儿,带着一批将士,加强对当地的军事控制。

宁州地区当权的大族和不当权的大族之间,早已存在着矛盾。302年,益州李特的流民起义来势很猛,宁州不当权的大族李睿、毛诜〔shēn〕和李猛等响应李特,赶跑了建宁郡和朱提郡(今云南省昭通县)的太守,想在这天高皇帝远的地区独霸一方。

南夷校尉李毅曾在巴郡太守王濬(即以后平吴的主将)手下当主簿,王濬升任为益州刺史后,推荐他担任南夷校尉,独当一面,统领少数民族的五十八个部族,每个部族每年贡献官府牛马等牲口都有上万头。这刻儿李毅看到这些大族居然敢把朝廷命官赶跑,赶紧带着将士平定了建宁郡的叛乱,杀了毛诜,赶跑了李睿。朱提郡的李猛写了一封信来,名为投降,但是没有一点认罪

---

① 味县即今云南曲靖;一说是今昆明市南的滇池。

的口气，李毅约他前来密谈，趁机把他抓起来杀了。李毅还派了五千将士去帮助罗尚对付进攻成都的李特。这些功劳上报朝廷后，朝廷觉得宁州这块地方还有点分量，可以抵制李特、李雄的势力，于是在302年十一月间，下令恢复设置宁州，又把原属益州的牂牁〔zāng kē〕（郡治在今贵州省福泉县）、越巂〔xī〕（今四川省西昌地区）、朱提三个郡划归宁州，并委李毅任宁州刺史。

建宁大姓李睿逃到宁州边境名为五岭夷的部族那里，他请这个部族的首领于陵丞出面，到李毅跟前说说好话，请求饶他一命。于陵丞多方劝说李毅，终于获得满口答允。不料李睿回到建宁，李毅的僚属几次三番要求依法捕杀李睿，李毅竟又把他抓起来杀了！这叫于陵丞的面子往哪儿搁？别人还说是他帮衬李毅骗李睿回去上钩的。于陵丞来了火，便带着整个五岭夷部族造反。五岭夷原本是宁州地方最强盛的一个部族，李毅不讲信用，自找苦吃，这苦头可吃不尽了！

宁州连年闹饥荒、闹瘟疫，大约死了十万人。李雄称王称帝，宁州和朝廷隔绝，日子就更难过了。李雄多次要李毅投降，遭到拒绝。李雄派人送财粮给五岭夷，唆使他们狠狠攻打李毅，直到包围了宁州城。李毅愁出病来，给朝廷写了奏疏，派人绕道送到洛阳去。奏疏上说："我在这里无力抵御强敌，只有坐以待毙！恳求朝廷火速发兵来救救宁州的黎民！我办事不当，造成国土破碎，百姓遭殃，是有罪的人。朝臣来时，如果我还活着，就把我绞死，我如已死，就碎尸万段！"

当时河间王、成都王、东海王正打得不可开交，谁也没心思去管几千里外的宁州城。李毅却是坚毅得很，生了病还死守几年。只有他在洛阳的儿子尚书郎李钊，经朝廷批准，自己招募了几百个勇士，千里迢迢来救宁州。可是还没等李钊赶到，李毅就病死了。

李毅一死，宁州城里没有领头的，将士和百姓还是坚守不降。整个宁州只剩下这座孤城，别的地方都被五岭夷攻陷，不肯投降的将士有一个杀一个，死了三千多人，妇女被掳送到成都去的有一千多人。

宁州城里没有领头的怎么办？李毅的女儿李秀，全身穿着白色的孝服，自告奋勇地站了出来，大伙儿肃然起敬，愿意听从她的号令。李秀披上铠甲，一手拿了宝剑，一手拿了令旗，不分昼夜地在城墙上巡游督战。她赏罚分明，使人心服，她还经常伺察时机出城偷袭敌人，每次都有所杀伤和缴获，大大鼓舞了士气。这样，又坚守了大约一年。可是宁州城里断了粮，整日用树皮草根充饥，找到老鼠洞就用烟熏，把老鼠赶出来烧了吃。李秀的丈夫王载，原本是益州汉嘉郡（治所在今四川芦山县芦阳镇）太守，因全家被李雄赶跑，避难到了宁州。李毅死后，王载就协助自己的夫人守城。

李毅死后的第二年，李秀的哥哥李钊带了救兵赶到。这时城中将士只剩下一百多人，李钊兄妹相见又喜又悲，说不尽的辛酸话，流不完的伤心泪。李钊从妹妹手中接受了指挥一州之权，他后来又要治中（掌管文案的刺史属官）毛孟到洛阳再请救兵，并要求派刺史来主持军政大事。可是小小的一个州治中到京城，无论上多少奏疏都没人搭理，毛孟最后写了这么几句话："宁州刺史已死了，州城内许多人都丧了生。这么一个僻远的孤城，派我奔波万里而来诉说苦情，但是得不到文武官员的怜惜。我想起战国时期楚国的申包胥向秦哀公讨救兵时血泪并下，痛哭七天七夜的情景，我实在太惭愧了，对不起托付我重任的黎民百姓！古代杞梁的妻子能把长城哭坍，但我连朝臣的心还打不动，我这么活着还不如死了好，恳求朝廷下诏把我赐死吧！"

有的大臣读了这个奏疏动了怜悯之心，他们选中荆州的魏兴郡（治所在今湖北郧西县西）太守王逊，认为他很有魄力，能挽救宁州残局，决定任命他为南夷校尉、宁州刺史。王逊带着将士由毛孟陪着赶往宁州，历尽千难万险，花了一年多时间才到达目的地。宁州北面有成国在虎视眈眈，州内五岭夷还在称雄，不少城邑已成了废墟，渺无人烟。王逊上任后，跟大伙儿一样穿破旧衣服，吃瓜菜代饭，一起重建家园，百姓把他当作大救星。

可是宁州的那些大族却把王逊当成眼中钉。王逊推举当地的董联做秀才，但建宁郡的功曹周悦却说董联不是人才，不肯录用，王逊就杀了周悦。周悦的弟弟伙同一批大族要谋害王逊，想拥立前建宁郡太守赵混的儿子赵涛为宁州刺史。王逊可更狠，把那些参加阴谋的人都逮捕起来砍了脑袋。州里还有一些不归附他的大族，王逊也捕杀了几十家。

朝廷还下了诏书，命令交州刺史吾彦出兵支援宁州。吾彦派他的儿子吾咨带兵，协同王逊一块儿去攻打五岭夷，杀了夷帅于陵丞等千把人，俘获牛羊马匹几万头，把五陵夷反抗晋朝统治的起事血腥镇压了下去。

王逊早年曾任上洛郡（治所在今陕西商县）太守，当他调离上洛时，把家中的小牛小马都交了公。他说："这是在上洛郡任内生下来的，应该归公。"王逊初到宁州独当一面，曾和黎民同甘共苦，但当境内比较安定，生活有所提高以后，就逐渐伸手要钱了。有人要拜见他，得递上用金子打成的名片才能被接见。这

个先例一开，有所托请的人知道他见财眼红，就大送珍宝。王逊的夫人对他过去是两袖清风，而今是视钱如命看不过去，讥笑他："何先清而后浊者也！"

从李毅告急，到王逊任宁州刺史挽救了宁州的危境，这其间已过了五六年，中原的局势又起了极大的变化，下面先从王弥造反讲起。

53 "飞 豹"

各地烽烟滚滚，有不少人想割据称雄。就在李毅死的那年，青州东莱郡㠉〔jiān〕县（今山东黄县西南）的县令刘柏根聚众造反，自称㠉公。东莱人王弥的祖父当过太守，但到他父亲时就没落了。王弥学识渊博，能说会道，少年时还曾游学各地，到洛阳见过世面。他见刘柏根起兵，便率领家僮前去参加，刘柏根任命他为长史。

刘柏根和王弥造反，固然是想利用局势混乱以求一逞，但当地老百姓却是官逼民反，铤而走险，纷纷前来参加，因此这支队伍像干柴烧烈火一般，几天以内就有了几万人。他们向西攻到青州的治所临淄。这时，东海王的弟弟高密王司马略，官居安北将军、持节，都督青州诸军事，他逼跑了青州刺史程牧，自兼刺史，独霸一方，挺得意的。但是当造反队伍兵临城下，他可使不出威风来了，随即向西逃跑五六百里，守住聊城。这时幽州都督

"飞豹"军

王浚企图扩张地盘，看到有机可乘，便派兵南下镇压造反队伍。刘柏根和王弥的部众大都是老百姓，未经军事训练，难以抵敌王浚手下骁勇的鲜卑骑兵，这支队伍很快被打垮，刘柏根也被杀了。王弥逃到一个海岛上，把溃散的士兵收集后，转到长广山（约在今山东莱阳县境内）占山为王。

王弥聪明机灵，武艺高强，又懂得兵法，跟着刘柏根"吃一次亏，学一次乖"。此后，他打仗前一定要先把敌人的情况摸得一清二楚，知己知彼，这样，他几乎每战都胜。他发兵袭击郡县，出没无常，被人们称为"飞豹"。他的部众越聚越多，活动范围也越来越大。在青、徐二州境内，"飞豹"纵横自如，连幽州王浚的兵马也被赶跑了。

阳平有一个大力士刘灵，据说他两只手能拉住奔跑的牛，两条腿能赶上飞驰的马，可是他穷得连肚子也填不饱，这刻儿他也聚众造反，自称将军。

苟晞先后消灭了公师藩和汲桑，给东海王解除了心腹之患，苟晞前来拜见时，东海王亲自出营欢迎，手拉手地进入帅营，结拜为兄弟。东海王把一个女儿嫁给苟晞的独子（不久后就死了），结成亲家，苟晞受宠若惊。长史潘滔对东海王说："兖州是兵家要冲，曹操曾在这儿创业起家，现在苟晞据守多年了，他的势力盘根错节，爪牙遍布郡县，这个苟晞不像一个肯久为臣下的人，不如给他很高的官衔，把他调到青州去，你自己管理兖州，就可以经营中原，保卫朝廷，这才是防患于未然。"东海王听从了这个计谋，不多天后诏书下达，加东海王为丞相，领兖州牧，都督兖、豫、司、冀、幽、并六州军事；加苟晞为征东大将军，假节，都督青州诸军事，领青州刺史。

苟晞想想自己出生入死，到头来把兖州要地拱手让给东海王，换了个地位不重要的青州，而他到青州，还要去对付横行当地的"飞豹"。他憋了一肚子气，亲家顷刻成为冤家，结拜兄弟成为了对头。

当时的都督有三种：一是"使持节"的都督，有权杀太守以下的官吏；二是"持节"的都督，有权杀没有官位的人，但打仗时的权限就和"使持节"一样；三是"假节"的都督，只能在打仗时杀违反军令的人。苟晞只是一个假节都督，权力不大，但他可不管这一套，借着镇压王弥、刘灵的名义，不仅血腥屠杀造反队伍，竟把心中一盆怒火，烧向官吏和百姓头上去。他历来主张严刑酷法，这刻儿更动不动就如宰猪羊般地杀人，有时一天要杀上千人。他在青州南部滥肆屠杀，那些没头的尸体，随着沂水和沭水，流向徐州的郡县。青州和徐州的人们给苟晞取个外号叫"屠伯"，这样，他就失去了民心。

当时，饿着肚子的流民逼迫兖州边上的顿丘郡太守魏植起兵造反。五六万流民大杀贪官污吏，大抢世族大家。苟晞的封邑在东平（今山东东平），也受到威胁，他带了将士们进驻东平东边的无盐，去对付魏植，叫他弟弟苟纯留守青州。青州的百姓以为苟晞出征，他们可以松口气了，可是事与愿违，他们很快就叫起苦来，说是"小苟酷于大苟"，原来苟纯比他的哥哥更凶狠残酷。

在大苟和小苟的血腥镇压下，魏植被打垮了，王弥和刘灵的损失也很大，王弥和刘灵一合计，派了使者去投降汉主刘渊。刘渊立即遥拜王弥为镇东大将军，青、徐两州州牧，都督缘海（指沿海一带）诸军事，封东莱公，刘灵也捞到一个平北将军的称号。他俩亮起这些封号的旗帜，兵力顷刻又大了起来，从青州、

徐州向西,打下了兖州、豫州的七八个大郡。苟晞见他们离开了自己的势力范围,也就算了。这一下可叫东海王着急起来,他带了大军从许昌进屯鄄城(今山东鄄城北),离兖州城西几十里,想镇压王弥和刘灵。王弥却从别的道路打到许昌,于308年四月初十攻破许昌城,夺得了官府大量的粮食布帛和武器装备,后又乘胜进逼洛阳,多次打败晋军,一直打到京城的津阳门,洛阳城里乱成一团糟。

王弥以为破城就在眼前,将士们也都饮酒狂乐,不料正在这时,凉州派来救援京城的督护北宫纯领兵赶到了,他挑选了一百多名武艺超群的勇士打前锋,在黑夜里袭击王弥。后继的兵马又如怒潮般涌来,王弥被打得晕头转向,逃跑到洛阳东北二十里的七里涧。右卫将军王秉又带着几路人马杀来,王弥宛如惊弓之鸟,率领残部北渡黄河,逃奔汉主刘渊。

刘渊早先在洛阳做质子时,王弥到京游玩,二人曾促膝谈心,纵论天下大事,这刻儿刘渊听说王弥来到,赶紧派他的侍中和御史大夫到城外欢迎,并对王弥说:"大王早已为将军准备了住所,并亲自为你打扫,铺好坐席,洗好酒杯,敬待将军的来临。"

刘渊见王弥,畅叙旧情,却也有一番"英雄惜英雄"的景况。刘渊立即拜王弥为司隶校尉,加侍中。王弥劝刘渊早日称帝,以使群雄有所归宿,共建勋业。刘渊说:"我现在有了将军,正如鱼得水,可以共同奋战创业了。"

308年七月初二,刘渊大军从离石的山沟沟里打出来,向南进军,打下了平阳郡和河东郡(今山西西南部),又派出王弥和石勒攻下邺城。十月初三,刘渊宣告即皇帝位,国号大汉,年号永凤,定都蒲子城(今山西隰县)。

石勒率领三万人马,再进占司州的魏郡、汲郡、顿丘三个郡,有五十多个坞堡投降。石勒封堡主们为将军、都尉,并且搜罗了青壮年充实队伍,这就给洛阳的东北方向造成了很大的压力。

309年正月初一,刘渊因为蒲子这个城还是在山区里,道路崎岖难行,他听从了太史令鲜于修之的劝说,迁都到东南二百多里的平阳(今山西临汾西)。平阳距洛阳更近了,给洛阳的西北方向也造成了很大的压力。

54 东海王杀异己

李雄在益州,刘渊在并州先后称帝,晋王朝却像一幢破旧的大厦,开始倾颓、倒塌了。朝廷忙于内讧,根本无力控制外地局势,只要京城不受威胁就行了。因此当王弥在兖州乱了一阵子,投奔了刘渊后,东海王就带领大军,折回到洛阳东边的荥阳。

309年三月十三,东海王带了一股精锐部队向洛阳飞驰而来,朝臣们议论纷纷:"东海王操生杀大权,他绝不是来玩的,一定要有人头落地了!"

晋怀帝即位后,很想从东海王手中一点一点夺回皇权,但在东海王一手把持内外的情况下,要凑起一个维护皇权的班子,可

真不容易。晋怀帝的母亲王媛姬是晋武帝的一个嫔妃,生下司马炽后不久就死了,司马炽即位后她被追尊为皇太后。王媛姬有一个弟弟叫王延,很自然地成为晋怀帝的心腹,拜为散骑常侍。晋怀帝还任命自己信得过的何绥为尚书,高堂冲为太史令。曾被派到长安做说客杀张方的缪播和缪胤两兄弟,也被晋怀帝所重用,一个任中书令,一个任太仆卿,一起参与朝廷机密。这些人慢慢和东海王唱起对台戏来,东海王原先任用官吏都由自己说了算,只不过到朝廷来办个手续,如今却常碰钉子,他思忖如果再不动手就要晚了,他的心腹刘舆等人,也催他早些下手。

东海王回到京城,几天后就到晋怀帝跟前诬告缪播等人相互勾结、阴谋作乱。他不容晋怀帝分辩,立即命令心腹将领王景率领三千将士在宫内外戒严,他的左右卫士就在晋怀帝身边,如狼似虎地把王延、何绥、高堂冲和缪播兄弟等十多人捉住,上了五花大绑。东海王逼着怀帝立即下诏处斩,怀帝只是愣愣地呆着不动。东海王大怒,吩咐王景:"我没时间等待了,你把这些乱臣交付廷尉行刑!"说罢拔脚就走。当王景送东海王出宫时,怀帝长叹着走下皇座,拉着缪播等人的手痛哭流涕地说:"奸臣贼子,哪一朝哪一代没有?这么痛心的事怎么不出在我之前,也不出在我之后,而偏偏落在我身上?!"

东海王擅杀缪播、王延等人,人们看出他根本没有把晋怀帝放在眼里。缪播的冤死,更引起朝野议论纷纷。

当初河间王挟持晋惠帝盘踞长安,势力强盛时,东海王派缪播、缪胤堂兄弟俩,冒了风险去游说河间王接受和谈,他们又配合毕垣,劝说河间王杀死悍将张方,致使河间王失势败亡,东海王因而得以专擅朝政。缪播曾任东海王父亲高密王司马泰的僚属，他聪颖过人，有宰辅大臣的气魄和才能，对朝廷忠心耿耿，东海王害怕他为晋怀帝重用，对己不利，因而不惜旧情，不念旧功，必欲置之死地而后快。朝野人士对缪播如此冤死，感到非常惋惜和愤慨，相互传告说："善良的人，关系到国家的纪纲伦常，东海王这样虐杀无辜，他自个儿能善终吗？"

和缪播一起被杀的王延，有一个容貌绝世的爱妾荆氏，弹琴吹箫样样皆能，唱起小曲儿犹如春天的黄莺儿。王延遇害，尸骨未寒，东海王的心腹刘舆就派人去抢荆氏，谁知使者还没到王家门口，就同东海王的另一个僚属王儁〔jùn〕吵了起来，原来王儁也看中了荆氏。两家迎亲的仪仗碰了头，家人们相互龇牙咧嘴，破口大骂，在街上闹得不可开交，又挥动起棍棒刀枪，大打出手，聘礼全被砸得稀烂，最后两家都抬了几个断腿少胳膊的人回去。

御史中丞傅宣上了一本，检举这两个不要脸皮的官员，要求查究定罪，东海王只罢了王儁的官，没碰刘舆一根毫毛。

和王延同时被杀的尚书何绥，是开国元老何曾的孙子。何曾在世时，晋武帝常在安世殿接见群臣。这殿原是曹魏时所建，而"安世"又是晋武帝的字，不过晋武帝晚年在安世殿上却不常谈治国安世的大事。有一次何曾回家对自己的几个儿子说："皇上（指晋武帝）开创大业，的确很了不起，但我经常在皇上身边，没有听他多谈如何治理国家的深远意图，却老是听他讲些家常事，这样下去祸患无穷！我已年老，这几年还可以享享福，你们这一辈子也许无忧患。"接着他指向几个年幼的孙子叹口气说："到他们一代，免不了要遭祸害了！"但是何曾以及他的儿子何劭既不敢向皇上直言劝谏，也不能洁身自好，只是该乐就乐，图个

痛快，他们每天几顿酒菜要花一两万钱。等到第三代的何绥以及何绥的弟弟何机、何羡长大了，更是奢侈豪华，而且狂妄自大，目中无人。有个叫王尼的人对人说："何绥在这样的乱世里，还如此矜夸豪华，绝不会有好下场！"别人赶紧堵住他的话头讲："何绥如果听到你这么议论他，一定会来陷害你的！"王尼哈哈大笑说："他听到这话时，恐怕已不在世上了！"

这王尼是个什么人？他怎么会讲这样的大话呢？

55 王尼不拜宰相

王尼原籍河内（或说河阳），寓居在洛阳，祖上都是当兵的。他自小博览群书，学识渊博，贯通古今。魏晋的法制规定：当兵的家庭世世代代隶属兵籍，不能做别的事，更不能当官。所以王尼成年后虽然才气纵横，是一个难得的文士学者，但还是被迫分配到护军府当兵，给护军养马。

当时的名士胡毋辅之、刘舆、王澄、裴遐等钦佩王尼的才华，经常和他有往来，他们拜托河南府的功曹甄述和洛阳令曹摅〔shū〕，希望帮助解除王尼的兵籍，但甄曹二人商讨了多次，认为这是钦定的法制，不敢违犯。因此，胡毋辅之等人虽然想把王尼从"士家"的深坑里救出来，可也没有办法。

有一天，护军府的看门人突然报告护军，说胡毋辅之、刘舆、王澄、裴遐等一班名士，带着羊羔和美酒到来了。护军大喜，说："这些名士到这儿来，真是荣幸，赶紧请他们进来吧！"护军等了很久，也没见到这些人的影子。第二天，护军问看门人是怎么回事，看门人说他们确实进了府，而且吃得醉醺醺地走了，他还当是护军摆酒宴招待的呢！护军在府内查问，才知道他们进府后，到了马棚，和马夫王尼一块儿大吃大喝，又醉又饱才走了。护军不免大吃一惊，他做梦也想不到自己的马夫有那么高贵的一批朋友，但他也不敢解除王尼的兵籍，只是给了长假，随王尼愿干什么就干什么去。

这王尼可是个天不怕地不怕的人。有一次，王尼去见东海王，他不跪不拜，满面怒容地站着。东海王老早就听亲信们说起过这个人物，知道他的才能和怪脾气，就对他说："你既然是读书人，怎么一点礼节也不懂呢？"王尼立即回答："你身居宰相之位，而无宰相之能，所以不能拜你！"

王尼接着一件一件数说东海王的过错，指责东海王做事不得人心，最后又说："你还欠我的债呢！"东海王这下可来了气，说："真是胡说八道，我身为国家栋梁大臣，几时向你这穷小子借钱借东西来着？"王尼不慌不忙地回答："春秋时楚国有一个人丢失了布匹，找不到小偷，他就去找令尹（楚国相），说是因为令尹没把国家管好而使他遭到偷窃，他要求令尹赔偿他的布。而今，我王尼家中的资财物件都被你手下的士兵抢光了，我受冻挨饿，这不是你欠下我的债吗？"

东海王哈哈大笑，称赞王尼说得好。其实，他知道王尼是他的心腹刘舆和裴遐的知己朋友，看在他们的面上，所以送给王尼五十匹绢，自己也博个爱护名士的美名。权贵们听说东海王如此对待王尼，也争着给王尼送来财物。王尼却不稀罕这些财物，因

为今天有人送来,明天还有人来抢走。

王尼虽然佯狂傲世,但头脑清醒,见识过人。当东海王带兵回京时,他立即断定,一些不附东海王的朝臣将遭毒手,因此他预言何绥活不久了。果然,东海王擅杀了何绥等人。几年后,王尼被战祸所逼,逃离洛阳到了荆州。他的夫人早已死了,他带着儿子赶着一辆破牛车到处流浪,夜里就露宿在破车上,父子俩相依为命。他常常叹气说:"沧海横流,处处不安啊!"在贫困交加中,肚子饿得实在没法,只得杀了牛,劈了破车烧牛肉吃。最后,他们父子还是饿死了。

满腹经纶的王尼,虽然从马棚脱身出来,但仍因出身"士家",不能解除兵籍而无法发挥自己的才能,只得默默无闻了却一生。

再说东海王杀了王延等人后,只怕日后还会来个宫廷政变。他认为过去杀杨骏、废贾后、斩楚王、活捉赵王、烤长沙王等都是通过禁卫军干的,现在自己要永掌大权,就得把禁卫军全部换成自己的心腹。他提出禁卫军内不能留侯爵以上的官,当时禁卫军将官已先后全部加封侯爵,只好一起都被撤换。于是东海王的心腹右卫将军何伦、左卫将军王景带了原来东海国的亲兵数百人,摇身一变,都成了禁卫军。

晋怀帝原来还有一点重振朝纲、恢复祖业的雄心大志,现在左右手都被砍了,连禁卫军也都是东海王的人,晋怀帝实际已被东海王所派的人看管起来了,甚至连自己的脖子也被卡住了,不知哪一天晋惠帝的命运会落在他头上,只得闭眼做个傀儡皇帝吧!

56 黄河血泪

东海王杀死王延、何绥等人，企图借此立威，加强对朝臣的控制，可是专权擅杀只能使朝臣更离心离德。309 年（永嘉三年）四月，左积弩将军朱诞叛离朝廷，单枪匹马去投奔刘渊，他见了刘渊说："东海王横行不法，人心都背离他了，国都洛阳只是孤孤单单一座空城，陛下大军一去，准定可以稳拿下来。"

刘渊得到朱诞情报，就派灭晋大将军刘景为大都督，以朱诞为前锋都督，从洛阳东北方向沿着黄河向洛阳进军。这个刘景大将军的称号是"灭晋"，他一见晋人可真是杀人不眨眼，不问是男是女，是老是小，是军是民，一概格杀勿论。他打下黄河边上的黎阳、延津（今河南浚县、滑县、汲县一带）等地后，觉得对晋人刀砍枪刺嫌慢，竟下令把活人逼赶到黄河里去淹死，几天里就杀害了三万多人。

刘渊素来比较注意军纪，但他还是禁止不了部属的滥杀。早在 304 年，刘渊的部将乔晞攻打介休（今山西介休东南），县令贾浑被俘后不肯投降，被乔晞一刀砍死。乔晞看到贾浑的妻子宗氏才二十多岁，长得如花似玉，妄图霸占她，宗氏坚决不从，指着他鼻子痛骂，乔晞又把她杀了。刘渊得报后恨恨地说："要是老天爷长眼睛，看到乔晞这么胡作非为，定要让他断子绝孙！"他当即召回乔晞，给以官降四级的处分，再派专人把贾浑夫妇的

尸体隆重安葬。

这刻儿刘渊听到刘景做出这种灭绝人性的大屠杀来,气得七孔冒烟,怒骂道:"看刘景还有什么脸再来见我,我要消灭的只是晋皇室司马氏一家,老百姓有什么罪过?这么杀害平民,天地都不容许!"他把刘景降职为平虏将军,这一路人马也不再作为进攻洛阳的主力了。

接着,刘渊重新部署兵力,任命王弥为都督六州诸军事、征东大将军、青州牧,要他和楚王刘聪共同进军,以石勒为先锋,攻打壶关(今山西壶关西北数十里),然后南下打到洛阳去。

东海王派了淮南长史王旷和将军施融、曹超带兵,渡过黄河去解救壶关之围,施融劝王旷说:"敌军据险,可攻可守,还有几路兵马相互呼应,我们是孤军作战,难以抗争,不如暂且凭河为守,看看形势再说。"王旷早先在江东陈敏造反时是丹阳太守,那时他逃得比兔子还快,这刻儿反而要瞎撞瞎闯了,他对施融发怒说:"你这些话是长敌人威风,丧自己志气,扰乱军心,按理当斩。"施融没奈何,只得随王旷渡过黄河,穿过太行山,在长平(今山西高平县北)和刘聪相遇。309年七月,长平之战就打开了。

两军激战,刘聪的坐骑中了流矢,把他颠下马来,那骏马打了几个滚就死了。这时四周全是晋军,情况十分紧急,刘聪的部将李景年把自己的坐骑让给他,他们挥戈奋战,杀出了重围。

李景年是匈奴前部人,年少时父母养不起,把他送给有钱的叔叔家放羊,他看到叔父家的孩子都在念书,非常羡慕,从学馆的老师那儿问了一百多个字,在羊群吃草的时候,他就折断树枝在地上划起字来。他叔父见他学得很快,理解力很强,就说:"这才是我们李家门里的千里驹,怎么能叫骐骥(良马)去拖盐车呢?"于是叫他专门读书。他后来当了官,带了兵,这刻儿奋身抢救刘聪,立了大功。

晋、汉两方面的兵力比较起来,汉军强大得多,这时王弥和石勒的军队正巧赶到,刘聪立即组织反攻,晋军大败。施融和曹超在作战中被杀,王旷带了残兵败将逃了出来。刘聪乘势攻破屯留和长子,各地晋军一败涂地,被斩杀的有一万九千多人,把守壶关的上党太守庞淳孤立无援,率部投降。

正月里,鲜于修之劝刘渊迁都时,预计三年内可以打下洛阳,不料七月里就打了这么一个大胜仗,刘渊高兴极了,八月里,他就命令刘聪趁热打铁,进攻洛阳,要把西晋的京都一口气拿下来!

57　汉军两攻洛阳

刘聪乘着长平之战大败晋军的威势,长驱直入,沿途晋军不是被歼,就是闻风投降。汉军毫不费力地渡过黄河,占领了弘农郡东端的宜阳(今河南宜阳西),这里离洛阳只有一百多里了。从弘农郡(治所在今河南灵宝县北)赶来迎战的弘农太守垣延,到了刘聪跟前全军投降。刘聪自以为立刻可以马到成功,洛阳唾手可得了。

当夜，将士们都沉睡在梦乡里，突然喊声连天，营里营外几乎全是晋军，这千军万马不知是哪儿来的？刘聪和将士们慌忙上马逃窜，士兵们被杀以及自相践踏而死的不计其数。事后才知道垣延是假投降，他利用刘聪傲慢轻敌，在伸手不见五指的夜间里外夹攻，黑暗里，汉军不知晋军到底有多少而惊慌失措，所以晋军取得了大胜利，刘聪第一次进攻洛阳以惨败而告终。

刘聪带了残兵败将垂头丧气地回到平阳。刘渊伤心地来迎接他们，并且穿上白衣白帽，对死去的将士表示哀悼。刘聪是刘渊的第四个儿子，是他最宠信的，这次失败没有被加罪。刘聪则当场对天起誓，一定要火速洗雪这次奇耻大辱。

刘聪紧张地准备了二十多天，在309年十月间又带了五万骑兵、三万步兵再攻洛阳。他亲自率领先锋部队，马不停蹄地冲到洛阳城下，屯兵在西明门，洛阳城里张灯结彩欢庆胜利还没有结束，文武百官乐极生悲，可真吓破了胆。

幸好凉州刺史张轨所派援救洛阳的骑兵已经到达，由北宫纯率领千余名勇士，半夜里直捣刘聪军营，他们眼明手快，左劈右砍，在刘聪营内横冲直撞。刘聪的征虏将军呼延颢被劈得脑浆迸流而死，刘聪招架不住，且战且退，到洛水之滨才扎下营寨。刘聪兵力虽然强大，但大多是被迫作战的中原人，一遇挫折就自行溃散逃奔。刘聪所属的呼延翼部众又自己内讧起来，杀死呼延翼，四散逃亡了。

刘渊闻讯，下令要刘聪撤退，刘聪说：“晋军兵力不大，我们虽然连失两个主将，但不能自己丧气。”他还是分兵包围洛阳，自己打宣阳门，刘曜攻上东门，王弥杀向广阳门，刘景直捣大夏门，四面八方一起猛扑，但洛阳城在胜利的鼓舞下却固若金汤。

刘聪眼见一下攻不破洛阳,想入非非地带了一千精骑到洛阳西南一百多里、自古有名的"中岳"嵩山去,他登山祈祷上天保佑他速破洛阳。

刘聪留下平晋将军刘厉和冠军将军呼延朗暂且监视洛阳。东海王的参军孙询得到密报,知道刘聪不在军营,他挑选了三千壮士,偷偷地开了宣阳门出城,突然发起进攻。呼延朗来不及披甲上马就被杀了,刘厉率军急救,也被打得七零八落。等到上嵩山祭天的刘聪飞赶回营,刘厉已因兵败怕受到严责而投水自尽了。

刘渊的心腹谋士鲜于修之对刘渊说:"洛阳将来是一定能够取得的,现在晋朝的气运不该断绝,大军如果不早日撤回来,一定要败得不可收拾。"刘渊于是再次下令撤军,刘聪不得不依命退回平阳。

身为六州都督的王弥没有随刘聪退走,他请求留在洛阳周围的郡县,正碰上外地来颍川郡、襄城郡、汝南郡、南阳国、河南郡的数万家流民,因受当地官绅迫害,杀了郡县的地方官吏,烧了城门楼阁和官府,造起反来,他们纷纷投奔王弥,这"飞豹"的兵势又一天比一天强大起来。

石勒的人马攻破壶关后,在魏郡、顿丘、邺城各地都取得胜利,接着又攻陷巨鹿、常山两个郡,以及冀州各郡县的堡坞一百多个,部众扩大到十余万人,声势比王弥更为强大。

当石勒在常山郡附近作战时,有一个书生提着宝剑到了石勒帅营门前,咋呼着要见石勒。乱世里书生投军是常有的事,但这么大声疾呼要见主帅却是少见。石勒是个粗犷的武将,并不以为奇,只是把他留在帅营内,连个官衔也没有给。

石勒随后听说这个书生叫张宾,原籍冀州赵郡(郡治在今河北高邑西),他素有大志,认为自己的才能比得上汉初的张良,只恨未遇汉高祖那样知人善任的帝王。他对亲友们说:"在这兵荒马乱的年代,英雄们都出来了,但我瞧得起的不多,看看石勒还有雄才大略,我一定要帮他树立霸业。"石勒听了这些话,大为高兴。之后在几次军事行动的议论中,张宾又提出了与众不同的估计和策略,石勒依计作战都打了胜仗,就愈来愈器重张宾,遇事常常喜欢听听他的意见。石勒尝到了使用读书人的甜头,于是把一些文人雅士集中在一起,称为"君子营",张宾也成了石勒的谋主。

309年全国大旱,长江、黄河、汉水、洛水的水位大大下降,有些地方枯竭得人畜可以自由地走来走去。第二年又遇到大蝗灾,幽州、并州、司州、冀州、秦州、雍州的大片土地上,蝗虫飞起来把太阳都遮住了,不但田地里的庄稼被吃光,连树叶青草甚至牛马身上的毛都被蝗虫吃得光秃秃的。连年粮食颗粒无收,又加上刘聪、刘曜、王弥、石勒等在黄河两岸说来就来,说去就去,到处搜刮军粮,把能吃的东西都抢光吃光,老百姓真是生活在水深火热之中。

310年六月,刘渊得了重病,召回各军安排后事,黄河两岸才算得到片刻喘息的时机。七月十八,刘渊病逝,他称王四个年头,称帝三个年头,在位共七年。

刘渊死后,太子刘和当天即位,真是无独有偶,西晋皇室内部互相残杀成风,而刘和兄弟间也演出了互相残杀的惨剧。

58　单于台

刘渊死前为刘和的几个兄弟加了官,希望他们一个心意儿辅佐刘和。加封的是:楚王刘聪为大司马、大单于、录尚书事,威严的单于台就坐落在平阳的西城外;北海王刘乂为抚军大将军、领司隶校尉;齐王刘裕为大司徒;鲁王刘隆为尚书令。

刘和的母亲是刘渊为汉王时的王妃呼延氏。呼延氏早死,她的弟弟呼延攸官为宗正,既无德更无才,刘渊在世时不肯重用他;还有一个皇室西昌王刘锐也没捞到什么实权;另外侍中刘乘曾和刘聪闹过纠纷。这三个人对刘聪被宠任又妒又恨,在刘渊死后第三天就串通一气,对刘和说:"先帝过分重用刘聪等人,瞧这四个王把大权都占了,刘聪一人手里就有十万将士,这几天单于台前车水马龙,比皇宫还热闹!这样下去陛下难免要成为他们手中的一个木偶,不如先发制人。"

刘聪是刘渊的第四个儿子,为妃子张氏所生。他十四五岁时就通读了四书五经和诸子百家的著述,熟悉孙子兵法,他还写得一手好草书和隶书,写作了不少咏怀诗和赋颂等。刘聪在比武场上更是大出风头,他能轻而易举地拉开三百斤重的巨弓,并且百发百中。青年时代他曾游学洛阳,结交名士,张华、乐广等都对他赞誉不止。他曾入晋廷任骁骑别部司马,以后回匈奴任右部都尉,成都王司马颖又拜他为右积弩将军。匈奴五部的豪杰都倾心

和他结交。

刘和仪表堂堂，好学能文，但生性多疑，因此禁不起呼延攸、刘锐、刘乘在他耳根前叽叽咕咕。刘和即位后的第三天，310年七月二十的晚上，他把统率禁军的武卫将军刘盛、刘钦、刘璿及左卫将军马景、右卫将军刘安国等人找来，商议除掉四王的事。

刘盛当场反对说："先帝灵柩尚未入土，四个王都没有叛逆的迹像，兄弟们怎能互相残杀？下臣以为这么做肯定不会有好结果。假如陛下连亲兄弟都不信任，那么今后还能相信其他大臣吗？"

刘锐和呼延攸大怒说："今天的计议是皇上亲自裁决的，皇上看得起你们，请你们来共图大业，你竟敢如此胡说八道！"刘盛还想分辩，被刘锐命令左右侍卫一刀劈为两段。其他人在武力挟持下，没奈何，只得参加起誓立盟，共商计谋。

不一会儿天色大亮，刘和派出刘锐、呼延攸、刘乘、刘璿四路兵马，分别攻打四王。刘璿的一路是去攻杀北海王刘义的，年幼的刘义见他们来势汹汹，知道大事不好，眼泪汪汪地伸长脖子，只等着被砍脑袋。不料刘璿不仅不杀刘义，反而杀了看守城门的人，护着刘义跑出城来，直往单于台投奔刘聪。

下令劈死刘盛的西昌王刘锐自告奋勇带兵去攻打单于台。他听到守城将士报告，知道刘聪已有防备，正像张着大嘴的老虎在等待他们。他赶忙回到城中，与另外两路合兵，先去攻打司徒府，刘裕无力抵抗，被乱军杀死。他们又转兵攻杀了尚书令刘隆。刘和的两个亲兄弟就这样丧了命。

刘聪在单于台等不到前来送死的人，就发兵从西昌门破城，杀入皇宫，陆续抓到刘锐、呼延攸、刘乘等三人，割下首级，示众三天。

刘和吓得浑身抖个不停，他急中生智，借口守灵，躲到光极殿西室刘渊的棺木边上。一伙如狼似虎的将士冲进殿来，刘和赶紧死死扒住棺木，声嘶力竭地哭爹喊娘。那些将士不问青红皂白，把他拖到外面，一阵乱刀砍为肉酱。当然，如果没有刘聪事先的密嘱，谁也不敢那么胆大妄为。

文武百官眼见一场屠杀告终，立即联名上书，要刘聪坐上皇帝宝座。刘聪出来和大伙说："我的弟弟刘乂是先帝单皇后所生，子以母贵，按理应该由他即位，我还是回我的单于台去！"

话还没说完，跟前就跪倒了一个少年，刘聪一看是刘乂，赶紧扶他起来。刘乂却赖在地上叫喊道："兄长跟随先帝创业、功勋卓著，现在大业尚未完成，还要依仗兄长继承先志，绝不能舍长立幼。兄长还是顺从大家的意愿吧！"文武百官也都跪下来再三恳请，刘聪才答应说："这国家大事我就不固辞了，等待弟弟刘乂年富力壮时，我再让位给他！"

310年（晋怀帝永嘉四年）七月二十四，刘聪继为汉帝，改元光兴，这是刘渊死后第六天。刘聪尊单皇后为皇太后，自己的母亲张氏为帝太后，刘乂立为皇太弟，拜大单于、大司徒，住到单于台去，但单于台却从此冷落得门可罗雀了。刘聪又立自己的妻子呼延氏为皇后，儿子刘粲为河内王、抚军大将军，都督中外诸军事。

当年九月十一，安葬刘渊遗体的永光陵完工，刘渊灵柩入葬。到了十月，刘聪派他的儿子刘粲和自己兄弟刘曜（刘渊的养子）与王弥一同率领四万大军，又向洛阳发动了进攻。

石勒当时被拜为并州刺史，封汲郡公，受命带两万人从大阳

（今三门峡市北）到渑池，同东海王的监军裴邈对阵。裴邈原是东海王府中的"清才"，就是两片嘴皮子厉害，善于清谈的才子。他的堂兄裴楷也是一个有名的清谈家，俩人常常夜间辩论，不知不觉就到了天明。但裴邈和另一个能清谈的大臣王衍却是志趣相悖的。在清谈时，裴邈想叫王衍屈从自己，王衍就是不服他，大概因为王衍的官儿高一些吧，别人总是说裴邈态度不好。有一天，裴邈一气之下跑到王衍家，对着王衍破口大骂，什么丑话都骂出来了，想激怒王衍来和他对仗，这么着别人就不会说王衍的态度好了吧！可是王衍随他骂得口干舌燥，还是丝毫不动声色。裴邈善于舌战逞能，而他对于打仗，真是擀面杖吹火一窍不通，这刻儿又遇到强大善战的敌人，当然被打得一败涂地。

黄河两岸的战火只停歇了几个月，又重新燃烧起来。刘粲的战略现在改变了，他决定先打下洛阳四周的州郡，巩固阵地，稳扎稳打，而后再包围洛阳，一口把它吞掉。

刘聪虽然一再进攻洛阳，但他的背后受到并州刺史刘琨的牵制，双方一直处于对峙状态。

59 晋阳秋

刘琨（271-318）长得一表人才，神采奕奕，他是中山国魏昌（今河北定县南）人。306年十月，他的哥哥刘舆推荐他为并州刺史，这个大名士便从洛阳出发到晋阳（今山西太原市南）去

上任。这时晋阳处于刘渊的后方,真是任重道远,沿途屡受兵祸,荒凉不堪,刘琨感叹不止。征途的第一个晚上,刘琨寄宿在丹水山(今山西高平县北)的山头上,他把战马拴在树上,写下了一首《扶风歌》,表述了自己的顾虑,担心朝廷不能积极支持他对抗强敌,不知以后的斗争还会怎样复杂和艰苦。这首诗从四周景像写到内心的感慨,其中有:"烈烈悲风起,泠泠涧水流。挥手长相谢,哽咽不能言。浮云为我结,归鸟为我旋。去家日以远,安知存与亡?"最后说:"我欲竟此曲,此曲悲且长。弃置勿重陈,重陈令心伤。"

第二天路途上,刘琨眼看百姓流离失所的惨状,更觉目不忍睹。他上表朝廷说:"并州虽说是北方边地,但离京都不算太远,它南通河内,东连司州和冀州,西面和北面要抵御强敌的骚扰。并州素来是勇士辈出的地方,又是劲弓良马的著名产地。希望朝廷调拨谷五百万斛、绢五百万匹、绵五百万斤,以便恢复和巩固这块重要地区。"

朝廷里当时你争我夺,自顾不暇,怎么会拨出那么多物资支援并州呢?刘琨只得靠自己艰苦创业。当时偌大一个并州地区只有两万户,刘琨在上党招募了一千多士兵,刘渊派了大将军刘景去阻击,被打败了。刘琨就此重占并州治所晋阳。晋阳城内全是断垣残壁,尸骨遍地,荆棘成林,豺狼乱窜,侥幸活下来的人,也都是面黄肌瘦,只剩一副骨头架子了,到处都是卖媳妇、卖儿女的。

刘琨的千把将士和百姓共同割除荆棘,埋葬枯骨,一起耕种土地,重建家园。开始没有粮食,就夏天摘桑椹,冬天煮野豆充饥。他们的田头上放着刀枪和盾牌,马背上弓箭齐备,一闻警

报,便齐赴城门抵御敌人的侵犯。有一次晋阳城被刘渊的骑兵围困数重,城内军民愁得没法,月夜里刘琨登上城楼,悲声啸歌,敌骑听了都凄然叹息。刘琨又叫人在四城吹起胡笳(北方民族的一种乐器,形似笛子),以激起敌骑怀念故乡的哀情。第二天清晨,在瑟瑟秋风中,再次传来胡笳的悲声,敌骑全都撤走,重围就此解除。

刘琨还派人打入刘渊内部离间他的队伍,除了匈奴族外,其他部落的人先后逃跑投奔刘琨的有一万多人,晋阳和附近的郡县逐步恢复了生气。刘琨到晋阳不到一年,流亡出去的居民很多重返家园,早晚的鸡啼犬吠声,也一天比一天多起来了。

刘聪继位后,有一次问他的太常、匈奴后部人卜珝〔xǔ〕:"什么时候可以平定刘琨?"卜珝不过是一个会算卦骗人的书生,他回答:"并州之地注定是陛下的国土,扫平晋阳有什么难?"刘聪随便说了一句:"那么就请先生出马怎么样?"卜珝也嬉笑地说:"我刚才讲了大话,就是为了要一试身手。"不料第二天诏书下来,真的拜卜珝为平北将军,要他跟着镇北将军靳冲去打晋阳。卜珝没法推辞,临行对他妹妹说:"我这一去,一定会把这老命赔上了!今后可要多多警告后代人,不能随便讲话。"汉军到了城下,一战大败,卜珝的士卒逃得最早,靳冲把责任推到卜珝身上,就在军前处以斩刑。刘聪得报后说:"卜珝是个名士,我还不便对他怎么样,靳冲算什么人?这么大胆!"他又派人去杀了靳冲。从此刘琨在晋阳算是立定了脚跟,他的管辖范围也日益扩大。

310年刘琨结交了鲜卑拓跋部以后,兵势更为强盛。拓跋部落首领叫猗庐,他的祖父力微在曹魏时期是统率二十多万骑兵的

刘琨守晋阳

鲜卑大酋长,定居盛乐(今内蒙古呼和浩特市)。当时拓跋部统治鲜卑各族,和其他各部族的大人①形成贵族阶级,部落联盟逐步演变为原始的国家,但他们的原始公社制度还保留着不少。他们没有法律,没有监狱,大酋长和各部大人共同管理诉讼,议定了就判决。他们没有文字,在木片上刻花纹记录大事,打仗时发号施令全凭言语传达。力微曾两次派长子沙漠汗到魏、晋当质子和观光,并和汉族建立互市(贸易)关系。275年(晋武帝咸宁元年),沙漠汗从中原采办了贵重的丝织品、毛织品,装满了一百辆牛车回国,被当时西晋乌桓校尉,都督幽州、平州(治所襄平,今辽阳市)诸军事的卫瓘扣留。卫瓘怕鲜卑强大起来,成为北方的祸患,派人贿赂了鲜卑各部大人,挑拨他们和力微的关系。277年,卫瓘把沙漠汗放回本国,各部大人到半道迎接。沙漠汗年轻,喜欢炫耀自己,当时用弹弓射落飞鸟,这些大人们大惊失色,纷纷传说他在晋朝学了异法怪术,加上他又带了那么多珍宝财物回来,认为如果他今后承继大酋长的高位,一定要改革鲜卑祖先的规矩,对大人贵族们不利。力微也是很保守的,爱旧习惯旧风俗胜过爱自己的亲儿子,于是他睁一只眼闭一只眼,听任那些大人们把沙漠汗害死了。

沙漠汗死后,力微却又因悲痛生了病。他手下掌握实权的乌桓王库贤接受卫瓘重金贿赂,要搞垮力微。库贤要随从们在庭中大磨刀斧,大人们问他们要干什么,库贤假意悄悄地说:"因为你们杀了沙漠汗,力微要把你们的长子统统抓起来杀头。"这些大人中了库贤的挑拨之计,带了自己的家族和部落四散奔逃了,

---

① 对部落首领的称呼,初由选举产生,后为世袭。

留下孤单单的力微，在278年又愁又病而死。乌桓部落投降了西晋，卫瓘瓦解鲜卑的企图得以实现，受到了朝廷的嘉奖。

308年，沙漠汗的儿子猗庐又把鲜卑各部落聚合起来，他做了大酋长。这期间西晋兵祸很多，加上灾荒连年，许多失意士人投奔鲜卑。卫操、卫雄、箕澹等被任用为将相，帮助猗庐富国强兵。

309年，匈奴的刘虎和白部鲜卑归附刘渊。310年十月，刘琨联络猗庐的两万骑兵打败刘虎和白部鲜卑，刘琨和猗庐因此结拜为异族异姓兄弟。经刘琨上表朝廷，猗庐晋号为大单于，封为代公，将原来鲜卑驻地以南的代郡作为封地。猗庐得封后，打心底感谢刘琨。可是代郡是幽州的土地，这不是挖了幽州刺史王浚的墙脚吗？王浚发兵攻打，被猗庐打败，从此王浚和刘琨结下了冤仇。

猗庐虽然得了封土，但代郡和他原来的辖地不衔接，他便带了部落一万多户进了雁门郡，向刘琨索要陉〔xíng〕岭以北的地方（今山西代县西，勾注山以北），刘琨没法，只得把楼烦、马邑、阴馆、繁畤、崞县五个县的居民迁到陉岭以南，把土地让给猗庐。

刘琨在晋阳修筑了全长二十七里、高达四丈的城墙，除了外城还有三层内城（其中之一即为晋阳古城）。局势稍稍稳定以后，流亡的士民陆续归附，有时一天会有几千户迁来，刘琨派他的同族人刘希在他们的家乡中山王国（治所卢奴，今河北定县）招兵买马。幽州的代郡、上谷、广宁几个郡的百姓，因为在王浚暴虐的统治下难以生活，扶老携幼地归附刘希，很快聚集了三万人。这又惹怒了王浚，他派兵攻杀了刘希，把幽州三郡的百姓又都赶回老家，这样，刘琨和王浚的冤仇愈积愈深。

晋阳和代郡的战争规模不算怎么大，这时中原地区却又连续刮起了流民起义的风暴。

60　南阳流民军

荆州北端的南阳国大丰收，许多灾民逃到这儿来求食，特别是地处今陕西中部的雍州，因连年遭受水、旱、虫灾，加上兵荒马乱，很多老百姓逃荒到了荆州。南阳国原是东海王弟弟司马模的封国，共有十四个县，治所在宛县（今河南南阳市）。南阳王司马模官为征西大将军，坐镇长安。

朝廷对付这批流民没有好办法，只是下了诏书要把他们赶回老家去。但雍州连树皮草根都被扒完了，回去只有死路一条。

山涛的儿子山简当了征南将军，都督荆、湘①、交、广四州诸军事，坐镇襄阳，离南阳只有一二百里，南阳流民就在他管辖之下。这个显赫一时的封疆大臣，哪肯体贴流民的痛苦，他只知道天天饮酒作乐。

襄阳岘山的南麓有几个大鱼池，据说是汉朝侍中习郁开掘的，池边有高堤，竹木荫深，花卉满园，菱荷覆水，美不胜收，是个高歌宴会的好地方。这些池原名习家池，由于汉初刘邦的谋臣、陈留高阳乡（今河南杞县）人郦食其〔lì yì jī〕曾自号"高

---

① 湘州是公元 307 年（晋怀帝永嘉元年）才设立的，包括今湖南、湖北、广东、广西各一部分，治所在临湘，即今长沙市。

阳酒徒",因而嗜酒如命的山简把习家池改名为高阳池。山简有一个心爱的将领并州人葛疆,别人都说他把葛疆看成是自己的儿子,他俩天天在高阳池醉酒为乐。山简喝醉了酒,反戴着白色的接䍠(一种帽子),骑在马上,昏沉沉地问葛疆:"我骑马的本领,比起你这个并州小伙子来,如何?"襄阳人于是为山简编了这么一首歌谣:

山公醉一时,迳造高阳池;
日暮倒载归,酩酊无所知。
复能骑骏马,倒著白接䍠;
举手问葛疆,"何如并州儿?"

山简接到朝廷要他督催流民回老家去的诏书后,酒醉糊涂地二话没说,派了兵马强迫流民集结,让他们限期上路回雍州去。

李特、李雄率领了益州流民造反的英勇事迹在南阳的流民中早就传播开了。京兆郡新丰(今陕西渭南县西)人王如,原来当过雍州的武官,跟着流民一块儿到了南阳,他老早就想大干一番,这时"官逼民反,不得不反",他暗下邀集旧时的伙伴,鼓动起流民,在310年九月的一个黑夜里,袭击了前来逼赶他们的官军的两个军营,把武器夺过来,就在宛县起义。山简派督护王万带了大军来镇压,在宛县西南的涅阳打了一仗,流民死里求生,个个奋勇作战,打得官军大败而逃。

散在附近的流民都跟着起来了。雍州冯翊郡(治所在今陕西大荔)人严嶷〔yí〕和京兆人侯脱,原来都是流民中有名望的人物,这刻儿聚合他们的同族人,各自领着一批流民攻打郡县,杀掉那些骑在人民头上的地方官吏,加入王如的队伍。不多久这支南阳流民军就有四五万人,王如自称大将军,领司、雍两州的州

牧。他们要找一个靠山,就归附了刘聪。

王如的大军接着进逼襄阳,要活捉那个迫害流民的醉鬼山简。当时洛阳受到刘粲威胁,形势危急,荆州刺史王澄带着军队从荆州治所江陵(今湖北沙市)出发去援救洛阳,前锋已到达宜城(今湖北宜城东南),离襄阳不到一百里。王澄派一个专使到襄阳去联络山简,但半道上给严嶷抓住了,遍身一搜,查出了王澄的书信,严嶷没有作声,吩咐随从把这个专使关在一个帐幕里。

这个专使躺在地上,朦朦胧胧地听到帐幕外两个士兵在聊天,一个问:"你从襄阳来的吗?我们王大将军(指王如)进了城没有?"一个悄悄回答:"昨夜打下了襄阳城,山简躲在高阳池被活捉了!"

这个专使大吃一惊,爬到帐幕边再想仔细听就没话了,那两人仿佛在喝酒,过后只听得震天响的打鼾声。他向外张眼一瞧,两人都醉倒在帐幕边,酒坛还歪在地上哩!他偷偷弄断身上绳索,溜出帐外,又看见树边还拴着一匹高头战马,便解开缰绳,翻身上马,没命地逃奔,驰回王澄大营回报了情况。王澄长叹说:"襄阳已陷,山简已亡,我们泥菩萨过河自身难保,怎么还能去援救洛阳呢?军粮也不多了,干脆算了吧!"命令各郡兵马回去催粮,自己也立即撤回江陵。

但是随即山简又派人来催促救兵,王澄被搞得莫名其妙,而后细细查问,才知中了严嶷安排的巧计,那两个士兵的一问一答和醉酒都是假的。王澄这一下气得够呛,先杀了那个专使,又把撤军的责任全推给长史蒋俊,说他运输军粮不力,贻误军机,砍下他的脑袋顶罪。

这时襄阳城内又爆发了一场大火,烧死三千多人。山简怀疑是王如派人潜入城内放的火，吓得高阳池不去了，酒也不敢喝了，过了几天又带着人马逃到夏口（今武汉市汉口地区）。王如接着又打下了豫州的襄城。南阳流民军的势力日渐扩展，江淮之间都可以自由驰骋了。

但是好景不长，石勒率领大军也要来占领这块地盘。两军在襄坡打了一仗，南阳流民军战败，被石勒俘虏了万把人。当时侯脱占据宛城，王如占据宛城西南的穰〔ráng〕县（今河南邓县），相隔一百多里，他俩同是流民军，但两人之间素有成见。石勒的大军到了南阳地区，王如送了许多粮帛和珍宝给石勒，并结拜为兄弟。王如有了这么强硬的靠山，心里乐开了花，他悄悄对石勒说："侯脱是个反复无常的小人，今天他名为汉臣，其实却是汉贼，我起兵以来一直提防他哪一天会来个回马枪把我干掉，大哥你也要小心一点，明枪好躲，暗箭难防！"石勒原来就不满意侯脱的骄狂，早先害怕他和王如是唇齿相依，不敢擅自加害，现在才知他俩实际上是面和心不和，石勒正中下怀，当夜下令全军睡足吃饱，鸡叫时上马直冲宛城，掉队的人还被石勒亲手杀了几个。他原来以为雷公打豆腐，宛城马上可以到手，不料侯脱却不是好欺的，他紧闭城门，拼死抵抗，石勒攻打了十二天，才破城杀了侯脱。

严嶷与侯脱本来是患难与共的老乡，带兵来救宛城时已迟了，他势孤力单，只得到石勒跟前请罪。石勒把他抓了起来，送到平阳去报功。严嶷和侯脱属下的流民军都被编入石勒的队伍。

王如占据了汉水、沔水一带地方，这个地方连年灾荒，王如要部属屯田种粮食，但是种籽撒下去没人去管理，田里的野草长得密密层层的，几乎找不到几颗稻谷。士兵们连稀粥也喝不上，相互埋怨，相互攻击，最后四分五裂，分头投入晋军或石勒的队伍。王如本人无可奈何地投奔了镇东大将军、江州刺史王敦。

王敦的堂弟广武将军王棱见王如骁勇过人，要求王敦把王如拨到他手下去。王敦说："王如这个人不是好惹的，你又多疑性急，我担心你无法驾驭他，反而要成为你的祸害。"王棱还是一个劲地要求，王敦只得把王如拨给王棱。

王如经常和王敦的将领们比武，他好胜心特别强，凭着一身武艺，非要压倒别人才算数。尤其在角力摔跤中，经常动作粗蛮，伤害人。他既然是王棱的部将，出了事，王棱免不了出来赔不是。这种事一多，王棱气狠了，命人把王如捆绑起来，打了一顿军棍。王如在大庭广众中出了丑，恨得咬牙切齿。

王敦和王棱虽然是堂兄弟，却是同姓不同心。王棱发觉王敦有不忠于朝廷的迹象，曾加劝谏，王敦不仅不听，反而忌恨王棱。王敦心狠，早想借刀杀人除掉王棱，他听说王如被打了军棍，就派人用激将法把王如更激得火冒三丈，对天起誓要杀死王棱。有一次王棱让王如陪客喝酒，王如借机说要舞刀舒舒筋骨，王棱还没来得及命令左右卫士去阻拦，王如已纵身上前，一刀砍死了王棱。王敦听到王棱死讯，假作又惊又怒，把王如十八代祖宗都骂了，又派人抓住王如，把他杀了抵命。

南阳流民军并没有完全投降晋军或石勒，其中有一支由李运和王建率领，连带家属共三千多户，他们跋山涉水，一边流亡，一边战斗，进入汉中地区。当时梁州的州治就在汉中郡的南郑（今陕西汉中县），他们贿赂了梁州参军晋邈，要他劝梁州刺史张光收留他们，张光同意把他们安置在南郑西北几十里的城固。

晋邈看到这支南阳流民军带了许多财宝，他见财眼红，又去对张光说："这些流民不去种田织布，一味练武攻杀，不知道他们安的什么心肠？我看还是把他们都干掉，否则后患无穷！"张光又同意了，他们在流民军毫无防备的当儿，袭击包围，进行屠杀，李运和王建在混乱中都被杀了。

王建的女婿杨虎和少数将士在围杀中逃了出来，他们聚结了这个地区的其他流民去攻打张光，张光的儿子张孟苌在迎战时中流矢身亡。杨虎包围南郑，张光从夏天守到秋天，又愁又恨，得病而死。这是313年（建兴元年）九月的事，不久城也被攻破了。

杨虎觉得汉中不是久留之地，决心去投奔成国李雄，汉中地区大批百姓也随同一块儿走了。

南阳流民军从王如起义到杨虎入蜀，一共斗争了三年多时间。

在南阳流民奋战各地的同时，荆州、湘州一带又有一个秀才率领流民造起反来。

61 秀才造反

早先，益州刺史罗尚迫害李特率领的流民时，成都人杜弢〔tāo〕是益州的别驾。别驾是刺史的助手，刺史巡视各地，这助手坐在另外一辆车上随从，因而就被称为别驾。杜弢很能干，被益州举为秀才，推荐到朝廷去当官。他还没去洛阳时，流民们要求暂且缓期还乡，杜弢自告奋勇，到罗尚跟前为流民说情。但罗

尚根本听不进他的话，杜弢一气，就把推荐他当秀才的那份文书——一块狭长的书板，丢到罗尚脚下转身就跑，什么官也不干了，避难到荆州的南平郡（治所江安，今湖北公安县西北）。

李雄建立成国前后，他手下的流民和本地居民经常发生纠纷，巴蜀百姓四处避难，有几万户逃到荆州和湘州，也成了流民。

杜弢到南平郡后，郡太守应詹很爱杜弢的才能，推荐他当了长沙郡的醴陵（今湖南醴陵）县令。这时江安西北几十里的乐乡，蜀人李骧（不是李特的哥哥李骧）带了流民杀了县令造起反来，杜弢协助应詹共同出兵打败了李骧。李骧打了败仗，又遇到荆州刺史王澄派来的军队，李骧虽然还有万把人，但不少是老弱妇孺，就投降了王澄。王澄假意受降，趁李骧毫无准备时，对江陵南面宠洲的流民住地突然加以包围袭击，把流民军的妻女分赏给官兵，其余八千多人都赶到长江里活活淹死。其他地方的流民听到这个消息，愤怒悲痛到了极点。

宠洲的西面还有一个龙洲，这两地附近的江里渔产丰富，可是渔网撒下去，拉上来总是渔网被扯破了，有人潜水下去瞧瞧，说是水底尽是嶙峋的岩石，很像发怒的牛群在角斗。自从王澄在这儿逼死那么多流民后，更没有人敢在这一带打鱼了。

杜弢听说王澄这么凶狠残酷，官府还要逼迫流民回老家去，他气得不愿当县令了。当时蜀人杜畴带领流民再度造起反来，湘州刺史荀眺、参军冯素也起了狠心，策划着要把流民杀个鸡犬不留，不料这个机密被泄露了，荆州、湘州的四五万户流民，像烧起燎原大火般顷刻间纷纷揭竿起义，公推杜弢领头。

311年正月，杜弢自称是平难将军，梁州、益州牧兼湘州刺史。他带了这支庞大的流民军，如滚滚怒涛，横扫湘州各郡县，并且打下了湘州治所临湘城。刺史荀眺往南逃向广州，在路上被杜弢紧跟猛追，抓到杀了。

杜弢再回头进攻荆州的郡县。荆州刺史王澄欠下流民的血债到了偿还的时候了，但他虽然屡战屡败，还是无忧无愁，整天泡在酒里。

王澄字平子，是当朝大臣王衍的亲弟弟，他年少时颇有名气。他的嫂子很吝啬凶狠，把奴仆不当人使唤，要一个丫头整天挑粪浇菜，十四岁的王澄说了几句公道话，被他嫂子抓住衣领骂道："太夫人临终时，把你这个小叔子托付给我这个嫂嫂管教，可没有让我这嫂嫂听你小叔子的训诫！"一边说一边拿了棍子要打他，王澄气力很大，但没还手，只是跳窗逃走了。王澄还未成年，就当了成都王的从事中郎，成都王身边的坏人孟玖诬陷杀害了大文豪陆机和陆云兄弟，人人都恨透了。王澄不顾一切，揭发了孟玖不少暗地干的坏事，成都王终于杀了孟玖，大家才出了一口怨气。于是王澄的美名传扬出去，以后成都王倒台，东海王司马越还是请他做司空长史。

晋惠帝末年，王澄被任命为荆州刺史、持节、都督，他离开洛阳去上任时，朝野知名人士都出城欢送。王澄兴高采烈，忽然看到路边一棵大树上有一个喜鹊的窝，他脱下官服爬到树上去。树枝钩住了他的内衣，他干脆赤膊往上爬，在鹊窝里抓下几个还没长毛的小鹊，下树后旁若无人地在手里摆弄那些吓呆的小鹊。送行的大臣官员不知怎么说才好，只有他的好友刘琨悄悄地对他说："你这个人表面上看来无拘无束，但也太轻举妄动了，在这个世道里，是难得好死的。"

这刻儿王澄滥杀流民引起灾祸，当杜弢的几万大军要向他报仇雪恨时，他却被族弟王敦杀了，这是怎么一回事呢？

王澄做事不得人心，搞得上下离心，众叛亲离。山简的参军王冲在豫州反叛，自称荆州刺史，王澄害怕，竟离开州治江陵，四处躲避。这时琅邪王司马睿在建邺，请他去任军谘祭酒，王澄巴不得离开这块是非之地，于是沿长江而下，顺便绕道豫章（今南昌市）去拜望他的族弟王敦。王敦这时被任命为镇压流民起义的都督征讨诸军事，那个威风劲儿别提了。早先在洛阳时，王澄名望比王敦高，而且勇力绝人，王敦怕他三分。眼下他俩相见，王澄还是瞧不起王敦，说话依旧不三不四的。王敦可上了火，他心想："王澄你这小子现在已成了丧家之犬，还摆什么臭架子，咱们走着瞧吧！"

王敦不露声色，假意要王澄多住几天，心里打算杀掉王澄。王澄带了二十多个贴身卫士，他们的手里都拿着一根铁的马鞭，王澄自己手里也常常摆弄着一个玉枕，那玩意儿虽然是供玩赏的，必要时却是可以作为自卫的武器，王敦可不能马马虎虎地动手。

王敦安排了酒宴，王澄的二十多个贴身卫士被灌到七八分醉了，不肯再饮。王敦又假意要观赏王澄手中的玉枕，王澄的玉枕一离手，就不知传到哪里去了！王敦眼见下手的机会已到，立即圆瞪双眼，指着王澄骂道："你身为朝臣，为什么和造反的秀才杜弢私下通信往来？"王澄气呼呼地回答："我从来没这种事，你拿出证据来！"王敦装着要去拿证据，可以让部下动手，王澄知道他不怀好意，拖住他的衣带不让走，王敦扯断衣带，躲入内室。大批将士蜂拥而上，一边分头收拾了那二十多个卫士，一边捉拿王澄，王澄纵身跳到屋梁上，破口大骂王敦说："你做出这种伤天害理的事，你不会好死！"

王敦派了力大如牛的勇士路戎进屋，把王澄从屋梁上拉下来，双手掐住他脖子，王澄顷刻就断了气，时年四十四。

造反的流民恨透了权贵官吏，把他们的祖坟都挖了，但杜弢却是有计谋的，他听到王澄死于非命，想趁机拉拢王澄的知己朋友、成都内史王机，便把王机在长沙的祖坟都保护起来。王机怕王敦也扣他一个勾结叛逆的罪名，就要求王敦把他调到广州去，以图保全自己，王敦不同意。

事也凑巧，广州一个将领温邵背叛了广州刺史郭讷，特地迎接王机去广州当刺史。王机正中下怀，兴高采烈地带了家奴、家客和门生一千多人，背着王敦去广州。

郭讷派了将士去攻打王机，没想到王机的父亲王毅和哥哥王矩都当过广州刺史，郭讷派出的将士都是他们的老部下，这征讨队伍竟变成欢迎队伍，反而敲锣打鼓地把王机接进广州。郭讷没法，只得把州权交给王机。

王敦杀了王澄后，派了武昌太守陶侃等各路大军去进攻杜弢，一场大战眼看就要开始了！

62 吊杆打兵船

跟着陶侃去打杜弢的有三个有名的将领：振武将军周访，武

威将军陶舆，水军督将朱伺。

周访原籍汝南安成（今河南汝南县东南），以后搬到庐江浔阳。他待人谦让，处事果断，仗义疏财。他起初和陶侃同在浔阳县衙当小官吏，交往频繁，后来以女许配陶侃的儿子，结上了亲家。琅琊王司马睿为镇东将军时，任命他为参军。有一次州府搜捕一个和周访同名同姓的死囚，找到他家里，周访一听罪名，赶紧申辩从来没有做过这等事，那些官吏衙役仗着人多势大，一定要捆绑他送州判罪，他一怒之下，凭着赤手空拳，把几十个人都打跑了，自个儿再到琅琊王跟前认错，琅琊王也不以为罪。从此他的勇猛远近扬名。后来立了军功，被拜为浔阳太守、振武将军。

陶舆是陶侃的侄子，果敢善战。一次，有三百多户流民投奔杜弢，被陶侃部下截住了，他们想杀尽壮丁，把妇女孩子占为己有。陶舆说："流民中有很多是当过兵的，有的还屡经战阵，我们正需要这些人，为什么无缘无故地杀害他们！"这样，三百多户流民才免遭灾难。陶舆由于做了这么一件好事，以后同流民军交战时，流民军总是让他三分。

朱伺水性很好，又会造战船，当了水军督将。他有口吃的毛病，平时遇见熟人只是拱手作揖，不大讲话。他常说："你们会用舌头打敌人，我是只凭力气。"别人问他为什么常打胜仗，他说："两军相对，最重要的是镇静，我能多忍着点儿，敌人忍不住，我才能趁敌不备，乘虚而入，所以常常处于不败之地。"

陶侃大军由这三个将领带着屯扎在夏口。杜弢率领水陆三军，想趁对方立足未定就打垮他们。313年秋，一场决战展开了。

陶侃、朱伺的水军在作战时遇到了大怪物。原来是杜弢在船上装了吊水用的桔槔，这是一种活动的巨大吊杆，杆的一头本是用桶打水的，他却换上了大石块。吊杆船扑向官军战船时，用这种巨石作为攻击敌人的武器，官军船上的人一碰到，立即被打成肉酱。一交战，就有二十多条官军船被打沉，幸存的将士投水逃命。因而官军一见"吊杆"，就吓得胆战心惊。

朱伺这下沉不住气了，他穿了盔甲，带了铁面具，坐上小船，直冲吊杆船，见到敌将就弯弓射箭，接连射死好几人。杜弢把许多船只靠着岸联在一块，用许多吊杆同时打他的小船。朱伺灵活地驾驶着小船，随着江波忽上忽下。他奋勇作战，腿上中了箭仍不退缩。

周访却不声不响地做了许多长杆子的巨大木叉，用来对付可怕的吊杆。当吊杆的巨石从半空猛落下来时，长木叉就去碰撞石块，使它打不到船只，这样，吊杆的威胁大大减少了。

陶舆又带领许多小船快艇驶到吊杆船的上游，分散开来，猛力冲向装有吊杆的战船，肉搏格斗，接连打了胜仗。

杜弢屡战不利，退回长沙，陶侃紧接着大举反攻，连连得胜。身为都督征讨诸军事的王敦对此大为赞扬，说："要是没有陶侃，荆州早已保不住了。"经他上表推荐，朝廷拜陶侃为宁远将军、荆州刺史。

杜弢将士伤亡很大又没有后援，只得写了降书派人送到琅琊王司马睿那儿，司马睿不予理睬。杜弢山穷水尽，想起了南平太守应詹，就给应詹写了一封书信说：

"起初益州、梁州的人们流离失所，遭遇是多么凄惨，沿途饿死病死过半，到了荆、湘之地，又受到数不尽的迫害和荼毒，这是足下亲眼目睹的。你我在乐乡同李骧战斗，休戚相关，此情

此景记忆犹新。后来流民聚结，我死里求生，被推戴，无法推托，原来只不过为了保命自卫，打算天下稍定再向朝廷报效投诚。而今陶侃十万大军向我进讨，军旗遍布山泽，战船往来江河，非把流民置之死地而后快，希望你能体谅下情，代向朝廷披肝沥胆，让我们戴罪立功，北靖中原，然后西返巴蜀，平定李雄，即使为国捐躯，也可聊表忠心。我们老老小小十多万口，极其崇仰地等待你的拯救。"

应詹读信后深有同感，把杜弢的信转送琅琊王，并且竭力代为说情。琅琊王同意了，命令前南海太守王运接受杜弢的投降，赦免了所谓反逆的罪名，还任杜弢为巴东监军。

杜弢是一个有用的人才，在流民中威望极高，但朝廷并不十分相信他。陶侃手下妒忌杜弢的将领们还是不断地进攻杜弢，以追求眼前的功利，受降的王运又一个劲地袒护那些将领，杜弢忍无可忍，杀了王运，又造起反来。

杜弢派先锋张彦攻陷豫章，周访带领官军迎敌，激战中周访被流矢所中，大门牙折断，血流满脸，仍坚持死战。杜弢接着也赶来助战，兵力几倍于周访。周访派将士们乔装打扮成砍柴的樵夫，待到临近张彦阵营时，再敲起战鼓飞快集结，冲入敌营，杀了张彦。周访又叫部众在夜里到处烧起火堆，放上大锅，似乎都在做饭。杜弢部众远远瞧见，以为周访援军已到，就在拂晓前撤退了。

周访随即也命令渡河撤走，他预料到杜弢可能会侦察到真实情况，回军追赶，因此过河后拆桥毁船。杜弢果真打了回来，但没有渡河的船和桥，只得眼巴巴地望着周访走远了。

周访又带领水军到鄱阳湖同杜弢的部将杜弘作战。杜弘退兵守住庐陵（今江西吉安市北），烧毁了周访的军粮，周访的将士饿着肚子，顺着赣水撤到庐陵北面的巴丘（今江西峡江），等援军和粮食达到后，再攻打庐陵，把杜弘围困在城中。杜弘粮尽援绝，他要部众将金银财宝投到城外，周访的部下见了纷纷抢夺，杜弘趁机突围而出，沿途又把辎重、铠甲和马鞍都丢弃路边，周访追军只顾抢夺财物，杜弘的人马就远走高飞了。周访打仗，尽叫人中计，这回他也上了当。

杜弢受到陶侃和周访的连续攻击，军心不振，杜弢疑心重重，又杀了几个他自认为要投降陶侃的将领，这样反而迫使另一些将士同他离心离德。

王真是杜弢身边的主将，他与陶侃对阵时，一条腿搁在马背上，态度骄横地直骂陶侃，陶侃说："杜弢在益州时曾盗用库钱，他老子死了，他也不回家奔丧，多丢人啊！将军为什么拼死跟他，天下还有造反造到白了头的？反正不投降只有死路一条！将军要三思而行！"王真原来就对杜弢不满意了，听了这些话，不觉把搁在马背上的腿放了下来。陶侃知道王真的内心在起变化了，他截下自己的头发，派专使送给王真，作为担保王真戴罪立功的物证，王真立即归降了陶侃。

陶侃包围了长沙，在西南五里处筑了城堡，人称"陶关"。流民原来是为了吃饱肚子求得生存而造反的，这刻儿杜弢的队伍缺乏粮食，陶侃却在陶关一带用许多大锅烧粥，引诱他们去吃。陶侃这一招真灵，迅速瓦解了杜弢的部众，杜弢兵败而逃，传说在途中被杀身死。杜秀才带头造反，前前后后有将近五年的时间。

在这个过程中，西晋朝廷内外交困，正在日趋败亡和崩溃。

63 无法收拾的残局

各地有灾荒,有兵祸,粮食和人马都不能调到京都来,洛阳上空笼罩了层层乌云。310年(永嘉四年),朝廷派出一批专使拿了"羽檄"① 要各州郡发兵送粮到洛阳。"羽檄"上是这样说的:"皇纲不振,国家多难,朝廷上下,忧惧万分。檄文到达之日,望赶紧发兵,共同扶救大晋皇室!"

这些专使临行前,晋怀帝满面愁容地对他们说:"给我带个口信给镇守各地的将军们,现在赶快发兵来,朝廷还可以得救,再晚一些就来不及了。"但专使们出发后,就如石沉大海一般,有的地方是有意为难,不肯发兵送粮,有的是泥菩萨过河自身难保,没法送。结果是没有一个救兵、没有一粒粮食送到洛阳来,这个朝廷成了一个可怜的破烂摊子!

早在301年(晋惠帝永宁元年),国库里还有锦帛四百万匹、珠宝金银一百余斛,可是经过十年动乱之后,什么也没了。朝廷里朝朝暮暮议论着要迁都避难。迁都也只有迁到长安去,但是那里也在闹饥荒,还发生人吃人的惨事。南阳王司马模在长安叫苦连天,把历代帝王留下的铜人铜鼎铜钟砸烂熔化,改制成普通的锅瓢水勺,到各地去换粮度日。一些以清高自居的官吏便骂南阳

---

① "羽檄"是插着羽毛的木简,表示十万火急。

王"饥不择食",把古代文物都吃下肚去。

掌握朝政的东海王司马越坚决不愿迁都,尚书令王衍把家中的车和牛都卖掉,表示自己绝不逃离洛阳,想使文武百官的心安定下来。东海王穿了威武的统帅服装朝见晋怀帝,要求让他去抵挡汉军的入侵,晋怀帝哭丧着脸说:"各地都闹得一团糟,京城人心惶惶,你是擎天柱啊,怎么能出去远征呢?"东海王答道:"在洛阳坐以待毙,还不如奋起抗敌,如果能打胜了,朝廷也有救了!"

这时西北的刘聪有并州刺史刘琨与之对峙,东北的王弥被青州刺史苟晞牵制,而石勒却在襄城和宛县一带活动,哪儿丰收,哪儿有粮,就往哪儿跑,保不准石勒会从东南方向进攻洛阳。310年十一月十五,东海王决心去抵挡石勒,带了整个朝廷的文武要员随军出征,有才干的文臣都被任命为军中僚属,以太尉兼尚书令王衍为军司①。在附近郡县凑合了四万名将士向东南方向开拔,到了项县(今河南沈丘东)。表面上看东海王似乎是在"孤注一掷",但他带了文武百官,带了精锐将士,带了仅余的粮食,等于另立了一个朝廷。实际上此行是有他的战略意图的,因为他在项县,向东南可以向建邺的琅琊王靠拢,向东可以回到他自己的东海国。

晋怀帝被撇在洛阳,一无权二无人三无粮,真是叫天天不应,呼地地不理。扬州都督周馥上书给晋怀帝,要求迁都到扬州的治所寿春去,他说,自己可以带领精兵三万,要荆、扬、湘、江四个州各先运送四年的租米十五万斛,和帛、绢各十四万匹奉

---

① 晋代避司马师讳,称军师为军司。

养朝廷，这是多么可喜的消息啊！可是东海王司马越和琅琊王司马睿却竭力反对迁都，而且责骂周馥之所以向皇上献忠心，是妄想"挟天子以令诸侯"，是大逆不道。他们联兵攻打周馥，周馥被打败，又气又恨又愁又恼，不久就病死了！

洛阳城里由东海王的心腹河南尹潘滔总管朝政，还有东海王的将领何伦、李恽守卫京师和宫殿。但洛阳城哪里还有什么吃的？连宫殿里也是横一个竖一个躺着饿死的尸体。城里公开地偷，公开地抢，哪里还有一点京都的样子！官府衙门和大户人家都筑垒挖壕，自己保卫家室。

保卫京师的右卫将军何伦，乘乱到公卿大臣家去抄掠。前司隶校尉刘暾、御史中丞温畿、右将军杜育等的府舍都被抢光烧光，刘暾的儿子刘向也被杀。那些将士还入宫侮辱迫害广平公主、武安公主（都是晋武帝的女儿）和宫女们。晋怀帝因为何伦是东海王心腹，不敢得罪，只得看在眼里，恨在心上。

起初和东海王结拜兄弟而后又成了仇家的青州刺史苟晞，看到东海王越来越不像话，就给各州郡发出了檄文，罗列了他自己的功绩以及东海王的罪状，并说："东海王做宰相太糟，搞得天下大乱，我岂能坐视不问不闻？现在我要起兵杀掉这个国贼，尊奉皇室！"

晋怀帝看到檄文高兴极了，下诏夸奖苟晞，说："我曾要你都督六州诸军事，你竭力推辞了，这不是与国同忧的做法。现在你仍可以转告六州，号召他们与你共图大事，平定国难！"而后又亲手写了一个密诏，要苟晞讨伐东海王。

苟晞本来可以大显身手了，可是刘聪的六州都督王弥又来插了一脚，他派长史曹嶷去进攻青州，守城的苟纯求救，他哥哥苟

东海王将亡

晞只好率军去解围。起初苟晞连战连胜，到了311年（永嘉五年）正月，在决战中突然刮起了大风沙，曹嶷的部队都是北方来的，不当一回事，可是大苟小苟的将士们，被风沙吹打得双眼睁不开，因而吃了大败仗，丢了青州，向西南撤退。

正月十五，石勒攻下江夏，向北进军，又攻破项县南面的新蔡，杀了新蔡王司马确（司马腾的儿子），而后又分兵打下许昌，对项县形成了包围之势，截断了东海王退归洛阳的道路。

东海王前有狼，后有虎，他自己造成的破烂摊子没办法收场，又忧伤又气愤地得了病，于311年二月十九在项县军营里一命呜呼。

东海王死后，太尉兼尚书令王衍被公推为统帅，他竭力推让给襄阳王司马范（楚王司马玮的儿子），襄阳王不愿挑这副担子。王衍身为太尉，官位最高，他只得带领大家护送东海王的遗体回东海国去。

王衍（256－311）字夷甫，自幼娇生惯养，他皮肤白嫩，拿麈尾①时，手和麈尾的白玉柄一样白。他以善于清谈出名，讲起老庄之道来头头是道，有时讲得不尽切要，他能随时发觉，随口改正。古时抄书写书，遇到要修改时，习惯上用"雌黄"②涂抹后重写。这样，别人便把王衍讲话出错能随口改正，称为"口中雌黄"。此语本来并无贬义，只是形容口才出众，以后流传为"信口雌黄"，比喻不顾事实，随意乱说。

王衍的妻子郭氏是贾后的亲属，也和贾后一样凶狠。贾后当权时，郭氏靠着硬邦邦的后台拼命搜刮钱财。王衍素来以清高自

---

① 详释见325页。
② 雌黄是一种黄赤色的矿物。

命，对她的贪婪浊气很看不惯，所以装模作样，从不讲一个"钱"字，郭氏偏要他说个"钱"字出来。有一次，郭氏叫婢女把许多钱绕着床铺垒得厚厚的，王衍清晨起床，见床边堆了那么多的钱，不能走路，便对婢女说："把阿堵物拿开！"① 这样，他口中还是避免提到"钱"字。王衍的女儿嫁给愍怀太子为王妃，太子被贾后陷害，王衍怕遭祸，自己提出要求让女儿和太子离婚，因此被人们所鄙视。贾后被废后，他被赵王司马伦撤职并终身不准做官。

赵王司马伦篡位后，王衍用刀砍伤婢女，假装发疯，逃避了被杀头的危险。司马伦失败，他又做了官。成都王司马颖执政，任他为尚书仆射领吏部，再拜尚书令、司空。王衍这个人虽然长居高位，但一天到晚只是以浮夸和虚无的清谈消磨时间。他门第高，官位高，一言一行影响颇大，大大小小的官儿以及一般文人雅士，大都把他作为仿效的榜样。西晋末年士风败坏，许多士大夫只顾自己，不关心国家，不关心政治，而以清谈玄学为能事。西晋覆亡有种种原因，士大夫崇尚清谈即为其中之一。所以后世有人把这种情况称为"清谈误国"。

这刻儿东海王一死，王衍无法推托，只得硬着头皮带了十多万大军走向东海国，这支征讨大军变成了送丧大军。

石勒得知东海王死讯，带着轻骑来追赶这支大军，311年四月，在项县以北几十里的宁平城追上了。在刘聪进攻洛阳时还能奋勇抵抗的晋军，由于权贵们醉心于争权夺利，加上指挥懦弱无能，这时完全成了一盘散沙，只有将军钱端出来抵挡一阵而战死

---

① "阿堵"是六朝人的口语，意思是"这个"、"这些"。

鲜卑慕容廆割据辽东。

棘城（今义县）

渤海

东海

曹嶷割据青州。

临淄

西晋亡，司马睿即位为晋元帝，东晋开始。

建业（今南京）

长江

蓟城（今北京）

王浚割据幽州，为石勒所灭。

石勒占领冀、幽，称雄中原。

襄国

石勒围歼晋军十余万。

苦县

（今开封市）

洛阳

刘曜破城，俘晋怀帝。

襄阳

刘琨坚持斗争，为石勒所败。

晋阳

黄河

平阳

匈奴刘渊、刘聪建立汉国。

长安

渭水

晋愍帝在位四年，刘曜所俘，西晋灭亡。

南阳王司马保坐镇

冀县

张轨、张寔割据凉州。

姑臧（今武威）

李雄占据巴蜀，建立成国。

成都

西晋末年形势图

十多万兵马全部溃散,东海王的棺木丢在地上也没人问了。

石勒命人劈开棺木,把东海王的尸体拖出来焚毁,石勒说:"造成天下大乱的就是这个人,现在我为天下人出气,所以要焚他的尸骨以告天地。"

从东海王进驻项县到死不过四个多月时间,但从他开始正式执政到这时已四年多了。"八王之乱"前后二十年,军民死亡达三十万,最后以东海王司马越的死而告终。这八个王分别是:汝南王司马亮,楚王司马玮,赵王司马伦,齐王司马冏,长沙王司马乂,成都王司马颖,河间王司马颙和东海王司马越。这八王只是大乱的主要人物,参加政变和战乱的宗室诸王,还有梁王司马肜,淮南王司马允,东安王司马繇,新野王司马歆,范阳王司马虓,南阳王司马模,东嬴公司马腾等。他们的目的都是要夺权。先后为首的八个王各有各的手法和花招,起初汝南王只不过滥封官爵以抬高自己的威望,以后一个王比一个王手段厉害,原先是大闹宫廷政变,后来则发展成为混战和屠杀,到了东海王,就丢弃晋帝另立朝廷了。他们把一个统一的国家搞得四分五裂,民不聊生,终于无法收拾残局,自己也落得了可耻的下场。

64 永嘉之乱

因毫无斗志而溃逃的晋军,被随后到达的石勒大军赶羊群似地赶在一起,从四面八方包围了他们。石勒的骑兵拍马奔跑着,

弯弓搭箭,飞箭如暴雨般地射向丢掉了刀枪的晋军。这十多万将士不是中箭身亡,就是自相践踏而死,尸体堆得如山一样高。

王衍等一伙权贵大臣紧紧地挤在一起,闭着眼睛等死。石勒的骑兵看见这帮人衣冠楚楚与众不同,就拿绳子把他们拴成一串,赶着去见石勒。这一伙里有王衍、襄阳王司马范、任城王司马济、武陵王司马澹、齐王司马超、梁王司马禧以及廷尉诸葛铨、前豫州刺史刘乔、太傅长史庾敳等等。石勒升帐上坐,命令王衍等站在帐前,大声问王衍说:"你是晋朝的太尉,你们的国家为什么乱到这种地步?"王衍支支吾吾说:"我本是不想做官的,聊充其位而已,国家大事全由皇族决策,这次出兵担任军师,也是东海王的命令,我不敢不从!"

王衍搭拉着脑袋还吞吞吐吐地说:"晋朝的祸乱是天意,将军功勋伟大,正可顺天应人,建国称帝,大伙儿一定会拥护的!"原来王衍乘机"劝进",想为石勒效忠呢!

石勒哈哈大笑说:"你王衍少年入朝,直到今天白了头,多少年来身居重任,大名远扬,怎么还说从来不想当官,不参与政事?天下败坏,正是你的罪过,还能抵赖吗?"这几句话说得王衍没词儿回答,低头不语。别的皇族权贵也都嘀嘀咕咕胡说一阵,全是一片歌功颂德、乞求怜悯的调儿,只有襄阳王司马范年龄虽小,却是一副硬骨头,他说:"今日之事,还有什么可说的!"石勒没有作声,要部下把他们关押起来。

石勒对他的勇将孔苌说:"我自从带兵以来,东奔西驰,跑遍了大半个天下,却从来未见过这么多飘然若仙的白面书生和王公贵族,你以为还可以让这些人留命吗?"孔苌回答道:"这些人都是晋朝的皇族贵卿,未必会为我们效力,不如统统处决。"石勒决意说:"让他们归天吧!但给他们留点面子,别砍他们的脑袋!"

半夜里王衍这伙人哪能入睡啊,五十六岁的王衍和五十岁的庾敳挤在一块,他俩都是素以清谈著名的大臣,王衍叹着气说:"我们的才能虽然不及古代圣贤,但如果不是那么成年成月讲玄虚好清谈,而是努力于国事,也不致落得如此下场!"话音未落,忽听得屋外人声嘈杂,石勒的士兵在屋外打着号子,把石墙推倒,覆巢之下哪能有完卵呢?这些权贵们还没听到墙倒声,灵魂已经吓出了窍,他们"高贵"的身躯,顷刻间被压成了一堆肉泥。

王弥的弟弟王璋这刻儿领着部众随同石勒作战,他的军营断粮已久,将士们争着打扫战场,从成堆的尸体里拣出肥胖的割下肉来烧了充饥,其他的一齐烧毁。

在洛阳保卫京师和宫室的何伦和李恽原是东海王的心腹将领,听说东海王死了,带了东海王的王妃裴氏、世子司马毗〔pí〕,裹胁着皇家宗室的四十八个王,一块儿赶往东海国去。洛阳城中有的居民,以为依赖他们可能还有点活路,也跟着出了城,一路上似蝗群般地抢光吃尽。到了许昌东北的洧仓,遇到石勒的部众,司马毗和四十八个王都死在乱兵之中,何伦和李恽算是逃出一条命来。裴氏和其他许多妇女一样,当俘虏后又被贩卖,隔了几年,她才侥幸地回到东晋王朝统治的江南。

洛阳城中只留下孤苦伶仃的晋怀帝。苟晞上表请他迁都到仓垣(今开封市东北)去,派部下带了几十条船,卫兵五百人,稻谷一千斛来迎接。晋怀帝眼见山河破碎,王公贵族死灭殆尽,朝廷如一叶小舟飘荡于狂风巨浪中,他原想投奔苟晞有个依靠,但

是朝中仅留的文武官员却既贪恋已搜刮来的资财，又害怕苟晞杀人不眨眼，拖拖拉拉地不肯上路。

苟晞送来的一千斛粮食转眼都吃光了，许多朝官都各逃生路，晋怀帝把寥寥无几的官儿召来，商议来商议去，只有离开洛阳逃命。但这刻儿卫士没有了，车马也没有了，晋怀帝派司徒傅祗先到洛阳西北的河阴（今河南孟津县北）去找船，他自己和几十个朝臣只好用两条腿向河阴走去。才走出皇宫的西掖门，到了铜驼街上，就遭人抢劫，大伙儿面面相觑拿不出好主意，只得又折回宫内。

河阴东面山谷里有一条雍谷溪，小桥流水乱石成堆，人们把这儿称为硖石。度支校尉魏浚屈，带了数百户流民看中了这块地方，结寨自保，还囤积了不少粮食。魏浚屈听说当今皇上落得如此凄惨，在夜间派人送了几袋口粮到宫里，这真是救命大恩人，晋怀帝立即拜他为扬威将军、平阳太守。

这一星点儿粮食才进口，紧急警报就到了。汉主刘聪听说东海王已死，晋军主力全被石勒歼灭，便派了前军大将军呼延晏带着二万七千将士杀奔洛阳而来，沿途同晋军作战共十二次，晋军死亡三万多人。转眼呼延晏的兵马到了河南县（今洛阳市），刘曜、石勒、王弥都带兵来会师，这时是311年五月。

呼延晏首先进攻洛阳城，他把辎重留在城西七里过去张方屯过兵的旧营垒里，轻骑攻下了平昌门，又把东昌门及一些官府放火烧了。

六月初一，呼延晏眼见刘曜等还没有到洛阳，于是他的部众在城边大抢大掠，俘虏了一大批士民，暂且离开城门。晋怀帝派人好不容易在洛水边搞到的几只船，也被呼延晏烧了。

六月初五，王弥到了宣阳门边。第二天，刘曜到了西明门。十一日，王弥和呼延晏合军进了宣阳门，到了南宫，登上太极前殿，他们的将士把宫内所有的珍宝、宫女和太监都抢劫一空，晋怀帝狼狈地逃到华林园，本想溜出城去，侍中庾珉和王俊陪伴着他，都一块儿被俘，关在端门，随后连同国玺被送到平阳去。

刘曜从西明门打到武库（储藏武器等物件的国库）。六月十二，刘曜抓住并且杀了太子司马诠、吴王司马晏、竟陵王司马楸、右仆射曹馥、尚书闾丘冲、河南尹刘默等一百多人。有的官员特别肥胖，汉军竟将其当作油脂活活烧死以作乐。进城的队伍在大街小巷随意杀戮抢劫，官吏百姓被杀的有三万多人，尸体如山般堆在洛水的北岸，被用土封起来称为"京观"，以炫耀汉军的武功。宫殿和官府都被放火烧得只剩下断垣残壁。

刘曜还命令再次搜索后妃宫女，他自己看中了晋惠帝的未亡人三十多岁的羊皇后，其他自梁皇后以下的宫内妇女，都分赏给将领们做妻妾。

早已被废的太子司马遹以及一个王妃留下来，这王妃本是王衍的小女儿王惠风，这刻儿被配给将领乔属。这王惠风可不像他老子那么厚颜无耻，却是一副铁面冰心，她看到乔属腰边的佩剑，冷不防抢着抽了出来对着乔属猛刺，乔属一闪身避了过去。王惠风接着一阵痛骂，骂声未绝，剑被乔属夺去，转身乱砍乱刺，王惠风也就死在血泊中了。

石勒在苦县围歼晋军十几万人，刘曜破洛阳俘怀帝纵兵烧掠，杀王公士民三万余人，都发生在晋怀帝永嘉五年（311年），因此历史上把这些事件合称为"永嘉之乱"。

洛阳乱成一团糟，朝廷百官向东南逃奔，日夜不歇地跑到二三百里外的密县，王弥的一支队伍随后紧追不放，官吏四散蹿进密林躲避。侍中荀崧的老母亲在途中死了，他披着头发，守住尸体号啕大哭，追兵赶到，抢走了他的车和牛，把尸体丢在路旁，荀崧竭力搏斗，身上被刀枪伤了四处，血流遍地昏过去了，直到夜里才苏醒过来，勉强逃生。

"永嘉之乱"中，出现了许多地方武装，他们各不相属，有的是结坞自保，维护家园安全；有的却是在外敌烧杀抢掠之余趁火打劫。因而对于黎民百姓来说更是一场灾难，他们到处都遭受到抢掠和杀害，甚至被宰了充饥。有一个读书人刘敏元，陪伴着七十多岁的同乡管平，逃到荥阳（今河南荥阳东），遇到一股武装，他俩被冲散了。身强力壮的刘敏元逃了出来，回头不见管平，料想他一定是年老力衰跑不动而被俘了。刘敏元转身走到原地，果然找到了那批武装和被绑着的管平。他对那些人说："这个老公公是孤老头子，活不了多久，我愿意代他给你们干苦活，恳求你们把他放了！"

那些人问刘敏元："这老头子是你什么人？"他答道："是同乡。这老公公孤苦伶仃，依我为命，你们要叫他做劳役，他太老了，胳膊腿儿都不听使唤！你们如果要宰了他填肚子，他也不及我壮实多肉！你们行行好，放了他吧！"

有个凶狠的小头目，睁大了眼吓唬刘敏元说："我们不放这老头子，难道就抓不住你吗？"刘敏元"呼"的一声抽出身边的佩剑，对这个小头目大骂道："我怕死吗？我先杀了你而后再死！这老公公如此可怜，我和他既非骨肉又非师友，尚且愿意代他受苦，替他一死。这几位慈惠的首领看样子都允许了，独有你却说出这种话来！"

刘敏元又转脸对其他人说："各位首领都很英勇，可以成就一番大事业，上不失为西汉高祖、东汉光武，下也不失为陈胜、项王，但是英雄做事要做得有道理，怎么能容许这种人损害你们的光彩？我要为各位除了这个害群之马！"说完就直向那个小头目劈剑，别的首领把他俩拖开了，为首的大头目对同伙们说："这人真是一个义士，一个好人，我们不能杀害他！"于是把刘敏元和管平都放了。

虽然洛阳沦陷，怀帝被俘，但各地反抗刘曜、石勒的斗争还在继续展开。

65 行台纷立

洛阳失陷的同月，原在河阴为晋怀帝找船的司徒傅祗就在河阴建立了"行台"。行台，指在京师以外设置的台、省（尚书台，中书省），是为了军事需要而设立的代表中央政权的临时机构。早年司马师讨伐诸葛诞时要朝廷台省大臣随他出征，以显示尊严和权威，行台就此出现了。东海王死前曾率大军出屯项县，也带着行台。这时京师陷落，傅祗就以执政大臣的身份，建立了行台。

傅祗在晋武帝时担任过太子舍人，后转任荥阳太守。那时黄河连年泛滥成灾，傅祗率领百姓修造了一条沈莱堰，暂时平息了

数十年为害无穷的水患,兖州和豫州的人民都深受其益,为他立了歌颂功德的石碑。"八王之乱"中傅祗历任朝中要职,受到普遍的尊敬。这刻儿"行台"建立,傅祗以司徒、持节、大都督诸军事的名义传檄四方,还派他的儿子傅宣及尚书令和郁跑到各大州去征集义军。傅祗虽然名声高,但他没有兵力,也没有财力,只有一个空架子。

随后,另一中枢大臣、司空荀藩和他的弟弟荀组,以及同族的侍中荀崧,还有河南尹华荟和他的弟弟中领军华恒,共同在洛阳东南约二三百里的密县(今河南密县东南)也建立一个行台,他们声称推戴实力强大的琅琊王司马睿为盟主,算是有了一个大靠山。当时因为饥荒,刘聪部将侯都的士兵常常杀人充饥,荀藩、华荟的部属一遇侯都可就没命了,连骨头都要被敲开,骨髓都要被吸尽,但他们的盟主却远在一两千里以外的建邺,鞭长莫及,没法救护他们。

皇太子司马诠已被刘曜杀了,他的弟弟豫章王司马端从洛阳逃出,东奔仓垣,荀晞如获至宝,带领官员奉他为皇太子,又建立了一个行台。这位皇太子则以荀晞领太子太傅、都督中外诸军事、录尚书事,东屯蒙城(今河南商丘东北)。

荀藩看到荀晞手里有皇太子又有实力,他也如法炮制,把他的外甥,十二岁的秦王司马业捧了起来,并把行台从密县搬到东南的许昌。荀藩还拜拥有几千流民军的阎鼎为豫州刺史,作为自己依靠的实力。

另外,在幽州又冒出一个皇太子来。七月间,大司马、大都督王浚设坛告天,立了这个皇太子。王浚还通告全国,宣布承制封拜了一批朝官和各地的行政和军事长官,这个所谓的皇太子

（历史上没有记载他的名字）下令以王浚为尚书令，这实际上又设立了一个以王浚为首的行台。这个皇太子还下令以琅琊王司马睿为大将军，以荀藩为太尉，但他们并没有接受这些任命。

在这国破家亡的时刻，这些行台纷纷而起，在率领吏民将士抗击刘聪南侵上，多少起了一点作用，但他们还是没有忘了争权夺利，享乐腐化。就说在兖州，竟出现了四个刺史：王浚派出了田徽，琅琊王派出了郗鉴，荀藩派出了李述，还有刘舆的儿子刘演在廪丘也当起兖州刺史，各有各的驻地、官府和部属，都要收租收税，有的还相互攻打，兖州的黎民百姓无所适从，负担却又更重了！

荀晞自从立了皇太子司马端后，比以往更为骄横暴虐了。他家中有侍妾几十个，奴婢将近一千人。这时正是荒年，队伍吃不饱，但他还是穷极奢侈，白天黑夜都在荒淫作乐。他一贯用残酷的高压手段对付将士，动不动就打人杀人，前辽西太守阎亨上书劝谏他，他一恼火就把阎亨杀了。荀晞过去征讨公师藩、汲桑时勇悍无敌，现在只因为他变得极端残暴淫乐，因此军心涣散，走的走，逃的逃，兵势日益不振。石勒获悉这个情况，于311年九月间带着兵马打了过来，先活捉了荀晞的猛将王赞，进而直扑蒙城，活捉了大荀、小荀和皇太子司马端。司马端从被立为皇太子到被俘，一共只有七十天。石勒抓住荀晞，为了侮辱他，既任命他为左司马，又用铁链锁住他的颈子，就像拴住一条烈性的野狗。

在这国破家亡的时刻，有的将领还没忘了谋取高官厚禄。南阳王司马模坐镇长安，他的部将赵染想当冯翊太守，未能如愿，便立即叛变投敌，刘聪随即拜他为平西将军，命他和安西将军刘

雅率领骑兵两万，进攻长安，刘粲和刘曜带着大军跟进。南阳王司马模兵败投降，不久被杀。刘聪任命刘曜为车骑大将军、雍州牧，坐镇长安。

311年（永嘉五年）八月，长安失守，冯翊太守索綝〔chēn〕和安夷护军麹〔qū〕允等一起逃出城来，奔向西北的安定郡。麹允是金城人，和过去曾任金城太守的游楷世世代代都是关西的豪门大族，这两族的大门都是红漆的，高楼大厦、家财多得数不清。当地民谣说："麹与游，牛羊无数头；南开朱门，北望青楼。"索綝是当年"敦煌五龙"中书法家索靖的儿子，索靖生前曾吹嘘他这个儿子是国家栋梁之才。南阳王司马模被杀，索綝哭着说："如果一块儿死，不如学做伍子胥去讨救兵报仇。"于是他和麹允一块儿出逃，半路上遇到安定太守贾疋和一些氐羌部族的首领，要把他们的儿子送到刘聪那儿去做人质，表示归附。索綝等硬把他们拖回到安定郡的治所临泾（今甘肃镇原东南，）去，一路上和贾疋一起商量着要复兴晋朝，贾疋同意了，他们共推贾疋为平西将军，集中了各族参加的兵马五万人，杀向长安。雍州刺史麹特、新平太守竺恢、扶风太守梁综望风响应，又有十万人马参加了这支队伍。

贾疋、索綝同汉军大大小小打了一百多仗，打败了赵染和刘雅，又打败了刘曜和刘粲，贾疋还杀了刘聪的凉州刺史彭荡仲，刘粲狼狈不堪，逃回平阳。贾疋等十几万将士包围了长安，关西地区的郡县纷纷归附。

这个时候石勒和王弥为什么不来长安参加作战呢？原来他俩彼此都在盘算着：不是你吃掉我，就是我吃掉你！

66　立足襄国

　　王弥和石勒原是先后投靠刘渊的难兄难弟，以后都成了独当一面的统帅，他俩表面上相互尊重和亲热，骨子里却是相互妒忌和猜疑。

　　王弥的功劳并不比石勒大，只因为他和刘渊年轻时在洛阳有过老交情，就荣任了都督六州诸军事。石勒先后围歼晋军几十万，把晋朝皇族几乎一扫而光，又活捉了猛将苟晞，只被赏了一个征东大将军的官衔，石勒赌气不要，只接受了一个幽州牧的实职。石勒看不起王弥，王弥在背后也尽说石勒的坏话。

　　王弥曾派他的左长史曹嶷占领青州，曹嶷占了青州后就独树一帜不听他号令了。王弥派刘暾作为专使去找曹嶷，信上说："你曹嶷翅膀硬了自己飞不打紧，你得和我王弥一块儿去消灭石勒，你也一定能捞到很多的好处。"刘暾原是晋朝的司隶校尉，洛阳沦陷时，文武百官多被杀，刘暾因为是王弥乡亲，被王弥收留在身边。这刻儿刘暾作为专使，走到兖州地区北端的东阿（今山东东阿西南），正要进入青州地区时，被石勒巡逻的骑兵抓到了，搜出了王弥给曹嶷的书信，石勒才知道王弥原来要偷偷摸摸地害他。他悄悄地杀了刘暾，王弥一点也不知道。

　　王弥听到石勒抓住了苟晞，锁住他的颈子当司马，心里非常嫉恨，但他却写信向石勒祝贺道："将军活捉苟晞，真是用兵如

神！如果苟晞成为你左手，我来充当你的右手，取天下就像探囊取物一般！"

石勒对他的谋主张宾说："王弥身为六州军事大都督，暗下要吃掉我，当面又这么低声下气恭维我，这真是豺狼披上了羊皮，我去和他拼了吧！"张宾说："将军和王弥已经到了你死我活的地步，但硬拼太伤元气，还是设计把他干了。"

王弥不得人心，他的大将徐邈和高梁又带了部众投奔青州去了。王弥孤军出巡，被乞活军刘瑞困住，相持不下。王弥派人向石勒求救，石勒巴不得刘瑞打败王弥，不愿发兵去帮忙，但张宾和"君子营"的人都劝他说："你不如趁这个机会早点给王弥解围，让他全心全意相信你，以后的事就好办了，这是老天爷要把王弥交给你了。"石勒听从了他们的计谋，出兵帮王弥攻杀了刘瑞。王弥喜得没话说，自认为他以前对石勒的假奉承起了作用，石勒上了他的当，才死心眼儿向着他。311年十月，石勒悄悄地在王弥驻地周围部署兵力后，请王弥到兖州的己吾（今河南睢县东南）会宴。王弥的长史张嵩劝他不要去，王弥以为石勒是直通通地可以由自己耍弄的武夫，哪会玩出什么花招来，就兴冲冲地去会石勒。酒宴中，石勒亲手砍了王弥脑袋，并将王弥部众并归自己。他还上表给汉帝刘聪，说王弥叛逆，已代为剪除。刘聪闻讯大怒，派使者责备石勒："你这么先斩后奏杀害大将，简直是目无君王！"

但是石勒手握重兵，刘聪无可奈何，还是给他加官，以他为镇东大将军，都督并幽二州诸军事，领并州刺史。刘聪令石勒当并州刺史，是想让他和西晋的并州刺史刘琨争夺地盘，但这两个刺史却出乎意料地并不厮打。

多年前石勒被人卖为奴隶时，同他的母亲王氏失散了，刘琨设法找到了王氏，派人把她和石勒的侄子石虎一起送到石勒那里。刘琨还写了一封信给石勒，吹捧他所向无敌，可以和古代名将媲美，但又指出他转战南北，却没有一块自己的土地。刘琨在信中宣布，代表晋朝朝廷授命石勒为侍中、持节、车骑大将军，领护匈奴中郎将、襄城郡公，希望石勒接受。

石勒没有搭理这些称号，张宾代他写了一封复信给刘琨说："建立不朽的功勋有不同的道路，非腐儒所能理解。你对晋朝应该誓死报国，我原是夷胡之人，难以效力！"石勒又回赠刘琨以名马和许多珍宝，刘琨接受了礼品，读了那一封不亢不卑的复信，只得作罢。

石勒吞并王弥部众以后，苟晞兄弟想偷偷地逃跑，被石勒发觉，把他们一起杀了。石勒又率军骚扰豫州的几个郡，向东南进入扬州地区，但到了长江边，看到白浪滔滔，难以飞渡，只得退了回来。他屯军在豫州南面的葛陂（今河南新蔡县西北），大造兵船，准备从淮水下长江打到建邺去，活捉琅琊王司马睿。

琅琊王听到石勒要打过长江的消息，胆寒心颤，他把江东军队集中到寿春，准备同石勒决一死战，这是在312年春天。

但天不作美下起雨来，一连三个月，雨断断续续地下个没完。石勒军队吃不上饭，又遭瘟疫，饿死病死的有一大半，如果琅琊王探知此情来进攻，石勒军队的后果不堪设想。石勒召集将领们讨论怎么办，有的主张投降，有的主张逃跑，有的主张死拼，意见纷呈。

最后张宾说："将军消灭了晋军数十万，琅琊王叔伯兄弟几十个王公都被你杀了，王妃公主都做了众将官的妻妾。在琅琊王

方面看来,你的罪过真是擢发难数,你怎么能向他投降呢?"张宾又指出逃跑和硬拼都不是好办法,最后说:"将军不应该老是东征西战,跑不停的路,打不完的仗,至今连个立足之地还没有!你要进军,没有后援和粮草的接济;你要后撤,没有可守卫的城堡,这是要成大业的架势吗?"张宾提出把军队撤到邺城去,因为邺城有三台之险①,可以驻扎军队,既保卫邺城,又西接汉都平阳,可以互为声援。有了这么一个据点,便于占领周围郡县,逐渐扩大实力和地盘。

张宾的话说得众将领频频点头,石勒更是拍手叫好,他骂那些主张投降或逃跑的人为"懦生"、"笨蛋",还撤了领头的职,同时升张宾为右长史,尊称为"右侯",从此再不直呼张宾的名字。

石勒还按照张宾的筹划,先命辎重和老弱将士撤退,要石虎带了二千骑兵向寿春佯攻,等到辎重走了几天,石勒再逐步撤军。张宾早料到琅琊王胆小不敢追赶,后者果真按兵不动。

石勒本想直取邺城,不料却被刘琨的侄子刘演捷足先登了。石勒军队一到,刘演的部将率几万人投降,但刘演仍领兵数千固守三台。石勒的将领要强行攻打三台,张宾说:"刘演虽然势弱,还有数千之众;三台险固,不是一下能拿下来的。幽州的王浚、并州的刘琨才是我们的大敌,除掉大敌,刘演就可不战而破。现在天下大乱,到处饥荒,我们一定要选一块形势险要之地立定脚跟,广积粮食,然后派遣兵马四处征战,逐步壮大自己的力量,这样才能实现帝王的大业,称霸天下!"石勒对这个主意又大加

---

① 邺城西北有三个台,即十丈高的铜台、八丈高的金雀台及冰井台。

赞扬，经过反复商榷，石勒进驻襄国（今河北邢台市），定下心来要把这块地方先治理好，巩固下来。

张宾还请石勒分命诸将攻打冀州的郡县，把那边的粮食运到襄国积聚起来，又把人口移到襄国来种田织布，再把襄国的城墙加高加固。石勒将这些情况上报汉帝刘聪，刘聪任命他为都督冀、幽、并、营四州诸军事（营州系汉新置，统辽西、北平二郡）、冀州牧，晋封上党郡公。

石勒的霸业从此开始了，但"万事开头难"，石勒马上就碰到了硬钉子。

67 突门巧战

石勒要在襄国站稳脚跟，可不那么容易。附近的望族游纶和张豺聚集了几万兵马，据守襄国东北几十里路的苑乡。"卧榻之旁，岂容他人酣睡"？石勒当即派了"十八骑"起兵时的伙伴夔安和支雄，攻破了苑乡的外层堡垒。

不料游纶和张豺背后还有大靠山，那就是称霸幽州的王浚。王浚立即派了都护王昌来解苑乡之围，王浚的亲家辽西公段疾六眷也带了鲜卑人马来攻打襄国。他们共有五万人马，要乘石勒立足未定之时把他一锅端。

段疾六眷屯兵在襄国西北的渚阳，石勒派了将领前去迎敌，一个一个都被打败了。段疾六眷又派人四处锯树劈木，制造大批

云梯和战车等攻城用的器械。石勒的将士们都说:"鲜卑有慕容部、宇文部、段部等,都勇悍善战,其中段部最狠。"石勒屡吃败仗,看来段部确实能战。

段氏鲜卑的祖先社会地位是很低下的。相传段疾六眷的伯祖父段日六眷,曾经被卖给渔阳(今北京市密云县西)的乌桓大人名叫库辱官的做家奴。有一次乌桓的各部大人在幽州集会,别的家奴都站在自己主人的后面,手里都捧着一个唾壶,是给主人吐痰用的。但是段日六眷却没有带唾壶,这地上铺着的尽是高贵精致的地毯,怎么吐呢?库辱官觉得自己的家奴没有带唾壶,使他失了体面,便含着痰对段日六眷一声怒吼:"跪下!张开嘴!"

段日六眷吓的扑通一声跪下,朝天张大了嘴,库辱官"呸"一下把痰吐到他口里。那一嘴又腥又脏的浓痰,惹得段日六眷直发呕,他横下心把痰咽到肚里,并且向天跪拜大声说:"感谢主人赐给我的智慧和幸福!"这句话说得各部大人都笑了起来。库辱官因为自己家奴的驯顺和聪明,感到脸上添了光彩。

此后渔阳遇到了饥荒,人畜都瘦得皮包骨头。库辱官因为段日六眷身体健壮、武艺高强,又是一贯忠心耿耿,就派他带了自己的部属和马、牛、羊群到辽西去,一边游牧,一边搞粮食。段日六眷这一去再也不回渔阳了,他在辽西招纳散居在那里的鲜卑部众,逐渐强盛起来,形成了段氏鲜卑部族,以辽西的令支(今辽宁迁安县)为中心向外发展。

早年,幽州刺史王浚和段日六眷的侄子段勿务尘结上了亲家,凭借段氏鲜卑的兵力南破邺城,称霸北方。段氏鲜卑也愈战愈强,成了一支勇悍的劲骑。这次他们围攻襄国,石勒所部接连被打败,有的将士吓破了胆。

石勒却是一个天不怕地不怕的人，当即召集部将要拼死一战，他说："襄国城堡还没有全部修造好，城里的粮食又很少，敌人兵力几倍于我，远征的军队一下也不能回来营救，我打算用全部力量冲杀出去拼一个你死我活，大伙儿看怎么样？"一些将领被前几天的对仗打得失魂落魄，不敢再去领教，只是说："还是坚持守城，等到敌人疲乏了，我们来了救兵再说吧！"

只有石勒的谋士张宾和大将孔苌说："段氏鲜卑是不容易对付的，在段疾六眷诸将中，要数他的堂弟段末柸〔pēi〕最顽强，手下将士个个都像猛虎似的。他们远道而来，头几天屡战屡胜，眼下已经狂妄轻敌，以为我们软弱可欺，马上就要被他们打得全军覆没。他们的力量暂时还很强大，我们要利用其妄自尊大，设计打败他们。"

这个意见被石勒采纳了，随后定下计谋交给将领们去执行。石勒探听到段疾六眷马上要攻北门，就在北边城墙每隔一二百步的地方打一个骑兵可以通行的大洞，直打到快到外墙还有五六寸时就停止了。一共打了二三十个大洞，但城墙外面却一点看不出来，这就叫做"突门"。

鲜卑大军果然来攻北城，孔苌率领全部精锐骑兵等候在突门边。石勒的将士在城垛上假装慌乱万状的样子，段疾六眷见了哈哈大笑，攻城队伍散乱地谈笑不止，很多士兵在树边拴住马，放下刀枪，在地上休息，有的竟打起鼾来。石勒瞧见敌人骄狂得那种样子，知道时机已到，一声令下，骑兵们立即打通突门外层五六寸的城墙，二三十路骑兵就像飞箭一般地直向段末柸的部众冲去，因为他们早盘算好，只要把最顽强的段末柸打垮了，其他各军都会不战自溃。

襄国的男女老少和老弱军士都拥到城头上，把战鼓敲得震天响，人们欢呼高喊，为孔苌助威。鲜卑部落在迅雷不及掩耳的冲击下，都慌了手脚，逃得七零八落，独有段末柸的队伍名不虚传，虽然首当其冲，仍是沉着应战，孔苌的骑兵两次三番也冲不垮他们。

孔苌接着执行了第二步作战的部署：他的骑兵开始撤退，从城门和二三十个突门跑回城里。段末柸可较上了劲，率领部众猛追过来。眼见段末柸带了几个侍卫领头冲进了城里，城门和几十个突门边埋伏的士兵飞速地关闭城门，用乱石堵住突门。段日六眷的大军和段末柸的大部兵力都被隔在城外，又因城上万箭齐发，无法攻城，进入城内的段末柸的几个侍卫都被杀了。石勒早下了命令，一定要活捉段末柸，段末柸寡不敌众，终于当了俘虏。

石勒捉到段末柸，把他带到城楼上示众。鲜卑全军刚才见孔苌逃进城去，正重新聚集起来准备攻城，这刻儿又都吓得顿时溃逃。石勒随即命令全城人马乘胜追杀，杀得三十多里周围遍地都是段氏鲜卑的尸体，缴获了铠甲和马匹五千多，段疾六眷收集残兵败将退守渚阳城。

石勒把段末柸当作人质，提议进行和谈。段疾六眷的弟弟段文鸯说：“我们的大军虽然损失不小，但要打败石勒还是足足有余，如果因为堂弟段末柸一个人而和石勒交起朋友来，这不是功亏一篑吗？而且王浚那儿，我们又怎么交代呢？”

段疾六眷没有接受他弟弟的劝说，他宠爱勇猛的段末柸，再说段末柸的部众还很多，如果拒绝和谈，导致段末柸被杀，必然引起他的部众叛乱，谁也制服不了。因此段疾六眷答允议和，还送了很多铠甲马匹和金银财宝给石勒，又以段末柸的三弟代替段末柸作人质，要求把段末柸换回来。

石勒的将领们早先都像泄了气的皮球，这刻儿又都成了恶狠狠的凶煞神，他们曾经吃过段末柸的苦头，有的身上被刺伤了四五处，有的还断腿少胳膊的，在段末柸被俘后，他们一齐涌到石勒跟前，要石勒杀了段末柸报仇。

石勒平心静气地对他们说："辽西的鲜卑是强大的部族，过去和我们一无仇二无怨，他们只不过受了王浚的唆使来打我们。大伙儿要报仇，应该找王浚算帐！我现在要杀段末柸很容易，但这一刀下去，就和一个大部族结下千年难解的深仇。如果我把他送回去，他们就可以和我握手言好，不会再被王浚利用了。"

众将理屈词穷，不作声了。石勒命他的侄子石虎带了很多珠宝财物作为回礼送到渚阳去，石虎跟段疾六眷两人谈得很投机，还结为兄弟。石虎回来后石勒又摆了盛大的宴会招待段末柸，因为石虎和段末柸的堂兄已结拜兄弟，石勒和他便以父子相称，饮酒立誓，永不背叛。段末柸在回辽西的途中，每天还面朝南跪拜三次，感谢石勒的大恩。从此以后，段末柸不敢向南小便，别人问他为什么？他说："我的义父石勒在南方，我不能无礼！"由此看来，段末柸对石勒不加杀害的感恩之情是多么深啊！

石勒这一招着实高明，鲜卑大军一退，幽州王昌率领的军队也不敢久留，赶紧撤了回去。割据苑乡的游纶和张豺眼见救兵退尽，他们赶紧连人带马投降石勒。王浚就像折断了翅膀的鸟，脑袋也搭拉下来啦。

石勒经过突门巧战，才在襄国扎下根来，从此逐步占领周围郡县，实力一天比一天强大。石勒又派石虎攻下邺城，其势将再向南发展。面对这一形势，许昌的晋朝行台也吓得分化瓦解了。

68 分陕而治

许昌的晋朝行台是荀藩拥戴十二岁的秦王司马业,依靠拥有几千流民军的豫州刺史阎鼎支撑起来的。

阎鼎原是天水郡(治所冀县,今甘肃甘谷东)人。他手下的流民军大都是雍州人,这刻儿受到了石勒和石虎可能南下的威胁,又听说长安那边晋军兵势盛大,流民都要回故乡去。阎鼎认为长安既是古都,又可挟持秦王号令四方,也想往长安去。可是荀藩等是中原人,不愿意到西北去。阎鼎根本不把这些文官放在眼里,他带着部众和秦王奔向长安。起初荀藩等人还勉强跟着走,在半路上却逃跑了,阎鼎派人追赶,抓住中书郎李昕杀了,但荀藩和荀组等人已逃得没影儿了。

贾疋等围长安几个月,刘曜屡战屡败,便掳掠了长安的青壮男女八万多人,弃城撤走,退回平阳。

长安虽然破破烂烂,但总算回到晋军手中。贾疋修造一个高坛祭告天地,立秦王司马业为皇太子,又设立了一个行台。因为这个皇太子是阎鼎带来的,所以阎鼎被任命为太子詹事,总管日常政务,行使丞相的职权。

长安有了皇太子这块牌子,多少有了点号召力。凉州刺史张轨派前锋督护宋配带了两万兵马来保卫皇室,还计划再征集五万将士到长安来。

可是长安行台不久就发生了内讧。贾疋在一次战斗中被杀，扶风太守梁综不服阎鼎总揽大权，一句话不合就争吵起来，阎鼎心一横杀了梁综。跟梁综一块儿起兵的索綝和麹允为梁综打抱不平，发兵声讨阎鼎。阎鼎逃出长安，被氐人窦首所杀，索綝和麹允就此掌握了长安行台的大权。

再说荀藩和荀组兄弟等在阎鼎去长安时逃了出来，收集部属守住开封。六十九岁的荀藩经不住这场风波，不久得病而死，这个行台在风雨飘荡中摇摇欲坠，由荀藩的弟弟荀组勉强撑持着。

还有驻河阳的傅祇行台，因为受到刘粲的进攻，七十九岁的傅祇又愁又急，得病身亡。刘粲攻陷河阳，强迫傅祇的子孙家属和士民二万多户迁到平阳去。

这样一来，几个行台倒的倒，垮的垮，有的还自相残杀，晋朝天下完全分崩离析了。而被俘的晋怀帝司马炽，正在极度屈辱的境况中度过他生命中的最后岁月。

司马炽在平阳被刘聪拜为特进左光禄大夫，封平阿公，陪伴司马炽的侍中庾珉和王隽也被拜为光禄大夫，只有侍中辛勉坚决不肯当刘聪的官。刘聪派黄门侍郎乔度拿了毒酒逼他道："你不肯当汉官，就喝了这酒升天去吧！"辛勉说："为人重在保持气节，少活几年有什么了不起？"他抢过小酒坛就要往嘴里灌。乔度没等他进口，立即又抢了过去，毒酒洒了辛勉一身。乔度说："这是我大汉皇上试试你的，你真是晋朝忠烈之臣！"刘聪对辛勉很赞赏，在平阳的西山给他盖了房子，每月送粮送酒。辛勉什么都不要，住在一间又小又破的茅屋里自耕糊口，到八十岁才病死。

司马炽被俘的第二年（312年）二月，刘聪又改封他为会稽

郡公，加"仪同三司"的头衔，这一切不过显示刘聪的"恩典"而已。

早先司马炽在洛阳还是豫章王时，刘聪是骁骑别部司马，他和王济一块儿去看司马炽。王济把刘聪吹得天花乱坠，他俩一起写《盛德颂》的赋，得到司马炽的称赞，三人又一起射箭为乐。司马炽夸奖刘聪文武双全，把柘木做的弓和一块银砚台送给刘聪。这刻儿在平阳，司马炽却成了俘虏，刘聪问他："你还记得当年在洛阳的情景吗？"司马炽点点头说："这还能忘得了，只恨当年不能早识龙颜罢了。"刘聪又问道："你们司马家的骨肉同胞，为什么要这样不停歇地相互残杀呢？"这个晋武帝的第二十五个儿子没奈何，只得回答："如果我们能继承先父遗志，和睦相处，陛下也不会有今天了！"

313年春节，刘聪举行盛大宴会，与文武百官共庆新春佳节。刘聪为了显耀自己的武功和威严，竟叫司马炽穿了一件青衣，给大伙儿依次斟酒。青衣在古代是等级卑贱的人才穿的，这明明是当众要这位被俘的晋帝出丑。随从司马炽的庾珉和王隽看到这情景，禁不住当场号啕大哭，这在刘聪的宴会上真是太煞风景了，立即被人拖到外室。不久几个见风使舵的人马上无中生有地向刘聪诬告他们要阴谋作乱。二月初一，刘聪下令杀了庾珉、王隽等十几个晋室故臣，三十岁的司马炽也同时被毒死。

两个月以后，司马炽的死讯才传到长安，十四岁的皇太子司马业举哀服丧。四月十七，司马业正式坐上皇帝宝座，他就是晋愍帝，改元为建兴。

这个小朝廷还是一个破烂摊子，长安的青壮年已被刘曜俘虏一空，留剩下来的病弱老幼多四散投亲靠友。偌大一个京城里，老百姓不满一百户人家，野蒿和荆棘到处成林。公私合起来一共只有四辆车子，文武官员既没有官服，也没有印绶。

汉中山王刘曜、冠军将军乔智明、平西将军赵染听说晋愍帝即位，立即发兵来攻打长安，麴允带了将士到黄白城（今陕西省三原县北）抵挡，暂且相持不下。

当时晋朝皇族所余无几了，势力最大的是琅琊王司马睿，在江东独控一方。还有一个南阳王司马保（司马模的儿子），拥有秦州的整块土地（今甘肃、陕西、青海的各一部分，治所在今甘肃天水市），他当时官为大司马，附近的氐、羌部族都受他控制。

"八王之乱"的教训够惨重的了，朝廷在皇室的夺权和残杀中无能为力，这刻儿为提防第九、第十个王再次出现，就采用了"分陕而治"的办法。"分陕而治"是西周成王时的故事，当时大臣周公旦和召公奭辅佐朝政，以陕（即今三门峡边上的陕县）为界，周公治理陕以东地区，召公治理陕以西地区。303年，王衍劝说长沙王司马乂和成都王司马颖停战，也提出过"分陕而治"的办法，但未被采纳。

晋愍帝即位后不到半个月，就下达了"分陕而治"的诏书：以琅琊王司马睿为左丞相、大都督，督陕东诸军事；以南阳王司马保为右丞相、大都督，督陕西诸军事。诏书又说，现在要"扫除大敌，奉迎先帝灵柩，中兴皇室，命令幽州的王浚和并州的刘琨派出将士三十万直捣平阳；右丞相司马保率领秦、凉、梁、雍四州兵马三十万到长安听候调遣；左丞相司马睿带领江东精兵二十万前赴洛阳。大家共同努力，必能完成光复国土的巨勋！"

朝廷还派了专使到各地去联络，如果这个诏书能够实现，那

么八十万人马可以把平阳踏平了，但是这些手握重兵的皇室和将帅却各有各的算盘。

朝廷派去联络琅琊王的是殿中都尉刘蜀，他千辛万苦，跑了三个月才到达建邺，恳请琅琊王火速进军，会师中原，但琅琊王却说："江东刚刚平定下来，还需要整顿内部，训练兵马，暂且没有办法派师北伐。"在长安方面的想像中，琅琊王是实力最强、最能响应号召的皇室，谁知迎头泼来一盆冷水，一个兵也没派来，别的地方就更别提啦！

刘曜和赵染再次增兵黄白城，同麴允展开了血战，麴允抵挡不住，朝廷又以索綝为征东大将军，带兵去援救。赵染见索綝、麴允齐来作战，料知长安必定空虚，即率领五千精骑，于313年的一个夜里，绕道攻入长安外城，杀掠了一千多人。第二天拂晓退出外城，屯兵于逍遥园。晋将麴鉴带了五千士兵从阿城（即秦时阿房宫故址）来救长安，刘曜知道赵染偷袭长安得手，也离开黄白城前来进攻，麴鉴在如此强敌面前只得败退。刘曜在长安城边歇下营来，以为马上可以进入城内，他没料到麴允也从黄白城接踵而到，突然对他猛攻，他猝不及防，打了败仗，冠军将军乔智明也被杀了，刘曜赶紧撤军退回平阳。这是十一月间的事。

经过几个月的休整，314年五月，刘曜、赵染又进军长安。赵染把前来迎敌的索綝压根儿没放在眼里。赵染说："索綝这小子不值得我的刀砍马蹄踏！"一大早，他带了几百轻骑去冲杀索綝营寨，说要提了索綝脑袋回来再吃早饭，不料却被索綝打得大败而回。索綝被任命为骠骑大将军、尚书左仆射，录尚书、承制行事，权力更大了！同年秋天，赵染进攻长安北边的北地郡，麴允赶来救援，赵染被飞箭射中而死。

长安朝廷眼见宣布"分陕而治"后,琅琊王和南阳王还是不肯派兵来救助,只得一个劲地加官封爵来拉拢他俩。315年二月十二下了诏书,以琅琊王为丞相、大都督,督中外诸军事;南阳王司马保为相国。此外还升荀组为太尉,领豫州牧;刘琨为司空,都督并、冀、幽三州诸军事。

六月里,长安的汉朝霸陵(汉文帝墓)、杜陵(汉元帝墓)以及薄太后的陵墓被大规模地盗掘,抢走了无数珍宝。朝廷知道后派兵驱散众人,墓中宝物才因此没有被一扫而空。朝廷下了一个诏书说:"陵墓里留下的金帛财物一概缴公,收入国库。"这个小朝廷够可怜了!晋愍帝问索䌷说:"为什么汉陵墓中的财宝有这么多?"索䌷答道:"汉朝皇帝即位后的一年,就开始修建自己的陵墓。历年各地的租税及进贡的财物,三分之一供到宗庙,三分之一存入国库,剩下的三分之一就收藏于陵墓,作为死后的陪葬。以后汉文帝主张节俭,下令修建自己的霸陵一概用瓦的装饰,不要金银铜锡器具,但他的臣僚还是偷偷地收藏了一些珍宝,因而还是免不了被盗,以致尸骨狼藉。"

同年九月刘曜再次进军长安,朝廷接连派人到南阳王那里讨救兵,南阳王左右的人说:"毒蛇咬了手,赶紧把臂膀砍掉才可以保住性命!现在敌人的兵势那么强大,我们应该截断通往长安的道路,看看时局怎么变化再说。"意思是保自己要紧,不主张发兵。只有从事中郎裴诜说:"现在毒蛇已咬到脑袋上了,还能把脑袋砍下来吗?"这话说得司马保不便公然拒绝出兵,只得派镇军将军胡崧为前锋都督,等待各路人马会集再去救长安。可是人马却都是迟迟不来,胡崧光杆子还是停留在秦州没法走!

长安可发急了,这要等到哪一天呢?麴允提出要把晋愍帝送

到南阳王那儿去，可是索綝说："南阳王要是有了皇上，你我还能干什么呢？"那边不肯来，这边不肯去。南阳王那儿真个断了道路，一粒米也不送长安了，文武百官只能靠野生的麦禾充饥，勉强活命。

事实证明，"分陕而治"不是灵丹妙药，琅琊王和南阳王只顾守住自己的地盘，保存自己的实力，坐视晋愍帝遭受强敌的攻击。

皇室和朝廷是这样的分崩离析，州郡里更是混乱不堪。

69 "前锋大督护"

时局混乱，有刀有枪的拉起队伍来，首领们自封为王公、将军或刺史、太守，这类人遍地皆是。

荆州胡亢，原为新野王司马歆的牙门将，他在竟陵（今湖北潜江西北，离荆州治所江陵有一百多里）自称楚公。司马歆的南蛮司马、新野人杜曾勇冠三军，智慧过人，气力大，水性好，还能披着铠甲游水打仗，胡亢请他任竟陵郡的太守。

胡亢是个多疑的人，他对某些部下信不过，曾无缘无故地杀了几十个将领。杜曾担心有朝一日胡亢心血来潮，说不定也会加害于他，因此表面上对胡亢卑躬屈膝，暗下却等待时机，准备先下手为强。

山简的参军王冲自命为荆州刺史后，常常攻打胡亢。王冲神出鬼没,搞得胡亢很头痛。胡亢和杜曾商量着怎么对付王冲,杜曾说:"王冲是跳梁小丑,何足挂齿?等他再来时,我们全军出动,将对将,兵对兵,我保证砍下他脑袋来见你!"胡亢听了十分欣喜。

过了几天,杜曾拜见胡亢,一点不在意地说:"你看侍卫们的刀戟又锈又钝,怎么能打仗?"胡亢仔细一瞧果真不差,赶紧命令把刀戟一齐收集起来,加以修理磨快。这时杜曾马上派人到王冲那儿报信,要他来攻打竟陵。胡亢听说王冲兵到,慌忙命令杜曾率领全军出城抵御,但军队到了城门边,杜曾喝令屯兵不动,他自己带了随从返回帅府,一进屋就砍了胡亢的脑袋,胡亢的侍卫手头都没有刀枪,赤手空拳,全当了俘虏。

杜曾手持胡亢的人头,策马奔驰,宣告全军:"胡亢残杀众将,我为弟兄们报了仇!谁要死心塌地跟胡亢走,就会和他一般下场!"胡亢早已不得军心,杜曾武艺高强,使人信服,大伙儿齐声拥护,他便自命为南中郎将。

陶侃这时坐镇沌口(今湖北汉阳西南),活动于汉水下游。他的参军王贡路经竟陵,听说杜曾勇猛,便假称陶侃的命令,拜他为前锋大督护,叫他去打王冲。杜曾兴高采烈,出兵作战,杀了王冲。随即陶侃来信,要杜曾去面谈,杜曾看到信中没有"前锋大督护"的头衔,起了疑心,不敢贸然前去。王贡也怕陶侃办他矫命封官的罪,怂恿杜曾悄悄出兵攻打陶侃。陶侃未曾提防,受了损失,打算暂且撤退,他的部将张奕早就企图叛变,此时看到军心慌乱,而且料定杜曾必定会再度进攻,便对陶侃谎报情况说:"将士们报仇心切,如果我们撤退,大伙儿一定不满意。听说杜曾不会来了,我们撤退,不是让人笑话吗?"

陶侃信以为真，便决定不撤退，也没有认真部署对付杜曾。不料杜曾突然发起进攻，陶侃队伍顷刻溃散。张奕投降杜曾，并把陶侃的坐船指点出来，杜曾命人用许多长钩搭住那船，想连人带船一齐俘虏。陶侃急中生智，跳到另一条小船上，勇将朱伺拼着命保护他杀出重围。陶侃因此被撤掉一切官职，但经都督征讨诸军事的王敦奏请，还是让他"白衣领职"，即以无官者的身份，担负原有的职务，统率各军，立功赎罪。

陶侃招兵买马养精蓄锐后，又筹划着要一举歼灭杜曾。他的司马鲁恬劝他："知己知彼，才能百战百胜，现在我们的将领没有一个及得上杜曾的勇猛和机智，不要那么随随便便去进攻。"陶侃报仇心切，下令把杜曾包围在石城（今湖北钟祥）。

杜曾身边的部属虽然很少，但多是身经百战的精骑，陶侃将士虽多过几倍，但全是步兵。杜曾趁陶侃稍一懈怠时，悄悄开了城门，骑兵如飞箭般冲出重围。带领突围的杜曾，看到陶侃匹马登上高地指挥阻击，转身直奔高地，想杀掉陶侃，不料到了跟前，才发现还有许多将领在陶侃身边，杜曾不敢动手，但又想露露脸逗一下能，随即下马，作揖施礼，说："前锋大督护拜见元帅，我要到顺阳去了，后会有期！"转眼上马又跑了。陶侃和众将这才发现来将就是杜曾，众将要立即追杀，陶侃眼见他们不是杜曾对手，杜曾马快，赶也赶不上，就说："穷寇勿追，他的日子长不了！"

杜曾是向南跑的，沿着沔水再走几十里就是当阳（今湖北当阳东）的章山，山上有陶侃新建的城堡，大队官军在这儿镇守。陶侃以为杜曾嘴说去顺阳是假的，向南跑必定自投罗网，哪知杜曾跑了一程，却转头向西北，真的到了荆州北端的顺阳（今河南浙川南），收集二千多部众，又向东去包围宛县。这时荀崧官为都督荆州的沔北（沔水以北）诸军事，坐镇宛县，兵少粮缺，他急得写了一封信，向西北二三百里外的襄城太守石览求救，那石览原是他手下的主簿，一定可以发兵来的。但是这信派谁突围送去呢？

荀崧连夜召集众将商议，那些彪形大汉大眼瞪小眼面面相觑，没人敢领受这个差使。这时却有一个黄毛丫头跳出来，抢过书信，牵马飞奔出城，她是荀崧十三岁的小女儿荀灌。荀崧当即指派几十个勇敢的骑兵保护她趁着黑夜突围。杜曾发现后派人紧紧追赶，荀灌督励将士且战且奔，直到一百多里外的鲁阳（今河南鲁山县）山林里，杜曾的追兵见不到人影，才垂头丧气地回来。

石览见了荀灌，几年没有碰面，一个小小女娃已长成一个小姑娘，而且还不顾死活冲出重围来求救兵，真是感慨万分。荀灌的一张小嘴，又把围城困境说得令人泪下，石览没有分说，火速发兵前去救援。十三岁的女孩想得周到，文才也挺好，她生怕襄城兵力不够，又用他父亲荀崧的名义写了封信给浔阳郡（治所在今湖北黄梅西南）太守周访，由石览派飞骑送去。周访部属英勇善战，当即由他的儿子周抚带了三千人马日夜不停奔向宛县。几路兵马到达，杜曾见势不妙，撤围而走。不久，周访被任命为豫章太守。

王敦在消灭杜弢和打退杜曾后，升任镇东大将军，都督六州诸军事。这些功劳大都还是陶侃的，王敦上表让陶侃官复荆州刺史原职，但又妒忌他的才能。陶侃在回荆州治所江陵前，去武昌向王敦辞行，不料王敦却变了卦，把他留下，后又改派他为广州

刺史,另派自己的远房侄子王廙为荆州刺史。陶侃的部将郑攀等人愤愤不平,阻止王廙到江陵去上任,还要求陶侃回到荆州。

王敦以为郑攀等的行动是陶侃指使的,当即怒火冲天,自个儿披了铠甲,拿起长矛,要去杀当时还停留在江陵的陶侃,却又犹疑不决,进进出出,三番五次下不了手。他的咨议参军梅陶、长史陈颁劝他说:"周访是陶侃的亲家,他俩带兵打仗如同左右手,你如果砍了左手,那右手不会来砍你吗?"王敦这才丢了长矛,解下铠甲,摆开盛大宴会,欢送陶侃。宴会后陶侃连夜走了,中途经过豫章去拜访周访,陶侃感慨地对周访说:"要不是你老亲家领兵在这儿,我的尸骨现在还不知道在哪儿呢!"

永嘉之乱中,广州没有受到直接的危害,因而生产发展,人民生活比较安定。当时有的广州墓砖上还刻了这样的铭文:"永嘉世,天下荒,余广州,皆平康。""永嘉世,九州空,余吴土,盛且丰。"①

陶侃到广州后,在风平浪静的环境中,励精图治十年,他在那些清闲的日子里,每天起早把几百块大砖搬到室外,傍晚又搬回室内,寒暑不歇,风雨无阻。有人问他这是干什么?他说:"中原战祸没完没了,我在这里生活过于优越,今后国家如需要我再领兵打仗,就怕担当不了。"

陶侃离开荆州后,王廙靠着王敦的兵力进驻江陵,他把陶侃任内的官吏赶走一批,还杀了一批。陶侃在荆州时,很尊重名士皇甫方回(皇甫谧的儿子)。此人平时闭门闲居,自耕自食,从来不进官府的门,陶侃经常穿了朴素的便服去拜访他。王廙到荆

---

① 广州原系三国时东吴土地,因此也称"吴土"。

州，他照例不上门，竟被王廙所杀，引起荆州一片混乱。晋愍帝即位时，曾派侍中第五猗（"第五"为复姓）为安南将军，监荆、梁、益、宁四州诸军事，荆州刺史。这时第五猗也到了荆州，和王廙同为荆州刺史，一州两刺史，不好办，朝廷调王廙入朝，任为辅国将军、散骑常侍。

杜曾于襄阳迎接第五猗，并给侄子娶了第五猗的女儿，攀上了亲家，因而他的兵马增到万把人，割据汉、沔一带有三年之久。他最后被周访连续进攻，遭到惨败，又遇部将叛变，捆住他向周访投降。周访打算把杜曾送往武昌，但在僚属赵胤和朱昌的要求下，终于将杜曾斩首。原来赵胤、朱昌的父亲赵诱、朱轨是王廙部下，在一次水战中被杜曾杀死。他们为了复仇，在杜曾死后，还碎割其尸而食其肉。

这里说的是南方荆州混乱的情况，下面再讲一讲北方并州的一场大血战。

70　结拜兄弟

早在晋愍帝即位前，刘琨靠着猗庐同汉军作战，打了几次胜仗，他雄心勃勃，想大干一番，便下了檄文给各州各郡，要求在晋永嘉六年（312年）十月共同出兵进攻汉军，号召各路人马会师平阳，活捉刘聪！

正在这节骨眼上，刘琨的内部出了问题。刘琨有魄力，能吃苦,但稍一得势,他就奢侈淫乐起来,这就使他渐失人心。他的属下也不和,晋阳令徐润同他的护军令狐盛闹纠纷,刘琨偏听偏信会拍马屁的徐润,杀了生性耿直的令狐盛。令狐盛的儿子令狐泥出逃,投奔刘聪,把刘琨内部的军情都泄露给敌人。刘聪大喜,派刘粲和刘曜先发制人,进攻刘琨,由令狐泥担任向导。这支军队势如破竹,直奔晋阳。

刘琨这时正在常山、中山一带征集兵马,汉军乘虚从别的道路进攻晋阳,刘琨回师阻击,被打得七零八落,他率领残部逃奔常山,不仅十月会师平阳的计划成为泡影,连他自己含辛茹苦重建六年的晋阳,在八月初二也被刘粲、刘曜占领了。刘琨的父母亲年纪大了,不能骑马,走路也不快,被令狐泥抓到砍死了。

晋阳陷落后,十月间,刘琨的结拜兄弟猗庐率领鲜卑大军来救刘琨。猗庐的先锋是他的儿子六脩、侄儿普根,他们率领几万人马进攻晋阳,猗庐亲自率领二十万将士随后跟进,刘琨赶紧收罗了几千溃散的将士做向导。六脩同刘曜在汾水东面展开了大战,汉军大败,刘曜身上被刀枪伤了七处,鲜血渗透战衣,坐骑也倒毙了。他的部将傅虎把自己的马让给刘曜,用刀背在马屁股上狠狠砍了一下,那马惊叫着载着刘曜渡过汾水,逃离了战场。刘曜一回到晋阳,就连夜和留守的刘粲、镇北大将军刘丰,掳掠了晋阳的吏民,往西穿过蒙山撤军。猗庐一口气不歇地紧紧追赶,在蒙山西南的蓝谷追上断后的队伍,活捉了刘丰,砍了三千多汉军首级。刘曜转头往东逃奔,要想和坐镇襄国的石勒靠拢。猗庐可是一点不放松,集中兵力,一路追一路杀,汉军被杀得几百里路内尸体纵横。

刘琨对猗庐感激得五体投地,在营门口就下了马,一步一步走进猗庐帐幕拜谢。刘琨坚持请求猗庐趁热打铁，回头打到平阳去，消灭刘聪。猗庐说："你的父母被害，是因为我来迟了，很对不起！现在敌人退走了，你的州郡收复了，我的兵马转战几千里，打了几十仗，已经疲乏不堪，要回去休整。刘聪兵力还强，不是一下能消灭的，暂且再等一下吧！"猗庐临行前命令部将箕澹、段繁带兵帮助刘琨守卫晋阳，又送给刘琨马、牛、羊各数千头，战车一百辆，刘琨两眼泪汪汪地和猗庐告别。

晋阳被刘曜、刘粲烧杀抢掠，又成了一座空城。刘琨把并州的治所从晋阳迁到北面七八十里的阳曲，慢慢招集散亡的吏民，兵力又逐渐积蓄扩大起来，坚持着同刘聪的斗争。

猗庐收复晋阳，立下了大功，根据晋愍帝的诏命，他由代公晋爵为代王，这是晋朝立国后正式册封的第一个异姓王。朝廷和刘琨对猗庐寄托了极大的希望，盼着他有朝一日能够扫除晋朝最大的强敌——汉帝刘聪！

过了一年多，当刘琨再次邀请猗庐共同出兵时，不巧猗庐的内部也出了事。有几个非鲜卑族的将领要去投奔石勒，被猗庐发现了。猗庐用刑十分严酷，他不仅杀了那些将领，而且把他们的部族一万多户全部判处极刑，这些部族的人，扶着老人，抱着小孩，忧伤地走向刑场，没有一个敢私自逃亡的，别人问他们上哪儿去，他们一起回答："去死。"由于这个事件，人心动荡不定，猗庐暂时不能出征，而他的统治也愈来愈专横暴虐，不久又引起父子兄弟间的自相残杀。

代王猗庐喜欢他的小儿子比延，虽然他的长子六脩勇猛无比，屡立战功，但猗庐还想让比延做王位继承人。六脩有一匹一天能跑五百里的骏马，猗庐硬要他让给比延。猗庐还要六脩向他

的弟弟比延跪拜,六脩坚决不肯。一天,六脩看到猗庐的车马随从远远而来,他赶紧跪拜在路边,哪知车马走近,他抬头一望,却是他弟弟比延坐在上面,六脩气得两眼火星直冒,二话没说,翻身上马,一口气跑回自己的驻地新平城(今山西大同市南)。猗庐派人召他,他坚决不来,猗庐一气,亲自领兵去打他,可是老子打不过儿子,全军覆没。猗庐换了便衣逃到民间,因为他平时太残酷,这刻儿成了落水狗,被一个妇人认出告发,儿子抓到老子,一刀砍死。

313年春,猗庐的侄子普根联合其他部族共同攻打和消灭了六脩,普根自立为代王。代国更乱了,国内原来有旧人及新人之分,旧人指拓跋鲜卑,新人指后来归附的晋人和乌桓人。左将军卫雄和信义将军箕澹都是晋人,他们想趁机归附刘琨,就对众人说:"听说旧人妒忌新人勇悍善战,要把新人都杀死,怎么办呢?"晋人和乌桓人忧心忡忡地对他俩说:"我们死活跟着两位将军走吧!"于是他俩带着新人三万户、牛羊马十万头,归附了刘琨。这一来,刘琨的实力顿时就充实了不少。可是刘琨的劲敌石勒的兵势,这刻儿也是愈来愈强大了。

71 重会恩人

石勒转战大河南北,主要吸收贫寒无告的百姓和流民来扩大队伍。他在冀州西南各郡时,就有九万多人投入他的部下,

接着，又兼并了严嶷和侯脱的南阳流民军数万人。后来，石虎攻入邺城，附近流民也都归附了。不过石勒对流民中的乞活军，总想斩尽杀绝而后快，因为他要给被乞活军所杀害的结拜兄弟汲桑报仇。但是，形势的变化，终于使石勒改变了对乞活军的态度。

有一部分乞活军占领了兖州陈留郡，首领陈午自称陈留内史，同石勒在浚仪（今开封市）一带打了好几仗。陈午决心拼死打到底，但陈留郡司马上党人李头眼见失败在即，男女老少将被杀得一个不留，便硬着头皮去见石勒说："将军天生神武，应当去平定四海，黎民百姓都希望将军去解救他们，有人现在要和将军争雄，将军为什么不早日图谋消灭他们，而不肯放过我们这些只要一口饭吃的'乞活'？我们都是你的并州老乡，还是拥护你的，人说山高不遮太阳，富贵不压乡党，你何必如此紧逼我们呢？"石勒思忖这些话讲得在理，他在长期的作战中，也逐渐懂得了争取人心的重要性，况且他已杀死成千上万的乞活军，汲桑的仇也已报。于是看在老乡份上，第二天一大早石勒就解围撤走了。

313年，石勒进攻另一支乞活军的残部，在广宗的上白城（今河北威县）杀死了原东海王的心腹将领李恽。石勒因为李恽多次同他为敌，杀性又上来了，想把李恽死后投降他的乞活军全部活埋。

石勒骑马巡视这些降卒时，忽然看到一个熟悉的面孔，他细细端详这个人，问道："你不是郭季子吗？"那人下跪叩头说："正是！"石勒赶紧下马拉住他的手，流下了热泪，激动地说："今天能遇到你，这不是天意吗？"

原来这人是石勒过去当奴隶时,经常接济帮助他的郭敬(字季子),石勒被转卖到山东,又是郭敬托他的族弟郭阳一路照顾。现在石勒重见恩人,怎么不感激涕零!

郭敬告诉石勒,当年分别后,并州连年灾荒,他也活不下去了,只得跟随"乞活"转战冀州。郭敬并不知道鼎鼎大名的石勒就是以前那个缺衣少食的"匐"!他俩这刻儿相见,高兴极了,石勒当即送给郭敬许多华贵的衣物和车马,让他当了上将军。那些降卒也托郭敬的福,全部免死,拨给郭敬做部属。

乞活军的一个首领薄盛,听人说石勒颇讲义气,觉得还不如早投降。薄盛原来要到青州去当刺史,他也不去了,逮捕了驻地渤海郡(治所南皮,今山东南皮北)的太守刘既作为见面礼,带了五千户"乞活"投降了石勒。

薄盛是乌桓人,他的投降使幽州王浚部下的几个乌桓部落以及他们的首领审广、渐裹和郝袭等也动摇起来,因为他们对王浚已由信服逐渐转为畏惧厌恶。

王浚原为都督幽州诸军事,晋怀帝即位,他进位司空,兼领乌桓校尉。洛阳沦陷前又进为大司马,加侍中、大都督,督幽、冀二州诸军事。在王浚的管辖地区,杀人不偿命,抢掠不办罪,一点没有法治,王浚的将吏又贪得无厌,好田好地要吞并,有竹木渔猎之利的山泽都被瓜分,把黎民百姓当作私人的奴仆来役使。

王浚残忍暴虐而且多疑,有一次他武断地认为一批流民是奸细,竟不分男女老幼,全都杀害。来到幽州的流民看这块地方根本不是王道乐土,卷起铺盖行李成群结队离开了。

王浚目空一切,把人心的背离一点不放在心上,他立了皇太子，自命为尚书令后，更是得意忘形，居然还想自己称王称帝。前渤海太守刘亮、北海太守刘抟〔tuán〕和司空掾高柔都劝阻他，王浚听不进去，反而杀了他们。

王浚要称帝，想得到幽州名士霍原的支持，便派一名使者去见霍原。霍原故意呆若木鸡，一声不吭，使者吃了闷棍回来报告，这使王浚恨透了霍原。这时，从辽东越狱逃出来的囚徒三百多人，占了一个山岭，"替天行道"，想把霍原劫持去奉为首领，霍原躲避掉了。王浚了解到这一情况，就诬加霍原一个"通盗"的罪名，把他的头砍下来挂在城楼上。远近的人听到王浚这么残暴无理，更是无比怨恨。

王浚杀了许多好人，还自以为有魄力，一天比一天更骄妄，他不愿过问日常政事，而是沉湎于淫乐。他任用的一批苛刻小人也无恶不作。他的女婿枣嵩最得势，被任命为尚书、安北将军，监司、冀、并、兖四州诸军事。枣嵩年龄不大，却极能搜刮钱财，王浚的部属朱硕（字丘伯）也十分贪横，所以当时有民谣说："府中赫赫朱丘伯，十囊五囊入枣郎。"

原来归附王浚的鲜卑、乌桓部族，看到王浚这样不得人心，纷纷远走高飞。攻襄国时出力最大的段疾六眷，也同王浚闹翻了。乌桓的首领审广、渐裳、郝袭拿王浚和石勒一比较，就带了部众归附石勒，石勒把他们迁到襄国，十分优待。王浚的兵势日渐削弱，而石勒却愈来愈强。石勒想立即发兵并吞王浚，张宾说："王浚口头上说是晋臣，实际上却是要自己做皇帝，顾虑的是四海英雄不拥护，他现在兵力还不小，不能硬攻，我们要把他捧得高高的，把自己说得小小的，等他志得意满时，然后再用计攻取。"

72 智取王浚

石勒听从张宾的建议，叫舍人（侍从官）王子春和董肇带了很多珍宝去见王浚，并呈上一表，其中说："石勒生遭乱世，流离失所，不得已和亡命之徒相聚结。石勒是上党人，殿下是太原人，也算是老乡了。殿下名扬四海，现在晋朝的命运眼见长不了，除了殿下，还有谁能担当天下大任呢！石勒舍命东征西讨，但愿殿下早日登基，望能体谅这片心意，把石勒看作自己的儿子一样。"石勒知道王浚的心腹红人枣嵩是个财迷，另给枣嵩送了很多贿赂物品。

王浚这时已众叛亲离，见到石勒愿意归附，真是喜出望外。但他还是不太放心地问使者王子春说："石勒是当世的豪杰，占有大块土地，现在称藩于我，这能相信吗？"王子春答道："成帝成王，自有历数，不是靠智力所能争得的。自古以来，胡人有成为辅佐名臣的，但从来没有做帝王主宰天下的。石将军确实是英武有才，但他知道殿下仁义英明，有如阳光普照。过去楚霸王项羽虽然强大，但最后天下还是为刘邦所得。石将军有了这样的前车之鉴，所以愿意早日归附殿下，愿公勿疑。"

王浚听了这些恭维话，浑身轻飘飘地直上云霄，随即封使者王子春、董肇为列侯。正巧王浚的司马，坐镇范阳（今河北徐水县北）的游统，派了专使去见石勒，想私自归附石勒，石勒杀了使者，把首级送给王浚。王浚认为石勒对自己确实忠心耿耿，他就完全解除了戒心。

314年正月，王子春、董肇陪同王浚的使者到达襄国，石勒请使者坐在南面的尊位上，亲自下拜，接受王浚的来书。王浚送给石勒一根白玉为柄的麈〔zhǔ〕尾。麈，据说是一种似鹿而比鹿大的动物。麈和群鹿同行，麈尾摇动，可以指挥群鹿的行向。麈尾还会扇动生风，除尘驱虫，因而古人把它制成一种似扇非扇的东西，即称为麈尾（不是用作掸灰土的拂尘）。麈尾只有善于清谈的大名士以及身份高贵的人物才有资格使用。王浚送给石勒麈尾，表示承认他具有高贵的身份。石勒故意表示谦虚不敢当，不敢随便使用，而把它高高挂在墙上，早晚都要向它一拜，并且对使者说："我还没见到王公殿下，现在看到他赐给我的麈尾，如同见到殿下一样！"石勒还把自己精悍的将士、锐利的武器都掩藏起来，只拿老弱的士兵和空荡荡的仓库给王浚的使者看。

王浚的使者回幽州，石勒又派董肇带了呈表去见王浚，表上要求允许他三月中旬亲自到幽州拜见王浚，尊奉王浚称帝。石勒又写信给枣嵩，请他代为劝说王浚封石勒为并州牧、广平公。王浚听到使者的回报以及枣嵩的要求，认为石勒对自己确是一片诚意，他就更狂妄自大，对石勒的来见丝毫不作戒备。

石勒却向自己的心腹王子春认真询问起王浚的底细，王子春说："去年幽州发大水，老百姓见不到一粒米，只能吃树皮草根，王浚仓库里积粟百万，却不肯赈济平民。王浚刑罚苛酷，赋役繁重，忠贤之士与他离心离德，鲜卑、乌桓等部族纷纷自寻出路。百姓对他的怨恨愈积愈深，人们都说他的日子不会长了！而王浚自己还蒙在鼓里，以为自己才能超人，英武盖世，这当儿还增设百官，修造王府官第，自吹自擂地说汉高祖刘邦、魏武帝曹操都比不过他。"石勒听后哈哈大笑道："彭祖（王浚字）真在我手掌之中了！"吏民们对王浚的行将崩溃却已洞若观火，有两句民谣唱道："幽州城门似藏户（指墓道），中有伏尸王彭祖。"

一个月后，石勒集中了军队，准备去袭击王浚，张宾看他还有些犹豫不决的样子。便问："发兵应该迅雷不及掩耳，将军迟迟不动，是不是怕刘琨在背后趁机打我们？"石勒承认了，张宾接着说："刘琨不会想到将军竟敢千里迢迢去打幽州，我们轻骑往来不过二十天，等刘琨知道再商讨和准备出兵时，我们已经胜利回师了。况且刘琨和王浚虽然名义上同是晋臣，但他俩争夺过冀州，从而结下了怨仇，我们完全可以利用这一点，先去消灭王浚。兵贵神速，勿失时机。"

石勒立即发兵，连夜进军幽州，又听从张宾的计谋，另派人送了书信和人质给刘琨，说自己罪恶滔天，要求去征讨王浚立功赎罪。刘琨竟轻信不疑，他是并州、幽州、冀州三州的都督，高兴得发了檄文给所辖州、郡说："我本来要请大家发兵会师，踏平石勒，但他走投无路，要求去打幽州以报效国家，我们也当立即征讨平阳的刘聪，天下统一指日可待了！"

石勒率轻骑在夜里行军，飞快地到达易水（在今河北西部）。王浚的督护孙纬飞马上报王浚，提出要同石勒拼死决战，王浚的女婿枣嵩得了石勒的贿赂，一味说石勒的好话，说他肯定是来劝进的。王浚的将吏们大都说："石勒贪得无厌而且不讲信用，一定有阴谋，必须全力抗击。"王浚听不进去，大怒道："石勒早说过三月里要亲自前来奉戴我为天子，如果谁再说攻击他的话，立刻斩首！"这样就没人敢说二话了。王浚还杀猪宰羊，准备大办筵席，欢迎石勒。

三月初三清晨，天才麻麻亮，石勒就到了蓟城，吆喝守门的人开了城门。石勒怀疑城里有伏兵，先把沿途掳掠来的几千头牛羊赶进城里，说是送给王浚劳军的，实际是借以堵住所有的大街小巷通道。王浚这才感到有点不大对头，坐立不安。王浚的将吏劝他下令打巷战，他还是不同意，结果竟出现了这样的局面：石勒高高坐在大堂上，把王浚捆着来审问，又叫王浚的妻子坐在自己身边。这太使王浚难堪了，他破口大骂石勒"凶逆"，石勒数落他说："你身居高位，坐观京师洛阳倾覆，不发兵救援，而且还想自称天子，你就是最大的凶逆！你听信贪官污吏之言去残害百姓，你屠杀忠良之臣，这不都是你的罪过吗？"王浚受责，哑口无言。在押解去襄国的路上王浚跳河自杀，但又被拉了上来，随即送到襄国，在大街上斩首示众。

石勒在蓟城把随从王浚的亲兵万把人和枣嵩等贪官污吏都杀了，把王浚新建的宫殿烧掉，把王浚的将吏都抄了家，每家都抄出百万家财来，只有尚书裴宪和从事中郎荀绰的家里没有余财，仅有一百多部书籍，盐米各十余斛。石勒对他二人说："我得到幽州并不太高兴，高兴的是得到你们两个人！"立即拜裴宪为从事中郎，荀绰为参军。石勒还给在幽州的流民发了粮钱，要他们回到自己的家乡去。

黄河的中下游共有八个州，石勒攻占了其中的七个州，杀了一批晋朝的刺史和都督，只有刘琨还守住了晋阳附近的并州郡县。其中乐平郡的治所沾县（今山西昔阳西南）被石勒包围后，太守韩据向刘琨求救，刘琨因为新近得到了猗庐的部众，认为可以像过去血战晋阳那样打败石勒，就要立即派兵去救沾县。箕澹

和卫雄劝阻说:"这些部众虽然是晋人和乌桓人,但在塞外已经住长了,对将军还不太了解,恐怕难以替将军赴汤蹈火。最好暂且闭关守险,不要马上去打大仗,首先要安定内部,务农息兵,等到将军的威望在他们心中生了根,他们的果敢剽悍才能发挥出来。"但是刘琨听不进他们的忠告,316年(建兴四年),他命令箕澹率领两万将士做前锋,亲自带领后队,向沾县进发。

石勒的部众听到箕澹将到,知道他们本来是猗庐的主力,过去晋阳的血战震惊人心,便对石勒说:"箕澹锐不可当,还是筑起高垒,挖掘深沟,坚守一下,避开他的锋芒,以消磨他的锐气,这是稳稳当当的万全之计。"石勒却说:"自从猗庐和六脩死后,他们的队伍号令不齐,军心涣散,加上箕澹军队远道赶来已很疲累了,更不必害怕。况且敌人未到,我们立即撤退,人心就会动摇的,倘若敌人乘势追逼,那就更糟了。筑垒挖沟更是无稽之谈,再说时间上也来不及!"

石勒说完,正式下达军令:"摆开阵势,奋勇杀敌,谁要是贪生怕死,先砍下他的脑袋见我!"他进占险要的山地,部署了伏兵,派孔苌带少数骑兵去引诱敌人。箕澹中计,进入了包围圈,石勒军前后夹攻,箕澹的队伍毫无斗志,立即溃逃,石勒缴获了铠甲和马匹一两万。箕澹、卫雄只带了一千多骑兵逃回代郡,韩据丢掉沾城也逃了。这一仗败得太惨,震动了整个并州,刘琨的长史李弘还没等刘琨回师,吓得把并州的治所阳曲双手拱让给石勒。

刘琨顿时泄了气,他悔恨不听忠告,过于轻敌,落到了无地自容的地步。这时石勒所派的幽州刺史刘翰叛变,把蓟城让给鲜卑族的段匹䃅〔dī〕。段匹䃅派人邀请刘琨到幽州去,刘琨带了部

石勒智取王浚

属,经过代县南四十里的飞狐口,直奔蓟城,投靠段匹䃅。两人一谈,只恨相见太晚,立刻结拜为兄弟。

石勒的实力愈来愈强盛,占领的土地愈来愈大,刘聪连续给他加封为大都督、督陕东诸军事、骠骑大将军、东单于。石勒的羽翼已经长成,不愿再在刘聪跟前低头称臣了,刘聪却还不警觉,他在石勒和刘曜等军的盛大胜利下,忘乎所以,骄奢荒淫,平阳的汉廷在一批佞臣操纵下,也是朝纲荡然了。

73 陈元达锁树

汉帝刘聪自从打下洛阳,占领了晋朝大片土地后,日益骄奢淫乐。312年正月,他从大臣家中挑选了许多如花似玉的姑娘进入宫中,封了一批昭仪、夫人、贵妃。不久又听说太保刘殷家里的女孩子都美得像天仙下凡,刘聪就以刘殷的女儿刘英和刘娥为左右贵嫔,刘殷的四个孙女为贵人。自从刘殷家的六个美人一块儿进宫后,刘聪乐得连宫门也不出了,国家大事都由宦官转达裁决,文武官员要见刘聪比登天还难!

一次,宫中吃的鱼虾暂时供应不上,刘聪一怒之下,杀了掌管供应的襄陵王刘撼〔shū〕。过了几天,管建筑的望都公靳陵没有在限期内把两座宫殿造好,刘聪也把他抓来杀了。中军大将军王彰眼看刘聪太失人心,向他劝说了几句,刘聪发起火来,又要杀王彰。王彰的一个女儿是嫔妃,她急得叩头哀求不止,刘聪才饶了王彰一命,把他投入牢狱。

刘聪的母亲张太后看到儿子这么霸道,气得三天不吃一点东西。太弟刘乂和刘聪的儿子刘粲叫人扛了棺材来劝谏,他更是一跳三丈高,高声大骂:"我难道是暴君?为什么我活着时还让你们来哭闹?"瞧着刘聪那凶狠劲儿,太宰刘延年、太保刘殷和廷尉陈元达,还有百把个公卿列侯,都摘掉官帽,一齐趴在宫廷的地上哭着劝阻。

刘聪眼看那么多人都这般模样,也不便发怒,他慢悠悠地说:"这几天是我喝醉了,干了那些糊涂事。"接着他命人释放了王彰,加封他为骠骑将军、定襄郡公。此后接见群臣的次数就多了些。

313年二月,张太后和王彰相继去世,刘聪的老毛病渐渐又复发了。接着张皇后因病死了,三月里,刘聪立贵嫔刘娥为皇后,要为她专门修造一座取义为"凤凰来仪"的"凰仪殿"。廷尉陈元达挺身而出说:

"上天要君王管理百姓,不是要亿万的生命财产供给帝王一人奢侈为乐的。先帝在世时身穿粗布衣服,床上只有薄薄的垫褥,当时后妃们不穿锦绮,马匹不喂粮食,这些都是为了爱惜民力和财力。陛下登位两三年来,已经兴造了华丽的宫殿楼观四十多座,为数已经不少了。眼下军粮和军费开支很大,饥荒和瘟疫连年不断,君王是百姓的父母,怎么还能忍心大动土木呢?"

刘聪听后不但不引为戒,反而怒从胆边起,大声喊道:"我贵为天子,要造一座宫殿还要被你小小鼠子咒骂?"他随即向侍从下令:"快把陈元达拖出去,和他的老婆儿女们一起押到闹市斩首示众!让这一窝老鼠死在一块儿!"

陈元达入朝前,料到刘聪会发怒杀他,他身上早带了铁链铁

锁,一见刘聪大发雷霆,他立即跑到庭前大树边,用铁链铁锁把自己和大树紧紧锁在一起。他接着又大呼道:"我的话都是为国为民为陛下的!陛下如果杀了我,我可以和被古代暴君所杀的忠臣在九泉之下携手共游,这就够我满意了!"刘聪的侍卫去拖陈元达,他紧抱大树,加上铁链铁锁锁住,拼命拖也拖不动。

这刻儿大司徒任觊、光禄大夫朱纪和范隆,以及骠骑大将军、河间王刘易等都下跪叩头不止,头皮破了,血流满地,他们都说:"元达是先帝的大臣,一贯忠心为国,知无不言。小臣们只知享受俸禄,苟且偷安,见了元达的为人,常常内心有愧。今天元达虽然狂放耿直,但愿陛下宽恕。"刘聪听了这些话,明知自己不对,但还鼓着气不吭声。

皇后刘娥(字丽华)不仅美貌,而且知书达理,她从小聪明勤学,白天纺纱织布,夜里读书识字,她的哥哥们常常和她争论书中疑点,最后他们总是在她跟前低头认输。这刻儿她听说朝中闹翻了天,赶紧叫人悄悄嘱咐侍卫不要再去拖陈元达,她自己拿起纸张,刷刷地写了奏疏给刘聪,大意是:

"现在宫室已够住了,不必再兴工费财。忠臣敢于把生死置之度外,陛下更要把国家存亡放在心上!陛下如果为我营造宫殿而杀了这么好的廷尉,天下人怨恨陛下是由于我,今后任何人不敢说真话是由于我,朝廷陷于困境是由于我,这样一切罪过都集中在我身上,我怎么能担当得起?我过去读历史,读到古代有些国家的衰败常常由于妇人而起,心中叹息不止。想不到我自己现在也可能成为这样的人,我实在没有脸再服侍陛下,恳求陛下赐我一死,聊以补偿陛下的过失!"

自知理亏的刘聪,将这些出自肺腑的话一句一句读下来,身上一阵一阵地打寒颤，臊得脸色全变了。他再往殿下一瞧，任𫖮等大臣还满面流血趴在地上磕头，他"唰"一下站起来说："我近年来身体不好，喜怒哀乐不能克制。你们叩破了头来劝阻我，我对不起诸位，元达确是忠臣，我知道了！"刘聪当即请大臣们戴好冠带，整好官服，再让陈元达打开铁锁，扶他上殿堂，又把刘皇后的奏疏给他看，刘聪说："外朝有像你这样的辅臣，内宫有这样的皇后，我就没有什么事可以担忧了。"

陈元达锁树的宫园原名逍遥园，从此刘聪把它改名为纳贤园；这个堂原名李中堂，便改名为愧贤堂。任𫖮等人趴地叩头头破血流，刘聪赏赐谷帛给他们养伤。

过了几天，刘聪笑着对陈元达说："应该是你怕我的，怎么反而我怕你了？"陈元达跪下来讲："自古成为霸主的人，都因为他们能把臣子当成老师，当成朋友。我是微不足道的，但愿陛下继续效法古代圣主，广开言路！"

314年正月，皇后刘娥得了病，医治无效而死。不少嫔妃眼巴巴地都想爬上皇后宝座，千方百计地向刘聪献媚争宠，宫内宫外又乱了套。三月里，刘聪把中护军靳准的两个女儿靳月光和靳月华召入宫内。靳月光最美，被立为上皇后，原来的贵妃刘英为左皇后，靳月华为右皇后。陈元达又出来劝阻说："三个皇后并立，自古以来没有这个礼法！"刘聪不理睬他。可是靳月光生性淫荡，她平时偷鸡摸狗的丑事儿都被陈元达抓住了，并被一五一十地给摆了出来，刘聪迫不得已，废掉了上皇后。靳月光没脸见人，就自杀了，刘聪失掉了这么一个美人儿，暗暗对陈元达恨之入骨。

有史以来，凡是封建帝王昏庸淫乐时，宦官就要趁机乱政。这时刘聪信任中常侍王沈等一批宦官，把日常政务都交给他儿子

相国刘粲办理，自个儿在深宫里吃喝玩乐起来，有时醉得三天还醒不过来，只有大臣的处死和加封才由王沈等人转报，但是王沈等经常自作主张生杀予夺，他们乘机把自己的三十多个中表亲故拜为太守和县令。不用说，这些新官尽是贪残不法无恶不作的。王沈等人还掌握着财政大权，前方流血的将士得不到抚恤和犒劳，但他们对后宫僮仆的赏赐动不动就成千上万。王沈等人自己使用的车辆、服饰和住的房子超过一般王公，他们还屡进谗言，陷害忠直的臣僚。316年二月，由于他们的诬害，刘聪在一天内竟杀了少府陈休、左卫将军卜崇等七个大臣，其中有早年投降刘聪，带头攻入洛阳的晋臣朱诞。朱诞之前被任命为大司农，是因被王沈等妒忌而杀害的。陈元达和河间王刘易、渤海王刘敷等一块儿上表劝谏，刘聪只是笑笑说："这些傻孩子被陈元达迷惑住，都变痴了！"

河间王刘易还单独上疏直言，刘聪把他的奏章撕得粉碎，刘易气不过病死了。陈元达号啕大哭道："皇上既然不能再听从忠告，我何必在这人间偷生呢！"他回家便自杀了。人们听到他俩的死，都深深惋惜不止。

74 避难的乐土

到处都是烽火连天、尸骨遍地，广州虽兵乱少，但当时还是荒僻之地。离中原较近的地区，只有凉州才是唯一可以避难的乐

土。凉州（今甘肃大部及宁夏、青海一小部）是一个地广人稀的州，有八个郡四十六个县，总共三万多户，当时的凉州刺史是张轨。

张轨（255－314）字士彦，雍州安定郡乌氏（今甘肃平凉市西北）人，据说他是西汉初年常山王张耳的第十七代孙。他家从来就是官宦门第，母亲辛氏也出身于陇西大族。他父亲张温担任管理皇宫饮食的太官令时，全家搬到洛阳附近的宜阳居住。张轨从小好学不倦，有志气有才干，曾经在名士皇甫谧那儿当过学生。皇甫谧比他大三十八岁，但师生俩却结下了深厚的友谊。张轨少年时曾到离宜阳九十里的女儿山居住，十五六岁时开始做官，郡县评他为五品。当时张华还在世，和他纵谈起古往今来，非常佩服他的学问和见识，因而指责安定郡负责推荐官吏的中正官埋没了人才。经过张华的努力，他被重新评定为二品。当时的九品中正制度，一品虽有其名，但没有人能得到，因而二品就算最高了。张轨当过征西将军的司马，熟悉凉州的情况，晋惠帝时，国内局势开始混乱以后，他暗暗地想效法王莽时代的窦融。窦融在王莽篡汉、天下纷争的时期，割据酒泉、敦煌等五个郡，自称河西五郡大将军，以后归顺东汉刘秀，封为安丰侯、大司空，算得上是个识时务的人物。

过去凉州也是一个好地方，晋初赵王司马伦、梁王司马肜都在这儿巧取豪夺过。秃发树机能烧起反晋大火，后来虽然被镇压下去了，但朝廷大臣眼见这儿的鲜卑、氐、羌等族人民不是好欺侮的，都不愿上凉州当官，因此张轨一提出要当凉州刺史，大臣们都巴不得他去，并众口齐声赞扬他才能卓绝，定堪胜任。301年（晋惠帝永宁元年）一月，张轨如愿以偿地担任了护羌校尉、

凉州刺史，坐镇武威郡的郡治姑臧（今甘肃武威）。姑臧城不算大，南北七里，东西三里，形如长龙，因此又名卧龙城。武威郡是凉州的政治中心，但只有五千九百户居民，还比不上东西交通枢纽的敦煌郡，那里有六千三百户。

张轨是雍州人，他知道要在凉州扎下根来，一定要把本地的世家大族紧紧地抓在自己手里。朝廷有一个官为郎中的氾〔fàn〕腾，弃官回到敦煌老家，敦煌太守张阀〔bì〕去拜望他，他闭门不见，别人送他礼品也一概拒收。氾腾说："生在乱世，只有鄙弃富贵，安于守贫，才能得到安全。"于是他把家财五十万都分给同族的穷人，自己种种菜，弹弹琴，读读书，怡然自得。张轨想请他出来做州里的司马，氾腾坚决推辞说："我把做官的门都堵上了，就不能再开。"

张轨对这些清高的人感到头痛，只得到郡县官吏中去挑选需要的人才，不久就把西平郡（治所在今青海西宁市）的太守宋配调为自己的司马。宋配个子矮小，又有严重的皮肤病，全身如同长了鳞甲般（这大约就是鱼鳞癣，或称蛇皮癣）。但宋配文武双全，又是敦煌的大族，在凉州的声望很高，既然他愿意奉事张轨，凉州不少上层人士也就纷纷倾向张轨。宋配从此成了张轨的心腹谋主。

张轨笼络凉州人士是煞费苦心的。东汉末年，凉州出了两个以重义著称的人物：一个是金城人冯忠，那时有人杀了太守叛变，冯忠守着太守尸体大哭不止，边哭边吐血而死；另一个张掖人吴咏，他原在护羌校尉马贤手下为官，后转到太尉庞参府里当差，以后马贤和庞参吵闹起来相互诬告，都指名要吴咏做证人，吴咏知道他们二人都不对，但又难以声辩，只得自杀而死。马贤、庞参因此感到惭愧而重归和好。张轨亲自到冯忠和吴咏的墓前祭奠，并且为他俩立牌坊，送匾额，不但他俩的子孙们感谢，凉州的百姓都觉得张轨这个官儿真不错。

凉州屡受战祸和皇族的惨重剥削，荒凉不堪，货物交易都不用钱币，布匹一度成为交易的媒介物，被撕成一块大一块小的来购买东西，但计算起来很困难，作为货币也不耐用，使用几十次几百次后，那些布也破旧得不能使用了。张轨到凉州后，接受参军索辅的建议，恢复使用五铢钱，人民的经济生活因此得到很大的方便。

张轨还在姑臧设立了学校，各郡各县官员的子弟五百人集中起来学习，请了很多鸿学硕儒讲授经典，还保存了许多因为中原兵乱即将失传的文化典籍。这样，张轨也就把世家大族的子弟牢牢地拉到自己身边。

304年（永兴元年），鲜卑的若罗拔能烧起反晋战火，从北向南进入凉州，张轨和宋配打败并杀了若罗拔能，俘获了男女老少十多万口，此事大大地震动了北方。307年，张轨还插手到秦州去，那时东羌校尉韩稚杀了秦州刺史张辅，张轨派两万人马去征讨，平定了局势。当时都督秦、雍、梁、益四州诸军事的南阳王司马模，特地把皇帝赐予的宝剑转送给张轨，委托他管理陇西。

张轨对晋朝皇帝是忠心耿耿的，虽然自己的日子也不好过，每年还派使者多少进贡一点财帛。京城危急，张轨曾派北宫纯等率领精骑去救援，打败了敌人。洛阳的孩子们唱道：

凉州大马，横行天下；
骑兵一到，如帚横扫；
又似鹰鸢，强敌纷逃。

但凉州也并不是完全平静的。全国各地你争我夺、拼死拼活的逆流势必要影响这块乐土。308年，张轨得了风病，嘴巴不能讲话了，他令他的儿子张茂协助他管理凉州的军政大事，凉州的大风大浪就此起来了。

有一些世家大族看到张轨统治凉州似乎不太费力，但得到的富贵和荣誉却是那么大，禁不住眼红起来。张轨的别驾麴晁和酒泉太守张镇勾结起来，到南阳王那儿说张轨的坏话。南阳王听信他俩的一唱一和，打算上表撤换张轨。有一天清晨，侍者送来一盆鲜血淋淋的东西，南阳王吓了一跳，仔细瞧瞧，竟是数十个人耳朵。侍者说，这是凉州的治中杨澹等人，特地赶来长安，在王宫外割下耳朵，放在盆子里送来的。在古代，坚持封建贞节的烈女誓死不嫁二夫，有的把耳朵割下来，表示自己的决心。杨澹等也这样做，是借此证实自己所服侍的主官张轨确是好人，并诉说他们愿意以生命担保，南阳王这才没拆张轨的台。

凉州的一些世家大族，特别是张家和麴家不肯就此服输。上面的路走不通，他们便自个儿动手。酒泉太守张镇的弟弟张越由陇西内史调任梁州刺史，但他不愿意去梁州，假托有病，阴谋取张轨而代之。在他的策划下，由张镇和西平太守曹祛等出面发出通告，痛骂张轨，宣称要他下台，并指使军师杜耽上表朝廷，要求让张越担任凉州刺史。

张轨听到这样紧锣密鼓的阴谋，心里甜酸苦辣搅在一块，不知是个什么滋味。他立即写了一纸布告作为回答，其中说："我在凉州八年，不能把一个州管得好好的。现在我身患重病，真想卸职让贤，但因重任在身，一时未能脱身。想不到有人因此阴谋陷害我，这是不明我的心迹所致。老实说，我要离职，就像脱掉靴子一般,并没有什么可以留恋的!"

张轨打算要他的主簿尉髦带着辞官表去朝廷,要求退归宜阳去养老,他的长史王融、参军孟畅把张镇等人的通告撕碎,踩在脚下,对张轨说:"张镇兄弟敢如此肆行妄为,应该发兵征讨,不能让他们的奸计得逞。"张轨被他们说得更是怒火中烧,但只是抿紧了嘴,不作声。王融和孟畅立刻宣告戒严,这时张轨的长子、议郎张寔从朝廷回到凉州,带兵去讨伐张镇。

张镇的外甥令狐亚也是张轨的主簿,他去劝阻张镇说:"舅舅你这么糊涂?张轨的几万兵马如烈火般烧过来了,你不投降,只有死路一条!全家几十口子都要跟着你丧命吗?"张镇欺软怕硬,推说是功曹鲁连的过错,把鲁连杀了当个替罪羊,向张轨请罪。

武威太守张琠〔zhèn〕却是信赖张轨的,他派了儿子张坦到朝廷上表,为张轨说好话,朝廷当然给张轨撑腰,不久张坦带回诏书,一是慰劳张轨,二是下令要平定闹事的郡县。

张轨父子得了诏书,名正言顺地派了三万人马去征讨西平太守曹祛。螳臂岂能当车,曹祛的脑袋很快搬了家,凉州这才重新稳定下来。

秦州、雍州的流民大批地涌到凉州来,张轨让他们集中在姑臧西北的八个县里,特地为他们设置了武兴郡,让他们安居乐业。因此凉州没有像其他地方那样由于流民问题而搞得鸡犬不宁,血流成河,难怪很多人都跑到凉州来避难。

晋愍帝在长安即位后,张轨仍是一片忠心,不是派兵马,就是送财物。314年二月,晋愍帝拜张轨为太守、凉州牧,封西平郡公,并且以他的儿子张寔为副刺史。副刺史的官衔是史无前例

的,这是因为张轨年老病重,让他儿子当副刺史,以便名正言顺地管理凉州的军政大事,防止再次发生意外的骚乱。

　　同年五月间,六十岁的张轨病逝,他统辖凉州共十三年。张轨遗嘱上说:"文武将佐,务安百姓,上思报国,下以宁家。"州人拥戴他的儿子张寔接替他的职位。晋愍帝随即任命张寔为持节、都督凉州诸军事,凉州刺史,袭封西平郡公。张氏九世相承,割据凉州,就这样合法地开始了!

　　张轨在世时统辖凉州,独据一方,但对于西晋摇摇欲坠的小朝廷,自始至终排除万难,效忠报国。可是西晋手握重兵的皇族以及其他州郡的封疆大臣却不是那样。西晋朝廷在内外交困中,终于走向了覆没的深渊。

75　西晋覆灭

　　316年(建兴四年)四月,新任的凉州刺史张寔,派将军王该率领五千精兵入援长安,他同时又送上凉州各郡进贡的土产和财宝。这真是雪中送炭!晋愍帝为了答谢这样的厚礼,把原来给予南阳王司马保的"都督陕西诸军事"的头衔转给张寔,又把南阳王"秦州刺史"的头衔送给张寔的弟弟张茂,从而把过去对于南阳王的希望,都寄托在他俩兄弟的身上。

　　张寔的叔父西海太守张肃看到张寔对晋廷确有一片忠心,就要求他派出大军去征讨刘曜,解除对长安的威胁,并且自告奋勇担任前锋。张寔没有发兵,又说他叔父年纪大了,不能再带兵打仗了。

七月,刘曜率军包围了北地。北地郡虽然只有泥阳、富平两个县(今陕西耀县、富平及铜川市一带),但却是长安北边的屏障,因此晋大都督麴允带了三万兵马去援救。他到了离北地还有几十里的地方,远远地望到北地的上空浓烟滚滚直冲霄汉,有人来报告军情说:"北地郡的两个县城都已被刘曜占领,正在放火烧城。"三万兵马一听,立刻溃退。不料刘曜大军转眼就到,对晋军展开了猛烈的攻击。麴允眼看北地已陷,军心涣散,哪还有心恋战,被杀得大败而回。谁知道这浓烟冲天却是刘曜耍的花招,他不过在北地郡的旷野及山林间烧起几堆大火来欺骗麴允,这个计谋竟轻而易举地打垮了三万兵马。刘曜回过头来,又不费吹灰之力收拾了北地郡,太守麴昌突围逃到长安。

刘曜随即向长安进军,到达池阳(今陕西泾阳西北)一带,南距长安只有几十里路,形势异常紧急,麴允和索綝扶持晋愍帝,竭力拉拢附近各个郡的太守,连山村里结坞自保的小头目,也都加封为将军,企图换取他们对晋愍帝的拥戴。

安定太守焦嵩一贯看不起麴允,刘曜过去几次围攻长安,他都坐视不救,而且扬言:"要等麴允危急得只留一口气了,我才去救他。"这刻儿焦嵩看到长安确实危在旦夕,就约同新平太守竺恢等发兵去救援。散骑常侍华辑率领京兆、冯翊、弘农、上洛四个郡的人马也来了,但是他们都害怕刘曜的军队,只是屯兵在长安附近的灞上,不敢再向前一步。

一年多前南阳王司马保派出的镇军将军胡崧,这刻儿才带了兵马来解长安之围,在长安西边四十里的灵台打了一仗,打败了

刘曜。但胡崧怕真正打退刘曜,是"为他人作嫁衣裳",麹允和索綝的势力又要大起来,所以打了胜仗之后,反把大军撤到渭水以北。麹允搜罗公私家底财产,凑了五百斤黄金给胡崧犒劳军队,胡崧还是磨磨蹭蹭不肯前进,这当然也是南阳王的主意。

刘曜眼看来救长安的晋军不是自行撤走,就是屯兵不动,他就放手进攻,很快攻破了长安外城。麹允、索綝退保小城,内外隔绝,兵缺粮空,一斗米值二两黄金,人吃人的惨事又出现了。将士和百姓纷纷逃出围城,凉州派将军贾骞带兵来救长安,却被南阳王司马保挡住。百姓不知道,只以为凉州兵强粮足,这时却在袖手旁观,因此有一首民谣唱道:"秦川中(指长安一带),血没腕,唯有凉州倚柱观。"

长安的粮食和可以充饥的树皮草根都吃光了,皇家的仓库里只有几十块酒曲,麹允把它们舂成碎屑,加了水煮,算是供应晋愍帝的"御食"。但这能支持几天呢?愍帝饿得两眼发黑,哭着说:"外面没有援兵来,只有忍辱投降吧!我们和士民还可以有条活路!"他想到几年前如果不被立为皇太子,不做这样的短命皇帝,也就不致落到这个地步,顿时他又怨恨起拥戴他的麹允和索綝来,长叹道:"误我的人,就是你们麹、索二公!"

愍帝派侍中宗敞向刘曜送降书,索綝却把宗敞留下,先派他自己的儿子到刘曜跟前说:"长安城中的粮食还可以应付一年,长安一下是打不下来的。如果大王能拜索綝为车骑大将军,封一万户以上的郡公,索綝一定可以将长安奉献给大王。"刘曜听了,斩钉截铁地一口回绝:"我带兵十五年,从来不用诡计胜人,就是要把敌人打得势穷力竭而占领州郡。索綝这么鬼鬼祟祟,胡言乱语,分明是乱臣贼子,我是最恨这种人的。"说完,当即令人将索綝的儿子推出斩首，把人头送回长安。

316年十一月初十，晋愍帝无可奈何，再派宗敞正式送降书给刘曜。第二天，愍帝坐了羊车，光着上身，反缚双手，口里衔着奉献给刘曜的玉璧，带着棺木，出了长安东门，到刘曜军营投降。刘曜烧了棺木，受了玉璧，解开晋愍帝身上的绳索，接受了他的投降。西晋从司马炎称帝到此灭亡，传了四主，共五十一年（265－316年）。

过了几天，愍帝和他身边的朝臣都被送到平阳，索綝和麹允也同行。汉主刘聪正式接见他们，愍帝下跪叩头，麹允扑在地上大哭不止，别人扶他他也不肯停下来，刘聪一怒之下，把他下在监牢里，他随即自杀。刘聪反过来称扬他忠烈可嘉，追赠他一个车骑将军的称号。

刘聪认为索綝先前向刘曜要高官厚爵而投降，是不忠的无耻行为，因而把他砍首示众；和索綝一起被杀的，还有尚书梁允等几十个人。

琅琊王司马睿听说长安陷落，他身为丞相而且担负了都督中外诸军事的重任，毫无表示是说不过去的，于是带了将士们露宿在野外军营里，向四面八方发出了檄文，声称立即要北上征讨刘聪、刘曜，救回愍帝，但最后推说运输军粮出了问题，大军还是一步未行，司马睿处决官为督运令史的淳于伯，说运粮误期是他的过错，可是大伙儿都知道淳于伯是白白当了替罪鬼。传说他被砍头时，鲜血沿着绷绑的刑柱直往上冲，有两丈三尺高。恰巧在他死的前后，扬州大旱三年，朝野议论纷纷，说是淳于伯冤气冲天，因此上天震怒，加罚人间。右将军王导上疏，把责任揽在自己身上，要求免职，琅琊王装聋作哑，答复说："这是我闭目塞

听所造成的冤杀,不是你们的过错。"以后当然不了了之。

刘聪在晋愍帝司马邺投降后,拜他为光禄大夫,封怀安侯。317年十月,刘聪率领百官去打猎,命令司马邺为车骑将军,让他手持长戟,站在车上作为前导。平阳的吏民奔走相告,都涌出来看看这以前的大晋皇帝是个什么样儿,老年人在路边悲痛地哭泣,感到这是他们亡国的耻辱!

刘聪在光极殿摆了盛宴,命令司马邺在大庭广众之下给众人斟酒;刘聪上厕所,又叫这个下台的皇帝在身边拿着马桶盖,司马邺咬紧牙关,忍气吞声。但他原来的尚书郎辛宾却无法遏制悲愤之情,抱着他放声痛哭,刘聪立即令人把辛宾拖出去杀了。

这时有一些晋朝官员结集兵马,声言要活捉刘聪的太子刘粲,换回晋愍帝。刘粲于是上表给他老子说:"晋故臣故将都以救赎司马邺而煽动黎民作乱,请求早日杀死司马邺,让他们死了那条心!"

刘聪听从了刘粲的主意,派人送毒酒给司马邺,司马邺无可奈何地喝了下去。紧接着,他要求最后见见他原来的侍中许肃。许肃赶到,瞧见司马邺临死前挣扎的痛苦,伤心地问道:"陛下还能认出小臣来吗?"司马邺拉住他的手,语不成声,眼泪直流,不一会儿就死在许肃的怀抱里。这是十二月二十(318年2月7日)的事。晋愍帝司马邺在位四年,从投降到被杀有一年多一点时间,死时年仅十八岁。

许肃亲眼目睹司马邺的被害,他双手抱住尸体,放声痛哭,感动得汉宫的将士也跟着掉泪。刘聪又假做好人,装作司马邺不是他下令害死的,并诬称司马邺的随从们是凶手,派兵逮捕,要加以杀戮。随从们都吓得魂不附体,独有许肃面不改色,只是要求将司马邺入葬后再上刑场,刘聪同意了。许肃办完丧事,自个儿去见刘聪说:"国家大乱,我不能匡助君主;国家亡了,又不能殉难,我实在没脸留在这世上,现在故主已经安葬,我甘心就戮,赶快杀吧!"刘聪见他那么忠心,也就没有杀他。

早在晋愍帝被俘在平阳的时期,317年三月,坐镇建康的琅琊王司马睿被推为晋王,改元建武,在江南支撑晋朝的局面。晋愍帝被杀的消息传来,318年三月初七,晋王司马睿即皇帝位,史称晋元帝,同时改元太兴,定都建康,东晋的历史从此开始了。

后　记

　　马舒先生的《西晋故事新编》、《东晋故事新编》、《南北朝故事新编》终于将要以崭新的面目呈现在读者面前了，对此，我深感愉悦的同时也感慨良多：

　　上中学时，我就读到了马舒先生的《西晋故事新编》等三本书，曾被其中的人物、故事深深吸引，当时对提高我的历史学科成绩也不无裨益。可十几年后，当我想找到这几本书重阅并收藏时，各大书店皆难觅其踪，最终在孔夫子旧书网以高价购得。重阅之下，兴趣不减，遂生再版之意。

　　我先是通过《群众》杂志社联系到马舒先生的遗孀汪竹君女士，并通过老人家找到其长子马献礼先生。马献礼先生听说我们要再版其先父的这几本书，非常支持，他在较短时间内帮我们联系到马舒先生的其他三位继承者，并作为他们的委托人与我社商定出版事宜，最终签署了出版合同，还寄来了马舒先生生前亲自校勘的中华书局版《西晋故事新编》一本，让我参考。整个过程简洁流畅，毫无杂事纷争。

　　依约，《西晋故事新编》稿件经我社三审三校后，我将文稿以电子文档的方式传送马献礼先生复审。半月后，马先生的复审意见到达，提出修改意见200余条，皆中肯到位，足见马献礼先生及其妹马小左女士审阅过程中的用心与细致。我依言逐条修改。再此，也对马献礼先生及马小左女士深表谢意！而有如此认真负责的继承人，我相信，马舒老先生在九泉之下也会深感欣慰。

编　者